HUANG NIAO, HUANG NIAO
黄鸟,黄鸟

李 青 著

时代出版传媒股份有限公司
安徽文艺出版社

图书在版编目（CIP）数据

黄鸟，黄鸟 / 李青著. -- 合肥：安徽文艺出版社，2025.4. -- ISBN 978-7-5396-8322-5

Ⅰ.Ⅰ247.5

中国国家版本馆CIP数据核字第202597VY78号

出 版 人：姚　巍
责任编辑：王婧婧　　　　　　　　封面设计：安　吉

出版发行：安徽文艺出版社　　www.awpub.com
地　　址：合肥市翡翠路1118号　邮政编码：230071
营 销 部：(0551)63533889
印　　制：武汉鑫佳捷印务有限公司

开本：710×1010　1/16　印张：19.5　字数：330千字
版次：2025年4月第1版
印次：2025年4月第1次印刷
定价：88.00元

（如发现印装质量问题，影响阅读，请与出版社联系调换）

版权所有，侵权必究

目 录
Contents

第一章　质子　/　001

第二章　日蚀　/　013

第三章　梦噩　/　029

第四章　游医　/　045

第五章　冒替　/　061

第六章　惑起　/　079

第七章　隐人　/　093

第八章　迷途　/　107

第九章　善谋　/ 121

第十章　安邑　/ 135

第十一章　讹言　/ 149

第十二章　邑集　/ 163

第十三章　蝼蚁　/ 177

第十四章　浮光　/ 193

第十五章　大言　/ 207

第十六章　机辩　/ 221

第十七章　何疑　/ 235

第十八章　穷究　/ 251

第十九章　取舍　/ 265

第二十章　大白　/ 277

第二十一章　终远　/ 293

第一章　质子

苏国。

冬月，辛未夜。

箕星明。

子离即将以苏国大子的身份委质于秦，离开国都赴秦的前一晚，他的心情当然不好。

原本他心情并不坏，为自己能够为国分忧而自豪。高阶危坐的君父赐他二十乘仪驾和五十名随从寺人，以从未有过的慈爱语调谆谆教诲他此行使命重大。待一一谢过君父及诸位夫人的殷殷关切、叮咛后，又接受了十几位异母弟妹的大礼长揖，子离一度真切感受到众多亲人的真诚，感动于他们为自己忧心挂怀。

阿姊比妾昨日已离宫赴秦，行前亲手为他缝制了枭羽斗篷。领口的淡青色素帛扎带上绣着振翅欲飞的黄鸟，浅黄、明黄、金黄色丝线勾勒出鸟儿根根分明的柔绒软羽，奋而欲展的双翅极富张力和动感，似乎就要挣脱襟带飞去一般。

子离特意在礼服外披了这件斗篷参加君父专为他设的送别宴，看起来马上便要离开似的，虽有失礼之嫌，可君父竟然非常高兴。于是子离不得不大口喝下君父与夫人们赐的几大觚酒。此后，他脸上的笑容渐渐僵硬，接下来入口的烈酒越来越灸涩。

终于，子离告罪离席，奔至后园回廊尽头，抱紧廊柱浑身颤抖，努力控制住，不让自己呕吐。那一刻，他的好心情烟消云散。

宫殿内，君父及诸位夫人与一众弟弟妹妹仍在饮宴观舞，尽情嬉戏喧闹。在子离看来，眼前情形更像是在庆贺他即将到来的远行。

夏六月，苏国与东邻晋国立盟，共同讨伐西毗的秦国。联军兵败，苏国国君央被俘，遂背弃与晋的盟约转而投秦，纳贡降尊，成为秦的臣邦。为表忠顺，苏侯央遣大子子离赴秦为质，又献长公主比妾服侍秦君，终于换得归国机会。

苏国原本是西戎牧猎部族，祖上因护天子西巡有功，被封苏地，并赐爵位，遂于封邑建国定居，成为周朝的诸侯国，以苏戎为氏。入华夏之地百余年来，苏戎人早与华人无异，饮食居住、交往行事皆尊崇周礼，奉周都方言为雅言，除了城头角楼迎风招展的双头雄鹿大纛，很难再找到往昔牧猎部族的骁勇痕迹。王室势衰，渐渐失去统御诸侯的能力。列国争相征伐，割据称雄，弱国不断被强国瓜分吞并。荔国贫弱，在东边晋国与西边秦国之间的夹隙之地艰难图存，而秦与晋的关系十分微妙，联姻修好的同时，战事也从未曾停息。

荔侯央左右逢源，哪个也不得罪，向两国示好。荔国与谁立盟，全凭当时所处情势而定。

背盟行径说起来不大光彩，但能屈能伸的荔侯央并不这样认为。"国之社稷、黎庶安危事大，孤家区区颜面，何足道哉！"央在朝堂上拍打着自己的面颊，向座下拜伏的一众臣属高喊，随即便融入一片诚惶诚恐、震耳欲聋的颂声里。荔侯央的脸上泛起两朵满足的红晕。"这很值得！"他喃喃自语。

子离是荔国承袭爵位的宗子，此行出质责无旁贷，以期使弱小的荔国在强秦觊觎下获得生存喘息之机。可他想不明白，阿姊比妾贵为荔国的嫡长公主，君父竟然将她送往秦国做国君的侍婢。子离在黑暗中摸索着坐下，紧了紧阿姊临别送给他的斗篷，忧心自己此去秦国的吉凶，更担忧阿姊的祸福。

子离想起亡母芮好夫人。她生前时常握紧姐弟俩的手，不厌其烦地叮嘱他们小心提防所有人，念念忧心他们出生前的那次占卜。

荔侯央早年间曾因国乱出逃近邻芮国。芮国国君不但将女儿好嫁给央，还发兵助其回国即位，芮好因此成为荔国的君侯夫人。芮好得孕十一个月依旧毫无产兆。荔侯焦急，召占卜史及掌筮大夫，先命人占问龟甲，火淬龟甲后的裂纹显示，将有男女双生婴孩降生。央大喜，再令蓍草筮，却是不吉：男孩日后子寂孤戚，女孩则贱为仆妾。芮好夫人听后大惊失色，随后便腹痛胎出，产下一对婴孩。荔侯央给女婴取名比妾，男婴取名子离，是为破避之意。

可现下看来，竟是一语成谶，子离与比妾不可避免地要投身宿命苦厄当中！

"大子殿下要时刻小心提防！"一个沙哑而苍老的声音传来，"否则不仅仅是忍饥挨饿，沦落为乞丐囚徒，还恐有性命之忧，别指望他人施以援手，万全之策唯己而已。"廊外暗处的树影里，一道锐利的目光自一张枯瘦肮脏的脸上射出，逼视着他，"酒乃至美琼浆，或滋养经脉气血，或伤人腑脏五内，小酌宜兴尔。大子殿下感觉如何？"

"我没事，多谢老翁提点！"子离迎着那暗影里的目光说。

子离丝毫也不奇怪宫苑花园暗处或偏殿角落里有陌生人。他是个稚气未脱却又毫无孩子气的少年，尽管他才十二岁。大多时候，子离都表现得沉稳持重，但也时有越矩不羁的事因他而起。他眼中有洞悉世事的冷静，也常会闪过狡狯顽黠的目光。但是，君父固执地认定，他的嫡长子"少年老成"，堪当质秦大任。子离对此无法理解，更不敢相信仅凭一己之力就能改变荔国国运。

暗影里的脑袋探了出来，在廊壁烛炬的映照下显得脏兮兮的。这是个面颊深陷的老头儿，一头披散着的花白头发与下颔长须纠结缠绕在一起，身上的袍服看不清本来的颜色，凭质地大概辨别出是深色麻衣。麻衣老头儿见子离沉静而有礼，此刻声音略显安心。"来吧，可怜的质子。"麻衣老头儿说着把两个贝钱塞到子离手中，"成为秦国的质子，殿下便不再有尊严，与囚徒乞人无二，殿下准备好了吗？"

"我不是囚徒，更不会落魄成乞人。"子离语气坚定地把手里的贝钱还给老头儿，"请……收回去吧。我虽明日便要出质秦国，可今晚还是尊贵的荔国大子，不是吗？！"

麻衣老头儿没再多说什么，只是上下看了看他，随即把两枚贝钱放进腰间裂了缝的腰封夹层里。子离一怔，这怪诞老头儿竟有腰封，那可是权贵氏族的专享尊荣，只不过他的腰封脏得看不出规制，况且老头儿身穿低等阶层的麻衣。子离一时没法确定眼前老头儿的身份。不过他也没兴趣知道这脏老头儿的身份。

"老夫早年间周游列国，也是到过秦国的。"麻衣老头儿反身蜷回树影里，"嬴姓宗族声名显赫，而老夫曾经位列秦国公卿，风光无限……当然，尊贵的大子殿下现在听着一定是不会信的。"

"我相信您当时肯定是意气风发。"子离说着话，感觉刚才朝上涌的酒意在缓缓消散。

"意气，确实，意气用事，叫人吃尽了苦头，最后落到无处安身的地步，老夫现下便足以让殿下感受到窘态。"老头儿的声音有些发颤，顿了顿又问道，"大子殿下当然还得回来，不是吗？"

"我……希望吧。"子离实在不确定自己能不能回得来。

"殿下只管确信心中所想，便终可愿望成真。"老头儿语气十分肯定。

第一章　质子

"可这世间事变化万端，又怎么敢说确信？"子离想到明日此时自己已经去往陌生国度，重重地叹了口气。

"大子殿下毕竟还是个孩子啊，又怎么能听得懂老夫说的这些道理呢？"麻衣老头儿说着从树影暗处钻出来，径直跨过廊下的石阶，身子一旋便已经站在子离身前。"请大子殿下左掌一观。"老头儿对他说，"老夫向擅骨相。"子离稍一犹豫，但还是不由自主地伸手过去。麻衣老头儿用干枯如柴的两只手紧紧握住子离的左手，自手腕处向下沿掌根至指尖捏遍每个骨节。老头儿微眯起眼歪头思索一会儿，又自指尖向上一路捏到小臂。老头儿越捏越慢，终于停止了动作，昂起头向廊壁上的松脂烛炬眨了眨眼睛，再低头把子离的掌背掌心翻看两遍，终于开口，语气中满是不可思议。他说："大子殿下的路程很长……嗯……要走很久……"麻衣老头儿有些游移不定。

"什么？您是说去秦国吗？"子离虽未去过秦国，但据他所知，秦、芴相邻，两国国都相距并不远，秦都雍城距芴国都城不过百二十里，一天的骡马车程。

"可不只有雍城与芴都……"麻衣老头儿顿了顿，接着说，"细究起来，并非我熟识的秦国，亦非雍城……但似乎又确为熟识之地……"老头儿话未说完，突然刮起一阵狂风，树梢、烛火一齐乱摇起来。老头儿不由打了个寒战，双手抱肘裹紧身上的单薄麻袍。"此篷足可抵御风寒，乃家姊亲手缝制，您比我更需要！"子离把枭羽斗篷解下，披在麻衣老头儿身上。老头儿并不推辞，只点了点头，看着他的眼睛，张口正要说什么，廊外响起清亮的呦呦鹿鸣。"鹿苑有事！"麻衣老头儿沉声道。"来也，来也！"老头儿向鸣声传来的方向回应，又对子离说，"不管走到哪里，殿下保持仁善本心，便可否极泰来。"但随即又一摇头，笑起来，"《易》有云，天道无亲疏，循之则善！这世间诸般人与事，实难仅以善恶论之，大子殿下好自为之吧。"一阵大风掀动老头儿身上披的斗篷，使他看起来像一头正扑翅欲飞的异兽。老头儿抱住双臂，口中念念有词："麋尘老迈，安能奉否？命兮，运兮，夫复何言？……"

不等子离有所表示，那麻衣老头儿身子已出回廊，到了石阶之上，又猛然掉头别过脸来朝子离森然一笑，手指着头顶上方轻声说："小心风起处……"

子离不知其意，只得怔怔地看着他，觉得那斗篷在老头儿动作之下像是急于挣脱束缚，再度舞动不休。

"前方何人？"一队当值的殿巡卫士高举火炬朝他们这边走过来，发现有人，卫士头领喝问道。

"是我！"

"是大子殿下，请恕小的们不察之罪！"卫士们齐齐在廊下施礼。

"嗯，去吧。"子离打发卫士们自去，回身已不见那麻衣老头儿的踪影。

"大子殿下原来在这儿，让小的们好找！"近随勾间带着三五个从人急匆匆地迎上来，从身边人手中取过斗篷披在子离肩上，边给他系襻带边关切地问道，"起风了，大子殿下当心着凉，席上只顾饮酒，身子可有不适？"

"你们是如何知晓，来此间寻我的？"子离披上斗篷，感觉身体迅速暖和起来。

"难道不是殿下让竖人来传的吗？"勾间垂手回道。

"算了，只是出来透透气罢了，回去吧。"子离没有心情深究此事，转身向前殿走去。勾间与从人们在他身后静静随行。

起风了，风催动落叶追过来在他们身侧打起旋子，廊前的树草烛炬随之紧摇。突然，勾间止步大声喝道："住！"他似乎察觉到什么，伸手摸向腰间佩刀。随行一众从人训练有素地散开布阵，将大子护在中间，四顾查看。然而，风似乎是怕了这阵势，戛然而止。"呦……呦呦……"又有鹿鸣声传来，在空寂的殿宇宫舍间回荡着，久久不息。

"今日不知又有哪位鹿大人奉血浆于君父，鸣叫之声如此凄厉！"子离暗忖着叹口气，抬手让勾间解除戒备。

宴殿内，君父和姬妾们已各回寝宫。诸位公子公主没了约束，正掷瓶玩闹，子离进殿并没能转移他们的注意力。想到此后吉凶难料的质子生涯，不知能否再有这样无忧无虑的快乐时光，子离觉得胸口压着什么似的难受。身后勾间跨出一步正要唱宣，子离挥手止住，反身跨出殿门。

皎月虽被黑云遮去大半，却透过云气露出了完整的七彩晕轮。

"明日有大风呢。"勾间抬头叹道。

子离仰面看着那彩晕，不作声。

云动得很快，使得在重檐庑殿顶上僵坐的五脊六兽们都活起来似的。鸱吻、嘲风、斗牛、行什殊姿异态，作势要一齐扑过来。子离惊惧之下只觉胸口突然

第一章　质子

涌上一股酸楚难过的感伤情绪，扶着殿柱，终于把此前积聚难化的烈酒尽情吐了出来。

子离吐罢，脑中清明，毫无睡意，便再转回后园去。他屏退随从，独自登上石台最高处的望月亭。夜风习习，暗蓝色的苍穹中星斗满布。七政北斗已是略向西了，除了玉衡光芒四射，天枢、天璇、天玑、天权、开阳、瑶光六星竟是昏昧不清，在黑云间时隐时现。斗魁下的泰阶六星更是暗淡昏黄，三阶不平。想到星师所释天象，泰阶共六颗星，两两相对分为三阶，上阶为天子，中阶为诸侯公卿大夫，下阶为庶人。三阶平，则阴阳调和，天下大安；三阶不平，则五神乏祀，日有食之，水润不浸，稼穑不成，百姓不宁，故治道倾。子离不由心中惶然，据星象分野，此刻玉衡星所在分野正是黄水以西的秦国，难道……

子离并非占星士，不能明悉天文行运法门。他虽自幼精习六艺，但对于浩瀚难测的天象地貌也只是略知皮毛。或许是此时因心意难平而"相由心生"吧！他安慰自己。抬头再看时，又见箕宿四星明亮却离徙，凶兆！子离心下大为不安，哪敢再看，慌忙疾步出亭走下石台。回寝殿的路上，任勾间多番关切询问，他只是一言不发。

次日清晨，君父未前来送别。子离不难过，他朝君父寝殿方向肃穆跪拜告别。庶弟妹们想来昨夜太过感伤劳神，也都没有出现。

子离登上早已备好的车乘，经过一路颠簸，到了秦国的国都雍城。

抵达雍城时，他感觉自己就像一只失了群的孤独黄鸟。

一个通身素缟的女子，循着风的方向，跌跌绊绊地踉跄奔逃。只有借助风的力量，她才得以在蒙昧难辨的通路间找到去往家乡的那一条。身体的疲累感不时发出警告，最终，强烈袭来的眩晕迫使她停下休息。

这里是云与气的夹隙，相对于弭空奚虚或人类元虚，这里常会被忽视。虽然风进不了夹隙空间而使她稍觉不安，可也正因为如此，才更安全。至少她是这样想的。所有气力精神在连日来慌乱无措的逃亡中已消耗殆尽。女子刚躺下，来不及细究身处何方疆域，便沉沉睡去。

七年一度的奚虚招摇山会市，是各域统领族首们会聚的日子。他们将各自辖下山川、河海、道里、草木、鸟兽、物产、部族、医巫、祭祀、风俗进行通盘排布，再由虚君定夺封属。其实市集才是此次聚会更盛大的欢庆活动，几乎所有弭空部族族民都会来此交换他们心仪的东西。

虚所尽处的鸟兽摊前，刁庐用足赤大角螺外加十枚云贝换到一羽额睛狂鸟。"看它，"他对身边的弗恭说，"像不像变身后的二郎神君？"

"别被它听去。"弗恭环顾四周，低声道。

"他？它？谁？是鸟，还是二郎神君？随便，任谁听去也不怕。"刁庐让额睛狂鸟站在自己抬起的左腕上，右手食指逗弄它戴着虺皮喙套的脑袋。狂鸟额目紧闭，垂着箭形羽冠，显得有些无精打采，自喉咙深处发出嘶嘶的无力抗争。见弗恭颔首微笑不说话，刁庐咧开嘴笑呵呵地自言自语："嗯，可惜还差一只哮天犬。"

额睛狂鸟不算稀有，但训练有素的狂鸟是追捕猎杀的高手，驭云追风，不达目的绝不罢休，直到撕碎猎物。

弗恭上前盯住狂鸟的眼睛，他想知道鸟儿兴致不高的原因，毕竟后面的任务还得指望它出力。狂鸟不看弗恭，鸣声却急切了些。

"莫急，莫急，即解汝缚！"弗恭笑着要解鸟喙上的皮套。

额睛狂鸟听懂弗恭说的话，顶冠唰啦啦一扬，额睛同时猛然张开，灰褐色虹膜上端，漆黑的圆形瞳子瞬时缩成一个小黑点，通身青灰的羽毛奓立，呈现青、蓝、灰、紫、赤五色毫彩，绚烂无比。刁庐看中摊上一根皂金细链，觉得与新到手的狂鸟很是相配。他正与摊主讨价还价，只觉得肩头一沉，脖颈处灼热气流过处，一绺髭须飘落在手边。

弗恭骇然，只得将已解开的喙套再度缚紧，取出一块黄帛放在狂鸟额睛前抖了抖，口中发出嘶嘶的声音，竟似与鸟对话，然后，由着刁庐骂骂咧咧地在狂鸟脚上加缚了那条皂金链。二人一鸟离开虚所向南走去。

弗恭清瘦颀长，年纪三十左右。一张灰白的长条脸，颌颊蓄三寸须髯，身着简素深衣，发绺同色帻巾。一双洞悉无遗的笑眼细小却神采奕奕，面相和善，观之颇有亲切感。

刁庐却正相反，是个虎背熊腰、豹头环眼的黑脸彪形大汉，身上赭麻短襦的肘弯处都缀了补丁，腰扎马皮护腰，背间斜插两柄青铜短殳，不怒自威，直教观者惧其形貌而远避。

斜前方的岩石树丛里传来一阵窸窣声。刁庐手上突然多出枚穗镖，在他指间一闪便不见了，悚然扎在两丈开外的一棵老槐上。他走到穗镖前，抠住穗环拔出来，将一条被刺穿的硕大蝎虎一齐带离树干。这横遭厄运的懵懂家伙嘴巴徒劳地开合着，终究不忘使出自保绝招，甩掉半截尾巴，尾巴在地上疯狂扭动着，想吸引突袭者注意。刁庐自是不去理会，只饶有兴味地看着它在刃尖挣扎抽搐，渐渐无力，直至瘫软不动，方才伸出拇指与中指，弹碎了蝎虎的脑袋。

"哈，它可算是脱离执困了。"刁庐跷起指头拔下秃尾巴蝎虎，拎住它的一条后腿晃动着，被自己的诙谐逗得哈哈大笑，可弗恭脸上并没有显露出一丝他所预料的笑意。"滑头得很，这些家伙。"他讪讪起来，狠狠咬下蝎虎的半截身子用力咀嚼，"可惜有点咸。"说着，他将穗镖在胳膊肘上蹭了蹭，只一抖动手腕，镖便不见了。

弗恭夺过刁庐手上剩下的另一半蝎虎，解下狂鸟的喙套，将美味放在它面前左右抖动摇晃，狂鸟不为所动。于是他将蝎虎抛还给刁庐："你竟不如一只鸟！"

刁庐接过他抛来的蝎虎，丢在地上，嚷道："呆鸟就是这个呆脾气，拿我比个甚！"话音未落，立在他肩背上的狂鸟突然振动双翅冲天而去，足链发出哗啦啦一阵脆响，转瞬即逝。

"老弟，蝎虎还愁没的吃吗？别耽误正事儿！"弗恭拍了拍刁庐的肩膀，然后腾身一跃，追着皂金链的声音去了。刁庐口中依旧嘀咕着，看弗恭走远，不大情愿地抽出两柄铜殳对碰，没有声音，只发出一片耀眼白光，面前绽开如一层透明薄幕般的裂缝。刁庐一脚踏入，那裂缝随之隐没。

地上的半只蝎虎连同它的断尾开始迅速消融，不一会儿便化作水汽随风飘散了。

第七个年头，今天是质子生涯第七个年头的新正元日。

孑离看着床头板壁上密密麻麻的刻痕，陷入沉思。直到窗外响起庆祝新元的第一声燃竹爆响，他才取下葛绳系着的尖锥，在板壁顶端新裂处刻下深且重的一道，又反复划过数次，方才将锥挂回。

秦国以亥月为正月，而茐国却是以子月为正月。岁首不同，新年的意义也不同。亥月谷黍丰收，年庆时节处处洋溢着欢腾热闹的气氛。虽说子离作为一国质子受邀参与秦都各项祭祀庆典活动，可这并不能缓解他对故土习俗日益深重的眷恋之情。异国为质，当然无法在子月正朔行母国岁首仪礼，子离只能面对板壁遥祭祝祷，继而吟《黄鸟》以遣伤怀："黄鸟黄鸟，无集于榖，无啄我粟。此邦之人，不我肯榖。言旋言归，复我邦族。黄鸟黄鸟，无集于桑，无啄我粱。此邦之人，不可与明。言旋言归，复我诸兄。黄鸟黄鸟，无集于栩，无啄我黍。此邦之人，不可与处。言旋言归，复我诸父。"

七年质子生涯很平静，除去被人忽视的窘困落寞，并没发生任何想象中的波折。日子在安然闲适中一天一天无聊地度过。寂寞是上好的肥料，催着他回归茐国的念想如荒原野草般不断滋长蔓延，任由它填满了整个身心。

遇节庆，愈思亲。此时，他又想起已经逝去的长姊比妾，这令他五内俱焚，悲愤不已。

比妾自被送入秦宫，便如同从子离的世界中消失一般毫无讯息。

子离初入秦都雍城，只由典属邦的低品级吏人接待，入住六汇宫别馆陋舍，此后被冷落，长时间不得国君召见。直到三个月后，晋国公子幸来质秦，子离才得以随公子幸一同入宫拜见国君任好。公子幸是晋国国君的庶子。晋国势盛，且秦伯夫人季姬为晋君异母妹。公子幸此番出质，说起来竟如投亲一般。秦伯任好在内廷与幸闲话家常，觉得十分投机，高兴之余，当场赐婚，将最心爱的公主玉儿许予公子幸为妻，赐居城内的风台曲阳宫，以修秦晋之好。更因玉儿喜好乐舞之声，陪嫁六十四青铜编钟、二十四青玉编磬，加上琴瑟箫竽大小鼓全套乐器并奏乐歌舞伎人优人百二十人，又赠百金千帛，侍人随从奴婢二百余人。原来这场会见是为完成秦与晋的联姻修好！

子离被迫见证了全过程，却没机会向秦君献上母国精心准备的玉璧金贝，甚至连单独的称颂稽首机会都没得到。子离对自己作为战败臣属国质子受到冷遇早有预料，但遭受此等无礼甚至无视的接见不免让他心中戚然，继而悚然惊悟：秦君必是有意为之！茐国背晋投秦在先，现下秦与晋却结为姻亲，茐国鼎祚堪虑。想到此，他不禁更加忧心独处深宫的比妾。

子离将君父赐他傍身的财帛尽数拿出，打通秦宫室内苑各路关节，以期比妾能够得到关照。不承想，关照的结果事与愿违。比妾偶为秦君幸，被纳入后宫，成为秦国君的末等妾姬少使。当勾间带回宫内消息并向大子殿下道喜恭贺时，子离的心情却沉痛无比，不仅为出生时占卜谶语的应验，更因成长于宫廷的他知道，做国君的姬妾，厄患要远远多于幸运。

果然，惨祸在不久后的恶月发生。秦国国君任好卒，谥号为"穆"。故君夫人、姬妾、近侍、仆婢均被赐生殉，从殉者竟有百七十七人之多。秦国子车氏三位良臣奄息、仲行、针虎亦在生殉之列。

比妾作为故君穆公的姬妾少使，当然不能幸免。

子离得到消息，不惜变卖全部随身家当，上下打点相赂以赘，企图使比妾免遭灭顶之灾，可终究徒劳。

子离曾差勾间冒险夜奔回茘宫向君父求救，君父却仰天大笑，道："此乃无上荣耀！"转而怒杀勾间，斥其私出秦境祸累茘国，又急遣专使携勾间首级向秦国新君罃请罪。

荣耀，不知从殉者是否会有同感。

子离没法去恨君父，只觉他十分可怜可悲。子离从未感受过来自父亲的温暖与关怀，记忆中只有疏离与漠视、严厉与冰冷、苛责与训诫。质秦七年，父子间未曾以任何方式互通讯息。对此子离能够理解，懦弱的君父是怕引起秦国猜忌而招致祸端。但是，君父冤杀勾间，并任由骨肉从殉而死，子离难过之余，心底仅存的一点父子亲情也泯灭殆尽。

子离没有因此而对故去的秦穆公或雍城有什么偏见。王朝宗室衰微日甚，渐失去对治下分封邦国的掌控能力，致使诸侯群雄陷入生灭兴亡的大争之世，捐礼让而贵战争。天下征伐连年，弱小就会灭亡，落后必得挨打，无能的庸人被厌弃，昏聩的国君遭杀戮，这是每个诸侯邦国都在面临和践行的生存之道。以胜败论尊卑无可厚非，而人殉的葬制绝非秦一国独有。秦国的名将栋梁尚且无法避免为主君生殉，何况比妾只是一名小小侍妾。

子离胸中积蓄着莫名的哀伤愤懑的情绪，难以排解，唯有默默焚香祭祷，把对这种残酷殉制的痛恨与愤懑诵之于诗，为从死者，也为自己。

不久，坊间开始传唱《黄鸟》：

交交黄鸟,止于棘。谁从穆公?子车奄息。维此奄息,百夫之特。临其穴,惴惴其栗。彼苍者天,歼我良人!如可赎兮,人百其身!

交交黄鸟,止于桑。谁从穆公?子车仲行。维此仲行,百夫之防。临其穴,惴惴其栗。彼苍者天,歼我良人!如可赎兮,人百其身!

交交黄鸟,止于楚。谁从穆公?子车针虎。维此针虎,百夫之御。临其穴,惴惴其栗。彼苍者天,歼我良人!如可赎兮,人百其身!

第二章 日蚀

秦国的国都雍城是一座繁华富庶的美丽城池，南临汧河与渭水，北靠雍山，东近岐周，乃堑川纵横、背山环水的形胜之地。有凤凰神泉环城，水流分两支：一支沿东门外护城河注入东湖；一支自城西沿西城壕南流，至西南城角折向东，汇入渭水，形成护卫宫城的天然界河与深堑。北高南低的雍城横跨中牢水两岸，被称为岸北与岸南。秦君的宫室及上卿贵族均居于势高北地，而平民草集驿店肆市多集中在岸南，接待行旅来访的六汇宫别馆也在岸南。

子离与他收留的邛国流亡公子几扶居于别馆西舍。

馆舍左近为尚善宫，是专为接待列国游学士子的学舍泮宫，以兼采诸论而颇具声名。天下各路诸侯争战不止，列国士子欲入朝效命，必先游学各国，以增异地见闻、晓诸国治策。因此，各国无论大小，都在都城建有学宫馆舍，供贤士学子们辩论时策、交流心得，希冀能从中发现辅弼大能，纳为己臣。时有士子因高论得君主赏识而入朝受聘大夫卿士，成为坊间引人艳羡的美谈佳话。

秦征灭西戎诸国，得到天子贺赐金鼓，向天下彰显了雄霸实力。秦君唯贤是用，不囿亲族，重用客卿，因而慕名入秦游学的士子日益增多。尚善宫规模甚大，有专事接待的官员司务恭敬而周到地照护食宿，不消士子们劳神操心，又有专卿不定期入学宫暗察举荐。更有盛传，说秦国国君会微服亲至，访能求贤。如此一来，吸引列国贤士能人络绎不绝来此游学，施展抱负。尚善宫空前热闹，时有"逐鹿争霸""世之本源""丁子有尾"诡辩激论。子离常混迹其中，倒令单调无趣的质子生活平添许多乐趣。经过几年耳濡目染，子离渐能出口成章，常参与论战，也能抒情达意地与士子们辩论一番，自又增添不可名状的满足之感，几要忘记被遗他国为质的凄苦落寞。

六汇宫向西乃雍城的贸易草市，是几乎占据岸南近半地域的巨大露天集市。市的四面筑有厚重土墙，并在每面墙上开辟门洞，集内薄砌界墙，将市按方位分为四处：东农畜，西工技，南盐浆食肆，北杂珍奇玩。诸侯齐通，交易畅达，四海八荒的商贩集结于此，钿车宝马、金石珠玉、珍禽奇兽、瑶草奇葩应有尽有。市井之地自是鱼龙杂处，混乱污浊不堪。子离常爱流连于此，并不买什么，只为着那份人头攒动的热闹，又听得到行商力夫甚而乞人们天南地北的各样讯息，增长见识阅历，以此消磨时光。

第二章 日蚀

出质秦国的各国公子，所受待遇因母国国力强弱而天差地别。荔国乃积弱小国，又是战败归附，子离当然不会有铜盘重肉的特殊恩宠，更没机会入朝受聘。他所住的馆舍寒碜简陋，没有仆役奴婢专事侍奉，只有六汇宫的庖人囤日送两餐。自匀间死后，子离身边连唯一的随侍都没有了，闲极无聊时，常溜进灶屋捉弄庖人取乐。庖人囤整日围着厨灶转，看似寡言木讷，却并不任由他捣蛋，很有分寸地在灶上设过几回陷阱，搞得他狼狈不堪。子离此后方才知趣，收敛了玩心。说起来，这样的日子子离倒也相当满意，虽平日里无人问津，却也正因此享有无所顾忌的可贵自由。

几扶比子离更加落魄无依。邛国已为楚国所灭，族人惨遭屠戮追杀。他逃离母国，投奔同宗嬴姓的秦国，一路上车乘损毁，随从侍人亦皆死散。秦国对几扶这个灭了国的落难公子虽不驱逐，却也不关照其食宿生活，勉强算是默许了他的投靠。可几扶哪有独自生存的能力？没有妥善安置的容留令他无所适从，生活穷窘，竟至绝境。

八月秋日的一个下午，天气很不错。子离去草集闲逛，在集市东头的食店门前遇到几扶。他当时正坐在斜向里的浆鬻铺听食客们聊太公封神的故事，不经意抬头时，刚好看见模样有些奇怪、如乞丐般的公子几扶。几扶瘫坐在地，倚靠着食店门前的木桩，半仰着头直盯舍内食客，口唇翕张，有气无力地频频颤抖，喉头不住上下滑动，看来是饿极了。子离见他头发虽蓬乱，夹杂着许多草屑，却是束着高发的，未配帻冠，身上穿着深蓝长衣，圆袖右衽，不似秦都当地尚玄衽左的衣俗。他虽然身上满布泥渍，但仍能清晰分辨出那衣料都是上好的锦帛，而公族权贵才可着锦帛丝绸，平民只能穿麻葛，且上面精绣的日月、山龙和华虫依稀可辨。他的脸极脏腻，看不清样貌，一双不大的眼睛黑白分明。子离猜他年纪应与自己相仿，约莫弱冠模样。想是许久没吃过东西，却也不晓得伸手向人乞食，只呆愣愣地干看着。

"吃吧，这是专为你买的。"子离把一碗面放在他面前时，几扶本半张的嘴一下张大，慌忙直身跽坐，双手抚膝，身体却因虚弱而摇摇晃晃。他拒绝子离搀扶，勉力端坐着，用警觉的目光上下打量子离。

"无须拘礼，我乃荔戎子离，尚未冠字，直呼便了。足下台甫可否见告？看起来并非此地之人。"子离笑着先自我介绍，以打消对方疑虑。果然，几扶的嘴巴合上了,他低头看了看那碗面,向子离抬手见礼,答道:"在下几扶,自邛国……不,不不,无根无源的黎氓庶人。"

"邛国?"子离听得分明,他知道不久前邛国为楚国所灭。邛国国君背盟,惹怒楚王。破国后,楚王将邛国宗室贵族悉数菹戮,又下令追杀出奔的几位邛国公子,一个也不肯放过。

"他是逃亡公子,难怪落魄如斯却不肯嗟食。"子离不由得再仔细打量几扶,更确定自己的判断。"尊驾此来雍城是为避祸。"当看到几扶眼中泛起的几点期冀的光亮时,子离当即决定要帮他脱难。几扶则因意识到自己失言,不肯再搭腔,捧起身前那碗面吃起来。虽是饿极,他却竭力端着架子保持不疾不徐,只是每口都几乎不经细嚼便狼吞入喉。

二人就此相识。此后子离一直没法让几扶相信他不是那种爱管闲事的人。

子离以随侍身份向典属邦治所属官报备,收留了几扶。这位曾经的邛国世子方才寻着庇护,虽说不能再称姓氏(注:庶民无姓无氏),可总算过上安稳的日子了。相似的寂寥无助景况使子离与几扶产生深厚友谊,私底下两人以兄弟相称。子离猜得不错,几扶只小他半岁,是以拜他为兄。这是身在异国孤寂生活的难得慰藉。

闲极无聊的大部分时间,几扶总会在子离逛集争价不购、观棋替人执子、听辩逾矩进言闯各种祸后充当顶罪受罚的角色。

子离对几扶多少有些愧疚。他并不想惹祸闹事,更不愿有人因他而受到责罚。几扶则几乎崇拜子离,认为那些之前他囿于身份绝不敢想的事子离竟都可以毫不顾忌地去做,实乃大丈夫气概。如此气度,但凡有合适机会,定能有番大作为。几扶也因此自觉辅佐大任在肩,有责任督促子离多多用心上进,因此把尚善宫游学士子们的各种大作一一誊抄,宝贝似的捧送给子离。子离态度诚挚地道谢,内心十分感动,但也不得不承认,看读向来不会比誊抄更入脑入心。

"他是公子随侍?"秦宫接待谒见者的宫人边在短木腰牌上登录,边盯着几扶问道,"他看起来风采斐然。"说着冲子离咧嘴一笑。

子离看了看身侧面无表情的几扶:"就是有点儿不太热络,不过很尽职。"

谒人把写好姓名的入宫腰牌拿起来用嘴吹了吹,只递给子离一枚,把另一

第二章　日蚀

枚提在手上，歪过头挑着眉看子离身后的几扶，对子离道："若是没记错，沥国公子的随从与往年不同。"

"随从必得是从一的吗？贵国似乎并无此禁令。"子离被问得有些不耐烦，不去接谒人递过来的那枚腰牌，而是侧过身子示意几扶。好在他来前准备充分，几扶将报备的登录简条带在身上，这会儿正可派上用场。

谒人讨个没趣，接过那登录简条看后不再多问，悻悻地把两枚腰牌放在几扶伸过来的手中，却意味深长地盯着他又笑了笑。几扶压住心头怒意，肃然接过腰牌佩了，昂起头，随子离跨入宫门向里便走。几扶相信，只要跟着子离，便无须担心。他在绝望将死之时得遇子离，所有看似无解的难题迎刃而解。子离于他有种令人折服的真诚坦然，即或子离有种种越矩牛顽的行径，也不影响他对这位沥国大子假以时日必成大事的判断，并似乎已渐成一种执念。

谒人把笔掷于案上，拿出写着"息"字的木表挂了，离席起身要走。等着领牌的队列中有人嚷："如此息事，要教人白等这许久吗？"

"人有三急，凭谁能外？——等着。"谒人傲慢地循声望向队列，眼睛搜寻说话之人。

此时，人群忽然一阵骚动，阵阵銮铃声由远及近，转眼间，只见一驷高盖乘舆马不停蹄直入阙门。众人窃窃私语起来。

"难道是国君的辂车？"

"非也，并无朱缨金妆。"

"若非国君舆驾，谁又敢如此无礼？"

"除了新君女弟，谁敢若此？"

众人唏嘘着继续候领入宫腰牌，却见刚才那内急的谒人正拜伏在地，恭送已绝尘而去的车驾。

她要回元虚，回沥宫。在她想来，只要回到家，她便依旧是那个无忧无虑的公主比妾，而非秦国故君的姬少使。素缟女子透过泪眼看到母亲就站在面前关切地注视着她。母亲面容苍白而又肃穆，伸手爱怜地轻抚她的面颊："当心，此乃梦之境，更凶险。"女子点头笑答知晓，她不介意所遭受的灭顶之灾。母亲却严厉起来，猛拍她脑顶喝道："孺子，还不速去！"

比妾猛然睁开眼睛，身上裹着的云气被漾开条狭小的缝隙。有细微响动！她屏住气息凝神静听，想着或许不会被追踪者发现。"是皂金链！"她听清声音，不禁绝望地轻呼出声。

几乎同时，拖动链条的声音戛然停止。额睛狂鸟三目俱张，四处搜寻着。忽地，它发出一声尖厉促鸣，颈羽激耸，周遭五彩眩光乍起，浓厚的云气随光四散。比妾蜷缩在云隙角落里的身体暴露无遗，随即又被厚重浓云迅速包覆住。"也许它没看见，希望没看见。"她听见皂金链的声音在靠近，不由屏住呼吸，揪紧自己的衣角。面前的云被粗暴地揭去一大块，刁庐的黑脸膛儿出现在比妾面前，盯着她露出似笑非笑的诡异表情。额睛狂鸟因发现猎物而兴奋地舞动双翅，脚链亦跟着发出唰啦啦怪响。比妾趁机缩紧身子就势一滚，躲过一枚向她射来的穗镖，却被狂鸟脚上的皂金链缠住了右臂，刚勉强直起腰来便又猛地跌扑在地。

狂鸟的锐利钩喙朝她袭来。

在脱身不得极度绝望之际，比妾只能徒劳地抬手护住头脸，感觉到右臂一麻，旋即剧烈的疼痛令她冷静下来。额睛狂鸟伸长脖颈再次向猎物发动攻击，她不闪不躲，趁机环抱鸟颈，拼尽全力猛一挺身，翻转攀附上了鸟背。比妾不免惊异，自己竟能有如此敏捷的身手。鸟儿却不容她有半分喘息机会，惊恼之下额睛暴突，周身彩光陡然间变得血红，连连甩颈振翅跳脚，又侧过头试图用铁喙扯下冒犯它的猎物。比妾将身体贴紧鸟背，挥动被缚紧的右臂，皂金链转动着缠绕住额睛狂鸟的头颈。狂鸟疯狂地挣扎嘶鸣，却被勒住额目和左翅动弹不得。周遭云气因它的扰动而剧烈翻涌着，恍惚中有男人一声惨呼。额睛狂鸟终于挣出翅来，猛地穿出云气夹隙，冲向高空，而后再俯冲下来——它想要甩下缠缚在身上的猎物，然后把她撕成碎片。

比妾只觉头疼欲裂，几近昏厥。所幸有链将她与鸟紧缚在一起。她咬紧牙关，极力让自己保有意识，然后挥动皂金链一下一下击打额睛狂鸟的尾背，奋力拉动链条控制鸟的飞行方向和速度。终于，额睛狂鸟放弃了挣扎，发出一声驯服的长鸣，载着比妾飞远了。

"呆鸟，呆鸟！"刁庐用手捂住流着血的左脸，从云后探出半个身子，冲着她们远去的背影顿足大喊。旋即他又取出召唤额睛狂鸟的手哨吹起来，并没有发出任何声音，只自哨口射出阵阵气旋，渐将云气涌叠成一股股或浓或淡的流体，追踪着狂鸟而去。可惜鸟儿未如往常般回应。刁庐手上的哨却渐自消融，竟至不见了。

"哦，你的额睛狂鸟选定了新的主人。"一个声音自他身后的暗处传来，"想不到她竟可以驾驭狂鸟，可怜的鸟儿被她折腾得够呛。刁庐，你的好鸟被女流欺辱了。"声音里透出幸灾乐祸。

"是咱们，咱们选了只呆鸟，弗恭。"刁庐撩起短褐擦拭脸上的血迹，"不过，她是逃不掉的。"

弗恭微笑着拍了拍刁庐的肩膀，眼中有毫芒一闪。

今天是秦国新君蓉继位后首个元日。平旦时分，拜贺的官员臣属纷纷入宫朝拜国君。时至日出，所有人按各自品级身份定班站列在宫城皋门前阙静候，经司官检视后至殿门处候君升殿，由侍人唱宣觐见。听到宣诏的人由殿阶蜿蜒行至宫内应门，依次从右侧列队而立的宫人的托盘内进椒柏酒、桃汤、屠苏酒、胶牙饧、五辛盘（盘内放有大蒜、芥菜、韭菜、蓼蒿、芫荽，正朔五辛食，以生元气），又进敷余散，服下却归丸，最后吞下一枚生鸡卵，再至宫台阶下候立。

直至圭表近辰，子离方听到唱传："荔国大子子离上殿觐见！"他急忙跨上六级步阶，进殿趋行稽首，口诵："恭祝国主万寿无疆，多黍多稌，福泽绵长！"立在秦君身侧的寺人高唱"毕——"。子离终于完成了对秦国新君的拜贺之仪。

接下来的三日，整座宫城都将通宵达旦，歌舞不息。子离和梁、翟两国的质子循例留宿宫中西北角的昭梦殿内，直至正朔庆典结束方回别馆。

他们跟着引路的内竖顺大郑宫北面步阶直行，然后向左穿过两座高台宫殿和水榭植轩进燕门顺回廊走到尽头，便是昭梦殿了。

"总算赶得上！"几扶从身后气喘吁吁地追上来。"你又到处混跑，看到什么新鲜热闹不曾？"子离瞪几扶一眼，故意拉长声调问他。

几扶作为荔国大子子离的随行侍从，本该在昭梦殿内候差，他却寻机不管不顾地溜了出来。

几扶咧开嘴冲子离挤眼扮了个鬼脸，随众人一同向前。

昭梦殿内已备好朝食。子离与梁、翟二国的公子分席而坐，边吃边聊。饭罢各自回宫舍沐浴更衣，准备参加后续蜡祭仪礼。

奚虚的通路错综复杂，在朦胧的浮云间若隐若现，一念之差便可能误堕歧沼迷泽。比妾却已经顾不得，胡乱扯动皂金链催驱着颔睛狂鸟疾冲。

弗恭与刁庐却不着急驭风腾空，而是悠游在云气间谈笑着慢行。

每当他们遇到岔路时，弗恭便会伸出手搅动前方悬云，然后深吸一口品味其间的血腥气，辨别出追踪方向。他们有的是时间与比妾周旋，并且十分享受把猎物累到神伤力竭的围捕过程。

昭梦殿内舍，几扶正在为子离更服，准备沐汤，他问："可还要去吗？"

子离并不答，只略显无奈地点了点头，张开双臂由他宽去元端。几扶笑起来："可不，实是不该有此一问。去虽可有可无，而不去，则定会惹祸上身。"

"若非为着刕国，子离兄……不对不对！"几扶几乎又要忘记这里是秦君宫室，而非六汇宫别馆，吐了吐舌，左右看过无人，方才一正颜色接着说下去，"大子殿下又何必在此受这等慢待！"语气难掩愤愤之意，"凭甚他们要独占一整座大殿，宫人衣人奴婢一大堆？再看看殿下这里，两间敞室，竟连个粗使也找不见，屡受折辱若此，实难消受。"几扶口中的"他们"是指梁国和翟国的质子。

"确不能相提并论。母国势弱，质子受辱，一点儿也不稀奇。出质此间七年，早已见惯不怪。不过说起来，似吾等此般无牵绊挂碍，反倒自在逍遥。"子离并不以为意，几扶还待要说什么，子离却好像是听到了什么动静，伸出食指放在唇上示意他噤声，他连忙住口。他们都很清楚，宫中不比馆舍，越是势单力孤，越得时时留意言行，谨小慎微。

"你听，刁庐，她们逃不动了。"

第二章　日蚀

"终归是逃不动了，弗恭。"

"她和你的好鸟都累了，刁庐。"

"咱们的鸟，弗恭，还要我讲多少遍？"

"嗯，好。咱们好像都忘记了，现在是她的鸟。"

子离与几扶屏息静听，窗外传来一阵紧似一阵的风啸，然后渐止息了。

二人共鉴而浴，一时都不说话。热气氤氲，夹杂着一丝甜香气息，泡在汤中，任由热气包裹着。周遭桐木地台，描金卧榻，镶贝倚案，青铜熏炉一时间模糊朦胧，令人昏然欲睡。

"宫中熬的这麸浆细香，实是舒柔爽滑。可惜六汇宫别馆难有此等享受。"几扶坐起身打破沉默，取巾帕擦拭着身体。

"三沐五浴，无非盥洗常情，宫中规矩繁缛，杂坐、椸枷、巾栉必侍执，不得亲授，又有衣裾内外、上下顺序迭次，沐浴洗澡的汤浆更替不一而足。幸而无人刻意关注服侍，才得惬意享此沐浴之乐。"子离接过几扶抛来的一条熏了香的长巾，自铜鉴中立身而出，刚跨上地台，只听见窗外一声惊叫。子离喝问一声："谁？"迅即披衣推门疾出舍外探看究竟。

比妾选错了方向，这不是往荔国的路。她此前所有的努力，默记稔熟的路此刻似乱麻般盘桓在她脑际。她很冷，受伤的手臂已经失去知觉，身体不由自主地发抖。额睛狂鸟的身子也在剧烈颠簸，双翅扇动越来越困难，摇摇欲坠——它已力竭。

累饿惊惧与伤痛一起袭来。她大口喘着粗气，任由眼泪喷涌而出。周遭的一切更加模糊难辨，感觉所有的意识都在离她远去。

"看见了吧，刁庐？我都有些于心不忍了。"声音自她身后传来，他们离得很近，"扑腾不了几下，这鸟其实还是有用处的。"

"呆鸟，这是只没用的呆鸟，弗恭。死不足惜！"刁庐已持穗镖在手。

"任务该完成了。"

比妾闭上眼睛。"如果不甘的念想必将泯灭，"她向上苍默祷，"让我回到当回之处去。"她松开手中的皂金链，伏在狂鸟背上，拼尽最后一丝气力向它喊:"凭汝自去!"

一人一鸟在穿过冰晶团云后向下急坠。在意识消失前,刁庐气急败坏的声音传入她的耳鼓。那声音骂道:"别别,呆鸟该死!"

"谁?"

子离站在阶前四顾。宫墙边一片挤簇成林的修竹轻轻摇曳,将光影与风缠绕成丝丝缕缕的碎金,泼洒在庭院的青条石地面上。这里并没有半个人影。

几扶跟着跑出来,又问了一声:"谁在那儿?这光天化日的。"

"没谁!"真奇怪,子离明明清楚地听到一声尖锐刺耳的惊呼。难道是浴汤调得太香腻,使他产生了幻觉?他用双手大力搓揉自己的眼睛,又深吸几口室外的新鲜空气,感觉精神随之一振。几扶站在他身后:"风大,进去吧!"

子离愣了片刻。他想,如果是风扯出的动静,那便是他太多疑了。"几扶,"他说,"你刚才就没听见什么动静吗?比如,一声尖叫,女子的声音。"

"尖叫?女子的尖叫?"子离点头,眼睛盯住几扶。"我想大子殿下是该有个女人了,"几扶咧开嘴朝他嬉皮笑脸地挤眼睛,说,"毕竟到了这样的年纪。"

"这里不是玩笑的地方,几扶。算我什么也没问过吧。"他们反身朝屋里去。就在即将跨入大门的时候,子离突然一个转身跑向竹林,猛地拨开竹枝。

几只黄鸟应声惊飞而起,却有一只像是受了伤,扑腾着翅膀左突右撞。子离被它挣落的尘灰眯了眼,边抬起手揉着眼睛,边伸出另一只手轻而易举地擒住了可怜的小家伙。黄鸟脑顶上一小片与众不同的金色额羽直立怒张,兀自唧唧哀鸣挣扎,表达着被限制自由的不满。子离拨落手上与黄鸟纠结的竹叶,想查看它伤在何处,却惊见鸟儿左爪根竟连着一根细如发丝的乌黑细链。他心下不由生疑,此地黄鸟遍处都是,没人会豢养一只黄鸟为宠。他手上发力,欲扯断那链,不想细链不知是用什么材料做的,环环相扣,看起来柔不胜力,押扯之下竟变得如铜似铁般锋利,几乎嵌割进皮肉里去。没法断开细链,子离只得采取笨办法,仔细解开近处一枝竹上的细链,拽了拽,拽不动,链绷得笔直,隐入竹林深处。子离顺着链向里走。竹丛很茂,根部覆满繁密芝草,叶尖齐没小腿,人过处发出唰唰轻响。

第二章 日蚀

蓦地,他停下不动了——就在前面不远的茂竹草棠间,赫然伸出一条细白胳膊,腕上连着缚鸟的那根细链。

子离不敢贸然上前,原地蹲下。手中的鸟儿却突然躁动不安起来,啾啾叫着频频振翅。他生怕惊动那条胳膊的主人,慌忙将鸟纳入宽大的袍袖内,略收住袖口,眼睛依旧紧张地看向对面。

突然,芝草簌簌地分向两边,自草丛里坐起个八九岁模样的素缟女子。她的长相实在一言难尽,扁脸塌鼻小眼,一身素白襦裙,面色苍白,眼神迷茫,一只手紧紧按压着右上臂,血依然自指缝间汩汩地涌出。

终于,她身子一软又倒了下去。

"大子殿下蹲在这里做什么?"几扶不知什么时候跟了过来。子离下意识地攥紧袖口,却感觉里面空荡荡的,低头张开宽袖再看时,竟什么也没有。"鸟呢?"

"什么鸟?"几扶蹲下身子,伸手去抚子离的额头,"你今天真有点奇怪,是不是病了?"子离几乎也要怀疑自己是生病了,因为他绝望地发现前面那草丛中的女子也不见了,被压伏的芝草正缓缓地立起。"快看,快看那些草!"子离指着草丛。

几扶顺他所指看了看,露出担忧神色来,敷衍着点头回应:"嗯嗯,那些草!"强挽起子离往宫舍走。

子离一步三回头,身后修竹、芝草随风轻摇,仿佛什么也没发生过。

昭梦殿内舍,水汽尚未消散,充斥着麸浆浴汤的甜香味道。铜鉴内的乳白色浴汤突然剧烈晃动几下,并浮起丝丝缕缕的鲜红。

子离倚着案几懒坐在桐木地台上,拳头抵住腮帮子,痴痴望向窗外那片安静的竹林。方才所见太过诡异,令他无所适从,一时间又觉神思恍惚。他索性闭上眼睛。芝草间的那个女孩却正站在他面前,肩膀上立着缚链的黄鸟。

门外传来脚步声。

几扶捧着托盘进来,见子离傻坐着还未更衣,忙上前取过礼服要帮他换装。子离四顾不见女子人影,好不懊恼,抬头上下打量几扶:"你与我身量不差。"几扶不懂,只摇摇头低语:"定是沐浴着了凉。"把托盘上的椒汤送到子离面前。子离接过，并不喝，放在案上，眼睛仍盯着几扶："你替我去观礼如何？"说罢想了想，端起那碗汤仰脖喝下，"我的确身上不大舒服。"

"那么大子殿下快些躺下，发一发汗便好了。"几扶本还要再发几句牢骚，见子离面色煞白，便不忍多话。

几扶换上子离的祭祀礼服玄衣纁裳，顿时显露出不凡气度。他看着铜镜中的自己，仿佛回到当初身为邝国大子的时光。

未几，宫人领了内竖来传话，请茘国公子赴禋丰台观礼。

随侍装束的子离去内舍通禀。不一会儿，盛装的几扶走出来，向内竖微微颔首，随来人向外走去。临出门前，几扶还不忘朝子离挑起眉来吐舌扮个鬼脸，子离则会意一笑。

宫人、内竖们只认得锦衣华服，哪管穿衣之人？

所有质子都去了禋丰台，宫殿中服侍的下人们终于能够趁此机会松一松疲累的筋骨。昭梦殿很快恢复了寂静。

子离冲回内舍掀柜翻帷到处找。

"别费气力了。"女子的声音显得有气无力，"请问……可有能果腹的吃食？"她湿淋淋地躺卧在地台上，通身素缟令受伤流着血的胳膊越发触目惊心。黄鸟跌在她身边，看起来生机全无。

"你别动，我即刻去请疡医。"子离上前查看她的伤势，右上臂有道深且重的口子，约莫三寸，皮开肉绽，隐约看得见骨头。他心头一凛，阵阵眩晕随之袭来，耳畔也嗡嗡作响。他颤声问道："你……你能听见我说话吗？"

"万万不可！"女子突然瞪大眼睛，惊恐地挣坐起半边身子，又颓然倒下，口中喃喃低语道，"尚乞尊驾，勿要寻人前来。小女子无甚大碍，只是饥乏难当。"说着扭过脸看了看身旁躺的那只黄鸟，轻声道，"它也一样！"

"但你，不，你们的伤势可不轻。"

"无碍，真的，不久自可痊愈。"她的声音已若游丝。

子离有些为难，生怕她会死在舍内，不过很快就打消了这种顾虑——女子呼吸之间，她臂上伤口以肉眼可见的速度愈合，之前见骨的伤处正被新生血肉缓缓填充。"那，在下不能强人所难，便只好如此吧。"随即又问道，"能否请问……？"

但女子已经睡着了。子离托起她去睡榻，她竟轻到几乎觉不出分量。他找出几块结实的织麻，哆嗦着胡乱缚紧她受伤的胳膊。这女子失血太多，看起来实在不妙。一旁的鸟儿看不出伤在哪里，情况却似乎比她更严重。子离捏起那根链想解开，细看之下不由倒吸一口凉气，那链尾竟是长在女孩手腕上的，自她腕内侧的皮肉间长出这根细链，再看黄鸟脚爪，同样与链一体，无法剥离。

子离大骇，颤抖着将黄鸟放在她颈边，为她们盖上轻裘。他起身蹑手蹑脚地去外间端来荷浆和菽糕放在案上，方才舒了口气退出来，无力地跌坐在地，回想这件匪夷所思的事情。

祭祀礼在裨丰台举行，自日中始，至日昳方得礼成，分别祭分星郭首和分野舆鬼。分星是地上的诸侯国君对应的天上星宿分管领域；就地面说，是谓分野。以郭首对应秦，而秦地于天官，乃东井、舆鬼之分野。

颂歌起：

丰年多黍多稌，亦有高廪，万亿及秭。为酒为醴，烝畀祖妣。以洽百礼，降福孔皆。

秦君蕋头戴白色鹿皮弁，身着素服，腰系葛带，手持榛木杖，立于祭台之上。披发戴面具的巫祝跳起驱祟逐疫的傩舞，并高唱道："土反其宅，水归其壑。昆虫毋作，草木归其泽。"先后祭先啬、司啬、田畯、邮表畷、猫虎、坊、水庸、昆虫。

祭台下，身着草服、头戴斗笠的众臣大揖长礼，齐声唱祝："薄薄之土，承天之神。兴甘风雨，庶卉百物。莫不茂者，既安且宁。"如是三番，献祭开始。

秦君蕋引众人于七鼎六簋伏拜。

祝史领寺人把圭璧玉帛、木寓车马鱼贯抬上，置于祭台前。列队等候的瞽人此时奏响祭乐，钟鼓箫管、应田鼗磬齐鸣，乐声肃穆悠远，钟鼓虡架上装饰的五彩禽羽应和着厥乐微微颤动。颂农神之歌此时唱起："思文后稷，克配彼天。立我烝民，莫匪尔极。贻我来牟，帝命率育，无此疆尔界，陈常于时夏。"一阕和缓乐舞以敔尺声止。祝史率一众祝人恭敬地将盐、黍米、粢盛、大羹、果蔬、玄酒、鸡、犬、豚猪、饩羊等牺牲少牢祭奉众神祇享用。祝史高颂唱祭辞：

  礼仪既备，钟鼓既戒，君臣俎位，工祝致告。神具醉止，皇尸载起，钟鼓送尸，神保聿归。诸宰君妇，废彻不迟，诸父兄弟，备言燕私。

秦君萦向神祇三次献酒，赐爵酒于臣下，昭示恩惠。

祭礼结束。

食馂礼开始，方才进入真正的新正腊日高潮。

循照旧例，元正祭祀礼毕，晡时秦君向参加腊祭的一众臣属分赐胙肉，众飨祭品以获得神祇庇佑，然后国君与众臣属同宴饮观舞。众官员可以尽情享用醇厚美酒，大嚼鲜嫩美味的羊肉豕肉。待三献既毕，酒至半酣时，众臣起身簇拥于堂上，举起手中的兕觥，高声唱诵"君上万寿无疆"。嗣后，秦君将与国民同乐，举国上下大庆三日，以感谢上神地祇一年来所赐予的丰年恩泽。各国的质子们则可留宿宫中，参与正朔庆典三日，以示秦君友待之情。

可是，这一日正午时分，突然天现异象，当空的红日被黑气吞噬，渐至日晕消失，太阳变成一块暗黑的圆饵，天地昏昧如漆，转眼竟伸手不见五指。

日者，君象也。日食，乃是阴侵阳大凶之兆。

大凶！大凶！

秦君萦事先没有得到预报，急召人查问，竟是巫祝逸溢因贪杯醉酒，未及时上报日食异兆。秦君萦大怒，当庭烹杀逸溢及其下属二星司，并责发《酒诰》禁令，根绝贪饮。紧急召瞽人乐官在社坛之门鸣钟击鼓以礼天神，责阴助阳。正参加仪礼的所有官属尽数退避，场面一度十分混乱。

因日食异象，整座雍城宣布戒禁三日。太史携巫师祝史登灵台，观星察宿，伺候日变。

秦国上下禁娱止喧，秦宫亦免却所有礼乐歌舞。宫城内，众官员斋食素服，避趋正殿，退而自责。

低沉而忧愤的念咏之声在殿室梁柱间飘荡盘桓：

第二章 日蚀

十月之交，朔月辛卯。日有食之，亦孔之丑。彼月而微，此日而微。今此下民，亦孔之哀。日月告凶，不用其行。四国无政，不用其良。……百川沸腾，山冢崒崩。高岸为谷，深谷为陵。哀今之人，胡憯莫惩？……抑此皇父，岂曰不时？……

这下可苦了客居秦宫的质子们。

第三章　梦魇

夜色昏昧，雾气蒙蒙。

军阵中传唱的《小戎》之声在周遭萦绕，令人神伤。

> 小戎俴收，五楘梁辀。游环胁驱，阴靷鋈续。文茵畅毂，驾我骐馵。……四牡孔阜，六辔在手。骐骝是中，騧骊是骖。龙盾之合，鋈以觼軜。……

突然，鼓角声迭起。

子离心头莫名闪过一丝不祥之感，他抬手正了正帽盔，尽力摆脱这种令人丧失斗志的感觉。此时，双方的鼓声陡然频密，转眼一队荔骑军已经朝这边冲杀过来。他脑中冒出个问题：为何会是母国军士？不过一闪而逝。

"杀！"子离随兵卒们呐喊着迎向对方军阵，很快与棕黄战衣的军卒厮杀在一处。荔军十分骁勇，局面一时间胶着，难分胜负。突然，四围又传来喊杀之声，密密匝匝的步卒发起了进攻。

"久战不利，"他看到自己立在战车上令驭夫勒马观战，"敌众我寡，必须速决。"那个子离肃然向左右喝道："所有亲从军听令，随我一起冲阵杀敌！"迅疾跃下战车，翻身上马，打马率先冲下一处斜坡，百余亲随军卒紧跟着冲入敌阵。子离脑中声音又问：等等，另一个子离？是的，没错。他是子离，我是谁？混战正酣，无法细究。

敌军突然被生力军左突右撞一番蛮力刺砍，难以抵挡，纷纷避让败退。

战车上的子离乘机长啸一声，催马向对方战车中的敌军首将冲去，挥戈割去了那将领的头颅。己方士气大振，呐喊声震天动地，眼见这场大战即将结束。

忽然，自南刮起一阵狂风。顿时战场上沙尘肆虐，天昏地暗，星月无光。双方无法再战，只得偃旗息鼓，各自收兵。鼓声已息，呐喊不闻，马蹄远去，战场归于沉寂，只有狂风依然呼啸着不肯停歇。

"风助尔等，且待风住再战！"那个子离有些懊恼地将盔取下，兵卒忙接过摆好。

眼看惨白的弦月渐落，大风终于止了。浓云厚雾亦被吹散，月光自云影下

第三章 梦魇

探出来，照在山间战场上，兵卒尸首横竖交错，丢弃的戈盔盾甲掩在沙土间，反射出夺目精光。

等等，那些光……

河对岸黑压压、密匝匝布满战车，车上的兵卒持刃而立，旗帜无风自动，猎猎有声。对方的援军到了，恐怕有数万之众。

子离不由大惊，哪来如此多的战车兵勇，难不成神兵天降？再细看对面旗帜服色，却非敌我之中的任何一方。他正自纳闷，忽听前哨飞奔至他身前禀报："敌援已至，战车约百乘。"

子离尚未来得及细想，那些战车已分八路冲入大营，将全军分割成若干小股，一时难以归聚结阵，混乱不堪。乱军颓势既成，溃退的兵卒被紧逼追杀。

另一个子离带着几十名亲随且战且退，靠拢来，随从在马上向他急喊："敌军势大，大伙儿速退，从长计议！"

"不许退，擅撤者死！"子离歇斯底里地大喊。可他的声音淹没在敌军杀声中。己方精锐并未减慢溃败速度，不多时，子离便被包围，身边不过百多名军士。

敌军如潮般涌来，口中高喊着："杀敌计数，将军重赏！"

"休矣！"子离心中哀叹，扭头向左右喝道："弟兄们，杀出重围吧！"率先催马向敌军冲去，百余名勇士纷纷响应着冲上前，但转瞬便被敌阵吞没。不远处，另一个子离眼见亲随们一个个倒在血泊里，悲恸长啸，终被乱戈挑落马下。

子离亲见自己毙命，不禁大惊，奋力提缰纵马在战阵中狂砍乱刺，竟孤身突围而出，带着满身伤痕向南一路奔逃。晨光破晓，朝霞铺满了东方天幕，使近河两岸的战场血气更甚，前方的路也布满诡谲血色。

"你做噩梦了？"素缟女子坐在他身旁问道，她正把手中的一小块蓣糕掰碎喂肩上的黄鸟。

子离猛地坐起身，胸闷气促的感觉还在。四下漆黑，但枝形灯台上的膏烛并未点燃。他一时辨不清是什么时辰，只在心里奇怪为什么几扶还没回来。

"征伐杀戮，"他说，想到梦中惨死的另一个自己，擦去额上冷汗又道，"算是吧！"

他起身走到庭阶上，看梁、翟质子殿内情形，依旧漆黑静谧。他抬头观天色，方才发现今日有些奇诡，空中黑气弥漫，当空竟挂着轮黑日。

未及反应，那黑日边缘射出一线刺眼光芒。"日食！"子离反身回屋。那女子依旧坐在原处喂着鸟儿，什么话也没说。她看起来情况并没变好：身上襦裙干了，袖臂处血渍结成暗棕色的污垢，脸色白得过分，更显瘦小羸弱。她的穿着有些奇怪：短襦层层叠叠，有三五层之多，虽都是白色，但材质异常繁复，有麻、葛、绢、丝、绸等好几种；下裳外层是素绢，上窄下宽，拖着阔大的裙裾，自腰间垂下两根麻条系带，又自衣角处缝着两条宽绸系在臀部，裾多破烂，绽开裂缝，能看到里层的各种布质。子离想，她像是把所有的衣裳都穿身上了。及腰的乌黑长发很脏，夹杂着泥污草叶。

"你醒了。"子离问她，"是因为日食吗？"他觉得自己是没话找话。

"这里的属域族主是哪位？"女子问道，"系何处部族疆界？"

"什么？你说什么？"

她犹疑了一下，环顾四周："我到底在哪儿？"

"这里是秦国国君的宫城，此处为昭梦殿……"说到此，子离犹豫着该如何再详细解释。素缟女子走到前庭，扶着廊柱抬头看那轮渐渐复圆的太阳，又立即用手蒙住双眼退回室内。肩头的黄鸟也受了惊吓，连连扑翅唳鸣。"此地竟是元虚。"女子轻声说，伸手安抚鸟儿。

"此地乃秦国的国都雍城。"子离纠正她。他心道，元什么？"你之前伤重晕厥，臂上的伤势很重。"他等着女子说些什么，好使他说服自己之前所见是确实发生过的。但女子什么也没说，只抬头看了他一眼，又转而望向廊外。子离说："竹林间的芝草丛，你可还记得？如何受的伤？"

"我的伤并无大碍。"素缟女子面色一正，说，"鸟儿尽职，我自是不能怪它。"

女子终于将久久停留在室外的目光移回，抬手抚了抚受伤的胳膊。可能有些疼，她皱了皱眉。"若要恢复快些，"她说，"还得劳烦你帮一下忙。"

子离顿时觉得手足无措："我……恐怕只会帮倒忙。"他见到血便会气促

第三章 梦噩

胸闷、心悸目眩，出现血晕的症候，却偏偏常梦见征战屠戮血流成河的情境。

"哦，知道了。"素缟女子竟似听见子离所想，"血晕也并非什么丢人的事。那么便请你帮我扶住伤臂，待缠罢伤处，再帮忙系结便好。可还有干净的麻巾？"

子离点头。"有，当然有，"他终于松了口气说，"稍待片刻，我去备妥所需。"他说罢走进内舍，铜鉴内浴汤中的血色令他凛然想到些什么，诡异的梦境是那样真实，竟如发生过一般。他摇了摇头，拉起鉴栓上的麻线，血水倾泻，顺着鉴下地沟流出去。不远处的灶中柴火余烬未消，保持了釜内水温。子离倒了半盂热水，又取三七、血竭、积血草几味草药包好浸入水中，药香顺着热气钻入他的鼻孔，即刻止住了晕眩。素缟女子把伤处泡入温水，要子离捧住黄鸟，将水浸透鸟儿身体。

子离忍不住偷看她的伤口，竟然较之前看到的轻浅了许多。洗净伤口，女子从容地包扎。最后，子离系紧带尾，在心中猜测她到底年纪几何，家在何方，经历了什么，究竟为何至此，还有……

"我该如何称呼尊驾？"素缟女子一本正经地问道。

子离回道："丛戎子离，丛国人。"

女子听后重复道："丛戎……子离……"歪着脑袋怔了许久，似乎在努力回忆什么，最终还是放弃了，点了点头又道，"丛国。"

门外有人声。子离看着地台上的一片狼藉，又看了看坐着的女子，心想，若几扶看到这些，自己该作何解释。"天，日食。"这个理由几扶必不会信，算了，走一步算一步吧。"定是几扶回来了，他是我的随从，"这样说不太确切，"也是我的兄弟。"他对素缟女子说，"听着，带着你的鸟儿别出声，在这里等着。"

他放下内舍厚重的紫葛绣三足乌门帷，疾步穿过外舍。他打开门，长舒了一口气，前庭门外站着的并非几扶，而是装束有些奇怪的寺人？内竖？内小臣？像，也都不像。姑且只说是两个男人吧。

这两个男人身着玄色短褐长裤，棕黄色马革勒带由玄麻系钩束于腰间，头戴朱赤帻巾，腿扎行縢。以子离几年来行走秦宫的经验，这装束倒有些禁军锐士气度，却未披轻甲，未佩苍、赤、黄、白、黑任一种帜识，更空着双手未执弓矢、殳、矛、戈、戟等兵刃。

- 033 -

站在前面的瘦高个，一张灰白的长条脸堆满可亲的笑容，令人如沐春风。

"君上诏令，"他说，"天现异象，各国公子须避趋偏殿，须待开禁方得回寝舍。"

"是，君上英明！"子离长揖施礼，口中称颂。

"现须宫内各殿所有人等素祷，静避持斋。"长条脸笑容可掬地侧身闪到一旁，待子离起身，便与身后的矮壮黑脸汉子对视一眼，然后朝里走。

"请问，贵二位系何殿当值？怎样称呼？"子离紧跟在二人身后，又加重语气道，"小的也好禀告我家大子殿下。"黑脸汉子刚才未发一言，把两手交叠着抱在胸前，漠然盯着子离，瞅得子离不由自主心底生出寒意。此刻听到这句话，他突然哧哧笑出声来。

"当值？在这里？"黑脸汉子说，"此处疆域可不归我们负责。使不得神通，憋屈甚。若非那呆鸟，哪用得着如此麻烦？"

长条脸即刻打断他，笑道："即为昭梦殿巡守，我是弗恭，这位叫作刁庐。"

"向未见过二位，失敬得很。"子离快步上前拦住他们，施礼道，"我家大子殿下被君上请去裈丰台观礼未归，待回转来，小的便禀告殿下知晓。"

"真令人着恼。瞧这竖子，弗恭，聪明机灵、伶牙俐齿的劲头可有些像你。"刁庐说着，跨上前一步，盯住子离的眼睛，"废话太多容易招惹麻烦哟。"子离浑身起了层鸡皮疙瘩，不由倒退一步。"职责所在，得入内舍巡查。"刁庐又向前逼近一步。

"殿室巡守何须入内殿宫舍？"

弗恭将刁庐扯到一旁，朝子离揖了揖。"实不相瞒，昭梦殿走失了一名女婢，"他笑着叹了口气，又道，"真是个不懂规矩的孩子，难服管教，给大家伙儿找了好些麻烦。"

"得好好管教。"刁庐恨声道。

弗恭道："她看起来有点……与众不同。"说着向子离叩了叩自己的脑袋，暗示他们要找的人脑筋有些问题。

子离马上想到内舍中那个奇奇怪怪的受伤女子。他说："小的一直在这宫舍内，并未见过什么女婢。"

刁庐似乎没听见子离说话，四处打量着室内，又不断抽动鼻子，像是嗅到了什么气味。子离张开双臂徒劳地想阻二人进入，但被刁庐推了个趔趄，刁庐几步便跨到内舍门口。弗恭微笑着向子离摇了摇头，露出个无可奈何的表情，也向里走去。子离只得亦步亦趋地跟着二人。

"二位难道是信不过小的？从未有什么女婢入内。"刁庐掀开了内舍门帷。子离在心中暗自叹息，期盼那受伤女子能聪明点，找到藏身之处。

刁庐与弗恭进入内舍。子离紧跟着他们挤进去，徒劳地喋喋不休，自己也不知所云。

内舍不大，无外浴鉴、地台、扶几、倚案、憩榻，外加火灶釜盂和几支灯烛。子离方才出去前，这里血迹斑斑，药草麻条、匜盘铜盂，还有一个受伤的素缟女子和她的伤鸟，但目下此处几净地光，纤尘不染，一切物什井然有序。

刁庐口里骂了句什么，伸手掀动各处垂地的帘幔帷帐，却什么也没有发现。弗恭抽动鼻头四处嗅着，空气中有微微的草药香气。

"这里什么也没有，"子离边说边扭头看向四周，"二位非不信小的。"

"为什么？"弗恭站住，又嗅了嗅，问，"草药味道是怎么回事？有谁受了伤吗？"

刁庐也大力嗅了几下："是，药香味道。"

"我们大子殿下几个时辰前香汤沐浴，前去观礼。"子离整理着被刁庐翻乱的帷帐，语气中增添了确凿笃定，"药汤麸浆，小的刚刚收拾干净。"

刁庐蓦地回头盯住子离，瞳仁里射出夺人魂魄的冷光。子离只觉心头猛地一沉，似乎被什么狠狠攥了一把，几乎要窒息，不由张大口，呼吸急促起来。"怎么了，刁庐？你也别太过担心，寻不着那奴婢，遭上司责罚的亦非你一人。"弗恭上前一步将身子挡在二人之间，向刁庐道，"咱们且再往别的殿室去寻。"

刁庐垂下眼皮深思片刻，喃喃道："可恼，真是不知好歹！"

弗恭推着刁庐向外走去。"可不怎的，咱们都是职责所在，"他笑着向子离一点头，"谁都别为难谁！我这位兄弟脾气甚坏，但是个称职的搭档。我说得不错吧，刁庐？"他们跨出高大的宫槛，走出廊道。刁庐一言不发，他可不觉得自己脾气坏。弗恭转回身来，又挤出一个灿烂笑容："如若见到那奴婢，只消在此间打个呼哨，便可令我们知晓。"

"一定，一定。"子离说着关闭宫舍大门，迅速上闩。

"我的脾气坏吗，弗恭？"刁庐说。

弗恭走出前庭，径向竹林而去，那里有些气息令他感觉兴奋。"你的脾气好吗，刁庐？最好用手指着自己的心来回答。"他对刁庐说，"咱们的鸟儿在那里待过。"风刮过竹枝，发出唰唰的响声。

刁庐望过去，手扬处一支穗镖顺风射入竹林："脾气不好又怎样？老子就这鸟样。"

"鸟儿可不似你这般，鸟儿起码懂得驯服。"弗恭说，"你信那竖子说的话吗？"

他们步入竹林。"信他个鸟！"刁庐说，"我都闻见那丫头的味儿了。"

突然，弗恭和刁庐同时停住脚步，侧耳倾听。"急召！"两人异口同声地惊呼，蓦地消失不见了。

子离自门缝观察那两个怪人，直到他们隐入竹林，才反身走回内舍。屋里依旧静悄悄的，女子和鸟儿不见踪影。

"嘿，你在哪儿？"子离仰头对半空轻声唤道，却没有任何回应。"看来是走了，可别让他们捉去！"子离颓然坐在地上，莫名感伤。

奚虚招摇山南麓，一场战事一触即发。

以招摇山敛迹岭为界，岭南为长舌部族疆界，岭北系清水部族辖域。长舌部族子民均为妇人，且好事多争，觊觎岭北肥田沃野日久，便常搬弄是非、挑起事端，滋扰清水部族的边境，搅得清水不清、混沌蒙昧。事发后长舌部族又主动后撤，想诱清水族人深入招摇山中，趁机偷袭。然而清水族主焉识破其计，一笑置之，并不上当。

长舌族首小妇恼羞成怒，于是再三率众组骂阵叫嚣，又偷袭离间清水部族的平、合两邑，故技重施，以激怒清水族主焉。清水族的平邑与合邑两相失和，相互攻讦，双方均损失惨重。清水族主焉终于忍无可忍，亲自率领万名清水军向长舌部族发起挑战。双方约定于招摇山南麓峡谷平原正式开战，分个胜负。

长舌与清水兵分南北，两军对阵。长舌部族的南军面向西南，清水部族的北军面向东北。长舌南军虽均为肥硕妇人之流，但军容颇为齐整。将领兵卒皆着红褥红裙，面敷脂粉，绛唇点朱，灿若桃李，姿容娇俏，美艳异常。

再观清水北军，一袭青蓝深衣袍服，手执如雪羽扇，头绾束发长帻，飘然若仙，哪有半分出战迎敌的模样？

时辰一到，南北双方战鼓同震。南阵军中数万妇人忽地列开阵势，将双手叉于腰间，口腹齐鼓，露出狰狞面目，张开嘴吐出尺余长舌，吞吐翻卷，向北军弹射出万千道口涎。一时间，北军上空云气陡然聚拢，挂满涎水，转瞬便化作瓢泼大雨浇入阵中。清水众兵士不疾不徐，羽扇齐展，在北阵上空组成一张巨大伞盖，遮拒那腥臊涎雨的袭击。

只见北阵中央的主将焉跺了跺脚，脚下升腾起轻蓝色薄云，薄云四散开，笼住清水部众。长舌小妇因看不清敌方情形，便驱动座下穷奇兽向北奔驰，待到阵前，还未立稳，突然自北军阵中刮来一阵夹杂着口涎的飓风，顿时云翻气涌。小妇躲避不及，被涎水封了七窍，捂住面门拨穷奇兽回撤。南军众妇长舌尚未收回，被飓风吹起扑啦啦抽打自家脸面，睁眼不得，再遭自产的涎水浇淋，顿时互相推搡叫骂起来，阵脚大乱。

北军趁机发动攻势。主将焉驱动座下嘲风兽，亲率三千兵士冲入长舌军阵，一番轮扇招来阴风，引得长舌妇人们摇唇鼓舌殴斗撕咬，自行溃败。小妇见势不妙，忙挥动息风旗罢战。两下各自收兵回营，约定次日再战。

是夜，虚空有流星坠入南军营中，伴有白云如柱，当营而陨，不及地尺而自燃，长舌所部众妇皆恹伏不起。突然间狂风大作，雷电雨瀑骤然而至，连云车驭兽都被掀翻。长舌军受挫溃散。长舌族首小妇被生擒法办，重新任命谨言为长舌族主事族首。自此后，部族众妇将长舌收卷入喉，再不敢搅扰滋事。那清水族主焉竟也一同受罚，不但罢免族主之职，还因行为不检，收缴其部族法执——阴风羽扇，改任用慎行为部族主事。

招摇山敛迹岭南北族众在谨言与慎行的统领之下，终可守道修持，辑睦相宜。

"咱们的事可真多，弗恭。"刁庐双手持铜殳立于山脊，向身边正在收拢风势的弗恭抱怨。

"可别忘记在是非瀑下吃过的苦头。"弗恭笑着拍刁庐的肩膀，"职责所在，得学会任劳任怨，有事可做方为幸事。"

"对，说明我还有些鸟用！"刁庐试着苦笑一下，"可别提职责之类的，那丫头是归你我管辖吗？你得用手指着自己的心回答。"

弗恭皱起眉头，答非所问："你还是不笑顺眼些。"四顾后，压低声音说，"主上大人说归谁管，她就归谁管。"

"是，"刁庐仰面长叹，"咱们的确不如那只呆鸟，起码鸟还能重选主人！"惊得弗恭扯住刁庐急跃入云，掩去了形迹。

"劳烦惦记，多谢！"素缟女子站在孑离身后笑道。肩头的黄鸟已恢复灵动，不时振翅理毛，腾跃欢鸣。

"你没走？"他走到女子面前，"他们找的是你吗？"

她歪过脑袋看他，说："对，是我。"

"你就不想与我说点什么吗？"孑离几乎要喊起来，"比如，该如何称呼你？"

"我？"素缟女子面色一凛，"我是谁？"露出犹疑神色说，"奇怪，我竟全然不晓得。"她伸出手让黄鸟站在臂端，问它："你知晓吗？"黄鸟啾啾叫着扑了两下翅膀。她失望地将鸟儿放回肩上，声音低沉下去："它亦是不知呢。"

"那么，你难道也忘记是怎么受的伤吗？到底发生了什么事？"孑离觉得起码要问清事情原委。

"当然记得。"素缟女子的声音依旧低沉，"不过，你并不需要知道，这样或许对你更好。"

"其实你本不必管闲事的，"女子走到门边，扒在缝隙处向外看，"但你已经管了。"她看到竹林中有两道白光一闪而逝，松了口气，说，"目下算是暂且安全。"

孑离也朝外看了看，什么也没看见。"那两个怪人为什么要找你？"他上下打量她，"我可不信你是此间的女婢。"

"求你别再问了，不知为何，心下乱得很。"素缟女子有些不耐烦。

"可是，"孑离并不想就此放弃，"刚刚他们进来时你在哪儿？"

"我没离开过，"女子说，"是没法子离开。"女子转身向里间走，"他们随时会回来，得找人来帮忙。"

"找谁？"孑离有些不好意思，说，"我在此地并没什么朋友！"

"你的朋友恐怕帮不了我。"素缟女子把黄鸟捧在掌心，与之四目相对，

第三章 梦噩

口中啾啾唧唧与它说着。鸟儿竟懂得她所讲，啾唧回应，并扑翅跳脚，频频啄脚上缚的玄铁细链。女子笑起来，脸上现出些可爱红晕："莫急，莫急！"

"你在与鸟说话？"孑离问道。

"有何不可？"素缟女子答罢，不再理会孑离，手捧黄鸟避去屋角暗处与之对视低语，好一会儿方停住，又将额头抵住鸟儿头顶那一小撮金黄色额羽。突然一声脆响，连缚她们的那根细链脱落并消失不见了。与此同时，鸟额处光影频闪，竟自生出一只眼睛来，圆圆的眼瞳绽放出五彩微芒。

孑离简直不敢相信自己的眼睛，那鸟儿却不容他细瞧究竟，展翅在宫舍半空翻飞盘旋，像是在庆贺脱离束缚。"你得当心，记住要寻之人！"素缟女子微笑着朝她的鸟儿叮嘱着。黄鸟闭了额目飞回她的肩头，歪着小脑袋凝视女主人。"唧唧啾，"女子怜爱地轻抚鸟羽，"这里是元虚，此行甚险，避开所有……人！明白吗？"鸟儿啁啾应了两声。见主人点头允它离开，黄鸟额目猛地张开，随即周遭腾起丝丝热流，双翅振动，瞬间竟已至外室。

孑离忽地记起，外间宫舍那厚重的大门已上了闩，慌忙抬脚朝外跑，要去开门。"没事儿，你的门挡不住它！"女子阻止他，"且教它自去，咱们只管等着吧！"

果然，孑离见那额目黄鸟的小小身影在门口一闪，便不见了踪迹。

素缟女子走出内舍，在书案前坐下，翻看案上放着的几卷竹简。"不愧为一方诸侯的大子，读这么些书，可以想见是位高才。"她拿起一卷道，"《诡辩要义》，"又拿起一卷，"《治国方略》，"再拿一卷，"《纵横秘术》。"她放下，选了那卷《诡辩要义》，拆开简绳。

"这些都是几扶爱读的。"孑离在她对面坐下，问道，"你当真记不起了？"

"什么？"

"你叫什么？"

"哦……"素缟女子将目光从竹简上移开，看向半空，好一会儿才喃喃道，"似是而非的景象……不……片段。"说着闭上眼睛，皱起眉头努力记忆。她终于还是放弃了，故作轻松般地说道："算了吧，回到奚虚自会知晓。"

"奚……什么？"孑离确信自己不止一次听到这个词，"是地名吗？"

"哦，奚虚，算是吧！"素缟女子看了他一眼，又低头继续看竹简，显然

- 039 -

不想继续这个关于奚虚的话题。子离无趣，也随意抽出一卷竹简来看，却是一卷《行状》，"记鲁公族上大夫柳下惠展子禽之事迹"，觉得无趣，遂放回案上。他又抽一卷来看，是《警者言》，翻看有言："循名责实，苛察缴绕，专决于名，是所谓正名。苛察而不能如实，则缭绕烦琐徒乱人意，意精察，察精微之处，常人所不察之微末，可也……"

"你识字，绝非普通人家女儿！"子离突然朝女子喊道，为自己察精微处而得到的新发现兴奋不已。素缟女子抬起头陷入深思，而后只发出一声轻叹，埋下头去继续读书。

子离无心再看，抛开书简向案后跪坐的女子凑了凑，问："咱们在此坐等，能等到甚？"

女子头也不抬："此地知使。"

"什么？"

女子摇了摇头，掀开眼帘看了眼子离："算了，你的问题太多。"

子离突然想到那两个怪人所说"与众不同"之言，她何止不同，简直怪异："那是因为我什么也不知道，刚才那些人进来的时候……"

"什么人？"女子眼瞳内有点点光亮闪现。

"弗恭和那个……黑脸壮汉。"子离觉得自己的脑筋似乎也出了点故障。

"刁庐。"她说，"事情就是这样，现下尊驾知晓了。"

子离继续问："他们进来过，可什么也没发现。你和你的鸟儿，在哪儿？"

素缟女子将竹简卷好缚紧，仔细放回原处："我们就在这儿。"

"可……"子离无话可说了。这儿根本无处可藏，她们若是未曾离开过……

头顶处响起一阵窸窣声，一只身形硕大的蝎虎自屋顶梁柱迅速爬下来。"哦，天！"子离惊呼着操起案上简牍朝那个大家伙砸过去。简牍在木柱上留下个凹坑，掉落在地，拴简的绳断了，木片四散。那蝎虎踪迹全无。

"子离！"素缟女子叫道。

"没事，别怕。"他去捡散落的木简，"一只蝎虎，只是个头出奇地大。"

女子跑过来，顺着础柱一路向上找。"当然是蝎虎。你竟想伤它。"她抬起手指压在唇间，发出唧唧之声，"你还好吗？出来吧！"她仰头向周围空气轻声说，"但愿这莽夫未伤到你。"说着低头发出一声惊呼，俯身自地台上捡

第三章 梦噩

起一截兀自扭动着的蝎虎断尾。

素缟女子回头瞪了孑离一眼:"瞧你干的好事!"随即将断尾放在掌心说道,"他不是故意的,尚请勿怪,他只是猛地见到你被吓着了。"

"我被只蝎虎吓着?"孑离说。

"嘘——嘿,你还好吗?"柱基缝隙里探出蝎虎那颗土灰色的小脑袋,黑眼珠里透出受惊吓后的警觉。"别怕,实在对不住。"她将伤臂伸向蝎虎。断尾的小家伙并没犹豫,顺着她的胳膊飞快爬上肩头。女子侧耳凑近蝎虎,仔细听着,不时点点头,然后掌心托着断尾放在它面前。蝎虎爬上女子手掌,三两下吞嚼了自己的那截尾巴。

素缟女子面带歉意,又向它唧唧有声。硕大的蝎虎唧唧回应,随后腾身一跃上了近旁殿柱,转眼间爬上房梁消失不见。

孑离看得目瞪口呆,半晌说不出话来。

"好吧,既然鸟儿已将话带到,也该返回来了。"素缟女子自怀内取出一只铜哨无声地吹起来。孑离以为自己的耳朵出了问题,用双掌来回压了压耳郭,可依旧听不见那铜哨发出的任何声音。

"鸟儿能听得见吗?"孑离觉出这句问得未免多余,不待她答便自答道,"当然是听得见的。"

女子笑起来,孑离突然发现自己对她有种莫名的亲近感,虽然面前的素缟女子怪异肮脏并不讨人喜欢。他说不清楚。

过了许久,黄鸟并未回归。女子每隔一会儿便吹那铜哨,鸟儿依旧无踪。随着时间推移,女子面色越发严峻。一个时辰后,她终于说道:"我的鸟儿怕是出了岔子。"见孑离似乎没听懂,又道,"没时间再等了,可否劳烦你费些腿脚?"

孑离不假思索地点头答应。素缟女子稍松了口气,转而又露出难色,说道:"只是……如此一来,实难预料此后诸事,唯盼对你影响不至于太坏。"

"不搞清楚此事,坏处更甚,"孑离笑道,"恐怕自此后寝食难安!"

女子闻言,终于展颜莞尔。

有人叩门!

"是几扶回来了。"孑离向那女子道,一时不知该不该让她回避,便不再多话，向外走去开门，心中盘算如何说服几扶，让他独自离开秦宫，去完成素缟女子所托。直到此刻，子离除了记下她关照要找的人，尚未搞清这一切的来龙去脉，但并不妨碍他决意帮忙。

"这趟实是不易！"湿淋淋的几扶跨进门来，"谁能料到蚀日才刚复明便又坠雨，奇是不奇？"

"何时落的雨？我竟不知。"子离取麻巾递给几扶，几扶接过却不揞面，只顾着小心翼翼地擦拭身上的礼服。

"管这死物作甚？"子离强按他坐下，帮他把头冠取下丢在几案上，解开湿发用箆梳滗水，"着了寒可不是玩的。"

几扶笑道："肉做的身子，贱得很，自愈便了。"忙又捧了束发皮弁来擦，"冠服便只这一套好的，泡糟再难添置。"说着便忙起身去内舍宽衣，"外服得赶紧脱下烤烤，别叫这酸雨臭水浸透了。"

子离张了张口，却什么也没说，只好跟进去。

果不其然，内舍窗明几净，素缟女子不见了踪迹。几扶边脱厚重繁复的礼服边问："是什么香味，如此清神？！"

"有吗？"子离有些慌乱，答道，"我怎的闻不见？"忙去倒来热水，看几扶还在掸那衣裳，恼道，"你可真行，难不成东西比人金贵？"

"殿下贵为一国大子，自然金贵，只小的命贱而已。"几扶咧开嘴朝子离扮个鬼脸，自屏后伸出手臂挥了挥。

几扶将玄衣纁裳展在架上，靠近火灶放妥，又将火门打开些，看着灶面火眼处升起微微火苗，这才坐到几旁，端起热水来喝了几大口，说："所有宫门尽数关闭，人全被关进偏殿避祸自责，不得脱身。"然后问子离，"殿下觉着身上可好些？"

"好，好多了。"子离心神不宁，"不过，有些事情也不大好。"

"是，只怪天狗太不识趣，要在这个时候食日。"几扶抱怨唏嘘，"君上竟未预先得知，贪酒祝师被烹，还带累两个下属星司同死。唉，接下来的时日可说难挨！"

子离却无心细听，说："有件事，"他坐下，想着时间不允，便又站起身，"不知该如何开口……"见几扶睁大眼在听下文，便心一横道，"你且在此处

第三章 梦噩

再替我装扮抵挡些时日，我……我有要事，须得出宫走一趟！"子离找不出像样的理由，只得实话实说。不待几扶刨根究底，他语无间隙地又道："不必细问，回来自与你说个明白。"说完便快步跨出门去，只把目瞪口呆的几扶留在身后。

"我说什么来着，弗恭？这只呆鸟终究没逃掉。"

"是的，它逃不掉。现下只消对付一个女流了，刁庐。"

"怪只怪它跟错了主人！"

"啧啧，鸟儿何错之有？真可怜。"

弗恭与刁庐再次步入昭梦殿宫舍时，刁庐手里提着一只不断扑翅挣扎的黄鸟，黄鸟脑顶额羽不知是因为惊恐还是愤怒变了形。"在下殿室巡守，奉命至各宫舍查察！"弗恭面带微笑地向几扶施礼道。

"二位请便！"几扶正襟危坐，向他们微一点头。

"想必是大子殿下吧，"弗恭对几扶的配合态度很是满意，径向内舍走去，"职责所在，都是为着各位公子的安全！"

"有劳！"几扶不动声色地端坐着，任由两个多少有些奇怪的人进来东张西望，心道："今日，所有人都有些怪异。"

刁庐进内舍后，将手中黄鸟丢在地上。鸟儿翅羽似乎受了伤，扑扑腾腾，却飞不高。刁庐听到什么细微的声响，他立即警觉四顾，边寻那声音来处边问："弗恭，听见什么了吗？"

"是的，想来就在附近。"弗恭脸上笑意更浓，伸手捉住伤鸟，身子一纵跃上房梁。刁庐向外舍看了看，仰起头压低声音，道："却又有些不对劲。"

弗恭找遍梁顶未能如愿，跃回地面，手中已没有鸟儿的踪迹。他四顾着轻笑道："看看你的小伙伴，多可怜。"梁间传来啾啾急鸣，黄鸟双翅绞缚悬挂在梁间。

"唧！"一只断尾的大蝎虎自暗处猛然跃出，扑向弗恭头、面。弗恭轻蔑一笑，只将身侧了侧便躲过偷袭。几乎同时，刁庐的穗镖出手，却什么也没扎中。

两朵粪花落下来，二人闪身避过，同时抬头，却见梁上的蝎虎与黄鸟都消失不见了。

"刁庐,咱们好像上了鸟当。"弗恭看向刁庐,眉头微皱,"在元虚,办事情要棘手得多。"

"可不,一到元虚,连呆鸟都学坏了!"刁庐挥手答道,表情有些怅然若失,说,"恐怕咱们来晚了一步!"

"我也是这么想,刁庐。不该信那贼鸟的!"

两人离开时,弗恭不忘向几扶笑道:"殿下这里十分安全!"

第四章 游医

时近黄昏，子离站在高悬"雍渊泮学"门额的麻石牌坊前。坊分三门，中间门楣上刻着"棂星"，左右侧门分别是"腾蛟"与"起凤"。此时已是三门紧闭。他将眼睛贴在门隙处，隐约可看到供各国贤士学子宿居的北庑配殿，廊下馆舍已透出点点烛火。他试着逐一推摇晃动厚重的门扇，三樘对开木门皆关得紧实，毫无松动。子离抬头看向高耸的门廊与宫墙，自忖手无缚鸡之力，又没那飞檐走壁的功夫，懊恼不该贸然答应管此等闲事，不觉长叹一声，攥拳擂在那近旁"起凤"门扇上。青铜兽首衔环发出声闷响，吓得子离慌忙去捂那门上兀自振动的铜环，不想门扇却应手而开。

子离心中虽有狐疑，脚却已经跨入坊门。身后门框随之发出轻碰声，他回头去看，门闩竟已自落。四下无人，寂然无声。子离惊惧，惴惴僵立着，不知如何是好。他转念又想，自己只是帮人脱难，问心无愧，怕个甚来？便心一横，顺青云道向前走去。

半圆形泮池上是一高两低三座拱石泮桥。子离避过中间的魁步桥，自侧桥过泮水，又径上六级高阶，迎面便是玄底门庐的大成门，上悬玄底荡金门额"尚善宫"，两侧白底墨迹门联："惟学为材，于斯有任。"子离进入大成门，穿过一宽阔庭院，是悬有"文山台席"匾额的二门，走过二门石坪，即为讲学辩论的明伦堂、率性堂。过博文斋、约礼斋，子离直入右侧角门，向西顺甬道穿过崇学馆，在金漆匾额"学达性天"下停住。这里便是尚善宫的藏书阁，有知渊、问渊二舍。

"岸南尚善宫，"素缟女子对子离说，"藏书阁，须在人定时分抵达，去寻展子禽展老夫子。"

子离忽地记起，在昭梦殿宫舍书案上放着记述这位老夫子生平高论的追录书简："没记错的话，展老夫子已于新近仙逝，是吧？"

"呃。"女子把臂上缚的粗麻解开，轻轻伸展扭动伤臂，看起来已痊愈无碍。她抬头向子离道："见过便知！"然后用确信无疑的语气说，"起码鸟儿已经会过夫子，还捎来口信，信使你见过的。"

"那蝎虎？"子离无可奈何地说，"好吧！"紧接着便又想到新问题，"那藏书阁有知渊与问渊两舍，要去的是哪一舍？"

第四章　游医

"这……"素缟女子用表情告诉子离：蝎虎并未言明。"其实，并不重要。"女子很认真地补充。

子离在两樘门之间稍一犹豫，暗忖："既然要问事，那么……"他轻轻推开问渊的厚重木门，被发出的吱呀呀怪响吓了一跳。日食闭门避趋，泮宫内外该有的夜读、讲学、论辩尽数取消，士学馆吏均在各舍守豆自省，值守巡查也不知躲去了哪里。子离虽是尚善宫常客，却也从未入过这藏书阁。此刻他暗道"幸甚"，忙闪身挤入门内。

"一定记得时辰与步数，此乃最紧要之处，切切。还有，千万勿让人发现。"素缟女子一再关照子离，又深吸一口气，下定什么决心似的说，"无论如何，已然身陷其间，难脱干系。"

"记住了！在下既答应相助，自当尽力，实不必忧心过甚。"

"唉……那么，便多谢了！"女子欲言又止，终于叹息着微笑点头，没再说什么。

问渊舍内整齐肃穆，并列放着七八架高丈余的三层书阁，中间阁板上整齐码放着包裹书衣的卷牍书简，下层与上层则放着箧箱、笥柜精藏帛书。子离立身于简牍书海，不免腹中书蠹拱动，想时辰尚早，不如先开开眼界。

他走到近门的第一架书阁前，见柱上挂有皮绳木标，借窗外透入的微光仔细辨认，是个"礼"字，步至下一架前看时，上书"辞"字，又去一架，读出个"论"字，便顺着那论字阁，再辨认书衣悬绳坠下的木签书名，乃道、儒、法、名、兵、农、阴阳、诡辩、纵横诸家贤士研学论著，尽述诸子百家各学派的争辩、诘难、研评、论政。库藏极丰，竟又有勾股弦算、九九、浑天、盖天、宣夜、历、医、药、巫、占、炼、冶、铸、水、织、畜、渔等术，此外更有秦先君穆公与学士大夫咨政询议、穷理博引诸子百家的详细记述。

子离不由感叹。想秦建国之初，也只是西陲一隅的蛮夷小国，却能够励精图治。君主卑身厚币招贤纳士，任用客卿广开言路，集众思以治国，兼并戎狄，拓地千里。再观母国兹，君父玩物丧志，唯喜豢鹿乐舞声色，耽享乐厌精进。

难怪国弱民贫，靠依附他国图存。只可惜秦穆公死而弃民，令良臣姬妾侍人从殉。可见其贪恋生前身后君权显耀，筹算君位世代相传、江山永固，却又妄疑猜忌，惮能臣不轨。说到底，终究是贪执妄念作祟。

"人定初刻！"读更之声传来。子离惊醒。窗棂透入的星影已淡。他忙向舍门处走去，得按照素缟女子所讲的方式去寻展老夫子，虽然他十分确定藏库中一个人也没有。

"入书舍向前，走九步转身面北，数第三排书阁，顺阁再走三步。"素缟女子停住，有些担心，问，"能记得住吗？"在看到子离坚持的眼神后，方才接着说，"底层最上面的那个箧箱，箧封上写着'获启'，轻叩三下箱面便可打开封泥。"

"你让我打开藏书阁内封存的箧箱？"

"恐怕……是的！"

"这……这与盗何异？会被斩趾黥面！"

秦国的律法严苛。成年男子无故号啕都会被送官府获罪。偷盗赃款超一钱，就要斩去左脚脚趾，还须受黥面之刑，在脸上刺字。即便愿意帮她，子离也不想承受触犯刑律的代价。

"不取，又何来偷盗之说？"

"哦，"子离轻松了些，勉强挤出个笑容，说，"不用取里面的帛书！"

"当然，但一定要有虔诚之心！"

子离开始走，在心中默念着步数，来到标有"论"字的书阁前。可是，无论是面北走三步，还是面南走三步，在底层架上并没找到素缟女子说的那个箧箱。子离手心攥出了冷汗，绕着那阁走了两遍无果，便又将舍内每一架的最底层都仔细看了一次，依然没找到。

"人定正刻！"读更之声催得子离心焦，"一定是进错了阁舍。"他跑向问渊大门，"该在知渊内了。"出了舍门，子离转过身来，不禁大惊！哪里有什么问渊与知渊？只有两扇乌幽幽的对开墨漆木门向他大敞着。

子离揉了揉眼睛，大门未曾有变化。"天啊，现在还有别的出路吗？"他

第四章　游医

鼓足勇气跨进大门，用十足的虔诚态度，"一、二、三……九步。向北，第几？对，第三排。"子离看到挂在柱上的木标上有个硕大的"虚"字，便顺着架再走三步，蹲下身去看底层的箧箱，惊讶地发现了他要找的那个箧封"获启"。这架书阁有些与众不同，朔正不见月，却不知哪来的月光洒满整架，无须费眼分辨，便能轻松看清书封上的字迹。

"等等，"子离伸出右手食指轻轻碰了碰那封泥，"不是打碎。"想到此，他有些手足无措，收回手在前襟擦了擦，默念道，"叩三下……"

"请进吧！"随着子离叩动三次箧盖，一个声音传入耳鼓。箧上的封泥四散着凭空消失，随着箱盖徐徐开启，自箧内放射出的巨大的柔白光团将子离笼罩，粲然一闪过后，子离与那光团消失无踪。箧箱复原如初，箱盖上那写着"获启"的木签系绳处，封泥赫然完整地印在原处。

"来者何人？"一个苍老的声音问道。

"在下夃戎子离，受人之托，来此寻展老夫子。"

"子离？只是人名而已，非汝。汝可唤作子离，吾也可唤作子离，他亦可唤作子离。汝系何人？"

"我，"子离指着自己的面孔，仰头向空中道，"我这个子离，长成这样的子离，他人不可能与我长得一模一样，你可以叫作子离，他亦可叫作子离，但面貌绝不可能与我相同。"他四顾，寻找那个发问的声音，却只是身陷一片白茫茫的光影之中。

"听汝所指，以面貌断人之分别，面貌可会说、会听、会生念想？是以面貌非汝。汝是谁？"

"我，便是我。"子离用双手比画着自己的全身，"我身、我心、我样貌，我之全部，这便是我。"如此显而易见的事，他想不通这个声音为什么揪住不断发问。

"是汝，亦非汝。汝之身形样貌为实，为可见，汝之所想所思亦是汝，吾却无法见，是以，吾不知汝，汝亦无法见吾。"那个声音继续问道，"汝乃何人？"

"我是我，我亦非我。"子离在尚善宫与各国游士辩论的功夫此刻有了用武之地，他不慌不忙地说道，"天地万物彼此区别，是为异，却又无不相关，如何能独立？我无法将我思我想捧出来给你看，是以无法告诉你我是谁！"

"异者固联，而联者又固相异，相联时便已相异，它固然异，固然可联，却也无异可异，联无可联。"那个声音笑道。

"是以我本为一体，却时常相异，好与坏、善与恶、对与错，我之想亦非我所想，我之所行亦未必系我思之所行。是以我即为我，而我又非我。我是孑离，亦非孑离。"

"哦，"那个声音说，"看见你了，你是孑离。说吧，寻老夫何事？"

孑离周遭迷雾顿消，豁然开朗。他发现自己站在一座巨大的半圆形穹顶殿室中央，一根根雕刻着蕨草暗纹的白玉础柱高耸矗立，四围用玄石砌就的席阶上密密匝匝坐满了宽袖白袍的士人，他们个个正襟危坐，以恭顺崇敬的姿态仰头望向面北的高阶。

高阶上席端坐着一位须发皆白、面目慈祥的白袍老者。正是柳下惠本尊——展获，展子禽。

孑离赶忙向上施礼，正待开口发问，却听展夫子问道："孑离，你既为元虚之人，却要管奚虚之事，那你可知这世间还有奚虚所在？"

孑离不止一次听素缟女子提及，当然算知晓，可又实在不知这奚虚与元虚到底是什么，当下答："知，也不知。"

"哦！"夫子道，"笃信'执我非我，奚虚不虚'，方可言知！"见孑离不解，夫子微微一笑，手捋如雪长髯，说，"人所生活劳作之地即为元虚。而人虽一体，却具两性：一为本我真性，即为人的本初善性；一为执我妄性，即贪、嗔、痴、恨、怨等一切虚妄贪执之性。奚虚，便是由此诸般妄念执我构筑而成的。"

"既说本我与执我乃为一体，当然应活在元虚之地，又如何能单成执我之奚虚？"孑离追问道。

展夫子点头赞许："问得好！"缓缓说道，"人有实身，本我与执我均委实身存活于元虚。生而为人经历一遭，为的是修持本我清明善意，摒除执我妄念，待到寿终期满，那固本抑执达成超我之人，便可得解脱获自由。若存活于元虚的实身本我已死，而执我妄性仍不肯泯灭的，便只能受困于奚虚，持戒苦修……"

"等等，既无实身，那岂非鬼？"孑离忍不住打断展夫子的话。

第四章　游医

"非也，非人，亦非神鬼精怪，执我乃实体本我的一部分。因其为贪执妄念，是以无声无形无色无嗅，无具形貌，只因实身存的一点忆念在奚虚保有旧日面目身形。执我无自重，极轻，因此只可存留于人类虚妄弭空之畔，借风云气雾，凭雪露雨霜，浮游飘荡，幻化修持，自固己形，待祛妄消执方得解脱。"展夫子说完，挥动宽大袍袖，指着座下众士子道："汝之所见，已为奚虚！"

"此处竟是奚虚？"子离不敢相信，但之前遭遇的种种诡异情境令他不得不信。可他又不免心中疑惑丛生，向上一揖，问道："敢问展老夫子，柳下惠老夫子系忠直不阿、名满天下的大贤，怎会有执我？"

"这盛名，便是老夫之执啊！"展夫子长叹，"想来惭愧，虽经百年元虚修持，亦无力消弭。"

"再问夫子，想当年夫子虽拥美人却能坐怀不乱，不生邪念，"子离犹豫着，终于鼓足勇气，抬头望向高阶上正襟肃坐的展夫子，问道，"既无妄念，夫子又怎会囿于奚虚呢？"

阶下突然站起个面圆唇厚、身形肥硕的白袍士人，高声朝子离喝道："竖子大胆，竟敢辱本族族首师尊！"众士子也纷纷响应，诘责之声在大殿内回荡。

夫子听了此问却哈哈大笑，道："苦等久矣，终于有人敢发此问。"然后向阶下摆了摆手。众士人即时闭口，静听夫子下文。展子禽挑动白眉看着子离，缓缓说道："人，皆会生妄念！老夫只是被冻僵了啊，美人入怀唯顾取暖而已，又怎会生出淫心呢？"阶下响起一片窃窃低语。展夫子扫视众人，提高声量，道："老夫亦不过一介凡人尔！"

阶下众士人面面相觑。子离忍不住拊掌大笑起来："不错不错，该当若此。展老夫子真乃天下不二之质直圣人！"说罢朝向北处高阶再行长揖大礼。

"还要请问夫子……"子离此时方才想起问受伤女子之事。

却不料展夫子不容再问，打断他道："不可说，不可说！"

此时，一白袍士人离阶立身而起，环顾众士人道："为师而不尊，未免让人失望。"话音未落，又有三五人起身，面露鄙夷之色。席中一长髯士指着那几人斥道："尔等拜在夫子座下，不为习学修德，难道只慕夫子名气声望而已？"另有一乌面士子说道："夫子大德，不避己讳使众昭昭，真贤人也。"

展子禽由他们争辩却不着恼，此刻微笑着俯视座下众士，道："好了。"

声音显出空灵缥缈，"老夫在此处亦在彼处，是以无处不在。执我乃因缘和合而成，实为空相。人之贪心妄念因一时、一物、一人、一言而生而灭，瞬息万变。不执则不迷，放下即自由。"说着看向子离，点头微笑，道，"幸有后生度我超脱，老夫可去矣！"又转而向阶下众士道，"诸众务须谨修正念，早日得望功成。"

站而离席的那几人面露惭色，随众士拜伏在地，口中诵道："谨遵族首之命，恭送夫子！"

子离还待再问，却不想周遭白光乍现，将所见一切都隐去。待到他目可视物的时候，便发现已身处书舍门外，回望门楣之上，"知渊"匾额高挂，一切与刚来时无异。忽然他又自狐疑起来："明明入的是问渊，为何出的却是知渊？"

受托之事还没有半点眉目！子离顾不得多想，只懊恼该早些问那女子的事。他反身去推书舍大门，门却闭得坚实，又去试另一舍门，同样纹丝不动。

子离没法，只得叹口气，垂头向外走，眼光却被廊道角落里闪过的赤红色微光吸引。他不由停住脚，依稀见那光晕下，一个体长盈尺的矮肥小人儿似在向他招手。子离不敢立即上前，只朝那小人儿揖了揖道："是在叫我吗？"那小人儿也不答话，只不住地招手，见子离犹豫，竟急得频频跳脚，双手齐摇，将脚下青石步道跺得砼砼作响。

子离壮着胆走到那小人儿近前，手抵双膝低头细看。只见这小人儿身上穿着脏兮兮的褐麻短襦短裤，腰间绑缚若干麻条，面目黢黑且样貌奇异，额凸嘴瘪，满脸疙疙瘩瘩，一双黑瞳乌亮的圆眼几乎不见眼白，脑顶上扎了个乱蓬蓬的短鬏，红光便是自那绾发的红绳发出的，在繁星映射之下灿然生光。

见到子离近前来，矮肥小人儿冲他咧嘴一乐，露出满口黑牙，转身便跑。小人儿身矮体硕，跑起来竟是极快，跑不多远，又停步回头等子离走近。那红光闪烁，竟是在暗夜中引路。"原来展夫子早有安排！"子离大喜，脚下加快跟紧。那小人儿便不再回头，一路领着他来到雍城集市的南门外，突然跳起来一头扎进土里不见了。

草集晚市未开，是以东西南北四门紧闭。各商铺均已熄去明火，唯有市亭还亮着微光。与朝市和午市行商坐贾售卖车马牲畜、陈设器具、盐蔬货品不同，草集的晚市以娱乐博彩为胜。平常日暮时分，集市空前拥挤热闹，道路上

第四章　游医

车马不绝，行人摩肩接踵。晚市里斗鸡赛犬、饮酒行令、吹竽鼓瑟、击筑弹琴，歌舞乐声与伎技六博的狎笑唱闹不绝于耳。不论是仕宦商贾、贩夫走卒，还是风尘仆仆的旅人，或锦绣貂裘，或麻鞋布裤，都能在晚市找到各自属意的享乐欢愉。

可是今夜，因有蚀日禁令，晚市停开。

市肆道里寂然无声。不远处竖立的那根旗杆之上，集市的玄鸟陨卵绀幡市旗在夜风的吹拂下猎猎有声。子离失掉那矮肥小人儿的指引，不知如何是好，正自焦急，忽听见有吱呀开门声响，抬头看时，南门处有人影一闪，直入南市大门。

子离抢步上前，将身子探进门内，不想与一个探出的脑袋碰个正着。

"啊呀！"两个脑袋齐声发出短促轻呼。

子离揉着撞得生疼的前额，进门看时，哪有半个人影。南门守禁司虒和巡市司稽也不知所踪。他顺肆道向前，见远处隧舍间闪动若隐若现的光影，便加紧往那明处去。

待走到门前，只见门首有麻绳悬着个葫芦，颈处拴着的红绳粲然生光，与那遁地的矮肥小人儿的绾发绳竟极相类。原是一家医舍。子离叩响门扉，门应声而开。进入屋内，陈设器具倒也简陋，只一案一席，墙面却令人眼花缭乱，挂满缝缀联连的大小粗麻布袋。袋内装有卷耳、将离、辛夷、苏叶、茱萸等各种干制药草；又有龟甲、鬼卿、僵蚕、千足虫、地龙、蝎虎、斑蝥等各种蛊虫灵药；还有砒石、朱砂、轻粉、硫黄、琥珀、不灰等各项奇罕的金石药末；另有许多不认得的怪僻兽骨禽羽。案旁还有一堆不知是药材还是樵材的枝丫草叶，案上置一盏乌瓦烛豆，豆钎上的麻芯已焦，火头忽明忽暗。

"有人吗？"子离轻唤一声，"在下刕人子离，请问有人吗？"

无人应声。这里并没有人。子离无奈地叹了口气。看来只能回去告诉那素缟女子，已是尽心竭力地帮过她了。他有些懊恼，将地上一块黑乎乎的首乌蓼根用脚踢开，那蓼根撞上案足，然后弹进了旁边的樵堆中。

他以为是樵材或药材的那堆乱草残枝突然抖动几下，而后以迂缓连贯的柔和姿态伸展，最终站起来。一个男人，手中正擎着那块首乌蓼根。

"我的宝，教人寻得好生心焦。"男人说。他看起来四十出头，头上并未缚绩，只用木发簪绾住发髻，身上穿着肮脏的棕麻深衣，肩背后拖挂药篓、葫芦和一些不知名的干制草药，斜幅裹腿已破败不堪，麻缕丝丝，脸孔黢黑，而眼眸却白得耀眼。他微微一笑，牙齿洁白整齐，唇上两撇髭须也随之向上翘起，透出滑稽狡黠神色。

男人向子离抬了抬手算作见礼，开口道："某乃医人，游历诸国，段干且是也。那么……"他上下打量子离，像是在忖度合适的称呼，随即用了个令人意外的敬称，"尊驾是……"

"呃，"子离抬手还礼，嗫嚅着说，"哦，噢。"

"好吧，"段干且的嘴咧得更大了些，牙的确很白，"既是尚无命字，医人又痴长些年岁，便不敬直呼了！子离，苅国大子殿下。那么令姊的伤应是无碍了吧！"他说着将手上那块肥厚的首乌蓼根小心仔细地用麻绳拴了又拴，解去芦头上的一根红绳。

"是。"子离点头，"什么，阿姊？"他随即摇头，说，"不，不不，段干先生定是搞错了，家姊已不在人世，因而那女子绝非亡姊。说到她的伤，倒是差不多复原了。"

"是，奚虚弭空部族，伤是伤不着的。不过，如若遭到同族的追杀，那便不好妄下定论了。"段干且很平静地看着因激动而脸涨得通红的子离，将那块蓼根用细麻仔细包裹了，双手捧着放入桐木药匣，又在上面覆层麻布，这才小心翼翼地将匣屉合上。子离觉得他是个心思缜密的人。

"遭到追杀？"子离问道。

段干且拉住子离。"坐下。"他说。子离看那方席上放着的药箱、药袋，环顾左右，想找个能坐的地方。段干且把案上瓦镫拎起来放在墙角，而后把子离按坐在案上，凑近他郑重其事地说："我诊资可不低，虽说有展老夫子捎来的口信，但医者也得活命，混个肚儿不空。"

"诊资？"这显然在子离意料之外。

"酬劳。"段干且嘴角向下撇了撇，说，"总不能教人大半夜的免费出诊。你既是她的嫡亲胞弟，当然得替她付清酬资，况且她可不是一般的症候。"

"再说一次，那个女子并非亡姊。"子离把身体向后挪动到舒适点的位置，有些固执地重复，"她，绝不是！"

第四章　游医

"是吗？"段干且挤坐在子离身边，肩头蹭到了墙上的几个麻布药袋，窸窸窣窣落下许多干药碎渣，他忙朝外挪了挪屁股，向墙上的药袋道，"抱歉，抱歉！"然后突然把头转向子离说，"别太早下结论，在了解表相背后的实质之前。"

段干且弯腰抱起药箱放在膝盖上，把宝贝药匣抽出，轻揭去上层麻布，啪地打了个响指。只见匣内那块首乌蓼根竟自己动作起来，伸根展须，很快坐起身子，看着游医咧开嘴拍打匣沿。子离大惊，竟是引路的那个矮肥小人儿！

"他……他他……"

"怎么，还要坚持认为那女子非汝之姊吗？"段干且说着，伸手抚触那蓼根小人儿，"首乌，寻常人看它，便只是首乌蓼根而已；医者能将它入药，有止血、轻身、延寿之效；而巫祝则可有许多别的用处，例如替人跑个腿、送个信什么的！"

"那么，段干且先生到底是医，还是巫？"子离问，心中暗忖，若那女子果真是比妾的话……

"医巫同源也。"段干且双手击掌，那小人儿应声躺倒，还是块首乌蓼根，"你既已见过展老夫子，有关奚虚与元虚，想已清楚明白。"他看子离点头，继续说道，"奚虚与元虚有结界相别，绝不可逾矩越界。奚虚人误入元虚，便会失去原先本我记忆，以断绝瓜葛，免生事端，因而其声形体貌甚或念想都会发生剧变，你不识亲姊便是缘此。当然，凡事都会有例外。有些人便可往来不受约束。"段干且说到这儿，面露得色，可惜子离并未注意到。

"这样说来，午间昭梦殿来的那两个怪人，竟是为了追杀？"

"弗恭与刁庐，他们是奚虚的拘吏，身上都配有定心丸，是以能够往返自如。"

"那么，家姊却是为何而来？"子离问，心想比妾从殉而死，必是有诸多怨恨，随即又生疑窦，"却又为何遭人追杀？"

"这个嘛，见她便知。"段干且略微摇了摇头，稍一停顿，又道，"况且，时间可不等人。她挨不过三个时辰。要知道，元虚一日，是为奚虚一年光景，弭空人真真度日如年……"说到这里，他突然伸出一只手在子离面前摊开，翘起唇上髭须笑道，"现在还是先说说，你打算如何支付诊资？"

"实不相瞒，在下身无长物，并无资财可付先生出诊的酬劳。"子离无奈，"但是……不才愿为先生做些什么，作为报偿。"

"报偿，哈，算是个交易，听来不错。"段干且笑起来，上下打量子离，"元虚禁期反正无事可做，我即欲往奚虚游历一年，正缺个药仆！"看着子离大睁的双眼，他问道，"你可愿意？"

"愿意！"子离几乎不假思索地答道。为了比妾！他想。

"成交！"游医看起来很高兴，拍着子离的肩膀说，"其实你也很划算，毕竟在奚虚一年，不过耽搁你元虚一日工夫而已！"

"那么比妾……"

"权且放心！"段干且朝掌心吐了口唾沫，然后把手直直地伸向子离，示意他照此行事。子离站起来，把手背在身后，大摇其头。游医收起笑容："怎好出尔反尔？就刚才，你说愿意！"

"确是愿意。"子离将手在自己的褐裤上蹭了蹭，低声嗫嚅道，"可是，能不能别这样？"

"哪样？"段干且听到子离肯定的答复，语气和缓些，说，"此乃交定之规，断不可免。"

子离没法，只得依样啐过，将手伸过去。游医一把握住，哈哈大笑。子离只觉掌心火炙般灼痛，忙撤回手来看，只见掌心赫然多了个焦黑的"定"字。

"好，"段干且站起身道，"汝既甘愿为仆，必得尊主之命，不可违抗。"游医情不自禁地翘起髭须，那表情就像套获猎物的猎人。子离定定地看着他，突然自心底生出些悔意来。"怎么，尚未行事便想反悔吗？"他竟能读心。子离忙凝神屏气，掰着指头说道："不触禁，不违律，不杀生害命涂炭生灵……"

"哈哈，"段干且大笑起来，"孺子可教，倒也机灵谨慎。"说着举起自己那只炙有"定"的手，说，"汝所顾忌的，均不教做！段干氏说话行事，如柏板揳钉。"

"先生之命，谨遵不违。"子离学段干且的模样，高举自己热痛的手下了决心。段干且将宝贝药匣小心捧起来放回药箱，又扫视医舍内每个角落，确认无遗后，向子离道："弗恭和刁庐很有些手段，受伤的比妾恐怕难以独自应付。哦，别磨蹭了，咱们得抓紧些才是！"他自地上那堆草药袋里掏出一把草药看了看，摇着头放回去，将手伸入另一个袋口再掏出一把来看过又塞回去。游医仰起头眯着眼想了片刻，似乎想起什么，弓起背在药袋里埋头翻找，好一会儿，他笑道："哈，抓住你了！"手上拈出两片狭长的枯叶。段干且伸出舌尖舔了舔那两片干草般的枯叶，啪地在子离眉心上拍一片，另一片自己贴上。他边收拾乱作一团的药袋，边催促道："快走快走！"

"先生，可否请教个问题？"自眉心传来阵阵清凉，子离只觉爽心豁目，疑问也跟着脱口而出。

"不可。"游医说，"别问任何问题，也不会得到任何答案。你目下只管跟紧我，最好什么也别想。明白吗？"

"不过……"

"最要紧的是，没有'不过'。"段干且说，"时候无多，快走快走。"口中催促着，人已起身向外走，向子离指了指摊在地上的那堆药篓、药袋。子离会意，拾掇起来全背在自己肩上，抬起头时，发现段干且自顾自地飘然跨出门槛，已融入夜色了。子离紧着步子跟上，生怕被落下。就在身体被暗夜包围的瞬间，他莫名地感到心头一阵悸动，隐隐觉出事情正朝着不可捉摸的方向发展，除了紧随其后，已别无选择。

子离不知段干且施的什么妙药，时近夜半，朔不见月，星光暗淡，市里肆道一片漆黑，但他能将四下景况看得清清楚楚。夜可视物！子离不免心头一惊，伸手想摸眉间那草叶。"别动！"正向前疾走的段干且竟似脑后也长了眼睛，"也别说话！"子离咽下已到嘴边的问话，吐了吐舌，垂手紧跟上前，亦步亦趋。遭遇诸多怪异离奇稀罕之事后，他忽然发现自己对这世间事知之甚少。

段干且头也不回地越走越快，显然根本不关心子离是否跟得上。两人一前一后疾走，暮色苍茫的夜空中，浓云遮蔽了星光，却在隧舍前的土道上投下两条颀长身影。

子离紧张地睁大双眼，他还不太适应看见如此清晰的夜景。"我得谋划一番……"段干且说，"这会儿是奚虚的什么日子来着？……咳，该死，可不能算错，刻下已过朔正……得带她去见师尊……"

"师尊？"子离问道。

"奚虚至尊主君。日后你自会知晓，这会儿还是别问为妙。"

子离紧走两步，环顾四周："呃，我还是想问一下，咱们这是走到了哪里？算了，先生必不会说。"游医头也不回地笑起来："还算识趣。"他的语气听来很欣慰，继而又沉声道，"你自己的繁难甚矣尚不自知，何必再问？知道太多徒添烦恼。"

"确如先生所言，"子离说，"我的朋友还在昭梦殿，呃，被禁足……现下突然又多了个死而复生……不认得的阿姊……"

"唉，小子无知，恐怕你的麻烦远不止这些。"段干且突然停住脚步，将药箱轻轻放在地上，转身回头，看着背负药篓、药袋的子离，突然失声笑道，"这副尊容，看起来像只狡猾。"段干且的双眼凸起如蛙，一对瞳子闪动着幽幽蓝光，眉间却不见了沾的草叶，只有一条狭长且泛着微光的深纹。子离猛见到游医这副样貌，愕然失声，只半张着嘴直愣愣地盯住他的脸。"怕个甚来？起码现在咱们的面目差不多，你并不比我好看。"段干且向子离伸出手，说，"拿我的药袋来。"

子离吞了口唾沫，将背上的药袋取下递过去，草叶药屑簌簌地落下。段干且并不接，只跷着指头在其中几个袋内飞快地拈掇几下，手上便多了粒不大的药丸。待子离复背好袋子，段干且将药递到他嘴边，说："你且含于舌下。"想了想，又加重语气说，"是含着，千万别咽下去！"

子离接过那粒药丸，有些犹豫，抬眼看段干且。游医撇了撇嘴，说："愣怔个甚！害你不成？"子离这才将药纳入口中，再想说话，却无论如何也张不开嘴，急出一身大汗，唔唔哦哦伸出双手一通比画。段干且交抱双臂歪着头看他，片刻后说道："可也。"背起药箱，丢下一句"跟紧些"，人便向半空一跃，消失在夜色里。

子离说不出话来，正自焦灼，转瞬又不见了游医身影，不由急火燎心，猛地跺脚摆手，却不想身体竟随着一跺之力腾空而起，飘飘然轻如禽羽。"还不快些跟上！"游医在子离耳边说道。

子离心道："巫医可恼，让我这一通着急。"段干且的笑声随即却传入耳鼓："竖子可恨，全不识人好心。"子离憋得不轻，胸口一阵气血翻涌，脚底瞬间沉重起来，似乎被人扯住脚脖子般向下坠去。惊惧之下，子离猛地张开口大喊："我命休矣！"声音未发出半点，不想舌下那药丸却咻溜滑进了喉管。想到段

第四章　游医

干且的告诫，子离心头更觉沉重，索性闭紧双眼听任摆布。

一阵忍俊不禁嘲谑的声音！

子离睁开双眼。段干且正俯身看着躺在地上的他，笑得浑身发颤。子离一骨碌爬起来，拿眼狠剜兀自笑个不停的游医，迈步便走，将那个屡次要弄他的草泽巫医甩在身后。

"哟嚯，"段干且紧追几步与子离并行，脸上还挂着揶揄的笑容，道，"些许小玩笑都受不得，如何能随我去奚虚？"

"你那不能吞的药丸被我吞了，"子离回想方才一幕，依旧惊魂未定，问游医，"会怎样？"

"怎样？"段干且瞪大幽蓝的凸眼盯住他道，"你就没感觉有甚难过处？"子离咂摸口中滋味，舌下尚且留有点分不清凉热的酥麻之感，再用手揉了揉肚子，并没觉出哪里不妥，便道："尚好！"

"尚好？"段干且表情夸张，说道，"是甚好，原可省些腿脚，现被你吞下，倒是便宜了肚子。"子离见他如此，始悟又被游医戏弄，却奈何不得。想到亲姊事大，他不得不放低音量，问："那么，烦请先生再给我一粒，这次断不会再吞进肚里去。"

"这次？哪会如你所想有许多次！"段干且看着子离摇了摇头，说，"如此，便只好走着去！"

"咱们不该回去找比妾吗？"子离暗自叹了口气，问道。

"平旦时分须至昭梦殿，但在此之前，还有件事得做。"段干且正了正颜色，等着子离问什么事，却见子离目不斜视径向前大跨步走去，肩背后负着的干草药袋发出一阵阵窣窣响动。

游医脸上露出狡黠笑容，朝子离的背影喊："小心着些！瞧你干的好事，把我的药宝都糟践了……"

第五章　冒替

"国君有令，请刕国大子前往大郑宫偏殿面君！"

昭梦殿宫舍，内竖来传秦国国君的口令。

几扶代替子离揖礼受令，壮着胆子问那内竖："敢问国君所为何事？"传令的内竖面无表情，就像是没听见他的发问。几扶不免瑟瑟发抖，心中埋怨子离竟然一去不回，把他独自丢在这里应付这些难以应付的晦事。若被发现冒名之举……不不，这可是斩首诛族的欺君大罪。

传令内竖等候在舍外廊下。几扶手忙脚乱地换锦缘彩绣深衣礼服，着蔽膝，系革带，与此同时，脑中飞快地思量该如何摆脱目下险况。最终，他不得不接受即将面对的残酷事实：无论如何也躲不过面君这一关。

"横竖得去，且看何事！"决心既定，几扶反倒不再慌乱，"凭他吉凶祸福，敏变应付则个。"

秦国国君蓥即位未久，日日愁烦无所建树，君威难立，时时忐忑忧心君位不稳。

首个朔正祭礼大典却逢无妄凶日，蓥越想越觉心惊，正自生着闷气，近侍芄漆禀报："右相接到刕国使者递上的国书，因忌日禁，请君上示下见否？"

蓥听罢，当即转怒为喜。"这是个好机会，"他招来谋臣绕朝商议，"你的看法呢？"蓥试探着，先自透露出趁机捞些好处的想法。

"以微臣之见，应无条件放归刕国质子并以国礼待之。"绕朝是个直诤性子，对国君的小算计选择忽视，直抒己见，"刕虽弹丸小国，却横亘在我秦与晋国之咽喉要地，晋国觊觎窥伺其久矣。如若此时助力刕质归国继君位，刕国必感念君上扶助之恩，日后便可为秦所用，联手拒晋。天下之人亦会赞颂君上的贤明大义。"

"不该提些条件吗？"蓥到底年轻气盛，"如此轻易放回去，岂非太便宜他？"秦君不悦。

"不可，提了条件，送归便成交易。些微蝇头小利，失掉贤君声名及长久利国之机，不值不值！"绕朝并不给新君留半点面子，"君上若想成就霸业，还须以仁义服诸侯，霸者，当不失人臣之义！"秦君甚怒，却不好明言。君臣不欢而散。

秦君蓥在大郑宫偏殿接见刕使。

第五章 冒替

"凶日闻噩耗！"萦一声叹息，"今乃日侵之禁，委屈二位贵使在此偏殿会面，实为无奈，失礼之处，还望见谅！"

"岂敢。敝国国君疾起突然，昏睡不起，医巫兼治无益，是以急嘱从速迎回大子，以防不测。事况紧急，无意触犯贵国行禁，尚祈国君勿怪！"隗末和由居两位劢国使者向秦国国君行觐见礼，奉上玉帛良马。

秦君萦听二人言说劢侯央确已重病难愈，不由暗自窃喜，嘱人为二劢使赐席就座，又命人请劢国质子入殿。不多时，内竖来报，劢国公子已至殿外等候召见。萦略略点头，苌漆示意内竖即刻宣见。

"参见国君。"几扶入殿，躬身向秦君行拜礼，态度不卑不亢，行止有度。

"哦……"秦君萦一时间忘记席阶之下见礼质子的名讳，偏过头去看一旁肃立的近侍苌漆。苌漆即刻会意，前趋半步高声唱诵："劢国公子子离免礼！"萦抬了抬右手，苌漆即刻高宣："赐席！"

在一旁离席躬立的劢国两使官此刻方才向几扶施礼："微臣隗末、由居参见大子殿下！"

几扶略略抬手，让二使免礼。待大子坐定，隗末又向几扶躬身道："大子殿下一表人才，几年未见，老臣竟是不敢认了！"几扶心惊，勉强微笑着点了点头。隗末与由居方微欠身子，在下首就席。

"急召汝来，"萦缓缓说，"是为贵国突逢大事。劢侯病势危重，派二位使臣星夜兼程前来，欲接公子归国承掌局面。"不待几扶答谢，秦君接着又道，"你来秦国有……"萦向苌漆微侧过耳朵去，寺人也支吾起来。

"禀国君，子离质秦已有七个年头，多蒙照拂，不胜感激！"几扶谨慎地选择恰当的时机与措辞回话。听清秦君召见因由，他心中焦灼子离何时回宫来，却不能显露半分，唯有强自镇定，静待事态发展。

"哦，七年，时候不短。先君在时……"秦君萦搜肠刮肚，想找到些记忆里有关劢这个小国的只言片语，可实在是想不出，便只得跳过寒暄说正事，"呃……既是汝之君父病急，寡人自当许汝归国，以尽人伦之责……"秦君萦见几扶揖手要起身拜谢，忙挥动袍袖止了，然后话锋一转，沉声说道，"不过……此等大事务求稳妥，待寡人明日召聚众臣属商议之后再定不迟！"

劢国二使一听要等，哪还坐得住？急忙离席施礼，力陈时紧行迫，刻不容缓云云。罃任他们自说，透过垂在眼前的冕旒间隙看着阶下，一言不发。

几扶也一言不发，看似冷静的外表之下，内心正自激烈地计较权衡着。事已至此，多留一刻便多一分被识破的危险，冒替事发，他与子离都将难逃一死。如此，便只有当机立断，抓住目前仅有的逃生机会！想法已定，几扶跽身向上道："若秦公能助子离归国即君位，矤国必当奉上大礼答谢。"

"哦？"罃终于听到了感兴趣的话题，脸上露出一丝笑意，悠然开口道，"矤公子知礼善行，说说看，如何谢法？"

"愿以三座城池相谢！"几扶答道，全不顾隗末和由居露出惊诧的表情。

"哦……这个嘛，待寡人马上召人商议……"罃眼中光亮一闪。

"五座城池，矤国以西境五城报答秦国扶助之恩！"几扶不假思索地增加筹码。

"好！"秦君罃很满意，"贵国既有如此诚意，寡人必当相酬！"当即便召令下臣置简书，两下签押妥定，气氛也随之松弛下来。罃命君弟弘为使臣，派革车五百乘、畴骑两千、步卒四千护送矤国大子归国。"即速启程，不得有误！"罃大声下令。

待出殿，隗末与由居使命在肩，带着侍卫寸步不离地守在几扶左右。几扶焦灼至极，几次想寻机回昭梦殿去找子离，都因护卫过于严密而告挫。几扶不得不由矤使一众簇拥着去往使臣官驿。他不断在心中默祷，乞望子离回宫后能打听到矤使来访之事，聪明点，自己寻来驿馆。待矤使拱卫着几扶到达官驿，隗末和由居顾不得客套寒暄，不待几扶坐稳，便要向他禀告矤朝大事。

秦宫内殿，秦君罃正与即将护送矤公子的君弟弘密谈。

"此番赴矤，事关重大。晋国与我龃龉日甚。先君在时，虽多有和亲，遏制隐忍，但终非远谋善策。目今有此良机，实乃上天恩赐。"罃亲自扶起正在行礼的公子弘，对他说道。

弘是罃的同母胞弟，二人自幼亲厚。罃新继君位，身侧缺乏可以信赖的心腹，本想着给亲弟封职，也好多个贴心辅佐。无奈弘虽年满十八，尚无寸功诩嘉。罃几次在列位重臣面前稍表露想法，便被他们搬出的先朝法度压得哑口无言。

第五章　冒替

现在有这样的建功机会，秦君䓕首先想到的便是弟弘。

荔国处于秦、晋两国之间，地位特殊。秦与晋多年来数番争较，各自使出浑身解数，恐吓也好，拉拢也罢，只为控荔以制衡对方。荔侯央两边均得罪不起，东边向晋国示好，便与晋结盟，此举当然触怒了西邻秦国，秦出兵荔界，央当即背弃晋盟转而投秦。遭到背叛的晋国率军伐荔。荔从晋不得，从秦不能，为免兵祸，只好"牺牲玉帛，待于二境"，东也献礼，西也献礼，两面应付，却是两边不讨好，时常遭到秦国与晋国轮番抵境讨伐。不过，到底礼没白送，虽说两头受气，却也不致有灭国之忧。首鼠两端，便成为荔于秦、晋夹攻下的求生之道。

荔侯央在朝堂上大声怒斥："秦、晋二国无信，屡背盟约犯我国境，兵祸吾民，荔国焉得而信！"廷下众臣属响亮地拜呼："君上英明！"就连列班的鹿宠们也呦呦回应。央对众属同心、同仇敌忾的团结氛围十分满意，便把讲信修睦的礼训抛诸脑后，只谓上下同欲者胜。

"臣弟已知兄君良谋！要对付晋国，必先使荔国甘心与我大秦结盟。荔蹜之地恰在秦与晋咽喉处，秦若要东进降晋，或是晋欲西出攻秦，都必得经过荔国。晋乃强国，我大秦数代君主与之博弈，均不能胜。现今，晋襄公丧卒未满两年，襄公的几个公子却为争国君之位而互相攻击，朝臣趁机党同伐异，内乱频起。君兄何须用兵？只要等着晋自灭己政便好。此番正是联荔抑晋的大好时机，不必费兵鏖战，只消送归荔大子，受了那君位，便可轻易获取五座城池。只是，此去变数甚大……"弘对护送一事尚有顾虑。荔国国君有十多个儿子，子离虽早被立为承袭爵位的大子，但亲母亡故，且母之故国被灭，失去依凭，加之他质秦多年，在荔国国内毫无根基。其他诸公子中，觊觎君位的可不在少数。如若荔国国君能坚持到大子归国，亲传君位，此事当可达成所望。可是，若荔君在大子归国前病殂，那么结局如何，当真是无法料定。

"弘弟不必多虑，寡人已派出疾马秘士入荔刺探。一路之上，送归的车队行至二十里、八十里及一百二十里入荔境之前，共有三道阴符告知荔国国君是否在世！"䓕语气笃定地说，"若中途有变，那自是少不得要来一场奇袭，助荔国大子登上君位……弘弟当酌情随机应变，不必事事报寡人知晓。"派出远超规制的重兵战车组成护送队伍，当然不是出于关切。䓕将一块小巧纤薄的木片递给弘,上面刻有两长三短五条墨线。他凝视着弘的眼睛,脸上浮现出笃定的笑意,轻声说:"此为定符!"

他接到自荔境传来的阴书,说荔都城出了件奇事:有一大一小两只乌毛鼠现身于荔都城垣北暗洞,几番出入后,在洞口相互撕咬缠斗,围观者甚众,并无一人上前驱赶,以致大鼠咬死了小鼠,自北门入城,径去社庙,啃噬案上供果,然后消失不见了。荔都城中人议论纷纷,以为此乃撼动宗庙之异象,是以人心浮动,惶惶不安。

秦君蕾接报后迷惑不解,命卜人扶乩求占。占出的甲相不中不正,不吉;又占,师或舆尸,凶。得地水师卦,有兴师动众、攻伐战败之象。秦君蕾便令随侍黑肩疾马刺探荔宫。蕾又命巫祝解占,却是另外一番说辞:"此二占之象非为不吉,而为守成嘉示。不中不正,出则凶,守而不动便为吉;师或舆尸,是为进无应、退无守之象,不战不兵则无咎。那二鼠奇象更是上上大吉之兆,大者为兄,小者为弟。荔大子乃荔君的嫡长子,诸公子之兄,当入社庙承嗣。"蕾闻言大喜,赏赐巫祝百金。

"兄君高谋,臣弟定当不负使命!"弘接过阴符看了一眼记下,自怀内掏出简刀刮去木片上的内容。阴符较阴书更为隐秘。阴书明写分送,三发一开,可以传达复杂的密信秘务;阴符则不然,是暗写明送,一发抵达,无须担心被截获,却只能传达至简讯息,成与未成、定与未定之类。除去约定符号之人,其他人休想识破其中深意。

此番定符意为:荔国国君已死,从速行事!

周围万籁俱寂,天地人间还在休憩着。段干且与子离走了许久,天空有浅青色微光初现,知时畜开始啼唱,拂晓即将来临。又一个新日的初始时分。

段干且与子离此刻已沿汜水入岐山。二人顺着林间绝壁攀至半山,眼前出现一道巨大峡谷,又自嶙峋山石间的狭窄险隙下行至谷底。向前行不多远,苍翠繁茂的草木间突现裸露的岩石与沙砾,瞬间似到了另一处世界,不见寸草星绿,遍布褐砾礁岩。子离惊异于眼前的奇诡景象,跟在段干且身后一言不发。终于,二人在一处高崖深潭前止步。

飞瀑自崖顶顺着山涧倾泻而下,落入崖底深潭,飞溅的水幕为崖壁披上一层朦胧薄纱，水声隆隆地在山谷间往来回荡，气势磅礴。崖北不远处的高山叠峰间，一座斗状山谷兀然矗立。环谷披石，满布坚硬的玄色奇石，石浆凝迹纵横、殊姿异态，蜿蜒逶迤着铺呈到崖底。偌大北坡除去嶙峋怪石，看不见半点生机，荒寂蛮素。而向崖南望去，是一片浩瀚林野、浓荫碧潭，花树葱茏、草木扶疏，晨起的禽鸟小兽们不时在其间欢跃，啼鸣声此起彼伏。

天尚未破晓，崖岸周遭水汽弥漫，轻雾缭绕。有阵阵琴音伴随着女子吟唱之声传来：

谷口风，之女归，无予以！无予以，及颀维风。
谷岸木，之女归，无予取！无予取，及萎维木。
谷底草，之女归，无予度！无予度，及死维草。
……

立在崖前的段干且听见这歌声停步，突然转身便走。

"既已来，何必走！"歌声与琴音戛然而止，一个女子声音冷冷道。

循声望去，半空中的崖壁上，一团白色水雾凝聚在水瀑前方。雾气之上隐约立着一个宽袖青裳的女子。眨眼工夫，女子便已飘然站在二人面前。这女子面目清秀，只是眼中透出的冷光令人不寒而栗。她捧着的乐器着实有些古怪，非琴非瑟非筝，乌黑的底托约莫三寸宽，面上只镶有三根丝弦。

"云和，"段干且猛地回头，正与那女子打个照面，搔了搔乱蓬蓬的头发，咧开嘴向她打招呼，"好久不见！"

"你还敢来！"声音越发透出冷意。

"敢？"段干且抱着胳膊踱到她近前，以听起来还算轻松的语调说，"为何要说'敢'？想到你，自然就来看看你咯！"

"哼！"云和自鼻孔发出声冷哼，不理段干且，偏过头看向子离，问道，"这位是……？我没见过你，你效忠哪位族主？如何称呼尊驾？"

子离抬眼刚想回答，被她眼中射来的寒光刺个正着，忙将目光移去看段干且。

"噤言，"段干且冲子离瞪眼，说，"你忘记我说过的话吗？"他转过身子巧妙地挡在子离与云和之间，说，"他效忠我，你无须打听他的底细。"

云和不看段干且，只微微抬了抬下巴，依旧问子离："赶夜路很辛苦的，想来定然是饿了吧，有新酿的蝠脯，要不要尝尝？"

"不，不尝了，他刚吃过夜明砂，"段干且挥手在子离眉间抹过，又向云和笑道，"暂时可不会觉得饿。"

子离只觉眼前一暗，又见段干且那双夜视的鼓眼恢复如常，知他已经取下了沾在额上的草叶，揉着眼睛嘟囔道："你怎会晓得我不饿……"

云和依旧不看段干且，提高音量向子离说道："你可得当心这个人，别什么鼠粪毒草都往嘴里塞。"

"怎么，你那悬瀑洞里的蝙蝠肉干又能好到哪里去？"段干且脖子一梗，反唇相讥，转而似乎想到什么，忙在脸上堆起笑花，柔声软语道，"云和，咱们能不能别一见面便争嘴抬杠？我那是药，宝药！"子离在旁听了个明明白白，跑去树丛里干呕不止。那游医说的夜明砂可不正是飞鼠蝙蝠的干粪？

段干且抱着胳膊哈哈大笑，向云和说："你把他吓着了。"见云和偏过头照旧不理会自己，便凑上前与她四目相对，一字一句地说，"好了，云和，有件事你答应了我二十年，现在是时候兑现了。"

在段干且的逼视下，云和不再躲避，但执拗地移开目光，看向远处，喃喃道："二十年……当年……太傻……"声音随之低沉下去。

"是年少，谁年少时没做过几件令自己后悔或不甘的糗事？"段干且讪笑着取下肩头药箱，打开箱盖，提起上层的木搁，另一只手伸进箱底仔细摸索起来，终于掏出个小巧玲珑的陶土小罐，罐口木塞用蜂蜡封着，"你知道里面是什么。"

"我不必回答。"

"哦，便是答了。替我藏好。"

"却非年少无知，竟痴傻如斯。"

"践诺，仅此而已。"游医说。云和垂着眼不看他，接过陶罐握在手心里，突然抬起头看向段干且，冷峻的脸上是一种极复杂的表情，微张开口，却什么也没说，终于又垂下眼皮，将罐子揣入怀中。段干且露出微笑，转身背起药箱朝子离喊："怎么样，吐不出什么吧！"他说，"该走了。"

第五章　冒替

他迈开大步走向北坡的秃岭怪石。子离慌忙抬臂用衣袖抹了抹嘴,紧随其后,边走边回头看云和,只见她依旧立在原处,一动不动。

身后铮铮琴音伴随着云和的歌声再次响起:

> 碧衣着兮,绤衣绨里。心之怀矣,曷维其已。
> 碧衣浆兮,绤衣绨裳。心之忧矣,曷维其亡。
> 琴兮丝兮,既女馈兮。念因君子,伎无求兮。
> 操兮扣兮,俾女听兮。念因君子,德音何违?
> ……

"她是谁?"子离问道。他小心避开堆叠参差的乱石缝隙,以防崴脚。

段干且沉默了好一会儿,直到歌声消失,方才哼了声,说道:"我之前的苦口婆心算是白费了,汝之麻烦甚矣。不看,不听,不说,不想,即不惑。记住,所见所历,包括随口而出的一句话、脑际冒出的一个念头,都会让咱们的境况变得更艰难。"

子离将总往下滑的药袋、药背篓用力朝颈项处拢了拢。"抱歉,"他说,"我知道可能不该问,但是有些事还是知道得清楚些才好。现下,我是已经看过,已然听过,也已然想过,疑惑既生,却不能问,那便难免要瞎猜乱想。我是这样想的:不知,又如何去行呢?知者方可不惑。不深入了解,行事便会游移难断,必定无法做得好。且常有惑于真相而生疑虑,便会生出诸多烦恼,烦恼引致忧思,而忧思极易生患,生疾,生妄执,生恶念。哎呀,不能想,不能想,实乃大不妙矣。既说是无法预知以后会发生什么,何不多了解已经发生过的呢?那么请问先生……"

"啊,苍天!"段干且抬手堵住双耳,仰面向天发出一声哀号。

荔国国君病得蹊跷。

就在两日前,荔侯央与芮美人共进晡食。食毕肉羹,芮美人举杯献舞,一切都与平日无异。荔侯兴起,命竖人去鹿苑割鹿血佐酒。

荔国上下无人不晓,国君以饮宴享鹿观舞为乐,而最爱的还是鹿,如痴如迷，到了不思国政、不问民情的地步。叆国宫城专辟有仙鹿苑用以豢养鹿群，收罗了楚地梅花鹿、齐境赤鹿、越泽水鹿、狄戎驼鹿各类，以纳尽奇品异种为傲。他将苑内诸鹿编队授班，皆加封食禄，养鹿、驯鹿宫仆亦常因养驯有功而受赏。每逢国君出游，鹿宠们亦按班品随从，与在朝的官员并列，前呼后拥，好不招摇。

君上有此嗜好，臣下势必从之。自从央就君位，臣属官员们就纷纷想方设法搜罗各地稀奇鹿种，以投君所好，农事兵事诸般政务，便难免有些荒疏。一时间，豢养苑囿鹿满为患。叆侯十分忧心鹿儿居所狭蹙，遂下令增扩三十里鹿苑，又自叆都城西引十里河水入苑，以供鹿饮。征役夫六千人修筑，耗时三年，豪掷万金。

就在不久之前，叆侯央听南来的游士说，南方海中岛屿产仙鹿，名唤麋鹿，便令专使不远万里赴南海琼国花重金购回，下令封作"鹿苑麋相"，享国相之俸禄，并格外加恩，置轩车驭人。叆国本为积贫小国，国库哪堪其耗？养鹿所费资财巨大，便只能挪用军饷，克扣官俸，税摊于黎庶小民。难怪官军不勤，民怨炽沸。

"还请君上示下，今日由哪位鹿大人奉浆？"竖人揖问。

"今日便辛苦麋相吧。"央舔了舔焦干的口唇，"麋相国初奉，当加飨进馔。"

"喏！"竖人去了，不多时，呈上冒着热气的两爵甘浆。央大悦，与芮美人佐酒开怀畅饮。半个时辰后，央却自内殿披发赤足地跑出来，在宫人内竖们诧异目光的注视下，手舞足蹈、仰天大笑着狂奔而去。待到芮美人哭喊声响起，众人反应过来追出门去，却早已不见了君上的踪迹。

是夜，繁星当空。叆国宫殿各室烛炬通明，宫人、寺人、殿卫及群臣众属皆高举炬火寻找国君。突然间，星空被翻卷而来的大块黑云遮蔽，紧随其后的飓风撕扯雨柱疯狂砸向地面苦寻君上的人群，夹杂其间的雷声一阵紧似一阵，似战鼓擂动，震耳欲聋。天地似乎要崩塌般在风雨咆哮中飘摇颤抖。所有人只好回宫室暂避。未几，突然雷住雨歇，云收风止，随即众星复悬，清冽明澈。众人忙再出门来寻，几乎掘地三尺，依旧未见国君的身影。

次日清早，一个内竖上茅厕，发现倒地晕厥的国君。

第五章　冒替

央奄奄一息，昏卧不起，汤药、针砭全无效验，太医丞及众医师束手无策。

而宫城坊间却不知从哪里传出坏消息，说晋国大军压境，大战即将降临。君主突患恶疾，荔国将遭灭顶……不消两三个时辰，坏消息便在荔都城散布开来。人群之中的恐慌疑惧似瘟疫般传染，在传播扩散中又无形夸大了恐惧和慌乱。半日之内，举国陷入惶惶不安之中。

荔君夫人急召卜人问君上之病。占龟甲，不吉；占筮，亦不吉。再占传闻中的战事，乃大凶。荔君夫人一时没了主见，再传众姬妾、公子及几个柱国重臣进内殿商议，还没等她开口说话，荔侯近侍卑缶来禀，说国君醒转。众人急忙赶到荔君央的病榻前，见他双目赤丝毕现，额上青筋暴突，已是返照之相。

央扫视围拢来的人，开口说道："沐汤！"

群臣知是君上欲洁身持戒以祷鬼神，即将宣告身后大事，忙令医人们入浴房随侍。央由几个寺人扶抱着坐入浴鉴，他枯瘦如柴的身体淹没在蒸腾的水雾中，一任周围人浇汤擦拭，微眯着眼沉沉若昏。医人们则隐在暗处紧张地盯着国君的一举一动，深恐有失。

浴罢，荔侯央看起来精神焕发，竟不由人扶持，径自走到案前正襟危坐。众人忙跪伏在地齐呼："君上万寿无疆……"方一声，便被国君挥袖喝断："浑话呀，浑话！何来万寿无疆？！"说罢，央粗重喘息起来，好一会儿方才平复，然后便以迫切的语调部署大事。

擢令大夫隗末和由居为正、副使节，连夜赶赴秦国，迎回大子子离继君位，又令国相孟申监理国政。说到此处，央的喉头突然咕咕作响，双颊赤红，张大口却说不出话来，突然一头歪倒在案前。医工巫祝们一番忙乱，又有寺人端来鹿血灌入。央长呼口气，睁开眼，推开扶着自己的许多双手，挣坐起身，断断续续嘱咐："待孤宾天后，关闭鹿苑，放生群鹿。后宫姬妾有子分封者，随子归封地；未受封之弱幼子，由母代其就封，携子归养；无子姬妾悉尽放归，勿设人殉。"

荔侯央一生昏聩，耽玩享乐，濒死之际竟难能可贵地清明了一回。

冬十月辛卯，朔，荔侯央卒，谥号"哀"。

举国大丧，四门谯楼满布白旗，城墙宫闱皆垂下巨大白幡。宫城中，众臣工及兵甲寺人披麻着孝，民居街巷亦裹了白麻。荔都城白茫茫一片素缟，似天与地都着了素。荔使虽连夜奔秦迎立大子，哪能料想国中已生变故。

国君既薨，国相孟申向各诸侯盟国派出告丧使者，独压下了秦国的发告。他需要时间，时间。

哀侯的小敛丧仪正在进行，两名红衣巫师散发持剑在灵前颂舞。不想，蚀日之象突现，乃停行哀礼以避祸。众臣低声窃语，议论纷纷。孟申扫视面露惊恐的群臣，突然仰天长叹一声，高呼道："天助我荔国！此乃幼主盛兆，当立幼子傲继君位。"又召巫卜排占，确为吉甲。

孟申是哀侯的庶兄，执掌荔国军政大权二十年，极得信任、赏识，国中三位上卿大夫均经他举荐就任。此番受故君遗诏监国辅政，新君未立前，他便可代行君事。是以，孟申欲立姬夫人的幼子傲继位，谁敢不从？即便那些心有不服的公室老臣，也多有顾忌，不敢当面提出。众臣一时间相觑着惴惴不语，列班中却走出一个人来，道："先君留有遗命，已派使节赴秦迎立新君，怎么能违逆上命，另立他人？"

孟申看时，是卿士直紅，便蔑然道："秦人狡诈，倘使留质，大子不能如期得归，先君之礼何人可行？"不待直紅答话，便又道，"国一日无君，天必谴之，国必乱矣！"众臣纷纷点头附和："故君薨殂，新君不立，蚀日为谴，晋军将袭，正是乱象横生，国难当头哇！国相所言极是！"

众臣都知晓，国相孟申与卿士直紅不睦久矣，只是苦于一直没找到下手的理由。

荔国的官吏本无固定俸禄，所有经济来源于国君与朝廷的恩赏，以致官员贪贿之风日盛。直紅向荔侯央上书整饬吏制，行官员俸禄制。增收赋税，发放官员俸禄。户增调帛三匹、谷二斛九斗，以为官司之禄；增调外帛二匹。俸禄制施行之后，官员贪没满一匹者将被处死。央觉有理，既领朝廷俸禄，若再行贪赃，便该严惩不贷。官员有了定俸可拿，自是无话可说。以往各层官者利用职权对庶民征钱纳供，改由朝廷一次性征收赋税，反而避免了被各级官员层层搜刮，因而受到广大底层庶民的支持、拥护。国库亦较前丰盈。荔侯大赞此法甚妙。

俸禄制实行半年，顶风受贿的官员们接连被处死或自裁，包括国君胞弟司徒大人及中大夫、卿士在内的二十多名官员受到不同程度的惩戒。

未久，新的矛盾产生。因战乱不断，众多流民纷纷依附豪强大族，成为其佃户。这些佃户不必缴纳赋税，但豪族对他们的强征暴敛比国家赋税更甚。如此一来，大片土地无人肯种，同时又有许多平民失去土地。直紅向国君提出均田制。十五岁以上的男子，每人可获分四十亩农田，女子则减半，奴人与平民同等分配。此外，每拥有一头耕牛，可多获三十亩农田，超过四头则不再多分。得田者按田纳税，年老不能耕种或离世后，土地归还国有。

此举一出，大量失去田地的佃户重新获得土地，国君控制了充足的税收资财，却使得世族利益受损。

与均田制同时推行的还有三长制。荔国境内平民，五户为一邻，五邻为一里，五里为一党，各选德高乡人担任邻长、里长、党长，是为"三长"。

各长负责本辖域之内检查户籍人口、征收赋役事宜。豪族们本自为一体，自任族主，自行掌握族内户制，如此一来，便失去了原由本族征财佃田的权力。被断财路的官员们纷纷去孟申府上求告。由相国出面，众臣联名上书荔侯央，要恢复旧制。

荔侯央刚尝到改制甜头，有心不理，但见事情闹大，宗室群臣均反对新制，背后的暗流不可小觑，只得召集众臣属议政。

直紅不惧，当面驳斥众人道："发放俸禄对于官员是最佳保护之策，廉洁的官员会更加清廉，而贪污的官员会以此自警，不敢再生贪念。若这样的新制被废止，会令贪官污吏更加肆无忌惮地贪悭自肥，清廉臣属却无力维持生计，贪者愈贪，清者不存，岂非荒谬？！"丝毫不给孟申面子。

荔侯央见反对的众臣属哑口，于是宣布维持新制不改，暗地里加大推行力度。

为此，直紅不但被宗室贵族们记恨，还公开了与国相孟申的对立态度。

可谁又想得到，维持原制不改的君命刚刚下达，国君便暴薨而亡。

"卿士直紅，入朝十有余年，未有尺寸之功，却屡次上书进言，诽谤忠臣作为，贻误国事，巧舌殃民，其心可诛，其行可鄙。现革其卿士官职，驱出国境，永不得归！"孟申借机向直紅发难，目下他执掌荔国军政大权，正可趁此时拔除这根目中芒刺。他向廷外喝道："卫士何在？即行拘缚驱离！"

卿士直紅因言获罪，被逐出荔国。

荔都宫内戾气弥漫。

第一缕清云揭开雍城上空的深蓝暗幕。

东城外官道两边，连绵的村畴间升腾起袅袅炊烟，鸡鸣犬吠之声不绝于耳，乡野村舍早已热气腾腾。三丈宽的夯土路直抵雍城东门。虽说时辰尚早，但道上已见三三两两的车马商旅行人。国之盛衰，自流动的商货旅人便可窥一斑。城门朝启夕闭，此刻尚未开启。高大的油浸木门前停着的几辆役车正在等候，役夫们聚坐在车边闲话。

子离摸了摸腰间佩挂的通行木牌，想着如何将游医带入城去。此时门楼上传来鼓声，值门的阍者打着哈欠开启东门，口中长呼："商旅住车，骑者下马，静候查验……"

谯楼下，四五个黔首玄服的披甲门卒自门内列队而出，分左右肃立门前，仔细盘查过往。

"从哪里来？"城门吏上下打量段干且和子离，问道。

段干且将手揖过，答道："从城外来。"子离不禁失笑。而那城门吏却"哦"了声，便放二人入城。

"这可真是奇了，"子离狐疑地着看段干且，说，"问者自问，答者自答！答非所问，何必又问又答？莫若不问不答。"段干且撇撇嘴笑道："有问有答方可入城，你又多此一问。"两人正说话间，突然前方有开路的角声传来，一骑战马奋蹄直驰而至，马上的骑卒边吹角哨，边高声喊道："兵马出城，行人避让……"路上正走着的牛车、马队、商旅、路人纷纷退往路边，垂首静立。不多时，自西驰来一队甲胄车马。那队人马疾行，片刻便到近前来。在一众玄色秦国兵服之中，却有百多兵卒身着棕黄战袍，格外引人注目。几百辆乌漆革车围护着中间的三乘辎车，前乘车辕上插的八尺枭翅旌节迎风招展。

"怎会是我母国的使节与兵卒？"子离不由大惊，"莫不是茘国出了甚事？"辎车自他面前快速经过，缚节的前车帷遮被风掀起一角，子离看清内中乘车人是茘国的大夫隗末和卿士由居，再要看后车所乘何人，车马队却是一阵风似的辚辚驶过，没能看清。

子离跟着车跑起来，他想要拦停车队，却被段干且拽住胳膊。他急得大声叫"停车"，已是来不及，一众人马径出城门向东去了，只留下半空黄土尘烟。

第五章　冒替

"为何要拦我？"子离甩脱游医的手，朝他喊。

"难道你想因欺君受刑，"段干且翘着髭须笑看子离，道，"还带累你的朋友？"

"抱歉。"子离听到段干且的话，后背立即出了层冷汗，当下感激地看了他一眼，又不无忧心地低语，"苈国出事了。"

段干且抱着臂膊道："还是大事。"然后伸手拍了拍子离的肩头，声音低沉，"咱们得加快些。"

子离有了心事，一路无话，跟着段干且快步来到秦宫门前，谒人拦住二人查验腰牌。子离取下几扶的腰牌递过去。谒人看过，奇道："你家大子既回国，你为何不曾随侍？"将腰牌递还给子离，想着不对，又收回手，说，"这腰牌该当收没。"说着便取出随身的简刀，刮除木牌上的墨字。"什么？几扶……"子离几乎脱口而出。"我们得进宫办事，有要事！"段干且上前迈了一步，站在那谒人面前。

谒人抬头看了段干且一眼，然后半张开口答道："啊？啊！"便将手上的腰牌还给他，退过一旁。

段干且向内便走，不忘扯过兀自瞪着眼发愣的子离。

昭梦台宫室殿宇依旧静谧，子离与段干且直入后殿内舍。一切似乎与离开时并无不同，只是出奇地安静。

"几扶。"子离轻声呼唤，无人应声。"嘿，呃……你在吗？"子离又唤素缟女子，他依旧没法确信那女子就是比妾，除非亲耳听她承认，可是依旧没有回应。

"别喊了！"段干且指着冰冷的地灶，说，"应是已走多时了。"

"什么？！"子离简直不敢相信眼前所见，"我这跑一夜全是为帮她，她怎么能这样就走？……"

"噤声！"段干且突然抬手止住子离，侧耳在听什么。子离闭口静听，除了窗外风声，什么也没听见。

"出来吧，何必躲在暗处鬼鬼祟祟的？！"段干且将肩头的药箱放在案上，一只手伸向腰间戒备着，另一只手将子离推到自己身后。

"唉，弗恭，这一点儿也不好玩儿！"刁庐的声音自舍顶高梁处传来。

"不是咱们藏得不好，"弗恭一跃而下，说，"刁庐，你的呼吸声就像打呼噜。"

"谁？"刁庐抱着殿柱滑至地面，找弗恭理论，"我？你竟怪我吗？！"

"并非责怪于你，"弗恭露出很真诚的表情，说，"只是提个小小的建议，如若你能再轻柔和缓些，咱们必不会被发现。"

"我还不够轻柔吗？"刁庐把脸凑到弗恭面前，盯住他的眼睛问，"闭息，我一直在闭息，还要如何轻柔？你且教教我！"

"好了好了，那么以后咱们说定一齐闭息！"弗恭息事宁人地摇了摇头。他转身饶有兴味地看向段干且，脸上堆满可亲的微笑："你倒着实有些意思！"

"什么意思？"段干且将手由腰间收回，抱臂而立，满面笑容地回答。

"能不能请教，"弗恭并不介意对方几乎可视为挑衅的举止应答，令人意外地抬手向他揖礼，问，"你，哦不，是你们，来此做甚？"

"我，"子离自段干且身后探出半个脑袋，说，"我们受邀暂居于此。倒是要问贵二位，既说是昭梦殿巡守，却为何藏身于梁上？实非君子行径！"

"君子？"刁庐大笑起来，"弗恭，我没听错吧？他竟敢将咱们与所谓君子相较。"刁庐说着话向地上狠狠啐了一口，面色狰狞地喝道，"听着，我们可从来不会道貌岸然！"

弗恭推了推刁庐，柔声细语地向子离和段干且笑道："据我所知，这宫舍内的荔国大子已经回国，你既是他的随从，为何又回到这里？"刁庐在一旁喝问："快说，为何？！"

段干且面带笑容地向弗恭和刁庐揖了揖，说道："我乃医者，随这位小哥前来出诊，不想病患却已离去。"

"谁？谁病了？"弗恭以逼问的语气问道。"正是居于此间的荔国大子殿下身体有恙。"段干且不疾不徐地答道。"宫内自有疾医，为何要到宫外去寻？"弗恭露出一副捉住人短处的痛快模样。

"昨日午后突降暴雨，参加祭礼的官属均遭浇淋，着凉生病的可非三两个人，加之蚀日避禁，宫内疾医哪里顾得过来？故此大子殿下嘱小的出去寻医就诊。"

"可不正是！"段干且在旁笑着搭腔。

第五章　冒替

弗恭不再说话,与刁庐对望一眼,踱去案几处看段干且的药箱。"职责所在,得打开查看一下。"弗恭用手指头轻敲着药箱盖。刁庐却失了耐性,伸手便揭开盖子。

"且慢!"段干且大声喊着要阻止,却已来不及。噼啪……随着刁庐的开盖动作,一阵极轻微的爆响过后,自箱盖口腾起一股黄色烟雾,在舍内蔓延四散,立即将所有人都包裹住。呛咳声骤起,段干且迅疾以手掩住子离口鼻,退出门外,将舍门闭紧。

子离只觉眼口鼻喉火辣酥麻,不一会儿竟由咽入腑,手脚都失去知觉。幸有段干且拖着他避出门来。"这是什么,如此厉害?!"子离用最后的意识问了句。

"不外些睡圣、草乌、麻叶、曼陀罗什么的。"段干且说着,扯下腰间一个小药袋,从中取出一粒乌青精亮的药丸来。他将药丸送到子离鼻下晃了晃。子离感到一股清凉香气直贯入脑,登时觉知便恢复大半。"你且在此歇着,不消半刻即可复原。我去拿药箱!"段干且说完便将那药丸送进口含了,推门而入。

俄顷,段干且自宫舍出来,除去肩膀上的药箱,臂弯内多了个昏厥的素缟女子。

正是他们要找的比妾。

第六章　惑起

红日自水天相接处喷薄而出，黄、绯、赭、赤诸般耀色染就一片霞蔚霓光，远近的山水风物霎时间都被附上了迷离的镏金丽影。秦都雍城以东十余里的介郢城外，黄水北岸边的官道上，正在疾行的秦茘车马护队行速突缓，一骑乌骓自畴骑列中疾驰而出，顺着官道在灿然若金的蒹葭间极速划过，转瞬即逝。

秦国公子弘坐在辎车内，脑壳右侧隐隐跳痛了几下。他挺直腰，抬手揉着痛处，却觉疼痛更甚。他等的阴符迟迟未至，实叫人难以安心。此去茘国，除了护送质子归国，更要助其成功登上君位，以使茘国为秦国掌控，他方功成圆满。

派出的秘士名唤黑肩，是秦君茵自小伴读的近随亲信，武艺高绝，常为国君办特事秘务，十分机谨慎重。弘未想过会出什么意外，途中人或马患病罹伤、路塞改道之类，黑肩自有法子应付。那么，黑肩的阴符迟迟未至，只有一种可能——有人在与自己，不，是与秦国针锋相对，想要较量手腕权谋。是谁？晋国？还是茘国内部的某股势力？暂难料断。但有一点很明显，这件事出了问题。茘国来的使节、国书、觐见国君、迎归理由，细节上似乎并无破绽……弘让队伍放缓行进速度，派出两路快马斥兵，一路顺官道疾驰去接应黑肩，另一路归秦向兄君茵禀告。他令停车，换乘上了茘国大子的辎车。

"弘公子在想什么？"坐在对面的几扶一路上不比弘轻松，心中忐忑唯己自知。事情发生得太过突然，令他来不及应对，便已经坐上东去的辎车。秦国公子上车来一言不发，使他更觉心惊。

茘国的大子子离未归，他这个冒替的大子此去可谓凶险异常。可是，几扶自昨日在殿上惊闻归茘继位的消息，又被二茘使认作大子百般呵护，他一夜未睡，权较利益得失，终于下定决心，将错就错，放手一搏。机遇总与危机相伴，一旦抓住这个大好机会，他，往后便是一国的国主。必是上天垂怜遭遇亡国灭族之祸的邛国风氏，赐予他翻身复国的良机！几扶打消急盼子离归来的念想。他曾经安于辅佐效命的忠诚被攫取重权的贪欲所替代，这种念头自他踏上东归茘国的辎车便已生出，而后在惴惴不安中疯狂滋长，目下已蛮横地占据他的整个身心。

几扶掀起轩栏帷遮向外望去。漫天霞云映红了连绵起伏的水草茂苇和行进中的车马兵卒，令他恍惚看见那年亲率邛国兵士出征时的赭赤战袍。猝然间，

第六章 惑起

周遭的车乘人马熠熠生光，浮动着向半空升腾起来，与远端的水天朝云连成一片……他似看见了自己的煌煌未来，乘着瑰丽斑斓的青盖乘舆自膜拜的臣民头顶轧轹而过，腾达飞升至缥缈天际。纤凝紫绕，扶光四布，他回头轻蔑地望向地面，川泽苍林尽在足下，还有虫豸般伏地战栗的芸芸众生。他即将拥有这种至高无上的荣耀与辉煌。

"想着护助大子登上荔国君位！"弘揉着脑袋答他，不忘抬起头很真诚地朝对面的几扶咧嘴一笑。"公子送归之恩德，几……子离改日定当重谢！只是……君父有上天护佑，自会痊愈无恙！"几扶疑忌弘话中有话，又品不出言外之意，只得含混着旁敲侧击。

"秦国自有决断，大子不必疑虑。"弘的手自额间垂下，仔细打量对面的几扶，突然问道，"贵国出质晋国的公子有几位？"

"这个……公子为何会有此一问？"几扶实不知其意，便转守为攻。

"哦，或许……"公子弘一挑眉头，说，"或许更该关心留在贵国国内的公子们。"说罢，盯住几扶的眼睛，却什么也没发现。他又吩咐请来二位荔国使臣问话，结果同样没有收获。根据荔使的说法，荔国国君既是当着臣众及姬妾诸子的面遣使迎立，大子子离继位应属名正言顺。

秦人与西戎搏杀多年，先君穆公更是扩地千里，令十二戎国服于秦，国威日隆，却总被中原诸国视为西陲野人蛮族。虽经数代秦君力图东进，争伐吞并东方小国，恩威并施，取信王室，却不得不接受只可西扩无法东出的残酷事实。东邻的晋国和南面的楚国都是国力强盛的大国，秦国不可能以武力开辟东出之路，那么只能以姻亲、联盟等怀柔之策力图修好，以求避其锋芒，等待时机。荔乃小国，但因占据秦、晋咽喉地利，于夹隙间图存，反倒成了秦、晋关系的敏感神经。秦国与晋国权较利弊，都知道灭荔必会引发两国之战，无疑会给虎视眈眈的楚国以可乘之机。是以只能争相威慑拉拢，令荔国臣服，为己所用。

目下，荔君病重，内政不稳。偏生秦先君穆公及晋襄公先后薨卒。秦国新君即位未满一年，同样处于君位更替、朝局震荡之期。相较之下，晋国似乎更为混乱，六卿重臣突丧其四，而国君新立，朝臣争权失和，内讧纷争不断，逼迫忠臣自戮，诸公子出奔逃离。想来晋国亦无暇顾及他国事务。

那么，二十里阴符为何不到？

六汇宫别馆西舍。子离与段干且席地而坐，两人四只眼睛一眨不眨地盯着躺在席上的素缟女子。

子离离开的这段时间，女子洗净了头脸上的泥迹和身上的血渍，甚至不知从哪里找到针线，缝补了右上臂处的那道被撕裂的大豁口，因此看起来多了几分清新明秀。但在她身上，子离依然找不到亲姊的影子。

清晨的新鲜日光正落在女子身上，在光的照射下，她的身体忽隐忽现，不时斑驳，几乎变得透明。"怎么还不醒？"段干且语气中显出焦急，"她的时间可不多了。"子离不相信眼前所见，用手轻触她的手臂，冰冷异常。

"子离，"比妾说，"你的样子没变。"

"你……你醒了！"子离心情复杂，凑上前仔细看她，说，"阿姊……模样却是变化甚大……"稍一停顿，终于鼓足勇气问她，"你真的是阿姊吗？"

"天气凉了，为何不披上我送你的斗篷？"比妾挣扎着想起身，大约还有些晕，身子晃了晃，但很快稳住。段干且忙止住她，说："你还是再休息半刻方才妥当！"子离移过松木扶凭给她倚靠着，说："这样舒服些！"她很努力地笑了一下，苍白的脸上多了两颗眼泪，说："我的模样……"她左右四顾着问道，"可否借镜一用？"

子离将腰间素镜摘下送给比妾，安慰她道："其实并不碍的，只是面嫩些！"却不想比妾接镜照过自己的样貌之后，发出一声短促的惊呼，然后止不住地战栗、痛哭。

子离不知如何是好，求救般看向段干且。游医摇着头，一耸肩膀，说："这我可没法子，能让她恢复元虚记忆已属不易。"说罢正襟危坐，面色微凛，向比妾说道，"此貌本由你内心而生，实怪不得旁人，亦不必太过担心，回到奚虚便可恢复该有的样貌。"

比妾抽噎着抬起头，边抹眼泪边向游医道："抱歉，失礼了。段干先生，真高兴展老夫子能让你来。"

段干且略一点头，站起身来。"据我所知，"他说，"你自师尊处，呃……逃……呃，不，是出走，难道仅仅是为了回元虚看一眼荔国？咱们得马上回去见他老人家。另外，弗恭和刁庐也是遵主君之命而来的吗？他们，可有些

第六章 惑起

麻烦。"

"这些……可否容后细禀？"比妾坐直身体，的确恢复很快。她席地端坐，然后很正式地向子离行揖礼，说："阿弟须得尽快赶回荔国，君父病危时遣使臣来秦国迎你归国。那个叫几扶的随从，哦，你的兄弟，不得已替你去了。"

"我知道，不过，先把你的事情办妥，我再去不迟。"子离冲比妾一笑，又神色轻松地说，"放心，几扶当可应付裕如。"

"你们两个话可真多。"段干且摊开灼有"定"字的手掌，向子离翘了翘半边髭须，笑道，"之前咱们说定的事情，以目下情形看来，确难成行了，毕竟我不能让一位诸侯国君做药仆。不过你得记住，你对我可是有很大的亏欠！"

"这亏欠能让我来还吗？"比妾站起身，将案边的那堆药篓、药袋负在背上，说，"你为我做的事情已经够多了，若能够重选，我必不愿如此。"比妾的表情难以形容，悔愧中又有种不易察觉的神伤。

"你要走吗？"

她点点头："此地的执愿已了。我想，有些事情总该有个了结。"

"可你刚刚还说，来此是为回荔国，现君父病重……"

"不，君父已不在了。"比妾低下头，有些黯然，但很快又说，"于他是种解脱！"她抬头飞快地看了眼子离，说，"荔国已经没有亲人，那里便不再是家了。"

"什么，君父已然宾天？但阿姊还有我，不是吗？"子离听到君父逝去的消息有些意外，但并无悲伤哀痛之感。毕竟自他有记忆起，便早早接受君父爱鹿宠美姬更甚于任何一个骨肉亲子的事实。

"是的，可你我早就学会了独自生存！就像此前咱们同在雍城数年，却无法相见。"比妾眼中又有泪光闪现。

段干且此时在旁长叹一声，再次催道："时辰无多，再这样下去，你们怕是都没法及时赶去处理各自的大事。"说着将手探入怀中，摸出粒药丸递给子离，说，"这个，服下可保两个时辰效用，心念动处，便可抵达。"子离当即想起鼠粪夜明砂之类，不由身子向后缩了缩，狐疑地盯住游医的眼睛，犹豫着该不该接。"若非昨夜你吃了我的宝药，哪能支撑远途跋涉？你是得着了大便宜咧。"段干且说道。子离确觉长夜奔劳并无饿倦之感，当下收了纳入怀中称谢。他转而看向比妾，有些不舍，说："那么，还能再见到阿姊吗？"

"不不，吾既非属此地，便要去当去之处，因而不能再与你相见。奚虚所在，实非善处……"她的语气有些急切，欲言又止，"孑离，阿姊真是对不住你。"

孑离低下头努力控制自己的情绪。"不碍的，唯盼阿姊无事，便再无他虑。"说话间，觉得眼眶发热，忙用轻快的语气又道，"其实，我还挺想去奚虚看看。"

孑离抬起头来。

屋舍内只剩他一人。

金赤苍茫的原野上矗立着一片白色城垣。遥遥望去，垣内宫城浮泛缥缈，在朝阳霞云中，城郭敷金，像头威凛肃坐于半空的赤金神兽。一高一矮两个身影在茂草繁花间忽隐忽现，他们正缓慢地向宫城靠近。比妾紧紧跟随段干且，亦步亦趋，不敢有丝毫的马虎大意。脚下的通路，自跨过后便消失不见，所过之处被花草、岩石以及树林替代。仔细看周围的景致，眼见的一切都若有似无地不断闪动，似乎随时要泯灭消散。奚虚通路迂回曲折、错综复杂，且瞬息万变、光怪陆离，但终究拱绕枢城，万变不离其宗。段干且当然有自己的法子明定方位，循风而行便不致迷失。他念动口诀接连转过几个驿口，眼前终于显现一条直路。"终是快到了！"他笑道。

"先生曾说过我会复原本貌，"比妾紧跟在他身后，声音中透着委屈，轻轻说，"来奚虚已走了几日，依旧这副怪模样，可如何是好！"

"我也说过，既为奚虚弭空一族，样貌由内心所想而生，怪不得旁人。"段干且停下，一回头正见比妾眼中含泪地在看他，模样楚楚可怜，心下大为不忍，柔声细语地劝她，"好吧，我确亦有错，不该让你在元虚追溯旧念。"

"不不，比妾未敢起分毫怨念，若非先生相助，与吾弟恐怕依旧相对不识，亦难了断元虚不甘。"

"说来怪哉，既说是放下了执念，为何会如此？"段干且索性在一块黑石上坐下，凑近比妾，盯住她的眼睛，问，"说说看，你现下的样貌，是否于何处何时见过？骨肉手足？亲故莫逆？存眷关切抑或恼烦厌恨……总之，是令你挂怀难释之人，又到底是因何缘由？"比妾别过脸去，掩饰眼中一闪而逝的惊

第六章 惑起

惧,答道:"并无先生所言之人!"

"那……到奚虚便该当复原你原先的本貌,奇甚!"段干且低声自语,又掐着左手指节占算细究,偏落在无名指的"赤口"一节,当下摇头叹气,不再多话,起身便走。

比妾神情沮丧,垂头不紧不慢地跟着,背负的药袋不时窣窣掉下些碎屑,如飞蠓般在她身侧飘散悬浮,而后悠悠荡荡铺陈于他们所行之处,发出星星点点的红色微光。新升的红日染就万里霞空,轻云随风变幻霓裳,日光透过丝丝薄雾柔软地照耀着周遭,让一切都闪现出诱人的迷幻光彩。

渐行渐近,隐约可见那宫城背阴处的城台角楼之上,有白衣甲士卓然立于楼口。风扯动猎猎幡旗,不时昭示那旗上硕大无朋、白底儿绣金的一个"虚"字。

这便是奚虚中枢宫城所在,名曰"浮光",坐落于横贯奚虚全境的祸水西岸,招摇山北麓闲来峰与无事岭之间巨大的壑谷平原。二人在城门处止步。城门紧闭,厚重的灰白色山石门板上雕有两只相对而立的九头笑面开明兽。开明兽是浮光城的守门灵兽,虎身,人面,九头,据说有洞察万物、预卜未来的能力,此刻似乎并未察觉到正仰视着它们的来访者。门首各镶嵌一只口衔门环、威风八面的青铜狻猊兽头。段干且掸了掸身上的灰尘,又正了正肩头的药箱,端身上前叩动门环。霎时间,两只青铜狻猊口中发出"硁硁"怪响,门板上原本对视的两只开明兽亦转过九个脑袋看向段干且,表情各异。

"来者何人?"两只开明兽的十八个脑袋同时发问。简短问话被拉长,变作声声回响"何人?……何人?……何人?……",直击人心。

"段干且,求见主君师尊!"段干且抬头直视那些发问的脑袋。

"那么你呢?"开明兽笑容可掬地问比妾,"你呢?……你呢?……你呢?……"

"侍婢……"比妾犹豫着,将手伸向腰间挂的铜镜。"勿得迟缓,"段干且轻声嗔她,"不可生疑,快说求见主君大人。"

"不见!"比妾话音刚落,霎时便不见了踪影,肩负的药篓、药袋兀自空立着,缓缓塌堆在地。

"哈哈哈哈……"两扇石门上的开明兽相互对视着大笑起来,各自将九颗头颅逐一收回原处，恢复石雕模样，不动了。

段干且无奈地叹了口气，去捡地上那堆药篓、药袋，突然面露喜色。他将药篓、药袋在肩上负好，朝城门一揖，大声说："此乃且之错，这便去寻她回来！"说罢，他顺着地面那些星星点点的药屑微光，一路寻去。

随着斜阳西沉，药屑微光渐弱。段干且在一棵长相怪异的老槐下止步，那老槐粗壮的树干连桩倒伏在地，树身上木瘤累累，自中段裂开个豁口，足可容纳一人躺卧其间。树身虽倒，所有枝条却倔强地向上生长，枝繁叶茂，树冠大张着，就像一柄巨型绿荫华盖。他看着远处的暗云，坐在一段凸起的树根上，树根立刻沉了下去，似乎嫌弃他太重。段干且跌坐在地，笑着拍打那树："你这虚驿，晓得是我，还总爱玩闹。"槐树枝叶簌簌抖动几下，树根方才恢复如初。段干且坐下打开药箱取出木匣，轻叩了两下，里面的首乌小人应声而起，冲着段干且挥手摆臂，笑跳个不住。游医将它捉在掌中爱抚道："药宝，药宝，该用到你了！"说着，将首乌的芦头处用红绳绑了，那绳便亮起红光来。首乌小人咧开嘴跳了几跳，然后一头扎进地里不见踪影。段干且将手中的另半截红绳轻轻一拈，红绳微闪，消失不见。他收匣闭好药箱，将身后背负的药草琐碎挂在槐枝上，抬脚跨进树腔躺下便睡。槐树枝叶摇曳着下垂，将他覆盖住。

比妾依着药屑微光反向奔逃，她不得不再次踏上逃亡之路，远离那座看起来缥缈温馨的诱人的"浮光"宫城，还有宫室里的人。

"须小心提防所有人，唯信自己，唯靠自己！"

母亲的警告在她耳边萦回。

她远远望见前方有个白色身影，她扑向那个影子，那是她心底最熟悉，而且闪着光亮的……记忆。

母亲身着雪白绸裳，俯身轻摇着一只坠有铜铃的陶鼓，笑意吟吟，跌跌撞撞跑向她的姐弟俩却怎么也够不着那只叮叮作响的铃鼓，每当他们快要靠近时，母亲便退后几步，离得更远些。但当他们终于失掉耐心放弃追逐，瘪嘴欲哭时，母亲却蹲下身去，又将陶鼓伸到他们脸前来，笑着唤道："宝儿，宝儿，快快来取呀！"孩子们扑上去，母亲却向后一撤身，眼睁睁看着他们扑跌在地哇哇大哭。母亲这才上前搂抱两个孩子，为他们拭去脸上的泪花，掸去衣上的尘土，轻声告诫二人："小心每一个人，包括母亲与君父，唯信自己，唯凭己能！"

母子三人小心翼翼地在荔宫存活着。母亲以芮国长公主的身份嫁来荔国，虽贵为荔侯夫人，却并不得宠。特别是芮国被秦灭后，君父便再也未出现在母亲宫室。夜深时节，宫室之中常能听到轻浅幽怨的歌声：

日居月诸，照临下土。乃如之人兮，逝不古处？胡能有定？宁不我顾。
日居月诸，下土是冒。乃如之人兮，逝不相好。胡能有定？宁不我报。
日居月诸，出自东方。乃如之人兮，德音无良。胡能有定？俾也可忘。
日居月诸，东方自出。父兮母兮，畜我不卒。胡能有定？报我不述。

在比妾有限的记忆中，母亲从未流露怨愤之意。她执掌荔国后宫，却毫无威厉之色，看起来庄肃恬静而又安然，周身散发着与人无争的温婉气息。她满眼满心只有两个幼子，失去了母国依凭，在尔虞我诈、危机四伏的荔宫，她得教会孩子们保全自身。类似铃鼓的游戏不断变着花样重复，行止衣食游戏燕居的日常，抑或教导六艺六礼的学时，就连正朔祭礼这样的大场面，她也要充分利用，只为告诫他们：提防所有人，要靠自己的力量生存！

正月天腊日，是祭祖敬神、击鼓驱疫的盛大节日。荔国向来尊崇五帝（统治东西南北中五个方位之天神）。这日乃五帝聚会之日，是得福赦罪解厄的日子，举国上下皆斋戒沐浴，祈福敬神。芮好夫人早向国君进言，大子子离与长公主比妾已逾髫龀，当与公子公主们共舞逐傩，驱疫祈福。国君允准，并兴致颇高地要亲临观舞。于是后宫便异常忙碌起来，悬神轴、供佛马、具牺牲醴糕鲜果之属，以祭门、户、中霤、灶、行宫门内五祀诸神。

荔国宫室规模不大，是一片高大简素的灰砖褐瓦平舍，四围由高高的粗犷山石宫墙围聚，仅露出条条褐色屋脊。整座宫室由规整对称的八开间七进台屋庭院和一座后庭园林麋鹿囿苑组成。首进及二进皆属国府文办机构，三进筑于六层阶基的石台之上，是国府中枢议政殿，坐落于院落正中，两旁月门通往后三进寝宫别舍，再向北进便是后庭园林。说是园林，庭园之中地面均为一色青灰石板铺砌，没有水面花草园石亭轩，唯见的林地是庭西侧一片小小竹林并几株老松，间中有数条草径铺连林后鹿苑。鹿苑四围倒是生机盎然，当年荔侯央尚未扩建引水，鹿苑内自有汪山泉流溢而出，形成满月状的浅洼，鹿儿居间腾跃呦鸣，苑外后山的鸟雀小兽出入自然。

宫祭之礼便在此后庭举行。荔侯央命人打开鹿苑围栅，鹿仆驱出几十头名贵鹿宠，与群臣共同观舞除疫。

芮妤夫人携后宫诸姬妾虔诚地奉上祭品，进位、上香、祭礼、读祭文、三行礼以酬谢先祖与诸神的护佑恩赐，祈求子民康宁、国祚绵延。嗣后便行傩驱疫，五十名童男童女为驱童，头戴红帻，身着皂衣赤裤，手持火炬鼗鼓。为首一人扮驱邪之神方相氏，头戴面具，手持矛戈皮盾，率众童子呼喊舞蹈，以炬柄击鼓而行，声威气势浩然。

子离为首，比妾则与众公子公主列阵率驱童拱卫跃舞。子离扮的方相氏披坚执锐，玄衣朱裳，掌蒙熊皮，头戴黄金四目面具，边舞蹈边高喝"傩——傩——"，奔突跃刺着搜击不祥，驱逐想象中的疫鬼。后庭之间，依东、南、西、北、中五个方位预先安置了装满水的巨大铜鼎。待方相氏各鼎祭毕，众驱童组方阵紧随其后欢呼鼓噪，分别将火炬投掷入水，烟气蒸腾而起，即视为发送掉了疫疠邪祟。驱童共击鼗鼓以贺。观礼众人齐声喝彩。

本来，一切都已演练惯熟，正有条不紊地进行着。傩舞行至尾声，国君与众臣皆将"彩"字咬在唇边，瞪大眼随时欲喝，以博个好彩头。

子离绕五鼎按方位击盾虚刺，舞蹈跳跃，三遭舞罢大声喊"驱"，五十名驱童立即散开，作十人一组，围鼎齐唤"傩、傩"，同将炬投入铜鼎。

国君微笑着离席而立，众臣亦伸长脖颈静待疫烟。

不想，随着五鼎内阵阵噼啪脆响，炬火非但不灭，反迸溅激射出无数火雹炽浆。群鹿痛烫惊惧，相互跃奔抵撞，冲踏人群。臣众、驱童与鹿宠伏地倒卧，其状惨甚。荔侯央的冠冕被灼焦一片，他以袍袖掩住烫伤的脸面，疾呼"救驾"。不大的庭院内，人畜乱作一团，值守卫执一时间手足无措，呆立着竟不知该如何处置这突发的状况。

紧要关头，上卿孟申边喝令卫士与鹿仆驱离惊畜，边冲上前以身护主，自己的颔下长髯被火星燎燃炙伤居然不顾。荔侯央大为感动。

此次厄难被称为"后庭傩祸"。公子苏在混乱中倒地，口吐鲜血抽搐而亡。

第六章 惑起

荔君新近极宠爱的妗美人亦惨遭践踏而死。倒毙在案下的老国相丕昌，双目圆睁，其状恐怖，身上却并无伤痕。更有臣属及驱童十数人死伤。

国君震怒，责令巫祝起占，卜出兑、坤、巽、艮、乾五卦之象。巫祝便依卦象进言，说："兑之象为妇、为女子；坤之象为母、为水、为心、为忧；巽之象为伏、为灾；艮之象为宫室、为钗簪；乾之象为金、为日、为主。因而系后宫之母祸乱害主凶兆。"

荔侯央听信不疑，认定提议并主持傩仪的芮好夫人有罪，褫夺其君侯夫人的封号，幽禁冷宫。在被寺人强行拖离寝宫时，她声嘶力竭地向一对儿女喊道："勿信……勿信……"

夜半时分，宫闱间回荡着凄婉歌声：

寒夜未央，月华蔽矣。维我罹祸，愤其叹矣。愤其叹矣，为人之艰难矣！

寒夜未央，月华微矣。维我罹弃，歌其泣矣。歌其泣矣，逢人之不涉淑！

寒夜未央，月华殁矣。维我罹囹，悲其涕矣。悲其涕矣，念昔者何矣！

芮好夫人就在这样的夜里突然逝去，未留下只言片语。而荔侯下令追查祸端因由一事便也不了了之。

荔国很快新立君侯夫人姬。姬夫人是晋国公女，生有两个儿子，除去因后庭傩祸夭亡的公子苏，尚有一幼子，名徼。姬夫人向君侯进言，好婢畏罪既死，其子孑离便不宜再为荔国大子，应废之而立子徼。荔侯央正哭悼死去的众鹿宠到伤心处，说："幼鹿失去了哺乳的母鹿，悲楚已极，若再毁其巢，与杀它何异？"姬夫人听后道："君上何须忧心？鹿有族家，失母幼鹿自归族群照管。妾愿亲自教养大子与长公主，定不让他们受半点委屈。"

荔侯央只看着众鹿宠的祭牌怔怔出神，姬夫人立在一旁莫可如何，拿眼色向国君的侍人卑缶示意。卑缶便上前搀扶荔君，轻声劝道："君上有怜弱悯幼之善，唯乞爱顾自身，免教夫人挂怀。"君侯央面色稍缓，向姬夫人略微点头，说："贤夫人有心了，孤自有安排。"姬夫人暗自不悦。

未久，晋与荔联盟伐秦，大败。

比妾痴痴地坐着，任泪水肆意地流浸脸庞。她与胞弟痛失了母亲，又被君父毫不犹豫地献与秦君，成为荔向秦示弱求和的筹码。

"我本为帮你，你却逃之夭夭。"段干且突然出现在比妾身后，将手中的首乌蓼根解去红绳，小心翼翼地收入怀中，方道，"若非答应了展老夫子，我又何必自讨苦吃？但你总得告诉我为何要如此。"

比妾一惊，忙扯过眼前飘过的几缕绵密浮云擦去眼泪，说："段干先生，请恕小女子不辞而别，实是另有苦衷。"说罢起身继续向前走去。

"你不想讲出来吗？"他跟在她身后问。

比妾点点头，又摇了摇头。

段干且伸手拉她停住，见她并无抗拒神色，便放开手抱起胳膊："好啦，没人迫你，你回奚虚不正为此吗？旧执虽了，新执却甚。"

"我只是……"比妾被他说中心事，低头忖怔良久，方才嗫嚅道，"还没想好，能与谁说这件可怕的事。"

"天，"段干且表情夸张地放下双臂，"我听出不信的意思，那咱们还是就此别过吧。"他脚跟一旋，迈步往原路返回。比妾却揪住游医背后的药篓、药袋。"先生是要抛下我了吗？"她眼里流露出难以言表的痛苦神色，问道。

段干且瞥了她一眼，说："别将我的药草扯碎了。敝人杂务缠身，琐事繁多。"他紧了紧肩头麻索，又一扬下巴颏儿，说道，"且虽有仁心，但不信者不医。"

"先生，"比妾放开他的药袋，紧咬着下唇，轻轻说，"母亲只教我勿轻信于人，却不知……"她的声音渐低下去。

"却不知如何去信一个人。嗯，信与不信只在人心，奚虚之人却已无心。如此想来，却是我多余了，咱们还是到此为止吧。"

比妾抬头看着他，清秀面庞在西沉的斜阳光线中显得异常苍白："有些事来得太突然，就会令人无法接受。"

"对你的确如此，或许在别人眼里并非无可救药。"

"但愿如此。"

段干且一言不发地看着她。"好吧，"比妾一只手摁住胸口，说道，"事情总得有个了结，况且我并没有更好的法子。"另一只手握住游医的宽厚手掌。

第六章 惑起

比妾闭上眼睛……

一阵风猝然而起，经二人头上打了个旋子，云气随风转动，将他们包裹起来，有什么影影绰绰在闪动，在变化，渐成云团……

待到云团气旋消散，游医与比妾消失不见。

这段记忆刻骨铭心，历历在目。

比妾在浮光之城宫室间的甬道穿行，双手托着硕大铜盘。"今日须得特别小心，"管教傅姆的话似乎还在耳畔，"无论看到什么，都别放在心上，切记，切记！"老太太满布皱纹的脸因忧色而愈显苍老，喂紧嘴唇加重语气的样子，看起来有些滑稽。比妾口角闪过一丝微笑，脚下不由快了些："傅姆年纪大了，越发地唠叨。"想到此时，她扑哧一乐，忙用眼角余光瞥了瞥周围，微缩了肩膀，想，可别教人听去，又白惹一顿责罚。

比妾正了正颜色，继续前行，去为主上大人奉菘浆与糕饼。

奚虚的宫舍，每两个时辰变幻一次方位。比妾自入宫成为奚虚至尊主君的女婢，每日行止限于寝室、后庭、役室前后不过四进的几十所宫舍，每日走相同的甬道，进入相同的舍门，但每次进入主上大人宫室都与前次不同，除去室内或立或坐或卧的主上大人不变，装饰陈设均不重复。这些宫舍实际位置到底在哪里令人无可捉摸。对这些，她从不会大惊小怪，更不与人私下议论，只谨守本分尽心做事。比妾因而被管教傅姆格外看重，成为主君专侍。

主上大人须发皆白。既然处于如此至高无上的地位，比妾暗自忖度他该有几百岁奚虚年纪。但他眼神清澈，身姿挺拔，行止轻盈，声音洪亮，又实难说得清实际岁数。

今日所入之宫舍古朴风雅，看起来更像间书舍。地面裸露着灰黑条石，未铺毡毯，四围殿柱没有垂坠于地的轻麻帷幔，更无任何华贵陈设。只有环绕三面墙壁的通顶玄木书架，满置简筒帛箧。正对中间书案的墙面上，悬着一张巨大的兽皮，皮色暗黄，皮面正不断闪烁变化着点点银光，连缀成的图形看起来竟像是地图，确切来说，是活地图。兽皮两边分挂有长剑与弓矢。几个书架在舍内粗大的火鼠脂灯的照耀下，散发出乌沉沉的幽光，显得肃穆而神秘。此刻，主君正背手立于活地图前，一领素白袍服，银发披散不髻，只用白绸松松束起耳鬓长发垂于脑后。听见舍门响动，他回过头来。

"呀！"推门而入的比妾发出一声短促的惊呼。她惊异于今日见到的并非主君，而是个八九岁的男童。不等她发问，只觉眼前一花，面前男童已恢复成主君大人平常的模样。几乎同时，主君长身纵跃，人已到比妾近前，伸出手竟似鹰枭利爪般攫住她的咽喉。

"啊！"比妾手中的铜盘跌落在脚边，甗豆樽盅四散，铜盏盖在地面上骨碌碌滚动着，发出清脆啸音，在宫舍内回荡。比妾瞪大的双眼内半是恐惧，半是疑惑，一双瞳子正印着主君那张扭曲变形、不断在老人与孩童间交替转换的怪异面目。

比妾意识渐渐模糊。她绝望地闭紧双眼，等待最后灰飞烟灭的时刻来临。

脖颈间陡然轻松，浑厚气流汨汨涌贯全身。她猛地张开眼，周遭漆黑一片，寂然无声，比妾却看见了弥漫散布的危险气息。她摸索着爬起来，跌跌撞撞奔逃，在黑天墨地间找寻风的动向。前方难有坦途。她必须独自面对这诡谲突变、悚怖难料的奚虚离奇异况。

"窒息。"段干且声音有些干涩。他使劲揉了揉脖颈处，似乎在努力缓解突如其来的肌肉痉挛。

"诡怖的记忆，"比妾看着游医，"它们刻入骨肉，无法消除。"

段干且勉强抬了抬半边唇上髭须，尽量让自己看起来轻松些。"难怪你这副样貌……看来我们惹上了大麻烦。"

"是的，"比妾说，"原本是我一个人的麻烦。"

第七章 隐人

子离独坐在空无一人的舍内发愣。宿居六汇宫的质子带着随从仆役都去了秦宫，以至大白天整座馆舍却出奇地安静。他怔怔地坐着，觉得像一场梦。他摊开掌心，"定"字赫然入目，段干且所赠药丸躺于其间，正遮住"定"字上的那个墨点。

"随想即至！"他喃喃重复游医赠药时说的话，觉得不可置信。他站起身在不大的屋舍内转了一圈，然后百无聊赖地坐回案前。头很重，他将下巴抵在案上，让那粒药丸在眼前说服自己：此前经历是真实发生过的！或许该赶紧追上归荪的人马？不，几扶冒死替他纾解急难，在想好如何解释之前，不可鲁莽行事。

子离点燃地灶灶火煮水，思忖着该如何向几扶、向荪使、向护送的秦国公子作出解释。他在袅袅水汽中微眯起双眼，脑中浮现出各种光怪陆离的画面。青绿的原野上赤、白、玄三色战旗漫卷蔽日，号角声声，令旗频展，列阵各方的铁骑战车携同兵卒冲入战场厮杀，鲜血飞溅，人马战车纠缠，打得人仰马翻。火光突起，远方的城垣上空升腾起滚滚黑烟，城门紧闭，城内一片火海，兵马无情地踏过街道上躺卧的遍地尸体，呼啸呐喊着不断砍杀，庶民的尸体堆叠在城门处，依然有人拼命爬上尸堆欲出城逃生。君颂之声在肃穆的朝堂久久回荡着，君上高冠冕服朝坐于廷阶高处，突然自殿外拥入大队全副戎装的卫士兵卒，刚刚还伏地礼拜的臣属齐拥上前，国君被推下台阶狼狈就戮。众臣拱卫年幼的新君登位，再次伏地称颂："君上万寿无疆，国祚绵长！"有吟哦声响起："芃兰之支，童子佩觿。虽则佩觿，能不我知？容兮遂兮，垂带悸兮。芃兰之叶，童子佩韘。虽则佩韘，能不我甲？容兮遂兮，垂带悸兮……"丘山堙堆处的广袤平原，黄土高台之上鼓角震天。悍战诸国握手言和，国君们会聚于此检阅三军，宣读共遵的盟约，而后齐声高呼："凡我盟者，既盟之后，言归于好！"战事即息，兵士们偃旗捧土掩埋矛戈弓箭，而后笑泯恩仇欣然往归。远处的柳烟暮色中，一个身影由远及近，是子离，那个梦中的子离，漠然与他对视，一言不发……

子离在惊诧中醒来，灶火已然熄了。他将身子歪在案边，极力放松精神，盯住忽明忽暗的火星余烬，勉为其难地想梳理出点有用的头绪。可脑际充斥着那些支离破碎、毫不连贯的梦中场景，令他心神不宁。回想起昨夜在泮宫和南

第七章 隐人

市所见种种诡异奇事，子离终于想到应该做点什么，而不是傻怔着空耗时日。先去尚善宫和南市草集探个究竟！

他走出前庭路过东厢灶屋，见庖人囤正在檐下劈柴。"囤，我出门办事，即刻便回，记得与我留份朝食。"庖囤一怔，抬头看了看子离，也不搭话，撩起衣襟擦把脸上的汗，低头接着干活。"木讷若此，待腾出工夫来再与你计较！"子离脸上露出狡黠的微笑，脚不停步地出了六汇宫。

宫门前的大街上行人寥落，令人意外地冷清，商户除了几家食肆浆舍张幡迎客，大都铺门紧闭。子离方才记起还在蚀日禁期。平日里这条街甚是热闹，除了雍城接待外邦质子及特使的国都离宫别馆，还有二十多所诸侯国驿馆，再加上礼纳各国入秦游学仕子们的国府学宫俱集于此街，周围开设许多酒肆乐坊春楼之类，日夜有衣饰华丽的名士穿梭，贵冑如流，是天南海北各地人物聚会、方言风物融通交流的繁华所在，也是岸南唯一的全石板铺地、街边满植高椿、绿树成荫的通衢贵道。就连岸北公室贵族、国府吏员们也趋之若鹜。雍城人称这条街为"丰街"。南有宽巷石桥横跨中牢水通往国君宫城，北与两条东西向的六丈宽国驰官道相通，出行十分方便。是以终日里驷马高车、行旅走卒往来不息，鲜有车马冷落的时候。

顺着丰街走过街口，对街向左便是尚善宫。学宫面南的是正门，高阔的院墙东西两侧还各有一角门。他之前常与几扶自西门出入学宫，与那司阍的门子混闹相熟，溜入学宫不在话下。他紧着步子向前走，过了街口刚向左一拐，猛然听见一阵鸾铃急响。当子离看清眼前是乘高盖辂车时，已是闪避不及。驾车的驭夫不知有什么急事，竟似没见到当街站立的大活人，松着缰绳展辔驱驰。幸而那两匹马儿颇通人性，懂得不可撞人，并未听任身后驭夫瞎眼驱使，哚哚嘶鸣着齐齐刹住蹄。

好险！子离因上衣被巨大车轮上安装的青铜害辖绞带而扑跌在地。

站在车上的驭夫一个趔趄差点摔下来。他勒住缰站定，看都不看跌倒在地的子离，只朝一对驭马大声呵斥："贼畜，为何突然住车？！"说话间抽出马策戳钩马臀，又接连在空中甩了两记响鞭。马儿哪敢稍停，即刻奋蹄疾驰，不一会儿便消失在街尽头不见了。

子离甚至没来得及喊出声，爬起来发现前襟被撕裂半片挂在腰际，狼狈不堪。他恨恨地朝车驾消失的方向啐了口，扑掸几下灰土，又扭身转动腰腿，没觉出哪里疼，方才咧嘴一乐，自谓："幸甚！"一溜烟钻进小巷，来到学宫西角门前，跨上石基，在阶下轻拍了两下门环。

"何人叩门？"自内传出门子不耐烦的声音。两扇门向内对开，现出一条缝，一个脑袋探出来左右张望过后，咦的一声又缩回去，门被关上了。子离在阶下半张着口，心道这门子素日里惯见凶神般的面目，从不懂与人玩笑，今天倒是怪哉。再去叩门，半晌无人应声，便将脚跨在阶上再三拍那扇木门。"来了来了，如此打门作甚！"门子听来有些着恼。

"看清楚些，将人关在门外，你倒恼了！"门刚打开，子离便凑上前去，伸长脖颈盯住司阍的一对小眼嚷起来。

"小的开门来迟，告罪了。请问先生有何贵干？"门子看着子离的眼睛，放低音量问道，倒把子离问得怔住。他有些心虚地将目光移开，犹豫了一下，说："我来有重要的事，必须马上进去……"他觉得自己说得有点可笑，思忖着编个更充分的理由。

门子却将门霍地拉开，自己退到一旁。子离吃惊不小，在一只脚迈进门之际，还不相信似的向司阍确认，说："我……进去咯？"

门子不看他，也不答话。子离觉得实在不可思议，想往日入内，他得和几扶玩几番"声东击西""金蝉脱壳"之类，这阍人总是嘴里骂骂咧咧"竖子可恼"，今日如此轻易放他入内，难道……

果然，随着阵阵犬吠，自门子身后蹿出条皮色油亮、黑背白爪的短毛乌犬，龇牙咧嘴地冲他吼吠。子离忙缩回脚来，僵在门口不敢乱动，更不敢跑，他晓得人绝跑不赢狗，便蹲下身作势要捡石头打它，口里喝道："阍犬乱咬，再吠便烹了你！"那狗却并不吃吓，依旧冲着他狂吠嘶吼不止。门子一把扳住狗头叱道："没来由地乱吠个甚，烦闹得头疼！"那阍犬似极怕门子，经他一呼喝，即夹了尾巴，自喉头发出几声呜呜，委屈地伏下身去。

子离哪还敢入内，慌忙回身便走，还不忘记调笑："你等着，这恶犬必是公的，下回我带只雌的来降了它！"门子一言不发地闭门上闩。子离本已铆足劲要与他打场嘴仗，不想转眼竟被挡在门外。他搔了搔脑袋，总觉得不对，又说不上如何不对。

第七章　隐人

　　学宫既然进不得，那便只好往集市去。要去的南市并不太远，沿丰街走半炷香工夫，就可以到段干且位于南市的医馆。子离有些气急败坏，心里对此行并不抱希望，只是不能干坐在馆舍里无所事事。

　　子离一路小跑着过去，远远可见市集黄土垒砌的厚重土墙。他自南门前肃立的守禁面前径直走过，然后极顺利地进入市集。禁令下的市集略显萧条，只几家不受禁的食铺、柴草棚和货坊开着，所有火陶铜响器乐器娱伎禁停，入市的客人便少很多。开门的店家无聊地坐在门口，眼瞅着零星往来的人招徕生意。子离看见相熟的面铺掌柜甲在案后擀面押面，便走过去招呼："嘿，面甲，忙着哪！"没有得到往日惯常的热情回应。甲连头都没抬一下，专心地对付面案上的黍麦粉团。子离顺市道向前，一眼瞥见开饮浆坊的艮生坐在门前支的麻篷下打瞌睡，不由玩心顿起，走过去猛地拍他的肩膀，喝道："醒醒艮生，瓦盅叫人拿去！"艮生惊醒，有些懵懂地揉着眼睛看他，脸上立即堆起买卖人的笑意。

　　"正是焦渴，来碗甜浆！"子离一屁股坐在草席上，拿手拍了拍案几，"终于找到个人来说说话。艮生，你不晓得，真是憋屈甚。一开始我出门刚转出街口就差点叫马车轧了，驾车的那竖夫竟连看都不看我一眼，便径自跑得没了影儿……"子离说着话跪坐起半身，向他展示半吊在腰间被扯破的麻襟，"去学宫差点被那阍人的恶犬咬了，还好我机灵。"艮生看着他咧了咧嘴。子离继续说："你看，我一路走来，与面甲招呼，他也不睬我。门口的守禁竟也跟瞎了一样，哈哈……"

　　艮生微微歪过脑袋，脸上依旧挂着笑。他眨着眼睛说："客人要煎壶茶吗？小店新到的春芽，是由楚地云梦泽远途跋涉贩运而来的上等极品，奇香若仙哟！"

　　子离的笑容凝滞在脸上，"今日人人都有玩心，我却并无此闲情！"说罢起身便走，偏此刻肚子咕咕叫起来。他放弃了去医馆的打算，总得填饱肚子，才能有精神应对这种说不清道不明的怪异情状。

　　回到六汇宫，子离进前院直奔东厢灶屋找庖人。庖囝正在厨下忙着做朝食。他去隔壁井房打了桶水拎进灶屋，提桶将灶上的吊釜加满水，又拿起火棍跪在灶前加柴生火。灶旁横梁上悬着的鱼干和豕肘，经柴火烟气熏炙日久，俱已成漆黑干脩。子离进了灶屋便抓起案上的瓦镫，掀开䈱盖盛黍羹。囥抬头看他一眼，没说话，低下头继续以木棍挑拨灶灰。

"囥，有糕饼蒜䪉吗？"子离端起羹来喝了一大口，问道。他惊觉自己竟已经一天未曾吃东西，而且与那游医整夜不眠不休地跋山涉水劳累奔波，心中始信吞下游医的鼠粪药丸确有些神效。

"唔？"庖囥回头看了看子离站的地方，似乎听到什么，侧过头仔细再听，然后摇了摇头，回身继续拨弄灶灰。

"喂，庖囥！"子离将头脸伸到庖人面前，"别玩笑，我有重要的事得听听你的高见！"

庖囥终于看到子离，有些意外地盯住他的眼睛看了半晌，微笑着问道："尊驾是新来馆舍的客人吗？不知如何称呼？"

子离叹了口气，决定先配合他。"子离，"他故意用夸张的语调说，"你认得的，相交多年的荔人子离！"

"哦。"庖囥答道，但他的目光随即从子离身上荡开去，"该添黍起蒸了。"

他别过身去屋角端起鬲甗，又忙着自陶瓯内取黍。

子离看着他出厨屋去柴房抱来柴草，旁若无人地忙自己的庖事。等等，旁若无人……子离一悸，感觉有股凉意自心底直击他的颅顶，头跟着嗡嗡作响，不由自主地打了个寒噤。"不，不不不……"子离立刻否定自己的可怕臆断。

"囥！"他走到庖囥身后轻唤，囥没有回应，再提高音量道，"囥，别吓我，这到底怎么回事？玩笑过甚便不好玩儿了。"

正自忙着的囥停下手中活计环顾四周，确像是听见了什么声音，但随即便晃晃脑袋，似乎想清醒一下，继续忙手头事务。他把黍倒入甗中，用瓢舀水湆过，放回鬲口，然后四下找甗盖。

子离抢步上前将瓦盖操在手上，鼻头几乎贴上囥的脸喊起来："真的，我有急事，求你别再玩儿了。"囥似乎被眼前突然多出来的这张脸吓了一跳，惊吸口气退了半步，但的确看到他了。子离大大松了口气，说："你先坐下听我把话说完……"

囥忽然眨巴两下眼睛，自脸上挤出个微笑，对他说："小的是此间庖人，唤小的囥便好。客人住的哪间？您只管回舍间坐等，不消多时朝食便可送到。"

说着话，抬起胳膊晃动两下，咧嘴又道，"客人有事尽管吩咐，囝自当尽力。"

"恐怕你无处使力！"灶上吊釜冒起热气，子离把头脸凑近那热气，"好烫！"他缩回身子，抚着脸颊痛处转身回舍间。

此时，子离方才相信这一切都是真的。沉甸甸的恐惧感包覆住他。不是玩笑，不是梦魇，不是幻觉。"算了，"他有气无力地自语，"就这样吧。"

子离磨磨蹭蹭踱过二进天井，心中满是惊惋、委屈，继而困顿、迷茫。

馆院东面高墙探入几根硕壮椿枝，一群黄鸟在枝间叽叽喳喳欢快地跳跃鸣唱。他心头烦躁至极，俯身捡起地上的石块掷过去："鄙雀，竟连尔等也敢取笑于我，去！"

受到惊吓的黄鸟们扑翅四散飞去，却不晓得其间哪只气量小的，自半空抛下团粪来，贴着子离的鼻尖在他脚前的石板上砸开一小朵青白间杂的粪花。

"呸呸呸，晦兆，晦兆！"子离眼前一黑，头重脚轻的感觉更甚。他盼望此刻就倒下晕厥过去，等醒来，也许正常的日子就会重新开始。

可惜子离并没倒下。

"他们定是知晓会如此！"回想起段干且与比妾临别前欲言又止的反常神色，子离猛然醒悟，"得去找那游医，他必有法子破解眼下的怪异情状……"他将手探入怀中，摁了摁那粒小小的凸起，突然脑际电光石火般掠过一个念头：不为人识，也不尽是坏处。既然游医给了他两个时辰的神通自由，他便可神不知鬼不觉地潜回茘国探看个究竟，必得设法解救正在为他遭罪的几扶。

如此想定，子离深吸一口气，糟糕心绪方始平复。

六汇宫别馆西舍的门虚掩着，自舍内传出稀里哗啦翻箱倒柜的声音。

"弗恭，咱们是不是遭了暗算？"刁庐的声音有些发哽。

"不能说是暗算，我听到那游医警告你别动，"弗恭笑着说，"可你没听见。"

"你的意思是说我活该咯，弗恭？"

"没那意思，刁庐，你只是耳力不济，脑力也……"

"你说什么？"

"不，没有，我什么也没说。"弗恭露出个无可奈何的表情，喃喃道，"有时得学会视而不见、充耳不闻，忍忍也就过去了……"

"弗恭，既是在元虚做人，便得有良心，你的定心丸白吞了吗？我可什么都能听得见！"刁庐发怒了，声音震得窗子嗡嗡作响。

"好了，我弗恭摸着良心向刁庐告罪认错。"弗恭息事宁人地微笑着，拍了拍刁庐的肩膀，说，"咱们来此不为争嘴，得干正事。"

刁庐不再吭声，气呼呼地在案前就着席坐下。

弗恭则颇为仔细地嗅过屋内各处，语气非常肯定地说："她曾经来过此处，刁庐。"

"曾经？不必兜什么鸟圈子。你就直接说，她现下并不在此处，弗恭。"刁庐说话间抬头，正看到子离进门来，黑脸上顿时泛起笑意，扶案一跃而起，道，"竖子，终于等到你！"几步上前便薅住子离的衣领，喝道，"快说，你把那婢子藏去了哪里？！"

弗恭凑到二人近前，示意刁庐松手，然后轻掸子离的衣服，赔着笑柔声细语地说："我这兄弟脾气暴躁，失礼了。你只管说出来，我们绝不会难为你。我保证！"

"你们，"子离惊喜不已，"你们竟能看得见我？"

"屁话，简直屁话！"刁庐在旁上下打量子离，像看什么稀罕物。

"当然，我们只是看不见那婢子。"弗恭皱了皱眉头，显出些不耐神色，但随即便被挤出的笑纹遮掩下去，"你之前在昭梦殿似乎有所顾忌，但现在说实话还来得及。"

"来得及？"

"是的。咱们不妨以诚相待。若我是你的话，必不会再有所隐瞒。她在此地的时候无多，我们是来助她脱困的。"

"是吗？二位既是奂虚拘差，又何必为难我一个元虚俗众小民？实不凑巧，她刚走，我确是不知她去了哪里。"

"嗯，"弗恭说，"这算是句大实话。你既知晓了我们的身份，那么就说出来吧，她与谁一起？"子离不说话。"她独自绝走不出这个门去。"刁庐喝道，"费这许多口舌做什么？看我拧断他的脑袋！"

"我要叫人了，请二位从这里出去！"

第七章　隐人

"竖子可恼，叫人，咱们怕过什么人！"刁庐转头看向弗恭，"哈，弗恭，他说叫人！"

弗恭不疾不徐地逼近子离一步，鼻头几乎抵在子离的脑门上，皮笑肉不笑地说："叫吧，我们希望你叫，那个人！"

"谁？哪个人？"子离声音有些发紧，他尽力控制住自己颤抖的双腿，站定在原地，挺直腰杆一动不动。

"我数三个数。若再不说出那个家伙的名字，我割下你的舌头，让你永远说不出话来。"刁庐大声喝道。

"一——"

子离口里发干，他试着想咽口唾沫，可整个口腔干巴巴的。

"二——"

"快说了吧，何苦如此？我的兄弟脾气很坏！"

"等等，"子离说，"我……我可以喝口水吗？"

"当然，咱们的小兄弟终于想通了！"弗恭笑着向刁庐一挑眉，"你觉得呢，刁庐？"

"事可真多，我这'三'字已经咬在牙上了，撑不了多久。快喝快喝！"

子离一步跨到案前抓起陶盅，就着尚有余温的熟水，将那粒黝黑发亮的药丸吞进肚里。与此同时，他在心中默念："我要回荔国宫室！"

荔国的政事大殿，众臣正处于焦灼惶恐之中。

国君猝然薨逝，承继君位的大子殿下尚未迎归。执政监国的国相大人却毫无征兆地提议由五岁的庶公子僾继位。虽说废长立幼有违祖制，名不正言不顺，但在上卿直紅异议而获罪遭到驱逐之后，再无反对之声。孟申既然敢违逆故君遗命提出改立新君，想必早有把握。众臣都心知肚明。所谓驱逐，一旦离开荔国国境，任何事情都有可能发生——当然与荔无关，更与国相大人无关。

臣子们在殿厅中或坐或立，还有的默默踱步，可谁也不开口说话。即便如此，也无人离开。国君新丧，这是权势最易发生变故甚至倾覆的时候，随时都有可能出现难料的意外情形。权力变数越大，众臣属紧张的神经就越紧绷。是以，自君侯央病危，国中大臣无不抛开所有手头事务，寸步不离地守在离国君最近处，随时候诏。这种躁动不安、恐慌焦灼的危机感，得一直延续到新君登位，大局底定无可更改，方可回归到国事日常当中。

执政监国的孟申召集众臣到政事大殿，必定是有很重要的事。可众人齐聚殿内等候多时，久未等到国相大人开口说话。没人知道，孟申此刻也在心神忐忑地忍受着煎熬。这场看似因他而起的大变故，他却并不十分有把握。他紧皱着眉头坐在案前，目光落在来回踱步的上大夫籍偃身上，眉眼间闪过令人难以觉察的杀机。他向籍偃淡淡地道："上大夫，可有见教？"

籍偃是两朝元老，虽须发皆白，但硬朗矍铄，是故君倚重的主政大臣，门人故吏亦不在少数。可是在先君托政的紧要关头，先君却并未指派他辅助国政，他与其他所有臣属一样，只能在惴惴不安中暗自揣度将会发生什么样的重大变故。面对孟申的问话，精明老谋的籍偃自是知晓此乃试探。他停住脚步，抬手向孟申略拱了拱，同样面无表情地淡淡回答："国相大人执政监国，有何吩咐？"

这便是上大夫籍偃的高妙反击。执政监国的国相大人孟申，在国君新丧、新君未立期间，代行国君之权事，拥有至高无上的权柄。孟申因对接下来即将发生的事态难以确断而有此一问，籍偃的反诘，却分明表示了不卑不亢的不得不顺从的意味。孟申微怔了怔，感到尴尬，只好勉强揖手笑道："国事多艰，我等为臣子者当不可须臾图侥幸。"

心怀忐忑的众臣听到两位枢要重臣的对话，纷纷聚拢过来静静探看，此刻谁也不敢问"储君何时立""大子是否归""丧仪当何处"之类，这样的问话最易引来非议。因此，满面探询之色的诸臣围拢来，也只是默默看着说话的二位，暗自竖起耳朵。

上大夫籍偃并不想保持沉默。他向众人拱了拱手，提高音量说道："上天庇佑艻国，变故虽起突然，但先君已留遗命，我等人臣当以利国为要，从速共商稳定大计，免令国体震动。"

真不愧为精谋老臣。他避开忌讳不提，又策动大臣们共商利国固本之大事，听来冠冕堂皇无懈可击，实则将遵从先君遗命、反对废长立幼的意思表达得再清楚不过。众臣如释重负，纷纷响应。

"上大夫所言极是，图稳为要！"

第七章 隐人

"对，对对，护持国本乃当务之急！"

……

话题既开，大臣们都活跃起来，三五成群地开始议论，以各自认为巧妙的方式试探对方的立场。

就在众人议论之时，一队披甲素服的兵卒，手持矛戈，踏着整齐、沉重的步伐来到殿外，在廊下铿锵列队肃立。盔甲鲜明，利刃闪亮。带队的正是孟申的亲信部将否衡。

大殿内的议论之声戛然而止。众臣瞠目结舌，左右四顾，露出知道要出大事，却不知事之究竟的茫然无措的表情。

莫非国相大人想要趁机排除异己，抑或是夺位自立？果真如此，朝臣俱身陷兵围，恐无人能阻。孟申统率中军经年，培植了不少军中亲信，除去国君宫室护军，几乎可调动全国精锐。权力对抗，向来都是得重兵者操胜券。

一时之间，议政大殿内的气氛紧张到几乎凝滞。

国相孟申终于松了口气。他面露微笑，自案前起身，正了正衣冠，走上三级步阶，徐徐抬举右臂。两排带剑着甲的将领自殿外鱼贯而入，在殿后肃穆列队，个个手按佩剑凛然而立。

"谨宣哀侯夫人诏令，众朝臣列班恭听。"

大臣们哪敢迟疑，按序就席，危坐于案几前，垂着眼帘静候。先君近侍卑缶带着两个小寺人，疾趋进入大殿，走上高阶。经过孟申身边时，二人眼神相交，彼此心领神会。卑缶从小寺手捧的铜盘中取过一卷帛书展开，高声念道："哀侯夫人有令，诸臣听悉。先君崩殂，大子经年不归。为应对突变，稳固国本，现改立公子儆为荔国大子，即继国君之位。新君弱幼，令国相孟申监理国政，辅弼襄扶。国中诸臣须齐心协力，竭忠尽智，保我荔国之本，定我荔国之基。倘使有二心者，诛屠不论。哀侯夫人于一十七年秋朔。"

念诵已罢，阶下臣众却是一片默然，竟连领命称颂都不敢开口。姬夫人的意思十分清楚，改立幼子为储君，继承君位。此前国相提议废长立幼被视为试探臣心，现姬夫人突然发帛书册定，令众人始料未及。此中是否有诈？国相孟申并未发声，此前多有传闻其有自立之心，恐怕并非空穴来风。再者，诸侯各国弑君自立之事多矣。如若此番系其故意试探，那积极呼应之人便会立即惹来杀身大祸。众臣默默不语，宁可担着不敬之罪，至多被贬黜流放，设若贸然出头发声，那可是祸及九族的灭门大罪。

大殿内持续着心照不宣的沉默。

"恭请新君即位！"终于，立身于阶上的孟申袍袖一挥，打破了沉默。

两名前导内侍应声入殿，姬夫人怀抱先君佩剑，手牵幼公子儌随后进入，直上台阶，危坐于君案席前。

众臣慌忙离席起身，但依旧在错愕中迷惑着，竟都忘记行拥戴新君的大礼，殿内再次陷入沉默。

骤然间，孟申沉声怒喝："新君即位，谁敢不从？"殿后甲士随之齐声喝问："谁敢不从？"

孟申急下步阶，一个转身便率先伏地高呼："拥戴新君，国祚绵长……"众臣方才自疑惧中惊醒，纷纷伏地拜呼拥戴。

坐在高阶上的新君儌被突然响起的声浪吓得大哭起来，扭动着身子想要离席。姬夫人将先君佩剑放在案上，忙去搂抱幼子，哄劝抚慰。国相起身径走上阶去，跪于案前，向年幼的新任国君挤出一个笑脸来，声音却忘记调校，只听他沉声喝道："国君，怎可于朝堂之上哭泣？不成体统！"儌立时止了哭，睁大眼睛惊恐地盯着孟申，不住地抽噎。

就在这个当口，上大夫籍偃突然自地上爬起来，直冲至案前操起那柄先君佩剑，拔剑出鞘，奋力朝案几前的新君辅臣一指，转而高声向阶下呆怔住的众臣喝道："尔等小人，置先君遗命不顾，是为窃国殃民之贼，当诛之！"话音刚落，自殿侧跃出一个黝黑的影子，凌空扑向籍偃。籍偃不及细思，挥剑直刺来人，那黑影却不避，竟用身体撞向剑锋，双臂同时轻挥，两个光团便脱手击打在剑身之上。只听一声金音轻响，君剑自上大夫手中飞出，迎面一道亮光闪处，黑影的剑已洞穿籍偃前胸。老臣无声倒卧在台阶之上，血溅当场。那柄脱手飞出的长剑此时方才锵然落地，发出声闷响。

众臣待看清这个黑影时，始知是孟申的亲信部将否衡。

大殿内一片死寂！姬夫人发出一声哀号，晕厥在国相孟申的怀中。

子离站在大殿近门处，被一个兵卒拦住，兵卒喝道："闲杂人等不得入殿！"子离早有经验，偏过头去不看他，口中答道："某有要事，闪开！"兵卒应声退到一旁。子离旁若无人地直入殿廷，谁知刚跨进高槛，便见到上大夫籍偃受诛的血腥场面。子离飞奔上台阶，站在否衡面前大声斥责："尔怎可随意屠戮重臣！"趁着他怔神之际，伸手夺过他手中的利剑。

"匹夫大胆！"将领失去佩剑是丢脸面的事，否衡尚不知为何失剑，下意识地大喊，"来人，叉出殿去！"而后一低头便忘记了子离的存在，对扑上来的两个兵卒指着籍偃尸身，补充下令，"快抬出去！"两个兵卒相觑一怔，对将军大人突如其来的态度转换有些不解，当然也绝不敢发问，忙依令行事。

孟申不疾不徐，脸色铁青地嘱宫人扶姬夫人与新君徼去寝殿休息。他起身走到否衡身前，扬手狠抽一个巴掌，打得否衡趔趄着差点跌倒。他捂脸刚瞪起眼，发现打他的是国相大人，便忙屏息揖礼，道："属下该死！"

"如何该死？"

"属下……不该污了朝堂，因而该死！"

"还不快退下去！"

"是！"否衡垂头站回廊下。国相向侍人卑缶示意。卑缶一点头，高宣退朝。众臣当下长舒一口气，慌忙四散退出宫去。

殿内很快恢复平静，几个涓人进殿来清理洒扫。

君父实在可悲，一生受制于人。于外，长年受秦、晋两国胁迫，战战兢兢，背约失信，苟且偏安于一隅；于内，耽玩享乐，疏理国事，朝政被权臣操控，以至于作为一国君主，临终遗命竟被臣属们当作废话一般。一个念头闪现脑际。子离想，若非君父自感衰竭，决计不会主动遣使接他这个若有似无的大子归国。血亲继承不过是君父勉力维持荔国不得已而为的最后一步棋。那么，子女们难道只是君父的一枚枚维持养尊处优地位的棋子，命运在其权衡利弊间转圜：当用则用，当弃，便毫不怜惜地抛弃，例如，阿姊比妾？

子离心中难过，垂头向外走，不想与一个涓人撞个满怀。那涓人哎哟失声低呼。虽只短而轻的一声，久居秦地的子离依旧听出他讲的是秦腔方言，便停下打量他。只见此人个矮形削，身着国丧麻衣，越发衬托他面目漆黑有如熏烟，双目炯炯有神，透出异于常人的机警。他抬眼与子离目光交碰，迅即垂下头侧过身子闪到一旁，垂首恭立。子离颇觉此人怪异。宫中涓人囿于宫庭内苑，无不如女子般皮白肉嫩，难有如此肤糙黝黑之人，且他们因日积月累的单调内廷固有程式，神色形止均呆板迟钝，哪能见到如此凌厉的眼神？

子离心头一动，决定盯住这黑瘦涓人。

第八章 迷途

弗恭和刁庐在秦宫西边一个极为安静的院落暂时栖身。这里是宗庙后庭。天井中青石铺地，无树无草，只在四个角落各置有一只蓄水的三足圆腹大铜鼎。两侧廊下各有四间厢房，均为祀库。东厢四库分门别类地存放祭祀所需的食、酒、水、乐等各种青铜彝器；西厢四库存放璧、琮、圭、璋等各种玉器，丝、帛、麻、葛等布匹祭服，钺、戈、镞、矛等各种兵器，以及罐、箕、豆、方等陶垡杂器。这里是贮备侍奉神明祖先的祭器的神圣所在。

前庭院落，居中有座背北面南的高台殿舍，是秦太祖庙，祖庙阶下巨大而平整的土场便是祭祀献牲的埋场，不远处东西相对的，左两座是昭庙，右两座是穆庙。这里供奉着秦祖先神主，空阔寂寥，彰显着无上的神圣威仪。也正因此，人们对这处所在存有极重的虔敬至畏之心，仅在月初的荐新、四时设祭的时享以及年终举行祫、禘之祭时启用。此处便与日常处于一种隔离状态，是神秘而又禁忌的地方。掌管宗庙的崇伯十日行庙，在前三殿巡视一番，后庭就连值守也不去，是以寻常时日绝无人问津。

西厢丝布库离庭院角门最近，门口右侧的铜水鼎有两只直耳，常有鸟雀聚憩在铜耳上饮水嬉戏，只消坐在这座布库的门槛上，伸手便可擒得。刁庐认定了这间，琢磨着该怎样说服正在为取舍定夺而犯难的弗恭。水鼎圆腹上的夔纹栩栩如生，遇风雨天气，会发出如雷低吼，铜鼎上的夔龙便似活转似的在水波鼎壁间悠游。刁庐盛邀弗恭共同于廊下欣赏雨中游夔幻景，借此消磨难以打发的无聊时间。

"人都喜文夔龙于鼎。我听传闻说夔仅有一足，是真的吗，弗恭？"刁庐突然指着鼎上夔纹借题发问。

"非也，刁庐。夔是个人，并非这鼎上的神兽，怎会一只脚？"

"那是那是，传闻多有不实之处，确不能尽信。"

"此人并无特别之处，只是精通音律。尧帝说：'有夔一人就足够了。'便指派他为乐正之职。说的是，独此一，足矣。"弗恭伸出手指抚触鼎上夔纹，雨顺指滴落，离水的夔兽僵卧不动了，弗恭接着说，"因此，若评赞人有学识便讲'夔有一足'，是说有像夔这样的一个人就足够，可不是你所听闻的只有一足啊。"

"哦，怪道主上大人提起你，说'夔有一足'，听得人摸不着头脑，现下懂

第八章 迷途

得了。"刁庐睁大一对环眼，表情有些夸张。

"是吗？此话却还有深意，是为，凡听传闻，务须深透审察而后断。"弗恭收去脸上笑意，微蹙眉头，向刁庐一摆手，说，"我得去自警，失陪！"便转身进了舍内。

刁庐看着弗恭的背影，独自又怔半晌，终于摇头自语，道："终究不懂，可恼！"说着抬掌拍在那鼎腹的夔纹上，铜鼎上赫然留下一个掌印，那夔兽便似被圈在印中，不复悠游灵动。

弗恭闭目凝神，盘膝坐在库间的地席上。梁间暗处不时有扑棱棱的异响传来。"飞鼠！"刁庐进门来，发出声惊喜的呼喝，同时，抬臂间有亮光闪过，一只振翼飞鼠便被无声地钉在础柱上。刁庐哈哈笑着走上前去拔下穗镖藏好，双手撑展着死鼠双翼，前后左右细看，而后得意地向仍闭着眼不为所动的同伴发出邀请："弗恭，能否暂时收起你的那套修为大法，拨冗一赏？"

弗恭深吸口气，让这口气吊住，扭头望向刁庐。

刁庐咧开嘴将战利品铺展在库架一卷白绢之上。飞鼠竟未死透，此时兀自醒转来，支撑着伤翼无力地扑腾欲飞。刁庐半张口饶有兴味地盯住垂死的伤鼠，跷起小指捏住鼠头提起来，任它抽搐着扑打双翼作垂死挣扎。

弗恭吞下胸口的那股气息，慢悠悠地说道："蝙蝠，暗夜擅飞，寿长千岁，此方人谓其为'仙鼠'。如此祥瑞吉兽，你却为何击杀？"

"祥瑞？豕鼻鼠目鄙陋不堪，似禽非禽似兽非兽，形殊性诡令人见之生厌，比那窃黍的硕鼠更丑几分。"

"仙鼠何以为仙？行不由足，飞不假翼，毛羽皆殊。且它昼伏夜飞，丑陋外貌便被隐于黑暗间不为人识，任人有再好目力，亦无法明辨。唯依稀见其暗夜玲珑俏影，是以膜拜向往。"

"那它遇到咱们算是倒运，不为其所蒙蔽。"说着话，刁庐已将死蝠掖入腰间革囊，"刚吃饱鸟雀，留此仙鼠慢慢享用。"

"正可补一补隐匿丑态的本事。"

刁庐略微愣怔，而后大笑，答："甚妙，甚妙！"

弗恭又说："刁庐，刚在门口看雨，想到件好玩的事，说与你听。前次在奚虚奉事，夜半时，忽听院中土垣与木础口吐人言，激烈争辩。土垣说：'你原不如我。我乃土属，虽其貌不扬，无声无息，但无论急风暴雨，抑或连绵淫雨，泡坏我身，浸毁我形，我能仍旧复归土地，天晴便又成坦。土地不灭，我便永生。你却为木质，高则高矣，美则美甚，无外取自树木。凡遇雨频风密，你都有拔根折干之虞，而后漂于江河，东流入海，茫然不知所终。'木础听后笑道：'你我本有同出之谊，当相互辅就。木以根系护土，使其不致流失；土则护持树之根本，不令其倾倒。是以土养树，树保土，我离不得你，你亦离不得我，无须争辩。'"

刁庐半晌无语。弗恭等得无趣，继续闭起眼来修炼，将气行至关键处，刁庐却骤然哈哈大笑起来。

弗恭气结，只摇头苦笑，说："正事，刁庐，咱们还有正事未办。"

刁庐的笑声戛然而止："共事一场，以后有话直说，弗恭。寻出些蛛丝马迹，再提正事不迟！"

祀库恢复了往日的寂静。

宫廷与官场最是冷酷，一旦失势便随时会有性命之忧。

议政大殿内血迹斑斑。几个涓人开始搬案掀席，准备清理。黑瘦涓人手执一柄麈尾左右四顾，显得心不在焉，以致鬲氏拎着烧莽草烟的铜熏作法祈神求祷时，他竟未如其他涓人一般，定身垂目以避驱，而是偷眼瞄着那鬲氏念诵祈行于殿内各个角落，将鼠莽藿艾余烬撒于阶前血溅处，再凭空跃舞一番。之后，涓人们方把地上的血与灰扫去，再用水泼过，擦洗干净。涓人们各自忙开去，那黑瘦涓人却尾随鬲氏出了殿门。

宫殿外，披素服丧的铁骑重甲森然戒备，戈戟林立。宫闱间的白幡帜旗被风扯动着发出猎猎哀吼，乌沉沉的暗云在天空浮动翻涌，不时遮住惨白的太阳，将整座茘宫描摹得阴晴不定，显出令人难以捉摸的肃杀、萧瑟。

子离不远不近地跟着那个可疑的黑瘦涓人。那人自议政大殿出来，跟在鬲氏身后走出前庭回廊，便闪身转向东庭甬道而去。他独自一路低头缩肩疾趋，熟稔地穿过通往后进的月门，脚步稍一迟疑，而后放缓步幅向云栖宫走去。云栖宫是茘哀侯夫人燕居宫殿，由三座白石高台宫殿围聚着窄阔内庭，高台之间各殿室依着地势高低均有青瓦回廊相连，再以众多曲环繁复的甬巷便道贯通诸台室舍以及前后几进庭院。这些回廊踏步以鸶鸟纹空心砖铺就，人行于其上会发出轻微回响。黑瘦涓人轻车熟路，不走殿间的连通廊道，而是顺廊外陡坡迂回而下来到内殿阶前，左右看过无人，便轻轻纵身跃上了殿檐，再攀住檐口翻身猫上瓦顶，又纵了两纵，消失在层层殿脊之后。

子离自知没有跃屋穿顶的身手，便只好心一横，偏过脸去径直向里硬闯。殿前两个持戈甲士竟都对他视而不见，任由子离轻身来到内殿的宫门处。

云栖宫内殿隐约传出低语争辩之声。

"今日改立幼君，上大夫血祭。现一班公室老臣跪于殿前，以命示威，国相该作何想？"姬夫人脸色阴沉而苍白，眼中显出惊魂未定的疑惧。

此时虽为近午的隅中末刻，殿内却阴郁昏暗，冷冽森森。重重素帏白幔下，国相孟申与姬夫人隔案对坐。案几边硕大枝灯上只燃着一支孤烛，宫寺仆婢尽被屏退。烛光摇曳中，孟申站起身，径上前与案后之人并坐，以臂弯揽其入怀，轻声抚慰："妭妭不必若此，上大夫之死实属意外。事已至此，悔又何及！"见姬夫人不语，又劝道，"公室以命相搏非为忠君，而为直紀改国制损了他们的尊威、利益。我已使计驱离直紀，既保全其性命，又让这些老朽出了口恶气，是为良谋善策。如今究竟事成，待明日以新君名义颁尊你为太夫人，便可顺势移宫掌政。"

姬夫人挣脱孟申，端身跽坐，道："先君猝薨，讣告未发，朝中乱得还不够吗？事成事败，现下难有定断。切勿再生事端！"

"君者择臣而使之，臣亦得求明而事君。"孟申无趣，起身躞回几案前坐下，振振而言，"君上若视臣如手足，臣自是忠奉为其腹心。"

"择君与弑君，怎好相提并论？"姬夫人只想改立子儌为大子，谁料搞成目下难以收拾的乱局。

"妄言！"孟申猛地起身离席，双手撑住案沿前倾上半截身子，将头脸靠近姬夫人，双目圆睁逼视着她，"一国之君，却听任国衰民贫，只一味琢磨自己的玩宠享乐，这是为君之道吗？是治国之道吗？"国相孟申情绪激动，在烛影朦胧中，他因暴怒而显得面目狰狞。姬夫人向后缩了缩身子，垂下眼帘。但几乎瞬间，孟申便又恢复蔼然神色，柔声说道："君夫人勿听信那些小人传言，先君系因突发怪病而薨殂，举国皆知。"

"常听说，为人臣下者，有谏而无讪，有亡而无疾。当面劝谏，而不可背地讥讽，若君不明，可以弃之而去，又怎能怨恨悖逆？"

"当面劝谏，"孟申怒极而笑，"臣曾于政事厅撞见咱们的君上大人，竟与四五个宫人骑麋鹿狎笑玩闹。这政事厅是何所在？国府之枢要所在，竟行如此辱国裹本的勾当，成何体统！"

姬夫人轻轻冷哼一声，没有说话。

国相孟申却为以后不必再忍耐压抑对故君的失望不满而心生快意。

就在两日前，国君忽然宣诏孟申共上观星台。观星台在宫城北门外的阙台附近，是由巫、祝、星、日四师共同按星象吉位堪定，举全国役力花费一年多时间砌成的。三丈六寸的巨大四方高台，台体下方以巨大山石石条堆立起丈二基台为础。基台四围则按星辰方位，设置十二星宿石案，日夜有值守望人察日月观星野。观星台以东太白星的石案分野乃属荔国，便是祭天主案，每逢天有异象，便要焚香祭天。

这天荔侯央接星师日官昂禀报，三天后的日中时分有蚀日之象。荔侯问此蚀福祸。日官昂低声道："下臣不敢答，恐君侯怪罪！"央道："卿告孤以实情，当恕无罪！"昂拜谢后方才说："凶兆，下臣接望人报，东见白虹在天，贯日而衰，时约有刻。现有蔽日预兆，乃阳衰之象……"日官昂将后半句"主国君执政不明，恐遭天谴"生生咽回肚里。央大为不悦，一反常态，斥退乐女，驱走鹿宠，沐浴焚香，独闭殿门，写下罪己诏，要在观星台祭天责己，修持祈恕。

君臣二人在观星台有一次深谈，这也是孟申最后的面谏之言："今上天示警，臣斗胆进一言。最近有一首名为《羔裘》的诗传唱吟诵甚广，君侯可曾听过？"

"哦？倒未曾听得，快赋与孤听！"

"羔裘如濡，洵直且侯。彼其之子，舍命不渝。羔裘豹饰，孔武有力。彼其之子，邦之司直。羔裘晏兮，三英粲兮。彼其之子，邦之彦兮……"

"这……此诗何意？是我荔人之诗吗？"荔侯央听着不是味儿，可诗意分明是赞颂朝中有股肱能臣，一时不便发作。

"臣曾听闻游历士子们议论，说遍访诸侯各国，唯荔国官吏最为轻松，权

第八章　迷途

承事少，俸禄不低，满廷鹿麋与羔裘。而我荔国臣工却常叹息，说荔官无趣，权事无论功过，俸禄不及鹿宠。"

荔侯央哈哈大笑，道："无事便无功，有甚错处？说到俸禄，鹿儿们尽心奉出血肉皮毛以事君，又鸣乐跳跃怡悦孤家，卿等臣属何人能及？"

孟申暗叹一声，忙又正了正颜色，换个话题说："方今天下，各路诸侯无不以强争雄，国力消长是为兴亡根本，人口、国库、民心、法令、甲兵，凡此五者足俱，方可为强。而荔国五无其一。地小民寡，田业凋敝；国库空虚，府无积粮；民治松散，国管乏控；举国之兵，老残不堪；内政法令，因循累弊。如此荔国，隐患甚矣！"

"国相既洞察深彻，可有强国之策？"

"荔之强邻，东晋与西秦二国，均甲兵财货丰足且地广人众，是以成强。然晋、秦亦变法图强，更何况我贫弱荔国。卿士直紆高才深谋，胸怀强荔大计，必得有国君支持方可事成。现公室朝臣众口一词反对、阻挠，更须君侯持定决心，维护变法。"

"孤家……自是支持的，变法方可得施！国相既力荐直紆变法，总应鼎力扶助才是，可公室朝臣反对，国相却为何出面上书？"

"君上，臣实有不得不为的苦衷。若臣正面支持直紆，只怕老臣们早就闹将开来，反倒更易引发朝局震荡。上书之人及其党羽已由臣下尽数掌握，脱不开干系的竟有百二十人！现报请君侯示下，是否幽去离台治罪？"荔侯央仰靠在凭几上打了个哈欠。一旁的卑缶见了，忙招手让身后托着竹篋的小寺人上前，揭开斑竹编的小筐盖，自内捧出盏精致小巧的掌上玉壶，以手抚壶身试过热度，方才双手恭奉至国君手边。

"不知君侯何意？"孟申轻声再问。

央接过来呷了口，轻轻眯起眼抬头看天，半晌不作声。孟申把心一横，刚要再问，只听央幽深地长叹一声，答道："如此一来，倒教孤难为甚矣……唉！只好先办了直紆，以消公室众臣激愤……那上书之人……便随他们去吧。"

"变法实施未满旬岁，自君侯聚臣等议定维持变法尚不足三日。"

"那又如何！变法固然重要，然公室系荔基柱石，断断不可动摇。杀直紆一人而能护持国本，实不足惜。"

"君侯，目今变法成效方显，若此时退缩废止，前变后覆，兴忽亡忽，则变法不彻、令命难稳，尽弃前功矣。"

"卿之所言甚是，想是已有定见。"

"臣以为，变法万不可半途而废。君者戒贪，当寡欲约己，勤政爱民。假以时日，必困厄得免，而后百世皆举，故国强。"

"人欲乃人之共有本性，何谈多寡？从心所欲而已。国弱至此，孤无力回天，又何必牵累后百世徒劳！"

"强国环伺左右，弱国自当图存！君侯万万不可失志！"

"强国之间自是可互盟互尊、共赢互惠，而吾弱国何为？勉于强国夹压下求取一线生机。如何去求？其实简单，不外舍去脸面而已！荔国变法图强，可强得过秦、晋？若不胜其强，则自噬其政于内，自惹祸殃于外，内外交困更甚前之厄矣。"

国君决绝、蒙昧反复至此，便不能怪臣属不忠。想到此，孟申轻蔑一笑，起身施礼向哀侯夫人告辞。大争之世，不进则退，不争必亡。诸侯之中，因循守旧致落伍亡国的例子举不胜举。荔国变法势在必行，而变法不可避免要损伤朝堂权贵诸公的利益。直纥明知会遭排挤攻讦，以为自己忠君为国的无私忠诚会换得君上的信任倚重，甘心做那主持变革的孤臣。只可惜，终究所信非人。试问，谁又唤得醒假寐苟安之人？姬夫人与幼君傲的命运，不，是荔国的国运，今后都将由他一力承担。

屋脊上的黑瘦小个子涓人闪身跃下，穿过两进后宫门禁，沿月门至后庭，一头钻入鹿苑。此时的鹿苑已空，尊哀侯遗命，驱遣鹿群进了后山深林，只剩下座座空阔苑围和静静高墙矗立在正午阳光下，显露出无奈的孤寂与凄凉。

待黑瘦小个子再度出现时，身上宫中涓人统穿的国丧麻服已换成平常行旅装束。他自鹿苑北围土墙纵身而出，呼哨一声，由北山林间唤来一匹通体乌黑发亮的健马。估计是怕蹄声响动太大，这人并不上马，而是牵着马缰慢行，一路悠悠闲闲地来到荔都城的西门城关处。

国君新丧，荔都城全城戒严。城内城外通往各门的行道之上不时有城防马队巡视，马上骑士喝令过往车马列队缓行，在城门处验身后才得出入。荔

第八章 迷途

都城的护城河与黄水相连，河面宽阔，清波潋潋，水深却无险，因而航道通达，樯桅林立，船只穿梭。渔货官船往来不断，刕国尽得渔盐航运之利。是以，等候进出城的人马车货堆聚在瓮城处，城外更是自吊桥的桥口排至护城河边。

黑瘦小个子挤在候验的人丛里。直等到闭关号角吹响，方才验身。常规闭关号角半个时辰内吹过三遍，便要悬起吊桥关闭城门，未入城者只能等到次日清晨开关。戒严期间晨开午闭，且只一遍号闭关。这人听到号响，似乎有些着急，跷起脚手搭凉棚抬头看那城关瓮城之上的谯楼。果然，楼上墙垛后有个看不清面目的兵卒向下挥手做了个手势。

那人见后，牵着马转头便走。孑离又被他一路领着绕行至北门。只见他自怀中取出一块竹板举着，向北门谯楼上高喊："有城防令牌在此，兹事为重，请放出城！"瓮城下的便门开了，北门守城门吏带着一个兵卒验看竹板，允他出城。黑瘦小个子自马腹下的革囊里取出个麻包递给守城门吏，道："将军辛苦，些许酽茶与将士们解乏。"又靠近守城门吏，压低声问，"既是闭城后有便道可行，为何西门不能出入，偏只这北门得便？"门吏接过麻包交给身后的兵卒，答道："四师观星扶乩得了神示，西门午开不利国祚。"孑离听了忍不住笑起来。正说话的二人都将头转向这边，孑离慌忙躬身垂头侍立，躲过他们的眼神。门吏面色肃然，向黑瘦小个子说："近来刕都城颇不安宁，要多加小心了。"黑瘦小个子正了正颜色，拱手大声道："天象既现，必佑大刕国祚绵长。"便辞了那北门的守城门吏出城。

城门既闭，北城外不见半个人影。一过城门吊桥，黑瘦小个子翻身便要上马。孑离心急，知道再不有所行动就要失掉这次机会。他三步并作两步紧赶上前，一把拉住马缰。那马虽是久驯有素的战马，却似怕极孑离，经他一扯，猛然停步，咴咴嘶鸣着腾身直立起来。马上之人冷不防遭这一掀，自马背倒飞出去，跌进路边草丛里。孑离紧步上前扑压住那人，因见识过他功夫不俗，生怕自己力不能敌，便使出浑身力气，不想身下那人毫无挣扎。孑离不敢大意，解下身上腰带将他的双手双脚一并绑缚，方才松了口气，扳过他的脸来看时，却是脑袋上一个豁口汨汨向外冒血，已自晕厥不醒。想是落马太过突然，没来得及反应，头磕在了石头上。

子离撕下一块前襟破布将他的头包住，开始搜此人身上，想找出些可证其身份的物什，竟是一无所获。这黑瘦小个子光身净袋，没有钱货财物，亦无照身通牌。只自他怀中摸出个小木片，上刻两长三短几根墨线。子离看不懂，便将那木牌塞回原处，想想又觉不妥，复取出来揣进自己怀里，这才将伤者藏入护城河堤垛口树丛之中，然后缓步走出来。

据子离料断，此人必为秦国潜入荔宫打探消息的暗探秘士。能入得荔君宫室执行秘务，自是品阶不低。至于此秘士所为何来，又探到了什么消息着急送回，他却无从揣度。

城楼上的刻时读声传来，已是日中三刻。子离左手手心一阵热流涌过，抬手看时，正是左手掌心炙的那个"定"字灼光微闪，立即想到，这服用的"随想即至"药丸留时不多。子离要立即赶去见几扶与荔国二使，告知他们荔国另立新君的重大消息。

护送队伍缓慢地顺着黄水渡口的秦官道逶迤而行，轰轰向东进入荒峡山山口。黄水骤折向南流去，道路随之变窄，黄土路面满布砾石高低不平，路两旁荆棘灌丛伸枝展茎侵伏交错，单马行人尚可畅行，二马骈车便显局促，护队派出徒卒一路披荆拓路方得顺当通行。待到车马颠簸着弯山而过，便有一道幽暗漫长的峡谷险道赫然入目。这道荒绝险峻的峡道是秦与东原诸国的唯一通道，素有"国门天险"之称。秦国为防东原诸侯西侵，在此天险东部岬隘筑起一座边防石堡，应着地貌，称其为荒峡关。

峡谷两岸高峰绝谷，峻坂迂回，顺着谷底蜿蜒曲折的大道向前约莫三里，便入荔境。路程已是过半了。

"驻车！"秦公子弘下令停止前进，所有人马入荒峡关休憩调整，待明日再走。这座荒峡关城堡不大，北靠峭壁悬崖，南倚险峡峻峰，荒峡通道穿城而过。道窄崎岖，四马战车无法通行，是以有"天险"之称。关城的城墙城门均用山中近采的方石砌成，坚固异常。城门之上的两层石堡东西两面开门，为瞭望值守要塞。门下瓮城临敌驻兵，与关城形成一道重墙，外辟斜坡堑壕以御敌。秦荔两国的近五千人马，瓮城自是无法容驻，只教车马兵卒在关城之内的土道上扎营。

第八章 迷途

弘与兄君茝约定在曲丘收报的二发阴符早已过去多时，依旧杳无音讯。追派出去迎候的斥兵也是空手而归。

秦国设有专门的情报机构，在军为候奄，在朝为士师。军中斥候与斥兵按兵阶行使刺探军情之职，均听命于候奄。而士师职官由三位下大夫充任邦贼、邦谍、邦酌三职，负责侦察刺探、间谍与反间谍，以及整理、分析、甄别情报内容。而此次执行阴符秘务的黑肩不属于任何部门，是直接由国君指派，此类谍员被冠以"秘士"，又按所执秘务等级分为执人、徙人、环人。执人秘士等级为最秘，一般行急险难突发之务；徙人秘士则为日常派赴各国行走，向为专务而刺探别情；环人秘士最为广布，常年游走于本国及外邦，散布于市井乡间、军朝各处，随机搜罗，农情、畜牧、林渔、室建、防布、民风，乃至民间言谈议论，无一不包。而不论哪种秘士，都越过候奄与士师，经由秘线直接向国君递报密信，这也是国君考察甄别士侯机构信息的有效途径。

弘计算时辰，快马疾驰往返，按路程来算，两三个时辰足矣。只是阴符在呈递过程中常遇些意外情形，此种耗时却没个准。以他对这位兄长的了解，必不会只派黑肩一名秘士。而此行事大，兄君却让没什么外交经验的自己执行，且指派随行的司马卫以是个耄耋老朽，哪堪得用？目下耳障闻塞局面，实教人坐卧难安。他一路犹豫着，行至东关，再向前走便出秦境了，终下决心，停行驻休，从长计较。

荒峡关的守将宁祺早就接到飞报，率队开关出堡相迎。待弘与众人见礼已毕，便急召随行的司马卫以和四个军尉商议后半程护送该如何行事。

"属下以为，公子大可不必心焦，只与那氽使送回他家大子便了。"宁祺大大咧咧，觉得完成护送任务便为上策。

"且慢。"卫以目光扫过宁祺，宁祺不觉住口，看着老司马，听他下文，卫以说，"公子是否派人回国请君命？"

"尚未，君上行前有嘱，遇事不必归报，想是为考验咱的决断。因此驻车休整，好与诸位商议个妥当法子。"弘目光停在卫以沟壑纵横的脸上，期待他的建议。

"那咱便等着！"右骑尉丁在旁接口说。他自信麾下斥候都训练有素，绝不会误事。步校尉毛也接口表示赞同："正是，待消息递回，再走不迟！"

"刕国无消息传回，令人焦烦。不走只怕那头出甚乱子，倒失了先机；走，恐其君假托重病，只为索回质子，刕君不死，大伙岂不白费这趟行耗？……"弘想着兄君蓉行前握着他的手殷殷切盼，越发犹豫不决。

"依老臣看来，此时宜静不宜动。刕国若已生乱，赶去只恐更加添乱；若依原计等着他家大子归国继位，迟一日半日倒也无妨。"卫以慢条斯理地说。

正说话间，门口一兵士来报："启禀公子，刕国二位使者求见。"

"只二位使者？"弘问。

"回禀公子，正是二位使者。"

屋内几人对了对眼色。卫以颤巍巍地起身走到公子近旁，凑到他耳边低语几句，弘微笑点头。

刕使隗末和由居听到又要停行休整，更是心急如焚。二人自出使秦国以来，时时心惊胆战，倒不是怕入秦遭遇什么危险，而是担心刕国。国内情形他二人最清楚不过，走时君上病情危矣，随时会有巨大变故发生，早一刻完成此次的使秦使命，便多一分胜算。此时驻车，令他们不得不在焦灼无奈中添加了疑虑提防。

"这会儿可正是赶路的好时候！唉……"隗末手搭前额仰头向天，被正当头的白日光刺花了眼，只好重重叹了口气。隗末转过脸去瞧由居，不想由居也正望着他，同样表情无可奈何，又带着些不能自主行事的怒意。"甚个意思？找他说说看？"由居问隗末。

隗末只略点了点头，伸手示意驭手解下绑在车辕上的旌节。他接过旌节，向弘的前车去，走了两步，似是想起些什么，掉头往后车去见大子。

几扶听见驻车号角声，亦觉心焦气促。此行前途难料，他无心去卜问知来藏往之神示，暗伏的凶险却早已心知自明。在这一路的走走停停缓慢车程中，几扶能感受到越来越浓烈的不安气息，却又经不住那万民瞩重的辉煌幻境诱引，只好在患得患失间长吁短叹，任由心底那团暗影极速膨胀，裹挟啃噬着他残存的心智，痛苦不堪，却又无力挣脱。

隗末与由居走到几扶车前揖礼，高声道："臣等恭请大子殿下车前议事！"几扶掀起舆帏一角，驭人忙卷起帏帘，扶他下车。几扶还未站稳便问道："二位大人可知为何驻车？"

驭人识趣，向三人躬身施礼后退到一旁。

"臣等尚未接报，只是……"隗末犹豫着与由居对视，见对方点头示意，他才接着说，"如此行法，怕是三日也难抵荔都。"

"秦国方面可曾有何表示？秦君此前在朝堂之上亲口说过……"

"大子殿下，如今各诸侯邦国之间诡道权诈盛行，不可不防。怕只怕有甚阴谋，而咱毫无防备。"由居劈口将心头疑虑说出来。

"那二位有何应对之策？"几扶面沉似水，并未显出任何惊慌神色，倒令二使有些意外，继而欣慰，亦觉得心安不少。

"臣等商议，莫如……"隗末说到此处，左右看过周围无人，方才向前又凑了凑，放低音量说，"臣等护着大子殿下急趋回国。"

"且由他们驾着空车慢行去。"由居接口轻噫道。

"如此似有不妥，且不论国内现况咱们不得而知，即或当日返国，身侧无防卫之兵卒，如何应变？"几扶的顾虑不无道理。隗末与由居均微微点头，随即便齐看向几扶，听他下文。

"为今之计，当同去见那公子弘，探明其意，再行决断！"

"或者……"隗末犹豫一下，说，"臣等先以使节身份向秦国动议加快行程，若遭推托搪塞，大子再与秦公子私议，也好有个回旋余地。"

"如此甚妥！"

三人议定，隗末与由居便欲去见公子弘，却正遇秦前尉来请他们入关休憩。隗末与由居便随其进堡，几扶则敷衍着不肯进去，尚在秦境，他不得不防。来人不好相强，只得由他自回车上等，带着二荔使转身去了。

几扶目送他们走远，这才回头上车。不想他刚将身子探过车舆，卷着的木帏突然落下，他正被砸中脑顶。

他揉着脑袋低声骂："晦甚！待吾他日为荔君，通改了举国卷帏为邛国立式……"

子离见到几扶大为兴奋，一时玩心乍起，松了车舆卷帏的麻绳。听到几扶嘟囔，他不由心头一紧，顿时记起此来要务。

"万不可再向前去，荔国新君已立！"

几扶揉着脑袋侧过身来看了眼子离，没好气地呼喝道："避过一旁，没有招呼,不得打扰!"

　　子离心头大急,上前一把抓住几扶的双臂摇晃,又凑到他脸前与之对视,低声说:"我,是我呀,我是子离。"几扶怔了怔,盯住他,继而瞪大双眼……子离不由大喜,又用力拍拍他的肩膀,咧开嘴,等待对方发出惊喜的回应。

第九章　善谋

"大胆，竖子无礼！"

几扶对子离怒目而视，高声呵斥。

"尔敢行刺本大子，来人！"

左右应声跑来四五个手持长戈的茒、秦兵卒，不远处的驭夫也闻声赶过来，躬身连连向几扶赔罪，口中喃喃："小的死罪，令大子殿下受惊……"

"拖下去，杖毙！"几扶面色铁灰，向那几个兵卒下令，声气跋扈，意态狂豪。

子离不由愣怔住，不敢相信面前的几扶便是他认识的那个随性洒脱、恣意笑闹的好兄弟。他颓然松开双手，退到一旁。

兵卒们扑上来，拖拽推搡着绑了面如土色的驭夫，驭夫连连惨呼求饶。

"你们这是为何？"几扶突然如大梦初醒一般，双目迷离地看着面前的混乱场面。"这……"兵卒们面面相觑，其中一个身着茒国兵服的高壮茒卒答道："大子殿下还有何吩咐？小的们这便去办。"几扶指着驭夫："驭人何罪，绑他作甚？"又摇了摇头，皱起眉头自语，"似是……我叫你们来的？"

几个兵卒见状只得停了手，一时间不知如何是好。被绑的驭夫瘫在地上，此刻口中方才号啕出来："大子殿下饶恕小的吧，小的实是知错了……"

一旁的子离心急如焚，情知是自己身上诡异怪状导致的乱况，如今事态紧急，却一味见面不相识，有话说不出。他踱步搓手干着急，突然触碰到怀中缴获的秦谍秘士的那块木片，不由灵光闪现：写！撒腿便跑向关防城堡内去寻笔墨。

荒峡关的守将宁祺虽是个粗鲁武夫，石室内笔墨倒并不难找。子离拿出木片，对着那几道长长短短的刻痕犯了愁，他猜不出这几条墨道甚个意思，却也晓得不可轻与秦人，想要刮除，却没找到简刀。情急之下，他用墨汁厚厚地将刻痕涂去，隐了木片上的墨道，又翻到背面，写下"茒新君倣已立"五个字。

子离一路跑出堡去找几扶，却不想，辖轩前围聚了一堆人。

几扶虽已收回杖毙驭夫的命令，兵卒却将大子遇刺的事报至公子弘处。隗末和由居刚刚见到弘，还未开口说明来意，便听到"噩耗"。众人慌忙簇拥着弘来到驻车处。弘命人绑来驭夫问话。

"何人行刺，还不从实招来？"

第九章　善谋

可怜那驭夫得了几扶赦令，方才松了口气，暗自庆幸逃脱杖毙军法，忽不知何故又被绑起来，吓得瑟瑟发抖，见到将军大人们，一句话也说不出来。那四五个当值的兵卒你一言我一语讲述情由，却没一个说得清所谓行刺的经过。

几扶听见人声，忙下车想要制止，已是来不及，只得与众人一一见礼。弘上前扶了几扶，关切地询问："大子可曾受伤？"隗末与由居更是急得不行，挤上前来看他。几扶慌忙摇头，对于这场没来由生出的事端，心中暗自懊恼不已，却也只得想法子含糊搪塞，当下捂了脑袋，说："有些头晕，自家不小心碰了头。"

隗末在旁忙道："大子殿下思父情切，千万保重为要！"由居亦接口说："大子殿下忧思甚矣，唯盼早日归国。"几扶听罢，忙手扶车辕做出摇摇欲倒之状。三人配合空前默契。

弘听后不语，只道："大子无事便好。"正待转身，一低头却被脚边一块木片吸引了目光。他顾不得身份，弯腰亲自捡起木片拿在手上，看到背面墨字面色一凛，又反复翻转细究，待看清黑迹下三短两长的刻痕时，不由精神一振，当下大松一口气。他瞥见身边几人凑过来要看，忙将那木片握于掌心，抬起手朝几扶拱了拱，笑道："大子纯孝委实令人感佩莫名，又如何能够辜负！"当下转头向四名军尉命令，"即刻拔营出发！"

四军尉不约而同地将目光转向司马大人，老司马凑近弘还没开口，便被挥手止住。公子弘沉声喝问道："怎么，没听见本使之令吗？"

众人方齐声应诺，各自去安排。

宁祺一头雾水地跟在公子弘身后，觉得简直莫名其妙，刚才还在石舍内议定停驻兵马，只不过半刻光景，便突然改令立即开拔。他实在想不明白，却也不敢开口发问，只好不时拿眼偷瞄司马卫以。司马卫以也沉默着，不过面色倒是令人意外的轻松。他自见到公子弘拾起木片已是心知肚明，虽说此种交付方式不免令人生疑，但见弘态度决然，便自放下心来。此刻，他神色安怡地躬身揖礼送公子弘上车，抬头正与宁祺投来的探寻眼光相碰，随即微微一笑，绝不开言，只略拱了拱手与其作别。

孑离十分意外，实未曾想到写的这句话竟会导致事与愿违的结果。他本意想让护送人马回撤，苅国已经拥立新君徼即位，此时再将毫无根基的大子送回国，必会招致杀身大祸，即或以秦国为靠山强行入茘继位，那么茘国内部一场血雨腥风便无法避免。诸侯各国，长幼、嫡庶、叔侄间夺权乱战实不在少数。这些，子离不愿意看到。

他将那块木片趁乱塞进几扶胸襟，不知怎会掉落在弘脚下，实在有些匪夷所思。子离若知晓他无意间替黑肩传递了"茘君已卒"的阴符，该有多么懊悔。世事往往如此，变化无常且捉摸不定，谁又能够预见未知结局？也只能听凭造化安排罢了。

接到命令的秦军护队人马迅速集结启程。子离跟在几扶车边，心焦以什么方式能助他尽早逃离。几扶喃喃低语之声顺风传入耳鼓："愿天佑我邛几扶成功登临君位，希望一切都能顺利，尽如我意……还有……千万别让子离回转来……"

子离蓦地停住跟随的脚步。后军佐领呵斥道："喂，你！还不快走！"随即后背便挨了火辣辣的一鞭子。子离吃痛，激灵灵打了个寒噤，竟是突然间惊醒了。此时，左手手心亦火烧火燎地疼了几下。他知道离开的时间已到，当下握紧双拳，也不理军佐的皮鞭，径向前走去，边走边暗自默祷：

"我要去见段干且！"

霎时间，平地突然起了阵狂风，尘沙枯叶漫舞，天地黄浊一片，树枝发出咔咔怪响。士卒兵马都被吹得站立不稳，车辅帷帘扑啦啦拍打舆辕。有两匹驾车的辂马吃了惊吓，咴咴嘶鸣着不肯迈步。

秦茘护送队伍不得不又停下来，且等风住。

段干且与比妾一前一后顺着奚虚络道慢行。天气不错，奚虚初日方升，光线十分轻柔，将浮罩着天幕的浅青薄云一缕缕缓缓揭去，天便渐显出湛蓝颜色。放眼望去，是无边无垠的广袤草原，地平缓而势坦阔，于视野之间接落起伏，渐入天与原交界的那一隙浑然微芒之中。近处的几片灌木升腾着轻纱般的薄雾，竭力向上接引阳光，然后欢快地融化在光线里。滩淖半融于草毯，泛起耀眼银熹。草叶与灌枝上挂满了露珠，晶莹剔透地闪烁着晨光。摩牛、角马与羬羊在淖边草上悠游啃食咀嚼。时有黑色蜚鸢盘旋于半空，发出婴儿啼哭般的鸣叫之声，巨翅掀动起阵阵草浪，将浓郁的草木气息与湿润的泥土幽香广布于周遭。突然，一只蜚鸢猛地俯冲而下，利爪攫起不断挣扎的鼢鼠。

段干且挥手驱赶蜚鸢，嫌憎它的啼音扰乱了心神。蜚鸢经他一吓，丢下猎物仓皇飞远。侥幸逃脱的鼢鼠竟立身向他揖了揖，转而飞快地钻入草丛消失不见了。

段干且凝神细算，依旧难断此处乃何处疆域。自入比妾记忆窥清原委，他方感受到重任在肩的惶惶不安。无上尊崇的虚主师尊竟会如此隐匿不智，使他非但在矛盾中犹疑，而且对整个弭空奚虚的际运感到担忧。而此刻，他得先顾全比妾的安危。段干且脑子飞快转动，想要找出解决这件糟心事的稳妥办法，如何能让长着主君的另一张脸孔的比妾顺利摆脱险境。他想，在奚虚，没什么事能瞒得过师尊。段干且经年游走于奚虚与元虚之间，惯于出手料理各种难险事务，此番竟生出无力之感。他领着比妾前行，但他亦不知要往哪里去。

前面一片花地陡然截断他脚下通路，段干且皱了皱眉，微眯起眼细算方位，却因心中并无定准目的而无从算起。他暗自叹息一声，放弃继续向前的打算，招呼比妾坐下休息。他需要静心修持以作决断。

比妾却轻松不少，自吐露出压在心头的那份沉甸甸的恐惧，便一扫阴郁与怯懦，跟在游医身后面露微笑，看着他出手驱鸢救鼠，接着又陷入深思。比妾知道不可打扰，便很乖巧地在花丛中坐下，伸手去摘身边一朵艳粉色小花。花丛中有光亮不断闪动，像露珠借着光势与清晨在向她打招呼。比妾凑近那些光轻嗅着山野间的花草清香，却发现花间或坐或飞着的，竟是一群晶晶亮的小人。这群小人穿着与常人无异，浅黄的衣、褐红的裳，腰间束着的长长丝带随风轻舞；长相亦极类人形，虽身长仅寸许，却手足俱全，体态匀称，眉目太过细小看不甚清，如鸟喙般的红色尖嘴倒是异常醒目。小人们身后长着一对硕大的半透明翼翅，以目力难测的速度不停地极快振动着，在花茎芜叶间轻盈地飞掠穿梭。光亮便来自这些引人注目的翼翅。

"呀！"比妾不由发出赞叹。不想却惊动了这群小人，一时间都朝她看过来。小人们振翼而起，有警敏的快速避入花丛，一些蓦然隐去身形，只留下不易觉察的透亮轻影，亦有几个不怕，扑扇双翅飞到她眼前悬停着打量她。比妾此时方听见了小人们在说话，声音尖厉纤细，像刀尖划破空气。他们围绕着比妾指指点点评头论足，不时发出嗤嗤的笑声。比妾的笑容凝滞在脸上，感到难以言说的不自在，便扭过头去不再理会这些小人。哪知小人们却不愿就此放过她，嗡嗡嘤嘤又招来一大群。

有一个小人绕过比妾的头顶兜了个圈子，在她耳边低低吟唱起来：

> 木有叶，人无仪，人而无仪，竖可道也。
> 木有枝，人无止，人而无止，竖可详也。
> 木有体，人无礼，人而无礼，竖可读哉。

比妾听他所唱句句刺耳，愕然暗忖自己到底有何错处得罪这些小人。她抬手捂紧双耳，把头埋进臂弯里，声音却喧喧嚷嚷起来，纷纷自指缝钻入耳朵：

> 扶苏于山，桥松在隰。女初无为，女后逢罹。尚寐无吡！
> 扶苏于山，桥松在畔。女初无造，女后逢忧。尚寐无觉！
> 扶苏于山，桥松在陇。女初无庸，女后逢凶。尚寐无聪！

"走开！"比妾几乎要哭出来。围聚在她耳边的尖嘴小人们嬉笑着飞掠散开，而后忽地隐去身形。段干且听见比妾嘶声呼喝，睁开眼问："怎么了？"

"一群尖嘴小人！"比妾眼中泛起泪光，指着花丛说，"竟敢无故斥诟于人！"

段干且却笑起来，摇着头道："那些叫作'流惑'，萤的一种，尖嘴厉声、浮浪无稽之流。常凭空飞掠匿伏，最喜诬谣谗诅，聚以攻讦，如若借得风势，更是愈益猖狂。你遭到了它们的群谑。"他说着，自药袋拈出些黄色药碎粉末，在比妾面前撒开，那些隐匿的小人们立时便显出了形迹，惊慌躲避着四散开去。"这些流惑，什么都敢说，有时悖语妄言，可有时也能一语破的。你不妨听听，或者不去理会。"

"可我并无得罪之举，为何出言相讥？"

"也许它们戏谑的并非你，"段干且一撇嘴笑起来，回头刚看到她的脸，便慌忙别转过头去，长叹道，"以你现在的模样，跟着我走可不成。"

段干且见比妾低头不语，心下大为不忍，便忙轻声解释说："瞧，就连它

第九章 善谋

们都认得出。"

"他们？"比妾问，随即便明白了，道，"哦，是它们，它们定是知晓些其间底细。"说着话，她四下寻那些刚被驱散的流感。初升的红日已高悬当空，明丽的阳光之下，阴霾尽散，周围花开灿烂，哪里还有小人们的影子？

段干且打开药箱，在里面小心翼翼地翻找着，不一会儿，周围便出现了许多稀奇古怪的东西：半颗圆溜溜的坚硬果壳，一根不知来自何种禽类的巨大羽毛，三五块脏兮兮的黢黑根茎，几团乱蓬蓬的干草，还有块裂了几道缝的龟甲。

"找到了！"段干且低呼，自箱内挖出截暗纹泥金铜铤，抠去封口蜜脂，从里面倒出块拇指大小的黄白色瘪皱干腊物在掌心。

"这是何物？"比妾见那东西倒似燃烛用的干蜡脂头，不免奇怪，心道这游医不晓得又搞甚恶作剧。

段干且一笑，也不答话，手无间隙地自药箱上层木匣内取出十多个陶瓦盂罐盘盏之类，大大小小列于箱盖上。每个皿壁上都写有墨字，比妾细看之下，除了认得"杜衡""没食子""婆罗勒""蔓荆"等几味常见药草粉末，还有什么"迷彀根""焉酸汁""女尸实""熊罴脂""梼杌血""饕餮涎"，却是莫知为何。游医拿起陶盘，取各罐中液、粉倒入调匀，渐成一汪浅黄透亮微黏的稠液，交与比妾，说："不停调搅，力道放轻。"

比妾依言轻调盘中液，又见段干且将那块干腊宝贝小心拈了放入瓦盏，复取各罐中药液倾浸其上，盏中物亦随之徐徐舒展。待游医自液中取出展开，赫然是一张人皮代面。比妾心中暗嗤，竟于奚虚行此元虚俗法。

"谁道元虚之法在奚虚便行不得？"游医抬起眼帘睨过比妾，慢条斯理地将手上那人面朝她比画着，然后，自药箱中取出个怪物件。是铜镜？不全像，姑且算作个镜。镜面圆实匀称，映照出人物极清晰，但那镜面却是清透若冰，四围由厚重的錾云纹铜条包镶，在镜脚处，除两根四方交叉的支撑铜杆外，居间置透明斗笠状凹镜，两块镜面均可俯仰调节。段干且将镜放在比妾脚下，仔细调校镜面角度。待将镜面角度调到一个十分刁钻的斜向东侧，他终于满意地立起身。阳光自上方圆镜透射至凹镜，竟将镜中映着的比妾影像原封不动地投至不远处的地面。

段干且将人皮轻覆在那影面上，满意地轻点了点头。

"我可不戴这玩意儿，憋闷甚！"比妾叫起来。

游医并不理会她，自顾操弄手中代面。比妾瘪瘪嘴，埋头继续调药液，不想却见手中盘内空空，药液不知何时竟全没了。她抬起头向游医求助，道："段干先生……"下边的话便再也说不出口，只半张着嘴发不出一点声音，被惊得目瞪口呆。

对面之人正立于投影中，身上依旧穿着段干且的衣裳，只是宽绰松落，显然是过大了些，面目、身形竟与比妾一般无二，哦，是同她一样长着主君大人的另一张脸孔。

对面那人笑起来，说："你既不肯戴它，我便只能勉为其难。"竟连声音都惟妙惟肖。

"先生……"比妾觉得现下这称呼颇别扭，支吾着问，"你……你为何会如此？"

"如此甚好。"游医对自己的高超技艺显出十分满意的神色，笑容满面地一步跨出那镜影来，刚迈出步子，脚绊住带襻，险些跌倒。他只好苦笑着坐下，向比妾一伸手说："借你两件衣裳穿，这些走动甚是不便。"

比妾转去灌丛后，自身上层层叠叠间拣稍干净的两件脱下递给游医。待收拾停当再见面时，二人不禁都怔住了。比妾竟不知何时恢复了本貌，而段干且实在扮得难辨真假。

段干且朝比妾笑道："看来你已是开脱。"便将镜及一应药罐什物都收入药箱背了，扬了扬下巴，说，"走吧，带你去个地方。"

"那先生呢？"

"自是干我该干之事！"

"如此，先生岂非以身涉险？"

"非若此不可探得实情！"

孑离身陷一片黑暗之中。他不知哪里出了岔子，是游医所赠那"随想即至"药丸失了效验，还是心中默念之地不够精准明确？反正他非但没能找到段干且，还使自己置身于进退两难之地。他伸出双手摸索，手所触及之处皆是湿

第九章　善谋

冷滑腻、如石块般坚硬的质地，向上摸去，确是一面巨大石壁。子离转动身子顺着石壁一路摸去，约略感觉此处应为一处石窟，四壁内弯如穹，并无出路。

子离背靠着石壁跌坐在地，冲着头顶大喊："段干且，游医误我！"

自头顶传来遥远的微弱人声："什么声音？"

"没有，"另一声音答道，"我什么都没听见。"

"有人吗？救命！"子离跳起身来朝那两个声音竭尽全力大喊。

这次，两个声音一致表示听见了呼救之声。

头顶处的黑暗裂开一隙光线，两个脑袋的四只眼睛借着裂隙朝下探看。子离向光线拼命挥手喊叫，终于有了回应："你且稍候，我等无法启动此门。"

此后子离经历了漫长的等待。在这段时间里，他因不甘心在这石窟内，又来回摸索了三遍，皆徒劳无功。

不过，也不是毫无发现，起码他算出了这处禁锢之所的大小。以秦步丈量，顺石壁而行约莫八十三步，又借着头顶缝隙透入的那丝细微光线，以"寸影千里"之法测出顶高竟有数里之遥。即便因地形、位置、光影等致测数有差，也休想自顶部光隙处离开此地，除非有部"天梯"。

"恐怕要困死在这石窟内！"子离想到此，顿时觉出心力交瘁的极度疲累，颓然跌坐在地。

时间越发难挨，希冀的念想逐渐断绝，失望和绝望接踵来袭。也不知过去多久，子离终于无法再忍受周遭阴郁沉寂的黑暗，冲着头顶那道遥不可及的光隙发出几声近乎疯狂的嘶吼。声音在半圆形壁间相互碰撞挤压，听起来凄怆、无助且迷茫。

子离在变调的回声之中陷入沉默，索性闭上双眼，盘膝端身而坐，准备经受所有困厄磨难。随着呼吸专注，浮荡身外的阴霾暗寂与他无关，躁怨执着安念荡然而去，沉着冷静觉知重回，子离渐至缥缈无我之境。盘桓难消的愤怒、惊恐、惧怕、无奈诸般感受全然消失，继而由心底升腾起似有若无的静谧、安然、平怡、舒缓的从容。

子离专注于享受此刻的意外欣悦。

突然，有怪异的吭吭哧哧声传来。子离猛地惊醒，睁开双眼，只觉视物异常清晰。石壁森然，声音竟似从身边那块巨大石壁内发出的。他俯身去看，发现石壁内显出一点奇怪的斑驳亮影,细看之下不由大惊,壁内那点亮光竟会移动,于绰绰不清间愈来愈近,亮度愈明。待到眼前时,他终于看清那光亮的出处——一只似豕若狙、通身赤豪的尖鼻肥兽,嘴里衔着一颗夜明珠,冲着他撞过来。子离吃惊,倒退着闪过一旁。只见赤豪肥兽自岩壁迈蹄而出,嘭地落在他脚前,石窟内顿时像点燃烛炬般明亮。子离瞪大眼,还未及有所反应,石壁内发出声脆响,一条绿毛血目、似犬非犬的小兽自壁内蹿出,落地后毫不停留,吠叫着向上一个纵跃钻入对面坚硬的岩壁。尖鼻赤豪兽则看着子离晃晃脑袋,挥动两片大耳扇扑棱棱将浑圆的身体托起,跟随着绿毛犬慢悠悠入壁而去。子离于惊诧悸骇中猛醒,忙扑身去追,待到那片石壁前又急刹住脚,抬手摸索着不敢再走,面前确系石岩坚壁。可眼见着岩内的那点光亮渐行渐远,不容他再有犹豫,他便只得将心一横,缩肩埋头朝石壁撞过去。子离的整个身躯毫无阻滞地穿壁而入,里面竟是条宽大舒阔的岩窟通途。他不由心念大动,喜不自胜,紧着步子前去追那两只走远的异兽。就在此时,前方的明珠光芒骤息,子离再次陷入浓重的黑暗。

　　此种昏黑暗沉是有重量的,真实不虚地包裹、缠缚、压迫着子离的全身,令他寸步难行。好在内心还存着珠影消逝前的一丝清明,他便只竭尽所能地迈步行进。但是,每向前一步,他便能觉出那黑暗收紧一分,竟似沁进了周身肌肤血液,再强势侵入眼耳口鼻……子离感到呼吸困难,勉力尝试着吞咽,那股暗沉索性趁势入腹入心,蠕动翻拱起来,继而试探、噬咬、撕扯,发出巨大的吭吭怪声。

　　子离无法行动,身耳手口心乃至四肢百骸痛楚不堪。他想喊叫,却舌僵唇麻,出声不得。他大睁着双眼,想看破这重重黑暗,终自眼底涌出些若有似无、丝丝缕缕的污阴浊霾。瞬间,他便又被翻卷而至的无边黑暗吞没。

　　一个身影骤然而至,引出那片血腥杀伐、分不清敌我的战乱梦魇……子离坠马就戮,血溅当场。他扑上前去,却什么也没有。几扶在不远处看着他,眼神空洞而冷漠。子离伸出双臂挥舞着,几扶却蔑然而去……

　　暗夜无光,他走在儿时的荔宫回廊。廊道往复循环,无休无止,重复再重复。他方一止步,回廊便发出硿硿回响催促,越来越响,越来越沉。这敲打令他心神难安,只有不断向前,方得片刻安宁。

"阿姊！"比妾微笑着走来，子离找到了温暖依靠，轻呼着迎上前
而阿姊竟对他视而不见，径直自他身侧昂然而过。阿姊……子离在心
阿姊回转头来，长着一张稚童的陌生面孔，生硬而又呆板。

子离退却了。那稚童却走到他面前来，凑到近处，向他露出熟悉
微笑……

他于恍惚中畏缩后退，一个趔趄跌倒在地，但旋即站起身来，向那
以微笑。

黑暗厚重地触摸他的笑脸，似乎是惧怕这笑意，回避躲闪着纷纷消
似有不甘地迅疾反扑。

那暗影浓重稠密，裹覆纠缠……

子离闭上眼睛，屏住气息。

白光陡然间爆闪！子离睁开眼，却被光线刺得什么也看不见。耀眼
来自那颗夜明珠。赤豪肥兽吐珠在地，正在用长鼻拱动，明珠随之发出
烈白光，白光涌动着推醒子离。

子离猛地吸了口气，浑身的轻松之感令他精神一振。绿毛犬纵了纵
冲赤豪兽轻吠两声。子离翻身而起，只觉得耳目心地异样澄明，忙微笑着
兽挥了挥手。

尖鼻赤豪兽将明珠重新含于口中，一路吭哧着随绿毛犬向前去了。

子离不敢再有丝毫懈怠，紧随珠光一路向前。他走了十多里路，前方
开朗，一处巨大的高壑坦谷出现在面前。

巨谷幽深，不见天日。团云与浓雾缭绕着遮蔽谷口，阳光穿过云雾缝
入谷内，将明媚光影遍映于其间。随着云气风转，悬壑辟谷便显出瑰丽奇
变幻莫测而又氤氲迷离的罕异美景。谷底高崖竹槐繁茂，绿意葱茏，遍地
奇葩，散发出缕缕幽香，沁人心脾。时有鸟鸣兽吟声，又有潺潺水声传入耳
却未见水流溪渚。那尖鼻赤豪兽慢悠悠踱至谷口处突然停步，呼哧呼哧喘
气四下打量一番，而后仰头吞下夜明珠，打了个饱嗝，肥阔的肚腹迅即膨
球，光彩灿然。它晃晃脑袋，一对大耳扇支棱起来，忽然拱起脊背、撑紧四
"噗——"地放了个带着光亮的响屁，身体随之腾离地面，冉冉升荡至崖
的一块凸石上，浑圆的肚腹透放阵阵明光，而后僵立不动，化作如冰晶般

兽，向树影里的子离洒下一片暖白色柔光。

绿毛犬朝愣怔着的子离轻吠两声，血目中有赤光闪了闪，便转头扎入树丛，沿一条芝草伏地的野径跑去。绿毛犬跑出不远，反身回头摇着尾巴等他，是要继续引路。

子离跟随绿毛犬向前走，更见处处显出不同寻常的殊丽景致。草径两边的高崖绝壁在日光投射之下，不时有金光银光频频闪耀。细看那崖石，黝黑的泥石之间夹杂有许多金黄银白的异石，似精玉宝石般晶莹剔透，抚触其上，又像冰珀般寒意袭人。万仞石羌绿荫密布，槐樟竹楠与异树秘木间错，藤葛纵横缠绕。又见许多不知名的无叶奇树，满枝紫花放射柔光，异香扑鼻，闻嗅呼吸间，精神为之一振。

绿毛犬吠吠有声，子离忙紧走几步跟上去。忽见前方清溪夹道流注而出，溪水浅淌淙淙流淌着，有金、赤、蓝、白异彩小鱼于水中嬉戏，见人毫不惧避。行不远，草径陡然转向溪流左侧，变作宽道，而溪流亦分作四股水道，透迤成渠，加速流灌各处土地。面前的道路幅面开阔，夯石整铺。路两边凡间隔五步都种植茂槐，树下满布瑞草繁花，令人心旷神怡。顺路前行，雾气蒸腾间渐可见田畴屋舍。子离已难知刻下是何时辰，想是到了食时，户舍间炊烟袅袅，人声殷殷。

向前又走了两三里，绿毛犬突然加快步子，轻快地跑起来。子离跟着吃紧，刚想去唤它，抬头便见远处赫然出现一片金光灿灿的乌宇殿舍，威威屹立于开阔的石台之上，外有精石垒墙，面辟对开石门，门两侧各蹲守一头凸目獠牙的石雕怪兽。绿毛犬奔至门前，血目灼灼，冲着镇门二兽嘶咻有声，石门轰然而开。

子离随犬进入石门，只见院内两侧建有围廊，廊后有厢室与院墙相连。庭院正中的金色石基高台之上，有座两层三开的殿室。乌顶金壁，金楹金柱，晶阶珀栏，凡眼所及处，皆是巍峨流彩，金碧辉煌，美轮美奂。台殿被连片的古槐环覆着，绿荫参天如盖，繁藤奇花铺满廊顶，扑鼻的幽香令人心醉神驰。

正殿宫门洞开，并无甲士兵卒值守。殿内步阶高处，居中坐着一位紫袍尊者，肤黑如墨，散发虬髯。阶下平廷间舞乐正酣，褐衣玄裳的乐人们吹笙鼓簧、弹瑟击磬，几名乐女随着悠扬曲调翩翩起舞，衣袂飘摇；殿前的金石殿柱之下，有长足铜熏燃檀焚香,烟气萦绕,异香盈舍;殿廷两侧长案通排,席间端坐着的诸众,个个广袖华服,气宇不凡,谈笑间音韵渊雅,举止亦绰然潇洒,一派仙风道骨姿态。

"呜呜呜……"绿毛犬伏于阶下良久,似是等得不耐烦,仰起脖子朝台阶高处发出轻哼,一对血目红光微闪,竟似在提醒殿内正在说笑的众人。

"哦,来了!"紫袍尊者微微颔首。乐舞遂散去。那绿毛犬得了赦,摇摇尾巴,纵出殿去,不见了踪影。

只留子离立在殿下,有些不知所措。

"邑君大人,此乃且之药仆,名唤子离。"由右首殿阶处的案前立起一个瘦小身影,朝座上揖礼,朗声禀告。

"你,"子离看清说话之人,不由大喜,朝那人喊道,"你你你,竟是比妾?"

"却非汝之阿姊,乃虚医段干氏是也!"高座的邑君大人声音洪亮,笑容满面地看向子离。

"段干先生?"子离的夸张表情引得殿内扬起一片笑声。邑君亦笑道:"来的终须来,去的终须去!何怪,何怪!"笑罢又朝段干且抬手嘱道,"带他去吧,也好助那女子了断前事,出离困境。"

段干且揖礼尊喏,领着子离退出大殿。

第十章　安邑

"此为何处？"子离来前一肚子疑惑和怨尤，不想费尽周折好不容易见到段干且，却只憋出这一句问话。

段干且边笑着向前走边答："此为奚虚与元虚交界之隐湮所在，奚虚难管，元虚不及，不受教化约束，全凭自律、自修、自正己行，可算得个自由自在之处。"他转头看见子离满脸迷惑的样子，弯起嘴角做了个似笑非笑的表情，又道，"方才殿上所见着的紫袍大人，便是此处安邑疆域的邑君统领防风氏。防风氏因不服奚虚主君大人统辖教化而成为异类族群，聚集众多族民隐居于此怡然自处。此处疆域被奚虚族众叫作'黶匿'，匿居此处的族民均被视为黶民。他们则自称所居之处为'安邑'。是谓'族众安宁，且得其所'！"

"怪道一路所见异状频频！"子离若有所思。

"以你看来确为异状！是你非要见我，冒冒失失便来了。此处可不是谁想来便能来得了的。见你安然无恙，亦算得上是极走运了。"游医伸出手来，将掌心里黢黑的"定"字往子离面前一挥。

"你们早知晓我会如此……"子离手上吃疼，低头摊开掌心，"定"字灼灼发光，记起与游医的一年之约。

"为何会说'你们'？你的阿姊恐怕不比你多知道些什么。"段干且一正颜色，接着说道，"她所经历的，确令人匪夷所思，实不该苛责。"

"并无责怪之意，只是伤心。"子离为自己所受的欺瞒而难过，"段干先生既清楚原委，为何不事先告诉我？"

"若知原委，又何须若此！"段干且虽叹了口气，可依旧满面含笑，说，"再者，你知或不知都已不能得免，有些事，该当顺其势而为之。"

子离看着笑容可掬的段干且，觉出些异样，毕竟比妾难有笑容，便向游医道："我不问你们为何如此乔装改扮，想必是事出有因。只是提醒一句，再像，也会有细微之差。"

"对极，自然会有差别之处，但不重要。"

"既如此，便当真再也问无可问，说无可说了。"

"非也，该说的自当说与你知。"段干且做出个一言难尽的表情，这表情在那张孩童面孔上多少显出些滑稽，他说，"容后详谈。"

二人说着话，已来到右廊下的一间厢舍门前。段干且抬手叩门，闪身示意

第十章　安邑

子离上前。门开了，一个女子高髻蛾眉，绛唇轻点，虽依旧是那身缟衣麻襦、素服茹蕙，却格外端秀朴洁。子离看时，可不正是阿姊比妾？因见此刻的比妾已恢复本貌，他反倒一时不可置信，只把眼睛盯住她看，踟蹰、嗫嚅着开口不得。

"子离！"比妾眼中含泪，抬手捉住他的双臂上下打量，喃喃低语，"段干先生诚不我欺，真可在此等到吾弟！"

"阿姊！"子离只唤了一声，喉头便哽住。千头万绪全化作眼泪流出来，来前想要质问的念头全然消散，只剩下委屈、难过。

"阿姊实是对你不住，致你身陷进退两难困境。"

比妾让二人进屋内坐定，不住拭泪。

"你未可预见，不必自责。"段干且说道，又指着子离笑起来，"他一路所遇诸多磨砺都能自处，此后你亦可安心由其历练。"

"如此甚好，甚好！"比妾吁声轻呼，声音细若游丝。"阿姊你怎么了？"子离见比妾身影形貌竟变得模糊难辨，不由惊呼失声。"我终是了却挂碍无所羁绊，可脱执困之苦，阿弟亦自珍重！"比妾脸上露出明媚笑容，转而向段干且盈盈施礼，道，"多谢段干先生相助，小女子这便去也！"话音既落，人便倏忽不见了。

"先生救她……"子离急求段干且。段干且却笑起来："为何救？何以救？你既非她，又怎会知她需救？"继而仰面吟诵，"执念以为恙，寻药索本心。不甘尤执意，争度乃出离。当舍全不舍，求得难有得。欲解诸般苦，念转病自除。"

子离听懂话中所指，又想起那晚在尚善宫书库展老夫子所言，当即便止了泪，站起来向段干且躬身揖礼，而后正色回应道："不舍本应舍，难得自有得。执我实非我，奚虚乃不虚！"

"孺子可教也！"段干且郑重地将手放在子离肩上，轻轻点头。

突然，一阵尖厉刺耳的啸音传来。段干且面色一凛，起身便向外疾走。

安邑上空涌动着不安的气息。

入夜了，夜空中并没有星月，只有浓得化不开的黑暗。周遭暗影里人头攒动。安邑族民们默然有序地各行其是，往来游走忙碌。他们手里举着烛炬、石豆、火脂，但所有光亮都为浓黑所阻，显得微弱不堪，只勉强照亮身前而已。子离没带炬火，磕磕绊绊地摸索着向前走，不由想念那引路的衔珠赤豪兽和它灼灼放光的如炬圆腹。而此刻，邑君防风带领两个持槃火的玄服随从面色凝重地与段干且边走边低声说着什么。绿毛犬亦垂尾低头，在前方路面小心嗅探行进。子离陷于黑暗之中，紧着步子跟在他们身后。

"诸位……"他说，却并没引起头前众人中任何一个人的关注。他觉得自己像个跟在大人们身后被忽视的无用小儿，这令他多少觉得尴尬。"也许，"他提高嗓门，"我不敢妄自揣测诸位正在忙的大事，但我是不是也该干些什么？"

段干且转过身盯着他，似乎刚知道他在身后。"你？"他说，"你该干什么？"

"嗯，"子离说，"我总该干些什么，我是说，也许能帮得上忙。"

"不，不不不，"段干且一连说了几个确定无疑的字眼，以打消子离的企图，说，"你该做的是，赶紧回去，别跟来。"

子离颇为不悦。既然不被需要……"那么，"他劈口问，"说到'回去'，我怎么样才能回到元虚，恢复如常，不再被周围人视而不见……？"他见游医那双既熟悉又陌生的眼睛逐渐睁大瞪圆，不由自主卡顿了一下，而后有些固执地坚持道，"总得有解决的法子。"

"听着，"段干且将手中火光凑近子离，做了个无可奈何的表情，说，"这个世上有许多看不见的东西，却真实存在着。"他挠了挠脑袋，突然张开双臂微闭起双眼，说，"听，风有声音，却无具形廓，往来于倏忽之间，如此自由。"他深吸一口气，又说，"再如这呼与吸，可说得清嗅到了甚？但谁又不确知是吐浊而纳清？"他睁开眼，以手指点着头顶处的黑暗，说，"天如鸡卵，地如鸡黄，虚如卵清充盈其间。清者为上，浊者为下，执欲无形而周遭满布……我想说，所有的存在并非只凭眼之所见，换言之，即或是亲眼确见也未必为实。"

"照此说来，奚虚与元虚岂非就在俯仰之间？"子离当即表示怀疑。

"当然可以这么讲。"段干且微微一笑，表示对子离的肯定，又摇了摇头，说，"但也有所不同，只有失本形无自重的贪执妄念才会受拘于奚虚，实身本我的人类却无法感知与触达。"

"那么我是如何来的这里？"子离愕然发问。

第十章　安邑

"你，"段干且抬起头看他，轻叹一声，说，"这里并非奚虚，亦非元虚。你就似失足跌入其交界间的裂缝。"

"难道我再也没法恢复原先正常的生活？我好像被施了咒般无法自处，周围所有人仿佛都忘记了我的存在；几扶想成为我，而我成了似有若无的人；劢国已立新君，而秦国却要继续送质子返国就君位。总之，全乱套了……"他尽力克制自己的情绪，咽了口唾沫，继续说，"我只是想回去阻止他们。"

"子离，凡事自有其定数，凭你之力改变不了什么，亦不必忧虑。顺其自然方为上上之选。而你，应当先想想自己！"邑君防风伸手捋着无风自动的美髯，加重语气叹道，"无论如何，对你来说，留下或回去都不是一件容易的事，你处境艰难却尚不自知。"

不远处传来绿毛犬咻咻的吠警声。邑君防风向它稍抬了抬手，绿毛犬便伏地止吠，静待主人。防风神情肃穆地看着子离，张了张口，终究没再说什么，转头快步向着犬吠方向走去。他在道旁一棵平平无奇的槐树下站住，身后随从们亦住脚背身而立，警惕地四下探望着。绿毛犬伏在树根处轻鸣有声，防风蹲在槐根部摸索片刻，取出一截翠绿短枝，这枝看起来并非出自这棵槐树的任何一根枝干……好吧，直白些，是一小段普通竹枝，中间缠绕两圈麻绳。至于为什么要将竹枝藏在槐树下，这似乎并不重要。重要的是，防风拿着竹枝，略略看过，便神色冷峻地看向身后的段干且和随从们，肯定地一点头，示意大伙儿继续向前走。

"你不能做回过去的劢国大子，亦不会继续去当秦国质子，自然不可能找回过去的光阴。"段干且仰面直视着子离的眼睛，"那些都不存在了。在元虚，你也不存在了。没人会记起你，就似你从未出现过。"他们走到路口，面前的两条通道分别伸进深远而浓重的黑暗。防风带着随从们头也不回地跟着绿毛犬踏上其中一条石板路。段干且稍一迟疑，收回已迈出的脚，终是留在了原地。

"这个世上充斥着贪婪欲望和执心妄念，世人多不懂节制，任由贪执挟持着，竞相攫取远超自身所需的东西而毫不知足，欲壑难填。"他对子离加重语气说，"你只有竭尽所能，想尽一切办法不因贪惑而迷失。"他说话间露齿粲然一笑，子离却透过这笑容读出其中的隐隐不安，"如今奚虚震荡危局已成，而此邑乃必经之地，歧途多矣，你自小心为要！"

子离点了点头，而后又摇头，不知该如何作答。

"如此，咱们暂且别过。若能安然度过在此处的几天时间，"段干且坦诚地说，"便还能再见面。"说完这话，段干且转过身，大步踏上石板路，去追防风一行人。

子离则失去了方向，他倚靠在路边的老槐树身上，看着面前两条伸入黑暗的长长迷途，听着他们渐渐远去的脚步声，也听着头顶树冠间枝摇叶动的簌簌风声。"风一般的自由！"他在黑暗中伸展双臂，学游医模样感受风动，体味孤单寂寥，却惊诧地发现，自己并没有想象中那么难过。

子离反身往回走。脚下的路越来越难以辨认，与来时已经完全不同。

越走槐树越密集，几乎到了难以下脚的地步。椭圆形的槐叶层层叠叠、窸窸窣窣不断打中子离头脸，令他越发难以辨别前途。

他只得暂时停住脚步，环顾四周。黢黑的树身融在黑夜里，模糊了光感和距离。刚刚还在走路，路就在他脚下，此刻看去却全然消失不见了。面前突然多出棵树来，几乎碰到了子离鼻头。他带着些许恼意伸手去推摇树干，随着声咔嚓怪响，自树冠落下个白森森的东西。他避让不及，被砸中肩头。那东西很脆，经此一碰便全都碎散在脚下。子离捡起一块来细辨，竟是块鸟头的骸骨，这等肉腐骨脆程度，想是被困经年的结果。"迷林！"子离绝望地闭上眼睛，知道这不仅是幻象，而且是个迷局。他就像一只孤零零的笼中困鸟，已经迷陷于一片黑暗、冷冽、发出唧唧蔑笑之声的诡谲密林。

他想起当年在苅国时，术傅曾教授有奇门术，似是提过解此迷局之法门，当下仔细回忆曾经学过但并未实际操练的咒言、秘诀、符箓、仪轨诸术，又要搜寻与之相衬的调运传符、集遣散聚、踏罡步斗、施术定位等法。情急之下，他脑中乱麻似的纠结难断。奇门内含诸多秘术，秘法真诀极其精奥烦琐，容不得有半点侥幸马虎，正所谓差之毫厘，谬以千里，若是学艺不精、择法不当，反累自身。子离不由后悔当初未曾多下些功夫持之以恒深研学问，待到当用的紧要关头却是一知半解无所适从。

"取云海星宿变势，出自然虚空结气，变状皆生于元始之上，出于空洞之中。凡遇迷局，当于不变中寻变相，于机变中寻固质，择机不同，结果亦不同。当身心归位，澄明清静，方得出离……"不知何处传来提点之音。子离猛然醒

第十章　安邑

悟，接口念道："景，景，伤，休，惊，杜……杜，生，景，休，生，开……"他就地盘膝而坐，掐诀凝神静心，脑际渐渐显现出清晰的九宫位图来。

子离以手指蘸口水举向半空，感受风的方向，然后起身，拨开挡在面前的树枝密叶，踩断扯拽他衣裳的荆棘，向认定的方位前行。他边走边想，路是不会消失的，不过是些障目伎俩，引人误入迷途，自固难出。

树在移动，聚堆成排，意图挡住子离前行的方向。而子离闭着眼睛，只管心无旁骛一味向前方迈进。而那些树在触碰到子离的身体时，剧烈颤抖着痛苦避让。树叶飒飒有声，听起来似无可奈何的叹息。

有潺潺水声！子离心中一喜，猛地张开眼，面前是条清浅溪流，头顶并无星光月影，溪水却至透至明，熠熠生光，像一条透亮的光带飘飘然荡进浓夜沉暗里，化去了那黑的阴郁。他回头看身后，果然槐林远远地落在远处，只剩下影影绰绰的层叠树影。

嗖——前方的溪面泛起一片水花，有道银白的光影闪着七彩微芒腾离溪水，落在岸边，不断挣扎扑腾，发出低微却刺耳的嘶嘶声，直透脑际，搅扰撕扯，令人心旌摇曳，神不守舍。

"哈，总算没白费气力！"一个湿乎乎的声音说。紧接着自溪边灌草暗处跳出个矮小人影，那人伸长脖子凑近地面正自不断挣扎的银白彩光，一张精瘦的男人面孔被映照得清楚明白。此人面皮粗黑，头缚褐巾，发蓬如草，正咧嘴呵呵乐着，露出一口整齐白牙。唇上短须与两颊下颌的髭髯牵连成片，使裸露在外的半张面孔尤为黝黑多皱。此人脸虽瘦削，正中的鼻头却是浑圆多肉，看起来样子颇为滑稽。矮个男人耸动大鼻子嗅了嗅，吸溜有声，然后很突兀地点头踏脚，围着那团彩光走起圈来，地上的光影渐失了彩芒，变得苍白无力。男人停脚，突然仰天长啸，声音尖厉，那嘶嘶隐音骤然消失了。矮个男人跳上前去看地上的白影，脸上因欣喜收获而夸张的表情更添几分诙谐。

子离凑到近前去瞧。那男人抬起头冲他龇牙笑道："快看，多么漂亮的鲛人！"说着话，将地上白影微闪的一条鱼提起来，装进腰间竹篓。就在入篓瞬间，一颗斑斓珍珠自鲛鳃边掉落地面，滚入溪旁草丛，大放异彩。矮个男人瞥了眼，并不理会，直起腰慢条斯理地对子离说："适才见你在刺槐迷林内转旋子，便随口提点一二，难得你竟是个有天分的，不消多费唇舌便走出来了。不错,不错!"

传说中的鲛人眉目、口鼻、头手皆为美丽女子,皮肉细白如玉,无鳞,有绒毛,发生五色而轻软;善于织绩,织水为绡,极轻薄细韧,据说披在身上可以避水。此外,鲛人离水濒死前流下的最后一滴泪会凝成珍珠,人称"鲛珠",含于口中可解毒轻身,浮水自如,吞珠入腹更有起死回生的功效,实在是难能可贵的至宝。

子离见那人捕的鱼并没有传说中的奇相,虽说是通体放光,肉白无鳞,却也只是条长不盈尺的鱼而已,但泣珠乃是他亲眼实见,此刻正在不远处的草中放着光。再听那人提及迷林中事,心下认定是遇到了智识高人,他忙揖礼称谢:"多谢高士相助!"矮个男人却哈哈大笑,说:"某乃渔人,何以成了什么高士?"声音听起来确有股潮湿气息。渔人冲子离一耸鼻头,说:"要说谢嘛,合该谢你,实因你来惊动鲛人,才助我捕得这渔获。"说着话,渔人收起溪边拦水的捕具,抬脚便要走。

"渔人大哥请留步。"子离指着光华频现的草丛提醒渔人,"鲛泪成珠,落入那蓬草内,此乃罕世奇宝,十分难得。"渔人又大笑起来:"那珠子既不当吃,又不当喝,有何稀罕处?"说罢看也不看草丛,自顾自向前走去。子离拨开草,拾了鲛珠,小心翼翼地撩起衣角擦拭,珠光越发明艳动人。他捧着珠追上渔人,道:"此乃起死回生至宝,若论价值,可远比你捕的那条鱼贵上百千万倍!"

"想你必是刚来此邑不久。"渔人停脚打量子离,面露同情之色。见到子离点头称是,渔人一手接过鲛珠,另一只手伸进鱼篓,提出那条鲛鱼,向那死鱼道:"还你的泪,你既为鱼,我乃渔人,咱们必定成这生死情状,便只可顺应此道。"说着话便将鲛珠塞入鱼口,拿捏着挤入鱼腹。

鲛珠入腹即化。子离大喊:"别,鲛珠至宝,废之可惜……"哪还来得及?他眼见渔人失去至宝,不由连道可惜。

渔人却摇晃着那鲛笑问子离:"你说的起死回生效验否?"死鱼一动不动,子离语塞。渔人又笑起来,说:"鲛珠乃鲛人泪晶与虚气凝结而成,鲛在水中,泪不成珠,而离水难有泣泪,此物确不多见,也不过玩物而已,有甚用处!"

"看来传言确不可尽信。"子离口中虽说着,还不甘心,又问,"那么大哥捕它却是为何?看此鲛并无特别之处,与传说差别甚大。"

"传说？鱼又岂能长成人形？鲛非人，只是无鳞多脂，远看去白生生的皮色，又常爱以双鳍抱鱼崽哺乳，不意间被人见了去，便生出讹言，以讹传讹，更是离奇。鲛无甚特别用处，肉虽多，也不能为食，只一样，鱼脂制成灯油颇为耐烧。可惜极难捕获。"

"据传鲛居东海，何以浅溪竟能捕得？"子离又问。

"浅溪？此乃欲溪，深不可测，流集于欲壑，汇成巨瀑，可通四虚之欲海。"渔人弯腰捡起块卵石丢入身边溪流，又说，"且听它可有回声。"看似极浅的溪底，实则是一片障目光流，那块卵石甫触及流体便立遭吞噬。子离凝神静听之下，果真是入水无回声响应。

子离暗自咋舌，此时方才信服，随即又生新惑，便再问："大哥方才说四虚，难道除了奚虚与元虚，还有其他虚处所在？"

"自然，世有四虚：神游之境乃太虚，意动执妄浮困奚虚，累世俗众统居元虚，心癔暗鬼幽蛰于冥虚。"

"那么，此地到底是奚虚还是元虚？"

"既非奚虚，亦非元虚。各虚之间并非至密无隙，界间有梦、安、休三邑，此间便是安邑了。"

"尚要请教大哥，如何才能回去？"子离听渔人言之凿凿，与段干且所讲一致，情知不假，不由心中焦急。

"回去？想回哪里去？"渔人露出十分惊异的表情，看向子离，说，"此安邑乃虚外大同之境，居众无贵贱尊卑之别，亦无愚贤贫富之分，不贪不悭，一切适可而止、顺应自然。难不成还有比安邑更好的去处？"

"可此处再好，也实非元虚之人长居所在。"

"奇哉，既到得此境，却怎会顾念元虚？你竟不知自己已经不再是元虚之人！况居此间诸众皆无所嗜好，既无恋生畏死之虑，也无亲疏背向之隔，因而不会生爱憎利害之心，如一相待，自在非常。"

"果真若此，委实难得。可这世间万物皆有分别，又怎么可能一心无二以待之？"

"一有多种，二无两般。安邑族众笃信莫要拣择，便为如一。如一去看时，一便是一，二便是二，长乃是长，短乃是短，山固为山，水亦固为水。虽时有唤天作地、唤地作天，抑或有唤山不是山、唤水不是水，也不外只凭一故。是以风来树动、浪起船高，春生夏长、秋收冬藏，即如春来时鱼生子，秋浓时水便寒，四季自有其序，万物尽皆自然。我若不分别什么，便无利无弊，无得无失，无生无死，无悲无喜，一切入眼皆为景，一任诸般变化不为异，尽皆自然故。如此而已。"

子离听此一番是是非非、短短长长，更是生疑，不由辩胜心起，说："处世之道本就是该当拣择的。想人初生之时，纯初无世故，眼睛里看见什么便道是什么，亦无从拣择，告诉是山，便认识了山，告知是水，便识得了水。此谓山乃是山，水乃是水，一是一，二是二，天是天，地是地。待到年增日长，历经诸多世事，便见许多是非混淆、黑白颠倒，故而事事皆生疑窦。见山疑山，见水疑水，有时唤天作地，有时唤地作天，有时唤山不是山，有时唤水不是水。是以看山感慨，看水叹息。虽说是风来树动、浪起船高，春生夏长、秋收冬藏，却也不得不多问几句，何以若此？当真若此？譬如安邑，山非常山，树非常树，水非常水，人亦非常人。何故？想是因此邑确非常地之故。"

"自然而然，物物皆真。人本是人，不必刻意去做人；世本为世，无须费心去处世。凡人都须自走自路，与他何关？何时回归本初自然，便即心境俱忘、泯然平怀。到那时，看山还是山，看水还是水，安邑只是寻常安邑罢了。不消说奇，不觉有异，甚而莫用眼看，自是寻常一片风景，本初一处境界。言尽于此，余他事体，渔人便不知无告了。"渔人并不打算与他争辩，只无奈地摇了摇头，将渔具复背上肩，向前走去。

子离愣怔着由渔人自去。他此时心焦元虚诸事，倒并非为一己之身。子离本对成为国君并不寄望，当初委质赴秦时为国分忧的豪情早已被理智替代。他是为身涉险境而不自知的几扶着急，几扶还在做着冒替继位荔君的美梦。而荔国则更令他担忧，新君儌年幼，大权旁落，朝堂变乱恐难避免。游医说得决绝，渔人劝得中肯，子离却不愿放弃回元虚的打算。既然段干且不能医他助他，那便不必再受困于此地。

他沿水走着，不时伸头探看这条叫作欲溪的溪流。看着那些悠游浅浮于水面的五彩鱼儿，他脑中突然冒出个念头："此溪既可通达四虚，那当不正是回元虚的通途！"他对自己的聪明论断颇有些沾沾自喜。心念既动，便觉水底晃

第十章 安邑

晃而流的白光流体蓦地洞开，元虚景况物像即时呈现于眼前。

远远可见护送质子归荔的一行车马兵甲辚辚于官道，一骑战马疾驰而至，骑士一身玄皂衣裤，头上赫然包着块褐麻。车队甲卫阻止喝问，那人方才滚落下马。"这人，如此眼熟……"孑离神思恍惚间记起，不正是自己由荔宫一路跟踪至荔都北门外的那个秦国秘士！只见那秘士下马，打了个趔趄，差点跌倒，但很快稳住身形，在两个甲卫的扶持下，脚不停步地扑至公子弘车前。车马停驻，弘与二荔使皆自车内探看外面情形。秦国秘士则单独上了公子弘的车。几扶掀帷走下车来，与隗末和由居相互对视，并未说话，只是面露焦灼之色。"几扶！"孑离高喊。几扶抬头看过来，竟然朝他微微一笑……有股不可名状之力，引他要走入去。

孑离毫不犹豫而又有些身不由己地迈步便往水里跨。

"当心！"身后渔人忽然大声呼喝，"万不可再往前去！"

孑离听闻此声猛然清醒，浑身上下起了层鸡皮疙瘩，一颗心如擂鼓般兀自咚咚急跳。他低头见自己半只褐鞋已是湿了，慌忙撤脚退回溪岸边，回头再看那水底，却是平静如常，什么也没有了。

"渔人大哥怎又回转来？"孑离抬手擦去额上冷汗，勉强笑着问去而复返的渔人。

"捕获此鲛有你出力，合当带你同去集上换易所需。"渔人咧着嘴，露出漂亮白牙，向孑离招手。待到人至身前方，他一把抓牢孑离臂膀，声色俱厉，道："你可知差点跌入万劫不复之境！你执意赴死本不足惜，却还要污我欲溪，安邑上下尽皆赖此清欲碧水存活。"见孑离一脸惶惑，渔人松手放开他双臂，和缓声调解释说，"此溪虽可回应你所想，却绝不能遂你意愿，只会更生执欲妄想，因此唤作欲溪。你的死灭毁伤非仅你一人承受得起，而是关乎整邑族众居处之大事。此溪若吞噬贪欲而生流变，我安邑难安矣！"

孑离听渔人一番说法，实是吃惊非小，暗道好险，忙再揖礼称谢。二人沿着欲溪一路向北，往邑集而去。

雍都城南门内，紧靠城墙的一条僻街尽处，有座破败的院落，对开的木质院门已朽垮了半扇，木板缺损处是个黑森森的大洞，露出堆堵在门后的几块阶

- 145 -

石。门额上一块满布绿苔的长方形麻石上刻有两个大字——无昔。透过门板缺损处可见到里头盈院荒草，茂芜野藤纠缠攀附着探出土墙，倒将院内正屋情形掩得严严实实。门前连通外街的是条土巷，虽是夯土，倒也扎实，是以雨天虽有泥迹，但并不拽鞋粘脚。寻常时候，整条街巷都很清静，既无市贩之声，也鲜有行人。这处院落在雍都城显得多少有些怪异。然而，风华都会的人们关心君室重胄、权贵名流以及富商定宦，市井底层的所谓怪诞便显得平平无奇，不会引起人们的丝毫兴趣。譬如这所无昔宅院，没有谁能说得清它曾经属于何人，更没有人知道它是因何破败的，只有院门处的一柱丈二石础依稀透露出此间主人家曾经的显赫。

惊夫住在这荒芜院舍深处，与巷外正街还相距甚远。他将荒园里的阶石堆堵在院门入口，借助恣意蔓生的高草繁藤布成守阵。居处可随时观察到院外动静，而自院门却别想窥见任何内情。惊夫酷爱矛戈刀剑。他会将能够找到的任何东西自制兵器装备，可惜平民禁使铜器，但也不妨碍他用木、骨、藤、麻、革甚至石头达成心愿。比如在后舍他拆去一张矮几和两张玄瑟，制成了手弩、木匕、挠丝、骨刺和棍棒，还有改装而成的脚踏式投石车和悬索石吊。这些都被精心地隐在惊夫认为十分趁手的暗处，以便他随取所需。

惊夫看上去像大猨，只不过少了满身乌黑毛发，眼里时时闪现机警。此外，他能够睁着眼睛睡觉。脑袋旁边石板上的瓦豆已脂尽光微，麻捻焦芯吐着缕缕黑烟残喘挣扎。惊夫睡在一堆干草上，眼睛半张着，仿佛入定一般，呼吸均匀而轻浅。一柄自制石匕就放在手边的草铺下。

哧——一只手捏着块脂烛按压在黑乎乎的瓦豆内，捻芯用余烬发出声细微呻吟，光圈重新拢住干草堆。

惊夫将那柄石匕抄在手中，人已经同时蹿离烛光，缩身于暗处。他用力眨了眨有些干涩的眼睛，环顾周遭。屋舍内一个人也没有，他向门口正对的院门处看去，堵在门前的石块也没被动过。他走回草堆石板，看着正放着光的脂烛，垂下手中石匕喝道："出来！"

一个声音说道："有意思。"

"哼，有意思？"惊夫说。

"没想到吧？"弗恭现身于光影之中。

第十章　安邑

惊夫后退一步，随后便暗悔做了这个错误动作——一柄铜殳顶住了他的后脑，另一柄则架于颈项间。"当心，"弗恭柔声细语地劝慰道，"别乱动，否则刁庐大人可能管不住他的一对老伙计。有传言说，青铜兵刃得常常见血，才不致长出铜锈。是不是这么回事，刁庐？"

"什么鸟传言，是兵刃便得常常见血。"刁庐冷冷地说。

"最近过得还好吧，惊夫？"弗恭走到惊夫面前，轻轻将他手里紧握的石匕拔出来，以另一只手的食指去拭刃锋，食指立即涌出暗红色的黏液来。弗恭将伤指在惊夫身上蹭了蹭，点点头表示对他石匕制技的肯定，说："不错，我们来对了。你看起来确实不错，藏了这么久，该出门去外面走走。你知道我们是谁吗？"

惊夫转动眼珠配合表情，在身体僵立不动的情况下，尽量做出个类似肯定的表示。他当然知道弗恭和刁庐是谁。他的目光在舍内游移搜寻。没错，就用它了。巨大的球形悬石，用浸尿的藤篓装负安置于梁与墙体的夹角处，解落悬石的麻绳就在一步之遥的脚边。

"主上大人的宫婢出逃有些时日了，你应该有法子打听到什么消息吧？"弗恭一边说，一边将受伤的食指伸进嘴里用舌头舔了舔，然后看着迅速愈合的手指头说，"咱们明人不说暗话，开门见山。"

惊夫听后长舒口气，神情放松地用鼻子哼了声，身子一矮，坐在了干草上。刁庐不得不跟着蹲下，右殳依旧抵住他的后脑，反手将左殳插回腰间。惊夫展开双臂撑住身子，好让手指头得以在草垫处暗自摸索，同时嘴里说道："惊夫能长驻元虚并非浪得虚名。不使神通的真功夫必展示给二位大人一观。"

惊夫在脑海中模拟着将要发生的画面。他要来个先发制人，先砸烂扬扬得意的弗恭的脑袋，然后再干掉身边看起来有些蠢笨的刁庐。

悬石如他所期朝弗恭的脑袋猛然冲砸下来。惊夫迅即低头缩身就地翻滚，动作一气呵成，躲开抵着后脑的铜殳，在身体转动过程中自草下抽出根石杵，狠狠敲在刁庐的左脚小趾上。弗恭没回头看，脚下更是未曾挪动，只略偏了偏脑袋。悬石擦着他的耳郭砸在对面的土壁上，闷声响处，激起无数灰土烟尘。刁庐骂骂咧咧地爬起来，一只手薅住惊夫的后脖领提起来。"让他吃些苦头？"

他以右脚的脚后跟轻轻触了触被击中的左脚小趾，觉出了软绵绵的异样，当下龇牙瞪眼、喘着粗气，将另一只手里的那根铜殳高举起来，立要回敬这阴险匹夫，给他个满脸花。

"没到时候。"弗恭撇着嘴摇头制止，转而低头对惊夫笑道，"真功夫施展过了，还不赖。那么，该你听我们说了。务必想尽一切办法找到那个丫头的下落，只管跟定她，别让她受到任何伤害，安妥地交付于我们手上。到那时，你就自由了，干你该干的事去，互不相扰！明白吗？"

惊夫伸长脖颈，看起来很困难似的咽了口唾沫。"二位有主上大人的令牌吗？"他问。

刁庐恨恨地将他丢在地上，颇不耐烦地伸手扯去依旧挂在惊夫手指上的绳套机括，然后一瘸一拐地走到悬石边。他将铜殳一下捅进坚硬的石体，石屑飞溅。

"令牌？"刁庐笑得很狰狞，"我们亲自来找你，还需要令牌？你有资格见主上大人的令牌吗？你只配照我们的话去做事……"话说到此处，那巨大悬石应声碎作一堆。

"啊！"惊夫眼光自那堆碎石移回弗恭的脸上，很真诚地说，"实愿效力，只是，二位大人当真想让一个专事杀人的刺客去干跟踪保护这种勾当？"

"确定无疑，"弗恭说，"因为咱们拿不出杀人的报酬，只好亲自动手。至于你嘛，惊夫，跟踪保护不会付你酬劳，毕竟你是个杰出的刺客，不杀而获有损你的声名。"

"呵呵，多谢二位大人为属下考虑得如此周全！"惊夫说。

"很好，"弗恭脸上堆起笑容，朝手心吐了口唾沫伸过去，对惊夫说，"咱们共进退！"

"共进退！"

三只手交握在一起。

第十一章 讹言

夜色暗沉，安邑西境大塬的广袤原野闪动着点点昏黄火光。

列队持炬的邑众们悄然无声地聚集在此。随着一声轻啸，炬火急速而有序地散开，而后几乎同时熄灭。只听得暗原半空频频发出扑扑翅声，朝着不同方向疾冲高处而去，草间林地亦有嗖嗖声起跃不断，不一会儿便消失在黑暗的秘野之间。

西塬东边是逶迤的临泽，北面与连绵起伏的招摇山脉呼应，又与东西向的荒、芒二山相挟。荒山与芒山遥遥对望，其间沟垭梁峁纵横，峻崖深壑毗连，峰谷大塬恍若一体。这片山泽密林苍然、苇芜茫茫，树草浓繁间杂，稠茂蔽天，实难断其深阔。其中又不乏起伏舒缓的大片草甸滩渚，明光四布，水丰草美，是整座邑城骑驯豢养座下代步走兽飞禽的天然饲场，也是安邑固守中坚的奇险隘口。

穿过西塬，越升临泽的过岸向上，再向上……待到满眼绵云密雾散去时，便可见到横亘在面前的万仞绝壁峭崖，抬头望不见崖缘，此为奚虚欲壑。有飞瀑自南侧壑顶灌坠狂泻而下，跌落于虚底深潭，激荡起阵阵水声，黑气喷涌、暗雾蒸腾，和着飞瀑溅落趁势翻卷躁动，不时发出轰隆隆如霹雳般惊心动魄的巨声咆哮。就在这水浪激溅、声势磅礴的氤氲湿气中，隐约可见到绰绰人影在崖壁与瀑流间迅疾闪过。

西塬和临泽构筑了安邑与奚虚的边界。看不见双方置兵甲卫戍，却也秋毫无犯地相安经年。而今，安邑与奚虚同时聚众于此，必有大事将要发生。

塬顶树影婆娑，飒飒有声，防风与段干且面对临泽迎风肃立。一头硕大无朋、绿毛赤目的巨兽卧伏在二人脚边，不时自喉咙里发出呜呜轻吼。突然，巨兽腾身跃起，背上的绿毛耸立，一对血红赤目灼灼望向空中。

几乎同时，临泽过岸处有号角声陡然而起，在峡岭幽谷间回荡不息。随着号角声，塬北上空沉雷滚动连绵不绝，远处隘口应声腾起一片金色云雾。光影闪过，竟是借风猎猎的金黄色战旗，旗枪金光熠熠，在旗云之上泛起重叠浮动的微光。旗面招展，绣银线的"虚"字银光闪烁。其后是望不见尽头的银胄云车和兵卒甲士，似一团银白浓云压过来，声威赫赫。须臾间，山梁长脊上便烟霾大起。在夜蓝长空的映衬下，一道银线自烟霾底部渐次清晰起来。随着滚滚旗浪逼近，烟霾变成了弥漫浓雾，竟将山体全都遮蔽了！烟霾下的那道银线跃动着越发见粗，终于变成漫山遍野的银革甲潮，待到近塬的泽岸上空，震声戛然而止，所有兵甲车旗都肃立着隔壑静峙。

"如此造势威胁抵近，岂可再避？"防风身形未动，只将冷冷的腹音传至段干且耳中。

"邑君万勿多虑，此乃疑布之势，只需以疑应对！"段干且因接到奚虚浮光城戍卫统领丘若的阴书，早已心中肯定。

丘若与段干且皆是奚虚主君玄奭的亲传弟子，奚虚的下一任主君必出自二人之中。但丘若与段干且并无争胜之心，私交甚笃，只将师尊视作至亲般尊崇，唯命是奉。丘若被委以重任，成为奚虚戍卫统领。而段干且则被派往元虚，明为济世医者，实为游走于各诸侯国的暗探秘士，极得师尊信任。

而此时，段干且眉间微蹙，隐隐透出忧色。比妾记忆中的诡愕景况令他对师尊的笃信产生动摇，这种猜疑顾虑自心底生出以来，像扎根于荒原之上的顽固杂草，拔也拔不净，令他不得不去探寻其间真相。当然，即便段干且与丘若有着兄弟一般的情谊，也绝不敢将心中对主君师尊的疑忌透露分毫。若无实证，谁又能相信，德厚如山的师尊竟会有隐秘不可告人的异相？

安邑诸众对奚虚教化不服，自行避居此处隐匿。玄奭大人承袭奚虚长久以来的无为治道，向以"自律"为统领族众的宗本之法，对不服者也保持着必要的克制。只时时监察其动向，不犯不咎。安邑的存在，在奚虚仅限于少数疆域族主和浮光城的几个掌事知晓，对于普通弭空族民来说，黯匿与黯民只是个传说，而出入安邑的通路更是绝密。段干且常年通行往来于奚虚与元虚，偶然误入安邑，得以与防风邑君相识，此后凡来奚虚必入邑拜访，相熟如故友一般。带比妾来安邑实属无奈，他本不信师尊会对弱小女婢施以毒手，但他亲眼见到弗恭与刁庐二虚役穷追不放，由不得他不信。比妾之事，既已受人请托，总要尽力而为。奚虚疑云未解，除了安邑，段干且实在想不出还有更安全的去处。

谁知，刚一进入安邑，段干且与比妾便被邑众七手八脚绑了个结实，全不听他费尽唇舌解释。待到见了防风，一番细问究察，终是确定了这个难辨雌雄的小童是游医段干氏无疑。老友如此见面，颇有些尴尬。防风邑君倒是热情如常，并不细问情由，不但将比妾安置在邑城府邸以保障其安全，还为防消息走漏，将绑送二人前来的邑众悉数拘押。段干且少不得一番感激客套，只说帮助比妾系故人所托，因其误入元虚，遭到拘差追索，他已接引其弟前来，只要姐弟见面，便了断比妾最后的执愿，待那时，比妾可自行脱离安邑。防风听罢，只微笑点头。一切与往日拜访时似乎没什么不同，但段干且还是自防风眼中看出少有的顾虑难安之色。必定是安邑出了什么变故。细问之下，果然有事。

一则讹言不知何时在安邑族众间传播——奚虚即将举全虚军力征讨安邑，只为一名出逃的宫婢。

难怪段干且与比妾刚入邑便遭捆缚，而防风邑君见到他们毫不惊奇，亦不细问，原来竟早已知晓比妾的身份。难道段干且行踪已泄露？不，他亦是不久前坐在花地中才决定要来安邑。那么，唯一的可能便是玄奥派往元虚的人失了手，为防比妾躲进黯匿而故意放出消息。不得不说此举高明，既可令宫婢无处藏身，又可借机发兵，震慑不听招呼的黯匿部族。看来此行是陷入了师尊设下的圈套，给了他讨伐的借口。段干且想到此处，不由更加懊恼。他带着比妾曾出现在浮光城城门处，主君当然知道。他该想到这一点。

可是安邑如此隐秘，讹言又是如何渗入并流散开的呢？

谁能想到，奚虚在防风氏率众叛离之初便已经在族民中安插了大量的谍探秘士。他们随族众潜入安邑，监视族民不轨行为，搜集民情政情，必要时散布讹言制造混乱。这些渗透于安邑各处的密探，千方百计结交邑城统领、掌事甚至官家门人。他们平日里默默无闻，不露峥嵘，只待一声令下，将奚虚将至的消息秘密透漏出去，借此分化瓦解黯匿叛族。

安邑自匿居以来，虽物资不丰，但也能自给自足。日常以货货相易的方式，在各域设日夜市集，族众可以随时换取各种应用之物，倒也安适。是以市集成为全邑众聚之所，也是奚虚坐探往来最为频密之处。而他们口中传播的消息，安邑族众普遍认为是民间传言，从不在意。按照奚虚主上大人的指令，比妾回到奚虚浮光之城，便是探子们在安邑各处制造散播讹言的启动日。段干且带比妾进入安邑，谍探们岂能不知？这给秘士们一个行动号令，他们出动的时机到了。在夜幕落下时，各处邑集开始出现较常更多的换易族人，他们一边换易所需，一边漫无边际地与人攀谈，无意中提及"听说"的坏消息；还有些和官家往来的，便携了己获登门拜谒，在有意打探是否知晓坏消息的同时，"无意"间说出奚虚已派兵的更坏的消息。不消几个时辰，坏消息便在安邑境内弥散开

第十一章 讹言

来。安邑族众不过几万,世代居此安处,本来对外界纷争从不过问,怡然自处以为乐事。可此次不同,大军压境,安邑岂非要遭倾覆之灾?那要牺牲多少族民?邑地、屋舍、田畴、瑞兽、花草都要毁于一旦吗?族民间的恐惧慌乱是相互传染的,散布流传过程中又无形中夸大了这种惴惴纷乱。素来无悲无喜、旷达乐观的安邑人,瞬息之间竟陷入了惶惶不安之中。

这一切,防风邑君和安邑掌事们都无从觉察。慌乱借着黑夜继续弥漫、加剧。

黄昏时分,安邑偏殿内脂火已经燃起。防风邑君坐在书案前写着什么,时而停下思索片刻,低头在木牍上写几个字,便又开始长时间的深思。一旁侍立的玄服老寺人垂目默默静立,绝不发出声音打扰主人,灯上脂膏燃芯变弱,他便立即上前挑明,生怕误了主上大事。防风邑君一向深沉,大多时候都在简书堆内打发时间。老寺人知道,在邑君微微蹙着眉头的时候绝不能有半点唠叨。在防风苦思冥想时,老寺人只肃然立在门口暗影里,等待主上大人的指令。

突然,老寺人听见了什么,一个纵跃悄然落在院外。

"长孚,有客到了吗?"防风在殿内问道。

话音方落,长孚已自石门外返入院内,向殿门低头拱手道:"回禀邑君,段干先生请见。"

"快请!"防风答着话已走出门,站在檐下。

段干且自院门外大步跨入,站在防风面前:"且不召而来,尚请恕罪。"

防风走下两级石阶,站定上下打量段干且,笑起来,说:"终究瞧来觉着别扭甚。那女子可安置妥当?"段干且忙抬手一揖,答:"回安君,已诸事俱足,幸得安君容留!"防风忙伸出手去想要拉住段干且,忽又改了主意,转而换为请的手势,说:"来,入内说话。"说罢又侧过头吩咐,"长孚,上藿浆。"

二人入殿还未坐定,段干且便急促拱手说:"安君,邑境讹言流散,且十分后悔,不该带那女子来这一趟,只恐怕要连累君与诸多邑众。"

"既来则安嘛。"防风笑着招呼段干且落座,说,"日前接报,邑城有奚虚秘士活动迹象,只未知其所为何事,现是晓其用意了。"

"秘士?"段干且心头一凛,毕竟他肩负秘士之责,但绝未曾想过对安邑不利。

"竟会有几代传承秘务的族人，"防风邑君面露凄色，看向段干且，说，"想不到我防风氏族亦会有背义之徒！"

段干且霍然而起，向防风揖礼道："且夜请觐见，是有不情之请，万望安君成全！"防风邑君忙抬手教段干且免礼，吩咐捧着铜托盘进门奉浆的老长孚："你先下去，不叫莫要进来。"

长孚答："喏！"退下去。

"长话短说，讹言既因比妾而起，而且又受人之托照拂于她，便由且替她了断此事。"段干且轻展双臂，向防风微欠半身行了个窈窕婢礼，倒令防风邑君猝不及防，连声赞"像！"，接着"呀"的一声，似是想起什么，又有些迟疑，盯住段干且看了半晌，说："自见你便觉这副样貌似曾相识，现终是记起一人，竟是他！"

"谁？"段干且听防风竟认得出，不由急切发问道，"难不成是奚虚玄奥虚主？"

"此刻还有心思玩笑。"防风忍不住笑起来，而后肃然说，"倒是与他早夭的四公子亘有九成相似。"

"公子亘？"段干且自幼便跟随师尊左右，从未曾听闻有位亘公子，便说，"向未听说有这么一位公子。只知师尊当年在元虚的四子中有三子战死。"

"这亘，便是那非战而死之子了，系因染怪疫而早夭，时应尚不足九龄！"防风邑君提起早年间事依旧表情唏嘘，"这位四公子虽系庶出，但天赋异能，生而能言，不满半岁即脱口成诗，略长成些更是文武兼备、六艺奇佳，深得虚主宠爱。只可惜天不假年，稚幼而夭。玄奥也因痛恸过度而薨逝！至来奚虚，便动用民力专修得息堡葬之。"

"息堡！"段干且在心中叹道。他对息堡何止熟悉，他曾在息堡内度过十三年修学光阴。息堡位于奚虚浮光宫东侧的西水崖顶，由玄石砌就，内外夹墙近门处各有两座巨大的铜顶阙楼。厚重的城墙依水矗立，环绕着城堡，内外墙面满布雉堞掩缺，供矢人射卫用。城墙顶垛足有四尺高，息堡的黑色旗帜便插在北城门之上的垛口，北门巨幅对开青铜门和吊闸巍然面向浮光宫城，而东门近崖，其下便是万丈绝壁。城墙里有十二内院，各院有廊桥连通，堡内有兵营、拱厅、居舍、校场、武库、柏树林，环绕拱卫着城堡中心的一座玄黑塔楼，

第十一章　讹言

塔顶终日燃着烛火,从未熄灭过。说息堡是冷宫、要塞、武备库、演兵所都行,却全然不似一座墓。

此时,长孚在门口道:"邑君,众掌事有急务在殿外请见。"

"请他们先去聚会厅,可巧要设宴为段干先生接风,他们便不请自来了。"

长孚答应着下去安排。

段干且将思绪自对息堡的记忆中抽离出来。听见防风在安邑危急关头还要设什么接风宴,他实在难以理解,但客随主便,便只好起身揖礼表达谢意。防风笑着摆手,与段干且一起去聚会厅见诸掌事。路上,二人以极短时间议定权宜之计,只为保全安邑与治下族众。

二人进入大厅,在座的诸位掌事齐齐起身揖礼,未待重新坐定,口中早已经等不及地发出一片嗡嗡声,七嘴八舌间全然是安邑讹言之事。

"邑君,邑城流言四起,都说奚虚宫婢匿于我安邑,因而发兵进剿……"

"邑众难安,已有族众开始聚集商议逃亡……"

"……是,方才来的途中,已见族人三三两两向欲水去了……"

"不知哪里出了岔子,会致如此变乱……"

"再不制止,只怕安邑危矣……"

"……尚请邑君大人决断……"

防风邑君微笑着由属下们纷纷乱乱地进言。待到众声渐息,他略一思忖便断然发布命令:"长孚,即刻办几件事。"长孚肃然恭立,等候主人下文。防风说:"首要一件,即刻命得力内卫扮作邑民去城内外探听动静,随时来报;第二件,立叫邑城令前来问话;这第三件最为紧要,速持兵符调遣两百骁勇有谋的斥兵,半个时辰内集结待命。"

"喏——"宴饮诸务已安排妥定,长孚答应一声,轻步去了。

座下众人难有心情饮咥,互相望着不明所以。乐声骤起,乐人舞姬蹁跹鱼贯入殿,歌舞曼妙。邑君压压手,向阶下诸掌事道:"先吃饱饮足,本邑君自有安排。"众人听罢方才放心,殿内气氛始自活络起来。

段干且听后方知,宴饮乐舞皆为迷惑奚虚秘士耳目,而方才打发出去的长孚定是领了重要命令行事去了。

不多时,庭院中有人疾步入殿来。防风邑君抬眼看时,来人皂袍轻甲恭立于阶下，朗声道："邑城令尹喜奉命前来！"

"好，尹喜，来得好快！"

"属下听到传命，即刻前来，不敢耽搁。"

"可曾察觉城众有何异常动静？"邑君面色骤然严峻。

尹喜沉吟片刻摇头，说："属下适才在来的路上，觉得夜街上的行人较往常多，是以边派出斥候打探，边前来禀报。"

邑君微一点头，说："城众间突起谣言，以致人心难定，因何而起，可曾探得？"

"这个……属下尚未查明！"

"一夕之间，谣言四布，只能是秘士坐探所为，绝非有他。安邑一向平怡，不怕什么奚虚大军，但怕邑众内自生乱。今夜就是安邑生死存亡的关口，明白吗？"一席话说得声色俱厉，座下诸众个个凛然。

"是，属下愚钝，请君上惩戒！"尹喜躬身请罪。

"即刻率人乔装为邑民，广布于市集食铺等人群聚集处，凡遇散播议论讹言者悉数拘捕，然则不许惊动任何人，务使城野族民居处如常，能否办到？"

"喏！属下若有半点差池，愿担军法！"尹喜高声领命。

这时，长孚已经无声站立阶下，双手捧着兵符复命："邑君，两百斥兵已在庭院列队候命！"

防风邑君点头，说："长孚，将兵符交与邑城令。尹喜即刻行事。"

邑城令尹喜接过青铜兵符，双手郑重捧住向阶上一拱："属下告退。"疾步退去。

"邑君，属下想即刻赶回芒山关隘，今日山里逢场市大集，邑众稠密，正可按法炮制。"众掌事中一个黑粗肥子起身请命。此人乃芒山边隘掌事，他已在邑君向邑城令布置时感到事情的急迫，也自二人对话中知道了谣言起处要害所在。

"足甲，山外隘口边界乃我安邑防卫要地，也是奚虚坐探必探之处，万望严查，不漏过一个邑探。"

"喏！"足甲面色凝重，"属下决不辱所命！"揖礼退出去。

防风邑君抬了抬手，庭下舞乐继续，诸位在座掌事亦复饮宴如常。

第十一章 论言

防风则偏过头，向身侧的内侍略略点头，长孚躬身而去。

长孚将带领近随亲军赴邑城各处颁布邑君令，除了辟清谣言，亦使邑众知晓邑君、掌事们自有应对良策。安邑族众久无争心，一经宣达邑令，自会众心安定。城中不必多费唇舌，只邑北大塬荒山、芒山一带地僻居散，需要费些工夫。

兹事体大，防风只有派出极信任的长孚出马，方能够安心。他望向庭内座中的掌事们，在心头一位一位盘算甄别，除去刚派出的戍边掌事足甲，余下十多位皆来自防风族，掌管着安邑各项要务，食、祀、礼、吏、兵，哪方出了问题都会引发安邑巨大震荡，祸及根本。防风心情沉重，面上却不露分毫，微笑着欣赏歌舞，手指轻轻随乐声叩击木凭。作为安邑之主，他不能让任何人看出自己正经历关乎存亡的艰难抉择。

当看到绿毛犬一阵风似的奔入殿来时，防风邑君的面色终于大放轻松了……

这期间，不时有派去探听动静的内侍和文吏来报，邑城内外确是人心惶惶，有不少胆小的已收拾包裹，举家出逃。邑城令尹喜带人着便装搜捕集市密探，虽因人多难掩形迹，多少闹出些动静，但阖城庶户平民家家门窗紧闭，倒也无甚紧要。防风却是听得心中不安，毕竟邑卫军兵有限，护邑大事尚需发动邑众们共同完成。防风对座下掌事们布置一番。众掌事领命，各自脱去官服，换成平民装束。一行人顺着宫道出庭院大门，迅速散开，很快融入夜色。

不久后，城中多出许多手持烛炬的族民，他们无声无息、紧张有序地忙碌着什么。防风邑君一身紫衣褐裤，已然换上了劲装大踏步由殿内向外走，身后紧随两名贴身布衣，其中一人跨过庭院回廊时发出一声尖啸。段干且应声而出，向防风邑君略一拱手，二人眼神对碰，心领神会，边并肩向外走边小声说话。

防风布置了应对大局。若段干且的计划可行，那么便狼烟尽消，安邑恢复如常；否则，一场恶仗在所难免。

段干且看向邑君。防风将手向前一举，身后便陡然显现一个向内凹陷的弧形巨阵，凌空浮立的是五万驭云甲士，足踏厚云，手中空空，并无矛戈战器。众羽卒则双手持圆形铜镜，镜面相对时发出刺眼蓝光，噼啪作响。此刻云与光迅即相融，已在半空交织出一张巨大的光网，将安邑俱罩于其下。坂山间密密匝匝无法估量的赤眼绿瞳闪烁，是林间驯兽发出的迎战讯号。防风邑君右近处现出浮动的云车，首前二车上分别站着两个身披黑色斗篷的随从。东边和西边各是三千骑青兽的步卒，其后整肃列队的是百辆车战将士和一百面兽皮大鼓，战车上站着的并非参战将士，而是安邑的诸位掌事。战车之后，密布整座山坡肃然而立的却只有不着戎装的农夫猎渔模样的平庶族众。

临泽对岸的金色旗海陡然翻动几下，银甲阵便由中央泛起一层涟漪，居间甲士纷纷后撤，呈半圆阵形。片刻后，甲阵凭空出现一只通体雪白、龙首绿毛的白泽坐兽，背驮一须发如雪、面容和蔼的老者。老者身形颇为壮硕，长髯飘散，身着素白袍服，散发未冠，顶佩金色抹额。

"师尊！"段干且心中一凛。奚虚主君大人竟为一名小小宫婢亲自率军前来，如此大动干戈，确实令他深感意外。丘若阴书中只说奚虚兵临黯匿之邑，但为邑众族民生计，虽号称讨伐，实为震慑。因此，段干且计划以自身换取安邑全境安宁。现在师尊意外亲至，易容的小小伎俩恐怕难逃他法眼慧识。可为今之计，段干且也只能相机行事。

玄臾主君高高在上，轻抚胯下的白泽兽角，而后突然举起手来，掌心向前，一个发光银环倏忽出现在半空，周遭明光乍现，一片柔白暖光照亮山谷川泽。

"防风，许久不见，别来无恙？"玄臾的声音听起来空灵缥缈，声声清晰地击打着在场诸众的耳鼓。

"多谢玄臾上君，安邑安好。"防风骑着青毛赤目巨兽，双腿微紧，驱兽腾空而起，悬停于半空与玄臾对望，顿了一顿方才拱手笑道，"老上君看起来亦是甚好！"

"好，好哇，都好便好！"玄臾微笑着抬手回礼，雪白的须眉长髯迅疾无风自扬，紧接着面色微凝地说，"此来叨扰实为一桩小事，想来你已知晓。"

"确已知晓，只不过……"防风扫视奚虚兵甲云车巨阵，朗声笑道，"老上君既如此劳师动众，亲自领兵前来，必是已然认定此宫婢就在我安邑。"

"即刻便知！"玄臾话音方落，手中的银环已蓦然升腾而起，转了两圈突然消失不见，暗空中留下一道亮白弧迹。

"不知那宫婢所犯何事，以致冒死出逃？"防风面不改色，竟以谑嘲口吻发问，"且能避过虚变莫测、风语不透的壁垒重防，竟一路逃来我安邑藏匿，殊为难得。"

"防风此言差矣，奚虚教化诸众自正己行，自悟自省，出离执欲困境，何谈出逃！挽之助之，如此而已！"玄臾声如洪钟，碰撞在崖壁上，发出轻轻的回音。他四下扫视过后，又说："既如诸位存身在此黯匿之所，并无人前来干扰，那么邑众们却又为何要如蝼蚁般藏匿躲避呢？"

"奚虚如何议论、看待我安邑，无关紧要！"防风转头看向身后族众，大声道，"我族民怡然自处，来去自如，又何须藏匿躲避？毕竟，并非我安邑的宫婢逃之夭夭。"说罢朗声大笑，笑声在山壑林泽间回响。

不想，防风话音方落，一道刺眼白光乍现，银环于顷刻间回到玄臾手中。玄臾微一皱眉，朝近旁一个金盔武士低语几句，那武士躬身去了。不多时，半空中有银光频频闪动，光影中浮现出牛首麋身、怒目圆睁的独角怪兽。

"想不到上君竟请来了獬豸圣兽评断曲直！"防风说罢便向獬豸兽颔首见礼。身后诸众齐行揖礼。

"圣兽刚直，擅别是非。见斗，而触不直者；闻争，则责不正者。圣兽评断，当无异声！"玄臾看向防风，说，"不知邑君还有何见教？"

防风闭目微笑，表示对此决定无话可说。玄臾便不多言，当下驱坐兽暂避至一旁，与防风并立。

有声音轰轰然从光影中传出："自荒野而来，以野蜜虫豸为食。老者身披兽皮，腰系权封，无冠无冕，散漫不羁，几近蛮人。孑寂孤凄的老者常常自语，有时他说的话有些不着边际，细想起来却是极其可怖。没多少人能弄明白他的意思。他是谁？"

"一个奇怪的老儿，不是吗？"防风向玄臾笑道。玄臾并不答他，只报以微笑。

"不，颇令人尊敬。"光环中的声音缓缓道，"他本为一国君主，却要投身于荒原自罚，是要救赎曾经泯灭的良知。"

"良知？那得看站在什么立场下结论。"防风不肯认同。

"许多人出身微贱，却要摆出一副高贵的样子，而他高贵的血液里却满是因自惭而生出的谦卑。只有懂得自省之人，方可称作具有良知。"

暗夜里，浮于半空的玄臾直身端坐着俯瞰下方。光影里的声音戛然而止，只见那獬豸兽低头以独角触击环壁，银环不断放射出的暖白柔光突然爆发如烈日般强烈，令布置于暗泽的鲛人河童沉入临泽深渊，密林间无所遁形的驯兽们也离开了山隘，退藏回林间的树丛里。

"别再藏匿，执念早已暴露形迹，"圣兽的声音在空气中悠悠荡荡，说，"猜忌令人迷失于自建之迷局。黄鸟将孵化出翅蝠，它会飞临虚空，吞噬所有欲望。那个眼中充满惊恐的人在哪里？那个曾身着素缟隐没于黑暗的可怜人在哪里？出来吧，这样就能听见既曾在旷野里呼喊过，又在国君的宫殿上呼喊过的声音。那个望着铜镜中不识本貌的孩子，用黑暗封存的光彩形象，无可奈何屈从于自己眼中的欲念。逃之夭夭的女子，她在哪里？那个乘狂鸟误入歧途的女子在哪里？那个将亲兄弟拉进恐惧的女子，出来吧！请她从那猜疑的温床，从那迷失的温床离开，这样她才能听见心音得证清明，才能忏悔背弃主人的不明之举，幡然悔悟。即使她不愿悔悟，依旧沉沦在猜忌的泥沼中，也请她出来一见，因为道之本原已然为她铺陈。"

段干且以短匕自横于颈项，径直走出巨大光罩的庇护，站在塬顶抬头凝视，身后背负的药草发出簌簌声响。

"别，孩子！"玄奘发出声惊呼，白泽亦随之嘶鸣。

"你是谁？为何以药石为食，以救死为责，以窥探为任？快些离开，你不是我要找的人。"獬豸兽的声音忽然提高，轰轰然斥道。

"我是比妾，"段干且又上前一步，抬头高声道，"你们要找的那个出逃的宫婢！"

"退后！勿再靠近危处。你走出的每一步都会加重危险的重量。"

段干且继续向前，全然不顾脚下已无路可走，最终立于悬崖边缘。

"退后！退后！幽冥神祇吟唱的哀泣之歌已然响起。"

段干且仰面看向师尊，微笑道："银辉揭开芝草，月影隐没于息堡深窨，那里装着漫长的黑夜，明月繁星亦无法现身的黑夜，众星因惧怕而消隐的黑夜。至高至圣的大人点亮了浮光炬火，却独不能照亮自己的暗夜。那暗夜比栖息在林木深处的寂静还要黑暗，内中覆满了污浊与尘土。它是缠缚着荆棘的金色冠冕，禁锢思之光流湮灭无踪。"

玄奘的苍髯轻轻颤动几下。他垂目俯视段干且，欲言又止，终究一言未发。

第十一章 讹言

他闭上双眼凛然端坐,雪白袍服任风飘摇,胯下白泽不安地刨动蹄爪,频频晃动脑袋。他以手抚摸其头颈,轻轻安抚。

獬豸兽放轻音量,说:"圣者品行,凡俗尚难思量揣度。也许世人以为恶的东西其实质却是善的,而眼中见到的所谓善举暗地里或许饱含恶意。何以明断?诸众所能做的只是接受所有事情,乃谓顺乎自然之道。大道大同,无分强弱,无论贵贱,勿辨美丑,因而亦不讲对错。盖一以视之,不会对任何人另眼相看。"

"一以视之!何其不公!请以法眼观这虚浮世界,贪婪欲望充塞其间,本我真心为贪欲所控,世人尽皆殴争抢夺,这是病,何来良药?谁能于虚浮间拯救那些不堪妄执折磨的灵魂?!"段干且向圣兽发问。

"心病自有心药医之,本不足虑!红日亦会有天狗吞食,明月亦会遭灌血而赤红,天上的星辰会坠向大地,世间争斗不休的国君们实因恐惧而战栗……有人会坐在他的高阶重席之上,穿着隆重玄纁礼袍,手中握持着欲望对自己的亵渎,会在重重是非的鞭笞之下,遭受万千虫豸啮咬,困厄不堪。这些,你未必能得亲见,是以何虑之有?"

段干且点点头,收起横于项间的短刃,展臂对周遭施礼,大声道:"如此,比妾愿意回归奚虚领罚。不过妾乃自行逃匿至此,与安邑族众无涉,想来主上大人亦不会为难他们。"

"既是无涉,自然无碍,寡君又岂能辄咎于民!"半空中的玄炔沉声答道。

得到奚虚主君当众的肯定答复,段干且脸含笑意向着身前的虚空处一步跨出去,瘦小身躯如同朽枝般自塬顶跌落。獬豸兽发出一声轻叹,随后消失,只留下叹息之声久久萦回于峡谷深壑间。

防风身子微微颤抖,但很快恢复镇定。绿毛兽呜呜有声,周身围绕的云气因受到搅扰而震荡不息。光罩之中,安邑族众们依旧沉默着,只纷纷将头垂下。

"退去吧!"

说话间,玄炔伸出手掌,银环嗡地响过后,蓦然隐入掌心不见了。

"还望此间诸众安守本分,好自为之……"

话音方落,半空及壑壁间庞大的奚虚军阵倏忽间退去。

第十二章　邑集

安邑的交易市集有三处。邑城中有南北两间坊市，城外则是一处乡野露天场市，此外还会不定期举办大集。渔人要带子离去的便是城外的这片场市。二人沿着欲溪向北，渐有了人声和炬火。

安邑正在面临战祸危机，城中却并未戒严，且不见兵甲。这邑城外的市集亦全不受影响，照常开市，邑众神色安然，毫无将罹战难的惶恐慌乱。

"渔人大哥，"子离跟上渔人，问，"据传奚虚大军即将来伐，可曾听说？"

"无妨，想走的已然收拾行囊离开，留下的只按素日行事便好。"渔人语气平淡，像在讲无关紧要的事。子离讨个没趣，暗笑自己杞人忧天。

"安邑市集都有些甚样奇货风物？"他转换话题问道。

渔人扭头看了他一眼："你想要甚？"

"只想要些……消息。"他说，没再提元虚。

渔人"嗯"了声，并不惊奇，说："去看看吧，或许会有。"

"那么，大哥想用这鲛人换些什么？"他又问。

渔人笑了笑："不过换些日常所需，菽藿瓦豆之类。"

"哦，刚刚听你说，鲛脂难得，是上好的燃灯材料，那为何不制成火脂再行交易，岂非能换更多些应用之物？"他问。

"应用之物，够用便好，多有何益？某乃渔人，便只该当打鱼，制脂自有匠人去干。"渔人目不斜视地说。

"啊。"他觉得不必再追问下去，脑中不自觉冒出"此方之人确有些头脑简单"这类想法。

两人在夜色中无声地走着。子离仰头望天，天空黑蒙蒙的，无星无月，此刻是何时辰的问话已到嘴边，最终还是被他咽了回去。这里的时辰与他所惯知的时辰显然不是一回事。

路上，负重前行的人渐多起来，挑担推车、肩背手提，都去往不远处一座由整段圆木捆扎而成的门——其实只可算作简易木架，因为宽大的木头框架下空荡荡的，并无门扇，门额中央刻有两个用墨涂黑的大字——场市。在一侧圆木上绑着写有"市"字的棕黄色幡旗，幡旗在山间夜色中迎风招展。幡旗下有堆柴火烧得正旺，人们会聚在此处，借着熊熊火光互相招呼，同时探看对方所带来的易货，顺便打听想换些什么。而后，大伙儿谈笑着，依照掌市役夫指点，向似有万千炬光闪耀的交易内场走去。

"就是这儿?"子离震惊地说。

渔人点点头:"是这儿,露天场市,叫作市集也无妨。"

这是片开阔平坦的草滩,被低矮灌木自然隔成若干区域,一堆堆柴火熊熊燃烧,火堆边插着赤、黄、黑、蓝、白五色小旗,旗上分别写有"食""获""畜""麻""工",进去的人很自然地按所携货物会聚成堆。但在子离看来,这只是插了几杆旗的草地,与秦都的贸易市集比起来,差距实在有些大。这里除些山货农产、简陶陋具,看不见鲜亮簇新的皮篷旗招,也没有店铺行隧,更不见浆酒食肆。交易双方以物易物,没有通行市币,不懂买卖争利。

渔人并未在门口火堆处停留,而是径直向内去,边走边看路两边摊开的货物。子离跟在渔人身后步入人头攒动的交易场,置身于喧嚷纷繁的奇妙市集之声。

"解迷局,赢家可以获得安邑美酒,输家便欠某一个约定的应承!"

"自织厚麻,不厚不市!有新生宠兽的来换!"

"丸药,药丸,圣草僵虫,百病不侵!"

"南风,奚虚吹来的真正南风,闻者足戒!"

"千层底,厚底绵云的鞋履,包暖包轻!"

"高兴,快来看新鲜的高兴……"脆生生的童音穿透嘈杂人声传来。一个身着玄色短襦、朱赤麻裳的男孩站在前面不远处的灌木丛边喊。他脚边什么货物也没有,手头空空。

子离在男孩身前站住。"阿哥是想要高兴吗?"男孩问,一双大眼睛饱含纯真笑意。

"只可惜我拿不出什么来与你交换。"

"这是句真话,"男孩说,"我收下了!"

"什么?"子离不敢相信自己的耳朵。

"我听见真话就会更加高兴,是以愿意交换!"

子离由衷笑起来:"听见你这样说,我也非常开心!谢谢你!"

"我的高兴在这里。"男孩用双手指着自己的笑脸冲子离扮了个怪相,说,"虽然你刚刚已说过开心,但这才是我的高兴呀!"

子离哈哈大笑。渔人闻声回头，见到男孩笑道："阿喜，还不快去跟上你爹爹！"

"哦！"孩子爽脆地答应一声，又冲子离吐舌头扮个鬼脸，说，"再送你一个，哈哈！"蹦跳着钻入人丛中去了。

渔人看了看子离，说："安邑的市集应有尽有，凡有所想，便都能找到。但是，须花些工夫去找。你且自去吧。我带你来此，也就还了你的助渔之惠。"他略一点头，消失在人群中。

子离对安邑此种新奇的交易方式大感意外，兴味盎然地观察着周围情形。喧闹声极欢愉，全没有集市该有的争执砍价以及自夸吹嘘。有鼓瑟乐曲，乐音高低错落，如金石之声，亦如山风轻吟，急缓疏落有致。循声去看，却瞧不见乐人，只见到纷纷攘攘涌动着的人浪。各种吃食的香气飘过来钻进鼻孔，又钻入肚腹，肚子便咕噜咕噜叫起来。炙肉与烤青韭的香气层次分明，他身上什么都没有，只得咽了口唾沫，别过头走开去。

突然，前方在众人腿脚足履间一个闪亮亮的东西吸引了子离的目光。他上前弯腰捡起来，竟是块黄澄澄、拇指盖大的金块，不由心头狂跳，张嘴以牙咬验，竟是真金，金块上留下两个上下对称的浅浅牙印。"谁的金子丢了？"他大声喊，将手里的金块高高举起来。周围人纷纷看过来，后又轻轻摇头，各忙各的。

"奇了，谁丢的金子竟也不要！"他被人们近乎怪异的平淡搞得不知所措，声音也低下去。

"无用之物！"一个妇人的高声叫喊冲击耳膜，"快看过来啊，无用之物皆可用！欲弃未弃之物，都来此处换易！"妇人看起来灰头土脸，纷乱的长发随意绾了个结垂在脑后，浑身褴褛，衣若悬鹑，且脏污得辨不清颜色。她脚边放满了奇奇怪怪的破旧玩意儿：几个大小不一豁口缺沿的陶罐子，各种材质的旧衣裳烂布条，参差堆叠着的残破屋瓦，还有一块摊开的麻布，上面有些黑色粉末……她冲子离一笑，犀利的目光已自他指隙间的灿金物件上滑过。妇人问："尊驾可有无用之物？"子离左右看过，确定她在与自己说话，边摇头边将那块金子攥进手心。"嘻，"妇人撇撇嘴，自言自语般地嘀咕，"还藏个甚，殊当弃之！"说罢便不再理会子离，低下头在脚边的杂物堆里继续翻翻检检，嘴

第十二章　邑集

里嘟嘟囔囔。突然间，她猛地抬起头高喊道："废物来易，无所可用，安所困哉？……"子离听罢不由面上一红，慌忙别过脸去，不看那个妇人。

他茫然四顾，周围人往来熙攘，并没什么异样，但他觉得，此地所遇见的人与事全透着无法言表的怪异。手中金块火烫灼人，但子离依旧紧攥在手中。这可是金子，怎会无用！他心中嗤道。突然，一阵诱人食香钻入鼻孔，他便不由自主迈开步子循味而去。

子离神情恍惚地徜徉在这片巨大草市里。

一处货摊摆放各种形状的树枝制成的枝灯烛檠，高低粗细都有，五枝、八枝、十枝、十二枝的灯头上的铜炷都有黑黢黢的烧灼焦痕，却并没一盏燃着脂膏蜂蜡。不远处，一个满面髭须的老汉赤脚在冒着烟的石涅炭灰上踏跳，身后堆放着齐整的百多条尺余长的青黑精亮的石涅，口中唱道："涅烬即为白灰，燃之尽净，上好石涅。"另一处摊前无人，以长草野蒿搓成粗绳盘成圆盘，一层一层码了有半人多高，旁边放着藤筐，不时有人往筐内倒入两捧菽与黍，也有几把桑叶荠薇之类，随后便自取走一盘草绳。有的摊位上或蹲或伏着几头奇诡怪兽，主人在旁不时发出口令，那几头兽便随声腾挪、倒立、翻滚、摇晃脑袋，呼哧呼哧喘着粗气，发出不知是痛苦还是开心的嗥叫。还有一个摊上是一卷卷竹简木牍，旁边还有简衣木匣漆墨笔刀，摊主竟是个稚童，趴在石块上静静写画着，并不似其他主家吆喝。这倒令子离吃惊非小，此方庶民竟能被允准识字？毕竟在元虚，只有士勋权贵才有读书识字的资格。这个摊上是什么？他看不出那些大陶罐子里灰黄湿腻的东西是什么，不由凑近些看，差点被一阵令人作呕的臭味熏倒。摊主大笑着喊："鼠粪、牛粪、羊粪，豕犬麋鹿粪，各种混合粪，积沤陈粪，肥力奇佳！"前面摊上传来捶打声音，一个壮汉以双拳擂打自己的胸膛，口中呼喝："快来，打某出气，有气撒气，无气养神……"

食摊！子离欣喜地发现前面不远处的食摊，其实只是个火堆，火上由三根木叉作为支脚，一只烤得焦黄流油、已识不出本貌的小兽正滋滋作响，并散发出诱人香气。食摊摊主是一个卷着衣袖、满头大汗的黑肥男人，他不时敲打手中的两块木片，口中依着节律吆喝："燔兔、燔兔，刚整治得，奇香当咥……"

"好香的兔肉！"子离定定地看着那焦香的燔兔，不觉口中涎水乱涌。

"小哥，易只燔兔打牙祭？还有炙鸹蒸凫佐醯醢，酒黍盐菽、日用什货都可易换！"摊主咧着嘴热气腾腾地问道。

"我……"子离艰难地说，"以此易换可以吗？"他将手中攥得发烫的金块摊开在男人面前。食摊摊主看了眼，随即便皱起眉头，不相信似的盯住子离的眼睛，说："别搅闹！"

男人的视线自子离头顶越过，看向他身后往来熙攘的人群，继续招呼生意。

"这个，"子离吞了口唾沫，说，"是金子，真金！"说着张口在金块上又留下两个牙印。

"对，金石，到处都是，怎的？"男人抬起胳膊擦去脸上的油汗，叹了口气，似是有些不耐烦，却又无可奈何。他转过身子，在灌木丛里拨拉着什么，不一会儿，踢出两粒小小金块，虽比子离手上的小些，却也成色不差。"咱不欺小哥，随处都可捡到，安邑建屋舍都要把这些剔出来，不够硬实，难堪大用！"

食摊主人说着话，突然呀地低呼一声，丢下手中的木板，急忙抽出火堆里的几根旺火木柴。待看时，架上那只燔兔已是焦煳了半边。男人狠狠瞪子离一眼，却并未开口喷怪责难，转而倒抬手作势自抽俩嘴巴，气咻咻地用木叉新穿一只生兔，挑起底柴观察控制着火势，埋头干活，不再与他多话。

子离此时方知那妇人所言不虚，不禁面露惭色，将手中满是牙印的金块丢在地上。他愣怔怔看着有些手忙脚乱的摊主，心底的念想不知不觉便似馋涎一般涌流而出，道："可以帮你做些什么，换那焦兔吗？"话方出口，自己倒被吓了一跳。

"哦？焦兔！"男人偏过脑袋想了一下，脸上随即绽开朵笑花，"小哥若是想用力气换，这倒是使得！"

子离张大嘴啃着兔肉，焦香溢满了兔缝。他从没想到，烤焦的东西竟然也能如此美味。摊主看他狼吞虎咽的模样，又笑起来，指着火架大声说："别只顾吃，得出气力！"子离边吃边连连点头，忙腾出一只油手去翻动烤架上的生兔。男人多了帮手，立即觉出从容，脸也舒展开来。他抬起胳膊擦去额上的汗水油渍，取过一旁的石斧，边整理薪柴，边与子离闲聊，说："小哥面生得紧，定是自邑城来的吧？"

"哦，哦哦！"子离嘴不得闲，点头含糊答应着。

第十二章　邑集

"城里自在，来此荒山僻野却是为何？"

"赶集。"子离实不知该如何作答，好在他向来机灵，用牙撕下块兔肉，脑中便有了回应，他满嘴流油地说，"城内哪有此等美味？"

男人朗声大笑起来，说道："正是，我的兔狸鸹凫乃是当日新打下的，城内即或是有，也难抵此处的鲜美。"忽而，他向子离身边凑了凑，压低声音问，"小哥，你既是自城内来，不知可曾听说什么没？"

"什么？"子离的声音也随之低了下去，眼睛、嘴巴却都不离开手中美味。

"奚虚……"男人左右扭头看过，靠近子离耳边，说，"奚虚马上要派大军来安邑征讨，浮光城内可有此类传闻？"

"唔？实是不知，我刚来安邑不久。"

"哦。"男人坐正身子，往火堆里添了把柴，拨着火自言自语，"照我看不会，奚虚与我安邑几代休战，怎会突然来犯？"

子离转眼已经啃完两块兔脯，正对付干巴巴的兔头，舔着油嘴嘟囔："却是不知。"

不想，旁边正闲聊的两个摆摊妇人此时却突然接过话头来。身穿灰衣的中年妇人尖着嗓门说："近几日传得沸沸扬扬，并不似假话，说因奚虚浮光宫的一个宫婢逃来我安邑，是以虚主率领大军前来讨要。"

"那便交给他好咯，何必恁大阵仗！"另一个头发花白的老媪整理着自己脚边的几卷粗麻布，随口答。

"呵呵，阿姊真真好便当，也不问个情由，那女子为何要逃？"

"呃，既是出逃，定是干下了甚坏事！"

"却也未必，据说那奚虚的主君大人颇为严苛，想是下人受不得，只好逃咯！"

"哧，这些麻布如何易？"一个粗嗓门打断她二人谈话。是个身着玄麻衣裳的粗壮汉子，唇上两撇胡须修剪得十分齐整。麻摊前坐着的白发老媪忙起身待客，说："陶瓦釜罐、老盐柴火看着易些。"壮汉爽快道："那么老媪请随我去，瓦陶器物都在摊上，且看着挑些。"老媪乐呵呵地与那讲话的灰衣妇人招呼了，便要随他去。不想汉子又问那妇人："这位大婶，何不一起去看看？"灰裳妇人道："我这只剩半篮子桑叶，这……"

"不碍事，且看过再论。"汉子左手提起装桑叶的竹篮，右手将老媪的麻卷悉数夹于腋下，催促着二妇人走了。

食摊男人好生艳羡，道："啧啧，说着话便易得称心什物。"起身取出木板敲打起来。

子离已吃完了整只燔兔，心满意足地卖力干活。他将架上兔子翻过一面，压了压火，站起来帮摊主吆喝。他刚吃饱，声音响亮而又热烈："燔兔燔兔，实乃世间至味，外皮焦脆，内里鲜嫩，咬一口齿颊留香，准保让您回味无穷——"

"此燔兔如何易换？"一个青衣青裳的冷冽女子立于食摊前，看着火上烤的燔兔问。

"盐菽酒浆、日用什货都可易换！"食摊摊主凑到近前来，道。

"那么……"女子将怀中抱着的东西横在他面前，似琴非琴，似瑟非瑟，只三根丝弦，此刻在她推送间，丝弦兀自发出琤琤轻响，声音极为悦耳。摊主接过，欢喜立即写满眉梢眼角，显然是识得，忙道："客请稍待，此兔尚需些些薪火！"食摊男人将那怪琴小心翼翼地捧去摊后灌木丛放妥，然后返回坐定，往火堆烤架下添加薪柴，并快速翻动燔兔。

"云和！"子离盯着那女子，在脑中飞快翻找旧忆，良久方想起她的名字，发出一声惊呼，跳上前紧紧攥住青衣女子的一只手臂，生怕失去般地用另一只手环住。"我，我我我，段干先生……歧山……氿水……瀑布……"

"哦！"云和显然不习惯别人表现出过分亲近，往后撤了一步，将胳膊抽离他的环抱，上下打量着子离。如此清秀的一张俊俏脸庞，只可惜面无表情，透出无声拒绝的冰冷。子离说不清是失望还是难过，只觉得胸口压了块巨大顽石，气闷难挨，脸也憋红了。"抱歉，失礼了！"他向冷着脸的云和揖了揖，转身退回去。

"莫非是那个药仆？"身后传来云和恍然大悟的声音。

"是是是，想起来了？"子离大喜过望，脚底一个急旋，回身时口中一迭声地对云和说，"太好了，可算遇到了元虚之人。我是为寻段干先生，却莫名其妙地到了这样一个地方；我想回去，段干先生和防风邑君却都说无能为力。对了，你又是如何到得此邑？既是能来此，定是知晓如何回去，我此后便跟定你走，可好？"

"唉……"云和悠悠叹息，说，"我并非元虚之人，又如何能知回元虚之法？"

"不，那日，不是，段干先生带我去过……"子离在语无伦次的不知所云中突然明白了，那日与段干且所到之山并非在元虚。他的眼神暗淡下去。

"小哥尚须自寻出路。"云和低声安慰他，说，"去找段干且，你既与他黳定，必得完诺方可达成所愿，解铃还须系铃人。"说着话，向暗处隐约起伏的大山轮廓一指。

"可是，"子离显得有些心不在焉，说，"元虚之事实乃紧急，非马上去办不可，迟则恐生出大变故……"

"背信之徒！既已互诺，理当践之，怎可以急相弃？"云和突然面露厌恶之色，扭脸不再看子离，径自大步向前，隐入人群而去。食摊摊主正翻整那半熟兔肉，急忙伸长脖子连连喊着："客请留步……"云和却头也不回，转眼便不见了。

子离站在原地，心中颇不是滋味，想这女子脾气未免太过古怪，好好儿说着话，不知怎的，突然就着了恼。

"唉，女人哪！"食摊男人不无懊恼地跺脚叹道。终究没法，他只好反身去将云和的丝琴捧来交给子离，说："看小哥是与那女客相识的，烦将此琴还与她去。"

"我二人并不相熟，亦不知去哪里寻她。"子离慌忙摇头，说，"她能以这怪琴易燔兔，想是多余之物。摊主大哥便是收了去，亦无甚过错。"

"嗳，此言差矣！"食摊男人瞪大一双眼睛连连摇头，说，"以物易物方可成交，怎能收而不易！市集将散，恐她难寻，便只能交托于你。"

"这……这可怎么好？……"子离还要推托，摊主却将琴放入他怀中，嚷道："你吃了我的焦兔，现要你还她的宝琴，如此正可两下里相抵。"

"宝琴？"子离看着怀里乌溜溜的三弦怪物，说，"并没个琴的样子，琴当有五弦或七弦，何止三丝？长宽形制均似不足……"他自幼在荔宫熟习琴瑟鼓筑诸般乐器，此种怪琴确是头回见到。

"小哥未曾听过上古羲皇作琴，取凤栖之梧三尺六寸五分，上合周天三百六十五度，后宽四寸，前宽八寸，下应四时八节之数。初制一弦天琴，复制二弦地琴，再制三弦人琴。并以此人琴赠女娲，二人以琴定情，是以女娲称此琴为'定琴'。"

"女娲问大音无声，意问是否爱，伏羲一对以力开之，答非常之爱；女娲二问大雅无曲，意问凭何爱，伏羲二对以心化之，答以诚心爱；女娲三问大道无弦，意问如何爱，伏羲三对以一贯之，答始终如一尔。"孑离知伏羲、女娲以琴答对定情的典故，娓娓道来。

"嗯，小哥倒是博闻。"摊主赞许地点头，抬眼认真地看着孑离。

"难道，这……"

"便是！"

"定琴？"

"是！"

孑离大惊失色，不由将琴揽紧抱在怀里："如此宝物，云和她怎会舍得拿来易只燔兔？"

"何为宝物？你奉若珍宝的东西或许在她眼中并不值一提。腹饥，食便是宝；困倦，睡便是宝。"

"摊主大哥说笑，饥困乃是暂时的，食与睡亦为一时之宝，非能以金珠玉石固久之宝相提并论。"

"人生不过数十年，何来固久之说？这世间，有人以财货为宝，有人以长寿、以声名、以地位为宝。殊不知，凡贪取此四欲者，便已身陷贪执妄念，难以自拔，终其一生孜孜苦求，只由着无边贪欲把控、操纵其短暂生年，想来实是可叹可鄙又可笑。"

"可天下人熙来攘往尽皆为此。是以畏鬼惧神以求寿期，矫饰造作拘于声名，俯首阿谀攀附权贵，恋欲吝物究索美色财货。非如此便无入世争进之心，人活一世，岂非枉然？"

"生而为人，非只为争贪享乐，亦非全然无欲无求！只按需图索，顺应自然之道，便可无畏无累，当不受外物所扰，清怡自得。不违背天命，又何必追求长寿？若非贪慕尊荣，又何必广博声名？若不求权趋势，哪需卑恭俯伏？若不贪图享乐，怎会受制于财货？"

第十二章　邑集

"听来有理，要做却难。"子离嘴上说着，偷眼打量着摊主。只见他一身素褐短打，面孔粗黑，髭髯浓密，不像读过书的士子模样，说出的话却绝不寻常，可见不能以貌取人。

摊主却不答他，只微微一笑，似自语般道："凡事最怕用心，唯用心耳！"

"见过大人。"渔人来到近前，见到食摊摊主忙见礼。

"大人？"子离吃惊，何等样大人竟下集市摆摊？

渔人笑了："小哥奇甚？安邑诸众从无尊卑贵贱之别，所有族人均需以劳动换取应用之物。"说着话向子离介绍，"这位是安邑欲山郡掌事大人！"又转头向欲山掌事道，"此乃元虚人子离！"

子离慌忙见礼，边说："小的无知，冒犯大人，万望恕罪！"

"哦？竟是元虚人？"欲山掌事脸上惊疑之色一闪而过，便又笑道，"安邑乃世间最无争之地，因而族民尽皆自在。"说罢再不多话，只抬起胳膊擦额上的汗，又问那渔人，"可曾捕获鲛人？"

"已捕得，易换这许多日用所需。"渔人说着话，将手里拎的大藤篮向上举了举，看起来十分满意交易所得。

"好，如此一来，城中灯脂便不愁接续。"

集门有号声传来，闭市时间到了。人与摊骤然显出忙碌状态，嗡嗡声略一收缩，即刻放大并扩散开去。收摊卷铺垫，赶牛牵马，还有正易换的，提高声量说着，以期在最后时间达成交易。

渔人问子离："你要的消息可曾寻到？"

"这……"子离想到云和的话，点了点头，答，"算是吧！"他把定琴背缚于身后，要去找段干且。他想，找到段干且，定可寻得到云和！

"我得去还琴！"他说。

辞别欲山掌事和渔人，子离向黑暗中的莽莽大山进发。

惊夫潜伏于沼泽暗处，身子浸泡在又湿又臭的泥淖污渍中，实在是不大好受。不远处的黑色深潭不时发出轰轰怪响，随之翻腾而起的滑腻秽汤，缓慢而又持续不断地汇集到他身下。

"直娘贼！"他恨恨骂道。身下的泥水立刻应声冒出个浊泡，越胀越大，越胀越大……噗！在爆裂瞬间，无数黏稠腥膻的淤泥呈点状激溅。惊夫满脸满身顿时增添缭乱。他极力屏住呼吸，不想让奇臭怪味再侵入鼻孔，生怕晕厥在此，成为泥沼发酵的催肥剂。

那个自塬顶跌落的宫婢应该就在附近。他不得不在这个鬼地方趴着，因为奚虚与安邑的人马兵卒布满沟谷林地所有地方。唯有此处，尚可称得上安全。

不，并不安全！数道寒光自不远处的蒹丛射来，交错着停在他的脸上。惊夫浑身起了层鸡皮疙瘩。

雷电霹雳此起彼伏，闪电划破黑暗，瞬间将这片无边沼泽照得通亮。雷电再起，在忽明忽暗间，一条黑影自茫茫蒹丛之中突起，如蛇蛟般昂起双头，两个脑袋相互纠缠扭动着，不时喷吐出毒焰与浊流，在周身交织出一张水火毒网。

“婴虺！”惊夫心头一震。婴虺是居于奚虚沧泽的双头魄兽。汇集虚浮嗜欲之气，经由氤氲交错而化生。魄蛇般的身躯上长着两个脑袋，一头因馋饕吞吐浊水秽汁，一头因嗔恨常喷怨毒烈焰。婴虺性极贪婪，口方吃进尾便排出，因而永不知餍足，有时甚至为争食而双头互龁，不惜相杀自戕。婴虺通身有剧毒，披覆的硬鳞坚如甲胄，发怒时鳞甲耸立如利刃，触之必亡。此婴虺素喜阴郁湿瘴之地，常蛰伏于深渊毒沼，所到之处禽兽绝迹，便时常发出婴孩般的啼声诱引人畜靠近，而后吞噬。是以称其为婴虺。

婴虺似乎感受到惊夫恐惧，突然双头齐动，朝他藏身处伸展，两条颈项陡长数尺。二头在他伏身处悬停观察，四只赤红血目直勾勾锁定了猎物。惊夫感受到了强烈的戾煞之气！这个时候绝不能轻举妄动，在杀气笼罩之下，动则必死无疑。惊夫知晓这婴虺虽极贪嘴嗜吃，却从不食死腐。好汉不吃眼前亏，他立即决定——诈死！当下眯起眼，只留一道缝隙观察。他用意念放松身体每一个关节，调浅呼吸，浅，浅，再浅……

婴虺伏低一头凑近猎物，长舌翻卷着嘶嘶有声，猎物无任何反应。另一头凑上来抵了抵，猎物瘫软如泥。双头同时怒了，仰天发出尖厉刺耳的婴啼之声，泥淖飞溅。惊夫不由身子微颤。

一头陡然警觉，张开大口流着涎汁朝惊夫袭来。惊夫自眼隙瞧得真切，不由瑟瑟发抖，只后悔未曾早些冒险逃命，时机错过，悔又何及？作为奚虚知名刺手，他杀人无数，面对一切徒劳无功的垂死挣扎曾那么不屑一顾。现在，自己死到临头，方知那种无可奈何又万般不舍的恐慌惧怕滋味。他唯一可做的便是紧闭双眼，静待那致命毒口。

头顶处传来噼噼啪啪剧烈打斗之声。

惊夫张开眼缝，只见婴虺凶兽的一对脑袋互相缠绕撕咬，口涎、毒焰横飞狂溅。惊夫哪能放过这样的机会？一个挺身拔地飞掠出数丈。二头猛醒，停止咬斗自争，污汁与毒火齐向猎物激射。惊夫欲腾身再起，却忘记了沼污泥软，使不得疾力，非但不能腾跃逃生，反倒使得下半身陷入淤泥难以自拔。他伸出双臂奋力撑扶，想挣脱泥缚，却越挣越陷，那泥底似有吸力，转瞬间便将他的手臂肩背都吞噬，令他动弹不得。

婴虺此刻却是不急，双头对视，而后饶有兴味地悬停着观瞧，一任猎物在泥里拼命挣扎，直到他只留下一颗绝望仰视它们的头颅。"吾命休矣！"惊夫终于彻底放弃挣扎，只剩下眼睛可以自由活动。蓦地，婴虺一头扭动蛇颈，张大口喷出股黑臭污汁，疾向惊夫脑袋而去，另一头哪容它争食，猛然缠住先发之头，二头又互龁绞咬在一处。可这会儿，惊夫只能眼睁睁看着，无计可施。

嘭！就在婴虺二头毒液、炽火横飞间，随着声闷响，半空炸开一片黄色粉末。正自争扯撕咬的二头应声猛然松脱跌落，在泥沼间痛苦地扭动翻滚。蜷曲绞结的巨躯之上，鳞甲陡然片片炸立，而后碎成齑粉，婴虺发出阵阵惨烈嘶啼。嘭，嘭嘭！接连三声过处，漫天浓雾夹杂着硫黄、硝石的呛鼻气味将婴虺卷缩成团的巨大魄躯包覆住。啼声止息。沧泽上空暴雷闪电依旧，待到药石浓雾散尽，那婴虺魄兽卧伏处只剩一团扭曲焦骨。

惊夫在昏沉之际，只觉头顶一疼，陷在淤泥中的身体随之轻松，人已脱离而出。"屏息！"他尚未及细看根由，耳中听见一声示警，便忙凝神闭气。身体随之被拖带着几经纵跃，待到脚再落地时，已离开了沼泽。震耳欲聋的暴雷闪电已然平息，天空也开始放出亮来，变成苍凉的浅黛色。丝丝薄雾挂在透出些微清光的半空，使得天明这件事有了隐晦意味，一如惊夫此刻的心情。他发现，站在自己面前的正是昨夜塬顶那个自称比妾的宫婢，换句话说，身为暗卫却被私庇之人救下……还是个女子……一个稚童……

"哦，不！"他痛苦地抱紧自己依旧昏沉的脑袋，发出声惨号。"一世英名！"

惊夫暗自哀叹，用巨猿般的庞大身躯撞击山体，发出硁硁怪响。

段干且不知他为何如此痛楚，上前扣住惊夫左手脉门。长脉迢迢，节律不整，时有起落，乃气逆火盛的君火症候……忽觉手头一颤，那脉气陡然而细而软，似有若无，欲绝非绝。段干且忙撤指想去探他鼻息，却见惊夫双目炯炯正瞪着自己，眼中似怒含怨，表情十分复杂，悲愤中兼有羞惭之色。

"原来你是奚虚人，"段干且松了口气，问他，"却怎会陷入沧泽，不知那里是奚虚的禁地？你差点成了婴怈的美馔！"

惊夫此时方才吁声道："多谢比妾侠女出手相救！"突然脑中一个激灵，何不就此跟着她去？正可承兑两贼人逼迫许下的诺。他乃杀人如麻的奚虚一等刺手，还真不知该如何去保护，想到此，不由心头怒炽复燃。"且待某践诺，再慢慢打发两个腌臜狂且之徒。"

"你是谁？"段干且再次上下打量惊夫，问，"尊驾如何得知我名？"

"这个……这个……在下惊夫，耳力甚好……是以知侠女之名。"惊夫一向爽利，最是不懂绕弯子编瞎话之类，额上不觉便冒出汗来，他抬手去擦，擦了个满脸花，更加狼狈不堪。

"好吧。"段干且见惊夫脸上青一阵白一阵，说话也有些语无伦次，想他适才差点失掉性命，必受了惊吓，便往他手中塞了粒镇惊安神丸药，站起身说，"我得办要紧事去，你吃罢药休息片刻自会好转！"说着背起药袋要走。

"停一停，我我我……"惊夫一骨碌从地上爬起来，跟在段干且身后磕磕巴巴，"救人救到底咯！"

段干且哭笑不得，仰脖望着惊夫高大魁梧的身躯，问："若非为淤泥所陷，那鬼兽又能奈你何？"

惊夫终于听到句让他舒心的话，咧嘴笑起来，转而立装出可怜相，说："求侠女收容，惊夫当牛做马，万死不辞。"

段干且露出个无可奈何的笑容，向惊夫一撇髭须，突然想到自家扮相，忙掩饰着偏了偏头，说："那走吧，可别给我添乱！"

惊夫一迭声答应，抢过段干且肩头的药袋，乐呵呵头前开路去了。

第十三章　蝼蚁

黄鸟，黄鸟——

　　安邑沧泽以北的广袤山原连绵起伏，渐次隐入东方透红的晨雾之中。在两片逶迤山脉中有一条大峡谷，欲水从峡谷中流过。夹岸顺着水流方向，有一条人与兽自然踏出的伏草野道。小路一侧高山辽阔，山坡顺山势陡直斜入谷底，谷坡面上草茂林密，深不可视。南北流向的欲溪自安邑城缓缓穿过，进入峡谷后骤然变宽，顺着谷西的石山漫流而下，湍湍成河，河道东边便是丈余宽的碎石山坡连接着大山。野道正是在这片宽而缓的斜坡上踏出的一条深深浅浅、磕磕绊绊、满布碎石泥泞的窄路。

　　子离在这条野道上踽踽独行。他依着云和所指方向去找段干且，逆水流而行，一路往山坡上去，越走越觉得吃力。天色已是通明，可抬头依旧看不见日头，只有丝丝缕缕的光线穿透头顶处的浓云树隙照射下来，与镶嵌錾刻在山体岩石上的粲烁耀眼的金线银迹，共同在地面画出许多殊形异状的奇妙幻影。子离没法感知到时辰，只好默记步数，以步计时，已走了约莫一个时辰。周围山石密林景致并没有任何变化，只坡道逐渐变陡，愈加难行，他不得不手脚并用向上攀爬，心脑与手脚同样竭尽全力地活动着。

　　"我到底做错了什么？"他边攀边想，"两天前我还是个自由快活的正常人，有住所，有朋友，还有一个回归母国的期盼，过着算得上是有追求的生活……呃，有追求……"他随即自我否定，又自我解嘲。好吧，就算没什么长远打算，反正是过着正常人的日子。然而，只是管了次闲事，不知怎的，转眼间失掉了曾经拥有的一切，甚而把自己也搞丢了。"后悔吗？"心底有个声音问道。"悔为何物？"脑际即刻跳出反诘声。子离非但不悔，还着实庆幸管了此等闲事，否则实难想象阿姊比妾会遭受怎样的困厄。当然，即或那女子是与他不相干的陌生人，他也毫无悔意。他此时在这处叫作安邑的莫名之地孤独跋涉，承认被难以形容的情绪包围，但绝非后悔。

　　汗水模糊了子离的双眼。草集食摊上燔兔吃得太急，未进半点汤水，此刻只觉得口干舌燥、心焦体乏。他擦着汗，抬头看向前方道路。细窄野道陡直地顺着山体插入茫茫云雾之中，望不见尽头。再回身向下看去，不由倒吸一口凉气，只见目力所及处尽皆浓霾，似一堵障目雾墙蔽隐了来路。唯有向上向前，虽是路遥难行，但只有前方可见到一片瑰丽光明。可是，腿脚不听使唤，酸痛沉重，再也移不动半步。子离无力地跌坐在地。路旁湍湍流动的欲水波光粼粼，

第十三章 蝼蚁

清澈明亮，水下绿草伸展着长发般的柔软枝蔓与彩鱼嬉戏，几只朝生夕死的蜉蝣枕浮于水面，顺流打着旋子，不忘最后振一振闪着光的鞘翅。子离想跳入水去一洗满身疲惫，可渔人的劝诫犹在耳畔，他虽对其所言深意未必尽知尽信，但终究不敢再轻易涉险。他叹了口气，将双手探入水中，想掬些水解渴。不料，水流径自绕开他的双手，连带着水草、游鱼竟也纷纷回避。子离惊诧莫名，缩回双手摊在眼前仔细查看，双手并没有任何异样，便再伸入水去，手依旧不湿。子离大惊，颤抖着双手反复试探撩拨，想打乱水流，欲水却哗啦啦地轻松避他自流，水速不减分毫。

子离颓然跌坐在地，越发觉得口苦心炽，焦渴难耐。

一阵山风拂过，背在身后的古琴琤然自吟，发出起伏悦耳的奇妙韵律。子离取下琴，只见琴面三根丝弦兀自振动不休。他盘膝置琴，抚弦试音，甫听音韵雅致，余声悠婉，抚操如珠，如钟，按叩则如击磬，如摇鼓……大声时不震哗，沉稳流漫；细声时声声入耳，非能为周遭他声湮灭……散声松沉旷远，泛声细微轻灵，按声均和静缓。子离自幼修习乐声，琴瑟筑鼓无所不晓，却因疏于练习难以精进。现拥古琴妙器在怀，他不由自主展臂操奏，指尖过处曲便流出，竟如明澈天光流泻自如。子离诧异于自己的琴艺何时竟能有如此高绝造诣，不自主地沉醉于律吕，渐渐竟觉得自身与古琴融为一体，渐臻佳境。琴曲婉转，声调悠扬，时如人语喁喁对言，时若人思缥缈多变。一时间云涌天开，微风和煦，时若甘露欲滴，又如清泉沛涌。子离忘我操琴，心随曲动。身边欲水哗哗流淌亦成为悦耳流音，与琴声谐振；枝间禽鸟跃鸣不已，和声分外动听；林间食草叶的小兽们忘记觅食，支棱起双耳静静聆听。子离沉浸于曲乐声中如痴如醉，心清神宁，口自生津，颓累躁郁尽皆散去。

噗……噗噗……水面溅起点点水花，不断有鱼群跃离水体，和着琴韵此起彼伏。琴曲至激昂时，欲水开始震颤扰动，不一会儿，水中央竟腾转起一个巨大漩涡，伴着琴音急剧旋转。鱼群被涡流吸入水底，再猛地自漩涡喷出，而后翻转腾跃着落回水中。水流鱼涌的频幅竟与曲调合拍，节奏分毫不差。琴曲终了，那旋转着的涡流亦随即停止转动，激涌于半空的巨大水柱戛然溃落，水流狂泻而下，水沫飞溅，游鱼惊散。

弦音犹在，而子离抚琴的地方空空如也。

欲水恢复了之前的顺畅流动，而就在那处漩涡之下，鱼群奇怪地聚堆挨挤着，而后顺水涡流体整齐划一地朝着固定方向游动，蔚为壮观，看起来就像是包覆漩涡的活体外壳。透过这些鱼群，有个正被漩涡带动着不停旋转的巨大水泡被鱼流共同托举簇拥着与鱼同游，不时有鱼以吻向水泡里吐气，泡中隐约似有个黑影……俄顷，便在水草掩映下沉入涡流底部不见了。

子离的脑际嗡嗡吟吟琴音不断。他虚浮半空，也许是在天际遨游，或是在云间漫步。隐约闪现的光亮并不能驱散蒙昧，他并非孤身一人，还有些影子在旁恍惚晃动着，不过他看不清这些绰绰而动的黑影的真实相貌，只感受到纷纷乱乱的紧张与窒息所带来的压迫。有水滴自空中缓缓滑落，在暗处显露出晶莹剔透的清亮。水珠折射出一个人影，依旧不清晰，但子离在心中很肯定地告诉自己，此人不陌生！

他的身子不可自控地翻转，全身血液都涌向脑际，眼睛一眨不眨地紧盯着那个小小人影。影子身着一袭紫袍，面目依旧模糊，却能感受到其显露出的笑意。

影子细微弱小，附着在水滴表面微微震颤。他扭了扭头，调整角度，好将人影的头面正映于水滴凸面。看起来有些滑稽怪异，硕大头颅搭配极小的身躯。是防风大人！子离看清了，想喊叫却发不出声音，鼻息在冰冷的空气中形成一片水雾，遮住了防风邑君的笑容。

他努力以笑容回应，防风不动声色，一言不发地看着他。对视的转瞬光阴竟似经年般漫长。他读不到答案，懵懂无知使他生出无尽痛苦。子离的意识与身体脱离般不由自主地又翻了两番。

水滴随即闪烁着变换了颜色。

又一个黑影，说不清形态，黝黑滑腻而又黏稠，散发着污浊不堪的气息。黑影扑面而来，他抬起手挥过去，瞥见这只手黝黑如墨，胳膊上覆盖着坚硬鳞甲。不，这不是他的手。

子离陷入黑气之中。他感到黏腻浓厚却又似有若无的缓慢侵袭与裹缚，柔软又坚硬的物质徐徐划开他的胸口，湿热扯动着他的生命力迅速流出。他看到自己以怪异的姿态飘浮着，殷红的血液如漩涡般在身体周围流转。他试图挣扎叫喊，试图自昏昧中醒来，却只能感受到彻骨的疼痛……

第十三章 蝼蚁

"梦魇，勿使蛮力！"一个声音将他唤醒。

子离猛地睁开眼睛，浑身湿漉漉地自榻上坐起身，满脸狐疑地打量着四周，问："这是哪儿？"阳光自窗外射进来，帷帐半垂于地面，高大的梁柱金光灿灿，映照着防风邑君的蔼然微笑，使他愈显亲切。

"安邑，"防风邑君坐在榻旁笑着答道，"此乃邑城殿舍。"

子离擦去额上冷汗，看了看自己的手，欣慰地发现双手如常，并无不妥，只不过衣裳尽湿，就似刚从水里爬出来。他悚然心惊，忙转头去找云和的古琴。幸好，琴在他枕旁安然无恙。

"定琴……为何会在你处？"防风问，语音微颤。

"是一位叫作云和的女子的，我只是受人之托，要将此琴还与她。"

"唔，"防风略一沉吟，说，"还琴确难！"

"的确难！不过，在市集之上她既指点我去找段干先生，想来段干先生是知她下落的。"

"她去了市集？"

"是市集，她竟舍得以此宝琴易只燔兔……"

"哦，如此甚好。"防风语气显出欣慰，说，"舍，乃大智也。"

"怎么，安君与这位云和姑娘可是相熟？"子离高兴道，"若如此，便将琴留在此，请代为还与她。"

"只恐怕无法代劳。吾曾有爱琴之癖，想来惭愧。"防风眼中的痛苦神色一闪即逝，随即正色道，"此为上古圣琴，抚之须静，只有外境与内心俱静，方得与琴谐振，而不致为琴所弄，误入歧途。"防风看着他，神情凛然肃穆。

"为琴所弄？"子离想到之前操琴时，手触丝弦曲调便自流出，方始有些后怕，问，"安君所说'歧途'是怎个意思？"

"琴音悦耳，不可贪恋，贪恋心起，便为琴所困。声音应自人心中发生，人心有感于外物而动，表现于声，不同声音和振而生音律变化。人心智知觉外物而爱好或厌恶，心中对爱好、厌恶没有节制，心智便已是受此外物引诱，如不能时常自省，便是失智。放纵欲望，会生乱诈争心，于是为满足私欲而恃强凌弱，胡作非为，这便是天下乱局的由来，岂非歧途？是以，乐，并非用以满足人之耳目的欲望，而是用来教化民众爱憎分明，明晰做人正道。"

子离确实为琴所控，沉浸于美妙乐声不能自拔，心中暗道惭愧，问："却不知又如何回的这邑城？"

　　"幸甚，你未失心智。虽遭欲水漩涡吞噬，却为鱼群所感送至邑城水道，亦乃天意。"

　　"那么，段干先生何在？"

　　"他已去往奚虚！"

　　"哦……"子离不免失望，除去追往奚虚，别无他法，只好求助于防风，说，"还望邑君指点去往奚虚的通途。"

　　"无须忧心，"防风氏手捋美髯，微微点头说，"自当送你出邑。"

　　"来人！"防风抬了抬手。一身黑衣的老寺人长孚入内揖礼道："邑君有何吩咐？"

　　"送客去往奚虚！"防风下达命令。"他？"长孚瞥了眼子离说，"那么邑君身边……"

　　"长孚，"防风邑君打断长孚，"务必将其安全送达。"说完站起身走到老寺人面前，语气凝重地说，"是确保他的安全！"

　　"喏！"长孚不再多语，垂首退出门去。突然自门外传来阵阵嘈杂人声。

　　"到了！"防风走回榻边。子离已经将琴背于身后，做好随时出发的准备。他把手放在子离肩头，暖流过处，湿衣服发出极轻微的嘶嘶声响，水汽迅速蒸腾，片刻便干爽如初。"你实幸甚！"他说。

　　"是，我知道，"子离说，"真的知道。"

　　"不，"邑君说，"你不知道，你真不知道。"他摇了摇头，难以置信地自语道，"欲涡生还。"

　　防风邑君转身示意长孚，两人走出子离视线，只听见喁喁低语声。

　　"带我来此作甚？"一个女人的尖厉声音传来。

　　"是哇，欺人妄拘……"又有略老迈的妇人声。

　　"我们要见邑君大人……"

　　"对，见大人……"

　　"请邑君明断……"不少人声断续响起。

　　"住口！"抗议声被一声威喝止住。

第十三章 蝼蚁

门外嗡嗡人声钻进来。子离伸长脖颈看窗外，殿侧回廊外是一处小庭院，透过圆月形的石门可看见院内聚着男男女女一堆人，穿着短褐或粗麻布衣、提篮挑担的庶民役人打扮者居多，其间也有几个穿戴光鲜的面露惶然神色。咦？那个说话尖声的灰衣妇人好生眼熟，待见身旁与她答话的老媪，子离记起，这两人不正是市集易麻桑的两妇人吗？怎会到此？听她们所言，似是被拘捕至此处，难道是触犯邑法获罪？却也未见犯人戴枷上锁、受刑成伤。好生奇怪。

"邀各位前来暂住两日，"防风邑君说着话进入偏院，众人即刻噤声，都将目光转向他，"安邑族众原本人人准备上阵厮杀迎接血战，现已是擦肩而过！"防风立于院中，环视众人朗声道。

"尹喜、足甲前来复命。"人群中有两人上前向防风邑君见礼。邑城令尹喜向邑君禀报："所有参与议论战事者均已带到，未曾惊动邑众族民！"

"好！"防风不动声色，抬眼又扫视众人，目光刻意在某些人面部停留，那些人便会低下头去。少顷，他方才缓缓地说："诸位中间有忠事外族的坐探，亦有诽议邑政的庶众。近来邑境之内谣言四布流散，本君深虑族众安危，不得不请诸位来此做客。事过之后，便可各自回归本务，不必忧心。"

人群中响起窃窃语声，有的瞪大眼睛一脸无辜，有的则低着头不知盘算些什么，还有人左右四顾心不在焉，但终究不约而同地向防风邑君躬身揖礼表示诚服。

子离扫视殿舍内简单甚而算得上简陋的陈设，不禁生出些困惑，想元虚等级森严，天子之下的诸侯、卿、大夫、士这些统治权贵鼎礼车马，食居行止均须遵守等级礼制，逾矩僭越便是诛族大罪，平民亦分庶人、工、商、皂、隶、牧、圉，丝毫不敢违背等第规矩，可邦国内依旧攘权夺利争斗不休，诸侯间依旧充斥着尔虞我诈、杀伐戕戮。而此处邑君掌控教化管理地方特权，却并未拥有更好的生活，既无私藏金玉宝石，亦未享用珍馐美馔。防风邑君对犯错的邑民并不苛责，语气和缓，而众皆听命，可见令人心悦诚服远比强制压迫更有效用。再回想一路所见的诸多邑民，尽皆无杂念少私欲，心地宁静地享受着清贫安乐，无争不贪，谨守本分。若元虚人尽皆如此，又怎么会连年战祸不断，枉送那许多战场厮杀的无辜性命？

弗恭小心翼翼地走在沧泽之上，刁庐紧随其后。像这样的污淖沼泽，奚虚还有不少，具体分布的位置却没有人能说得清。

　　譬如纳沟之沼，时而在浮光城以南，时而出现在西虚暗渊之地。不过有一点可以肯定，纳沟沼内有迷泽，纵横肆意，终年浓雾不散，入之则不得出。沼中有讹兽，毛短色白，像小白兔，可以与人对话，且十分爱与人攀谈，最擅指点迷津。但误入迷泽的人千万不能听它的话，绝不可信，信则受讹蛊，终其余生不能再讲真话。

　　淇沼，无边无界。它的边界视所处位置而变，处于大处则大，困居小处则小。淇沼水系纵横丰沛，其间的淖沼潭泽终年满盈。无论淇沼在何处，四布之水始终汇入奚虚八荒，聚至虚涯，堕入无底深沟"欲壑"，遂成巨瀑，名为"是非"。是非瀑下有谎潭，水面不甚大，其深却不可测。潭水色黑，有腥臊之气。潭中有魇怪，无具形貌，无声无息，常浮游于谎潭之中，假托一团漆黑暗影，实则为透光之气，变化万端。魇可窥视人心，名叫"痴梦"。此外，谎潭周围再无生物。

　　弗恭与刁庐对奚虚各处沼泽险地心中谙熟，来去自如。只有这处沧泽，他们不约而同地抱有极谨慎的态度，除了因为沧泽里暗伏着行踪诡秘的剧毒双头婴魃凶兽，还因这沧泽乃是历代奚虚主君明令之禁地，未经允准而擅入者格杀勿论。同时这也是奚虚唯一一处固定不变的地方，似是被施了定咒或镇符。恒固不移对于浮幻奚虚来说实乃异罕，至于为何有此特殊境地，恐怕就只有主上大人能说得清楚了。

　　"看！"弗恭向身后招了招手，说，"惊夫虽说不大听使唤，但确实有两下子，刁庐。"

　　"哼，"刁庐瞥了眼地上扭曲变形的婴魃焦骨，说，"鸟用，自打他接下咱的活计，一条回讯都没有，该留的记号一处不留。我看他是存心不良。"

　　"不妨事，还怕他跑了不成？"弗恭不疾不徐，环顾着四周说，"得先确定他找没找到人！"

　　刁庐摇了摇头，说："我看悬，那丫头怎么会自个儿找死躲到这种地方来？"

　　弗恭微怔，思忖片刻，盯住那团焦黑丑陋的魃尸仔细看了半晌，又仰头嗅动鼻子，说："还真难说。可曾闻到有药石硫黄的味道，刁庐？"说话间，弗

第十三章　蝼蚁

恭的身子已出现在丈余开外的地方，低头探看被烧毁的一片蒹丛残痕。

方圆两丈之地尽皆焦黑赤黄，地面裸露处还有些许白色炽痕，杂草曾被点燃过，烧至根部方始自熄。这块焦土原有的污水被烤干，裂开许多杂乱无章的细长口子。刁庐使劲抽了抽鼻头，然后点点头，若有所思。他说："没错，硫黄、硝石，弗恭。"他蹲下将那虺骨拾起一小块，也学着弗恭的样子，认真端详，可什么也没看出来。他丢下碎骨，说："可这与宫婢何干？"

"惊夫并不擅长用药，"弗恭向刁庐招手，指了指地面，说，"用力踏上一脚。"边说边伸出脚来在地上画了个圈子。刁庐咧开嘴上前，抬腿铆足力踏在圈内，留下一个深深的脚坑，水立即由地底渗出，很快将坑填满，聚成个亮晶晶的脚印。

"嗯，"刁庐撇了撇嘴，欣赏着自己的杰作，说，"可不是，那蛮夫只是有把子傻力气。可这些与宫婢何干？"

"看看吧，刁庐。"弗恭拍了拍手，站起身，语气十分肯定，说，"惊夫可不傻，不过那宫婢实教人有些意外。"

"咱们得快些出此险地，弗恭，别教他们跑得太远。"刁庐听不到想要知晓的答案，有些不耐烦，更懒得细究弗恭话里的意思。

弗恭自鼻腔发出声冷哼，腾身向半空轻跃，瞬间不见踪迹。

"没个招呼，"刁庐嘀咕，气咻咻道，"总是这副鸟样子。"抽出腰间一双铜殳重叩，嗡声过后，沧泽归于沉寂。

犹豫令子离有些心烦意乱。

老寺人长孚也似乎心神不宁。他不断催促子离快走，送瘟神一般催赶着，只差伸出手来推搡。"咱们还有段路要走，得快些！"长孚抬头看天，说，"天快黑了！"子离不知老寺人依据什么断定的，毕竟看不见日头，单凭空中那些云雾实难揣测。但这里是诡状频出、难以捉摸的安邑，他只能无条件相信长孚。毕竟对于奚虚，子离更是一无所知。

长孚在前面疾走，缄口不语，也不回头顾及一下在他身后紧跟慢赶的子离。

"请问，既然有去奚虚的路，去元虚的也该有吧？老伯可曾去过？"子离问。

长孚脚不停步，极干脆地答道："不知！"显然是让子离快些打消去元虚的痴心妄想，他只能执行防风邑君之令，去奚虚。没一会儿，子离便气喘吁吁。同时，天空似乎被无形大手拉下幔帐，突然暗了下来。没有过渡，很突兀地，天黑了。然后周围便陷入沉重、浓厚的黑暗，伸手不见五指。

长孚用火石燃起火炬，尽量高举着。光线十分有限，只勉强照见半步之遥。他自腰间抽出柄赤黄色软鞭，让子离拉住鞭尾。子离有些不大乐意，如此看起来自己像个瞎眼的盲人。他觉得不远处的暗黑处有什么东西在动，但走过去时，全然不见踪影。他抓紧软鞭，心头暂安，几次开口想与长孚讲讲这些窸窣动静，但老寺人总是以手示意他噤声，保持安静。

子离感到一股冷风扑面而来。长孚毫无预兆地蹲下身，把火炬交给子离，收起软鞭，以手掌轻抚一棵大树的树根。树根突然无声无息地拔地拱起，地面露出个不大的洞穴。长孚示意子离钻进去。子离蹲下来，将背上的琴抱在怀里，一点点蹭入洞内，刚往前挪动没多久，就摸到前方洞顶实泥。"这里，"子离轻声嘟囔道，"下面有个大洞。"

"让开些，"长孚对他说，"往里挪挪。"

长孚钻了进来，树根立刻无声复位，将他们关在洞内。子离鼻尖抵在泥里，身子贴紧湿润泥壁，感觉到土的温度。"拿来。"长孚说着接过火炬，随即探下黑黢黢的大洞。"小心，"老寺人的脑袋就在子离脚下不远处，"下来时要轻些。"

子离脊背不知为何生出一股寒意。他小心地把双脚放入洞去，双手扒住洞口吊了好一会儿，直到感觉长孚以手撑住他的脚底，方才松了双手，四肢着地落在潮湿的软泥里。子离动作飞快地爬起来，将手在身上蹭了蹭，抹去粘在手掌上的泥。长孚已经快步走到前面丈余远的地方，扶住一截裸露在外的粗壮树根，泥土洞开。他们走进去，泥洞即刻便消失了。"现在可以说话了。"长孚沉声说道，"务请轻声，若一定想说。"

"哦，好的。"子离说，反倒一时语结，实在想不出能说些什么。"呃，这里是奚虚，还是元虚？"他问了一句自己都认为莫名其妙的话。

"安邑。"长孚很认真地答，又说，"到奚虚还有段路要走。"

"可是，为什么与我来时差异如此之大？"子离问，补充道，"我自元虚来。"

第十三章 蝼蚁

"你已是答了。"长孚声调和缓许多,"等等……"他突然把子离推按在泥里,用手捂住子离的嘴巴,同时吹熄火炬。

然而并没什么事发生。

寂静中,他们伏在湿冷的黑暗中,静静等待。子离打了个寒噤。

有什么自他们身前穿过,确切说是一群,或一片、一堆,没发出任何声音,子离却能感受得到。长孚的手松开子离的嘴巴,火炬亦重新被点燃。两人一言不发地继续向前走去。"刚刚过去的那些是什么?"子离问。

长孚没回头。"这个最好别问。"他说。

"碰见会发生什么?"

长孚停住疾走的脚步,意味深长的目光停留在子离脸上。"走吧,"老寺人说,"并未碰见。"两人离开了软泥路,脚下有了硬物感,石板路?或许是夯土路。有沙沙声响,就在侧前方贴着地面鬼祟蠕动。"前面有什么?"子离小声问道。长孚脚下步子加快了。"噤声!"他压低声音说,"只管向前,别理它便是。"

子离想到初质秦国的无数个孤独夜晚,他蜷缩在黑暗里瑟瑟发抖,被无形无声的梦魇压得喘不过气来。"不理会便无惧怕!"直到这样的声音在耳畔响起,他学会向内心寻求慰藉,终于能够透过阴郁暗夜,得见温暖光明。前方陡然出现一个高大的半拱形隧道,长孚站在黑森森的门前念了句什么,门应声而开。他们走进去,把门关在身后。

金色光芒瞬间将他们包围。这是一座金石隧洞,烁金的洞壁,壁面光滑如镜,交映着金光,耀眼辉煌。隧洞望不见尽头,整体竟似全用黄金雕筑而成,包括地面亦为金质,布满了整齐而又圆润的錾刻凿痕,碎金随意堆放在通道两边。长孚熄灭手中火炬,面无表情地向前走着。子离跟在不远处,不知所措地环顾四周,被举目皆金的恢宏场面所震撼。

"若能有个大包囊……"子离感叹着生出此想,随即慌忙摇头,暗责自己生出的贪念,但还是忍不住伸手去触摸金灿灿的洞壁,手竟毫无阻碍地穿过看似坚硬的黄金石壁。自入安邑以来,他见过太多不可名状的异象,倒也并不觉奇。他转动手腕向石壁探入整只手掌,手指活动着试图抓住些什么,手上传递的触觉信号告诉他石壁外空无一物。确切地说,隧洞以外似是个非常大的空腔,因为可以确切感受到冷风轻轻经过指间缝隙所带来的凉意。为了验证自己的大胆猜测，兼有玩心作祟，子离就这样伸着手向前走。金石隧壁在他身后留下一道长长裂痕，缓缓渗出金黄色液体，但迅即消失不见。

"在元虚，就两天前，"子离边走边说，"我还在秦国做质子。"

"质子？"

"以人为质，派去他国作为盟约取信的质押。"

长孚哼了声，说："受押即为不信，又何谈取信！"

"实是没法，苪国战败，臣服于秦，必得有所表示，才能维持虚伪不堪的友好，以求得强国庇护。"

"嗯，可怜！"长孚叹了声，不知是说子离，还是苪国，或许两者兼而有之。

"若真能牺牲小我，换举国安怡，倒可全我赤心。只可惜……"

"可惜并非如此。"

"而且我还遇到些难处。在元虚，没人听得见我说话，没人看得见我，当然更没人在乎我。我似有若无，就像个根本不存在的人。"

"对，确已不存在。"长孚说话干脆。子离自寥寥几字的答话确定对方的至真性情，便干脆问道："若我非得回去一趟，可有法子恢复如常？"

"无法！"长孚说。突然间他脚步疾停，猛地一旋脚跟，向身后几步之隔的子离扑来。子离来不及作出任何反应。几乎同时，长孚抽出腰间软鞭轻挥，打在子离身侧不远处的地面，发出啪的一声脆响，金花四射。子离刚要转身去看，却被长孚抬脚踹离地面，身体腾空，那只伸进石壁的手，此刻竟然无论如何也拔不出，似是紧紧嵌在石壁中。更为诡异的是，他在腾身的瞬间，看见金色石壁上映出的自己竟然是个金灿灿的包囊，无脸面，无手足，只在包囊顶端留有两个穿囊绳的绳眼。他贴近金壁倒影，眨眨眼睛，那包囊的绳眼竟然开合几下；他想张嘴，嘴巴张不开，壁上那包囊晃晃囊袋，鼓起的囊腹瘪进一块又即恢复；他只好再眨眼转动眼瞳，壁上那包囊绳眼亦复几番开合，穿在眼中的皮绳紧了紧，自动打了个绳结。子离全身都僵硬起来，只眼珠骨碌碌急转。

长孚在不远处正自酣战。看不见敌手，但鞭笞之处总会有金色液体溅射而出。长孚频频挥鞭，似在驱赶着什么，一路向他们的来处渐远了。子离觉得意识愈来愈模糊，眼睛转动越发困难。黄金隧道突然金光四射，吞噬了眼前的

第十三章 蝼蚁

一切。

有人拍打子离脸颊。

"发生了什么?"子离睁开眼,看见长孚黄黑多皱、略显忧虑的脸。周遭一片黑暗,长孚手持火炬蹲在他身边。见他醒来,长孚叹了口气,说:"你惹它作甚?"

"谁?惹谁?"

"囫囵兽。"

"那条金光灿灿的黄金隧道,难道是活物吗?"

"心有所想,眼便得见。囫囵兽最爱玩笑捉弄于人。"长孚说,"幸而它并无甚恶意。走吧,别再触碰任何东西,收起玩心。"两人顺着漆黑如墨的泥隧洞向前走。

子离沉默不语。"有何不妥处?"长孚终于感觉到子离突然停止聒噪的不正常,问道。

"哦,没有,不过所有都似不妥。"子离说,"你一直在安邑吗?"

"不。我来自元虚,"长孚说,"很久以前。"然后加快了步伐。子离紧跟在他身后,等着听下文:"然后呢?"

长孚声音低沉下去,说:"别再多问,回不去的,非此即彼,如何全占?除非……"

"什么?"子离眼睛一亮,问,"除非什么?"

"除非你忘却!"

"忘却甚?"

"回元虚!"

"什么?"

长孚再不肯多说一个字。想回元虚,却要忘却回元虚,方可回元虚……子离反复咀嚼这句矛盾重重的悖言,想以尚善宫所学的辩论观点找出些许蛛丝马迹。他一路跟在长孚身后嘟嘟囔囔自言自语,终究百思不得其解。

他们来到泥洞尽头,长孚领着子离打开盘根错节的巨大根系的其中一支,沿着根深处向下走去,直到看见一个空洞,前方再无路可走,只感觉冷风呼呼地吹来萧寥之气。子离弯腰捡起块湿泥向下丢去,黑暗中传来几声轻微磕碰响动,然后就只剩下沙沙风声。是悬崖!他将身子向后缩了缩。

"跳!"长孚以毋庸置疑的口吻命令。

"不……"子离话音未落,长孚已扯过他的胳膊向下一跃。子离甚至没来得及喊救命。

风声,耳边尽是嗖嗖而过的风声,表明下落速度极快。子离紧闭双眼,只等待那最终落地的粉碎声。然而,眼前突然有了光感,柔白温煦。子离将眼睁开条缝,满目白色,是云?是雾?是气?似是而非。风声依旧很大,但身体跌落的撕攫感没有了,取而代之的是悠悠荡荡飘飘然之感。莫非又产生了什么幻觉?他使劲眨了几下眼睛,依旧如是。

长孚,长孚在哪里?子离尽力扭动脖颈向四周寻找老寺人,眼所及处皆白茫茫一片,就好似跌进了云堆一般,时有丝丝缕缕的雾气在他周身缭绕,却什么都看不清楚。他想喊,但发不出声音,胸口亦觉得有些憋闷。长孚不见踪迹,子离独自浮荡,好在他并未惊慌失措。

脸上酥酥麻麻,有些痒。子离抬手挠了挠。痒移去了另一侧,再挠,痒跟他作对,滑到了脖颈上,他不耐烦地一巴掌拍在脖子痒处,倒将自己打醒了。

子离坐起身,发现置身于一处颇为宽绰的树洞。他活动身体四肢,并无伤痛处,忙四下里找古琴,见琴在身侧安然无损,方才放下心来。这是棵长相怪异的古槐树。主干倒伏在地,树身中空体裂,腐出个可容人躺卧的大豁口。树身虽倒,但依旧枝干如虬,交错扭结着向上张开,树冠如盖,绿叶繁茂,在头顶处织就一片浓荫。粗壮的树根深深扎入周围泥土,有几根凸露出地面,那根径粗大壮硕,覆盖着绿鳞苔藓,树身与枝干都布满了苍莽的沟壑深纹。见子离坐起身,原掩映遮蔽于树洞上方的枝叶簌簌地抬起散开,露出苍劲盎然的古朴本貌。

手臂又有痒麻感传来。子离低头细看,一只舞动触须的硕大黑蚁正自他手腕处向上快速攀爬,转眼已至臂肘处。他挥动手臂想甩掉它,不想那黑蚁六足紧紧缚牢在他臂弯里,丝毫不为所动。它昂起头冲子离咧开对颚,头上一对长长触角快速舞动,接着直立身体抬起前足频频搓动。子离好奇心起,索性朝它伸展胳膊。黑蚁果真爬上来,顺臂弯攀到他胸襟处停下,再次直立并与子离对视,额前一对触须齐指向他。子离此时方才注意到,有根细草圈于黑蚁腰节处,

第十三章 蝼蚁

不由想到长乎所佩的那柄软鞭……

"长乎?"子离脱口而出。不想正趴在前襟的大黑蚁听他喊,抬起头来将两根触须齐朝他一点。子离愕然将手摊开,试着靠近前襟处,大黑蚁竟毫不犹豫就爬了上来,立在掌心朝他频点触须。

"你是长乎?你……你竟是蚁族玄驹?"子离不敢相信地问。大黑蚁再点触须。

"那么,防风大人也是?"黑蚁继续点须。

"安邑,竟是蚁穴?"估计是嫌他问的全是废话,黑蚁不再以触须作答,立起身后两足撑地,向子离比画个揖礼,而后转身轻盈跃离他的手掌,顺着老槐树身向上爬去。枝干上端一个黑乎乎的虫洞,两只乌头褐身的兵蚁自洞口探出触须与长乎交碰,随后三蚁入洞,皆消失了踪迹。

子离愣怔怔盯着三蚁,直到它们消失,突然间恍然大悟,刚刚正是自那处虫洞与长乎一齐跳下,跌落到此处。

安邑是蚁穴!他有一种强烈的感觉,他似乎躺在这里从未曾离开过。但刚刚发生的一切,此刻还在子离眼底闪动,就像被火燎过留下的残迹。

第十四章　浮光

黄鸟，黄鸟——

浮光城巍巍赫赫，高悬于奚虚之境。其下是烟波浩渺的云渚鉴湖，湖面宛若巨大铜镜，倒映着整座城池。在云气水雾的掩映之下，浮光城高低错落的层叠银顶之上有如星非星、似云非云的烁芒薄暮笼罩，与鉴湖倒影相接，像一颗闪烁奇华的庞硕明珠浮泛于缥缈云海。枢城沉默而威严地审视着弭空族众子民。奚虚自太皋主君起，已传了千余代，百多万个奚虚年，到如今主政的虚君玄臾，通境平定，族众和睦，又风调雨顺近千年。

却不想，实现大治的元虚尘世间陡然又起了纷争。崇尚礼制仪行的周朝王室历经百代渐至衰微，无法行统御之权，国制不举、礼崩乐坏，黄钟毁弃、瓦釜雷鸣。其治下千余诸侯邦国杀伐频起，逐鹿吞并。众生皆于生灭兴替间沉沦。贪欲炽盛，骚动不宁，嗔争执妄之气充天塞地，以致奚虚云山洲渚均复堕入混沌蒙昧之中。

浮光城北，连接云渚的是沧芜之渊。渊中有翼龙盘旋巡守。翼龙名唤沧涤，马首虎纹龙身，四肢如鹰爪般尖利，可吞食贪欲。沧芜之渊向西延展，伸入莽莽苍苍的招摇山脉。奚虚部族散居于各山之间，分疆划域统领族众，原也各安其分，修持固本。不知从何时起，也说不清为什么，部族之间开始频频出现龃龉纷争。先有防风氏举族叛离，不惜自堕为蝼蚁玄驹，藏身于阴槐黯匿之地；又有长舌族与清风部莫名起了争斗，两部族掌事均受到严惩。此间，一个执拗宫婢逃离失踪，虚探遍寻无果，玄臾主君不得不亲自率军前往黯匿将其迫回奚虚。玄臾大人不能出手拘押，原因无法言说。

奚虚之境弥漫着似有若无的贪执与怨怼气息。这种危机四伏的隐隐不安之感令主君玄臾坐卧难安。长久以来的无为教化在日益深重的贪执妄欲面前越来越显无力，该如何破局，玄臾陷入苦思。

在这里，所有一切皆虚无，所有的存在只是"无"，而看似空无之中，却蕴藏着无数的"有"。周遭云雾凝结，于虚浮处便显出纵横交错的阡陌街巷、城郭屋舍、楼阁阙台。再细看时，间中人物景致渐渐清晰起来，纤毫毕现。男女妇孺或劳作，或谈笑，或行走坐憩，或食饮炊庖，不论铺坊市集还是城郊农户，均是一派生机繁荣的和乐安怡气象，与元虚尘世间的寻常城邦、寻常黎庶实无不同。但是，若有人不错眼地盯住此情此景，便会发现，所看到的景物风貌正不断发生着变化，毫无征兆地切换更迭。刚刚那处桃花盛放的桃园水榭瞬

第十四章　浮光

间变成泥淖沼泊，方才在花树间赏景谈笑的人呢？还是别问为好。到此时，便已见识何为奚虚之"虚"。

　　子离行走在一条较为宽阔的夯实土径上。他不知要往哪里去，也分不清东西南北。他自离开古槐树洞，顺着槐枝所指的方向，便看见这条望不见尽头、直伸进云雾的通途。右手边是连绵起伏、高低错落的群峰山峦；左手边则是一望无际的纵横垄沟平原，沟原连接着与路平行的一条宽河，水面平静。夹岸河滩却是黄土沙砾遍地，放眼望去满目荒芜，野草灌木在沙土中若隐若现，恍惚如黄尘中的片片绿毯。大风起时，卷起漫天黄色尘雾扑击人面，使人无法睁眼，只能在风声呼啸中感慨此地的荒凉与沉寂。当脚下的路面渐渐开始出现人与车马往来通行造成的坑洼不平时，土滩外靠近山脚处，方才露出几处聚居的草屋茅顶。子离加快步子，希望能遇到农人，探问些消息。

　　远处的天边出现一片灰黄云气，迅速抹去天空原有的湛蓝。大风凭空而起，呼呼地卷起黄沙尘土，树草灌木被刮得唰唰作响，转瞬失去了仅有的一点绿意，都俯首弯腰，屈服于飞扬跋扈的沙石黄尘之舞。不一会儿，天地全被抹上灰黄颜色，晦沉昏昧。子离眯起眼，将背上的古琴取下抱在胸前护住，躬身埋头顶风吃力前行。突然前方路面出现一个硕大、浑圆的石球，一路顺风借势，在漫天烟尘中骨碌碌翻滚而来，不偏不倚，猛然撞在子离脚上停住了。狂风竟也毫无预兆地戛然而止，空气中依旧弥漫着呛人的黄土烟尘。

　　"饿哟……"那石球发出一声痛苦哀号。子离脚面吃疼，蹲下身子揉着痛脚嘶嘶地吸气，就在张嘴的瞬间吃进满嘴黄土，当下边呸呸连啐几口，边去查看那物。他勉强眯起眼，凝神细瞧，是个黄扑扑、灰蒙蒙、圆滚滚的大石球。分明是个死物，又怎么会哀号？子离取下腰带上拴着的一块麻布汗巾，想掸去那石球上的沙土，也好看个真切。

　　"别碰我！"石球竟开口了，喊道，"为何挡路？！"

　　子离被它气乐了，将头凑近些，道："是你碰伤我的脚，竟还赖人挡路。"

　　"竖子无理！踢伤了某的心，反来嗔怪。"

　　"这石头竟真会说话。"子离嘀咕着又凑近些看那怪石，又道，"石头哪里来的心？"

"尔真有眼无珠，什么石头，某乃号食兽。"

子离立即想到上古炎帝后裔的分支缙云氏曾有个不肖子孙，名号，任氏族首领之时极度贪婪奢侈，且性情冷酷，毫无体恤怜悯之心，苛待族人满足一己之私，连孤寡穷匮亦不放过，死后化为不知饱足的无心凶兽，谓饕。又传说轩辕黄帝大战蚩尤，蚩尤被斩，其首级落地化为饕兽，据说此兽极其贪吃，遇到什么便吃什么，须时刻进食，无食时竟会啃食自身，以致只剩下头颅巨嘴，没有身体当然不会有心。蚩尤是炎帝后裔的另一分支厉山氏，说起来两者还是族亲。无论如何，这两只凶兽都是没有心的。

"号食兽，是缙云氏还是厉山氏？"子离问它。

"算你有些见识，某乃战神苗姜族裔。"号食兽在子离脚下滚了两滚，有些得意，而后突然号叫起来，"将食汝，为何不惧？！"

子离难抵它突如其来的号叫，双手捂住耳朵，但依旧不怕它，笑道："轻声些，难怪叫作号食。你终日进食，什么都吃，可曾吃饱过？"

"饿，便进食。"号食兽怔了怔，问，"饱？饱是何意？"

"饱就是食之满足，便不再觉饿，怡乐安泰。"

"饿哟！"号食兽又号起来，"不管那些，反正你伤我心，便要拿心来赔。"

"既说是蚩尤同族之饕兽，如何有心？"子离轻笑一声，不想初来奚虚便遇到这无赖顽兽。

浑圆如硕石般的号食兽抖动几下，覆着在身的黄土沙砾纷纷落地，腾起阵阵尘烟。凶兽终于露出狰狞面目，两眼炯炯射出凶光，皱褶横叠的鼻梁凸出，两只黝黑的兽角自额前弯曲折于耳际。"饿——"号食兽巨嘴大张冲着子离发出吼声，硕大圆躯瞬间又胀大数倍，满口利齿如锯，长舌血红，涎水随着号叫声流挂滴落。子离被它口中发出的酸腐恶臭熏得险些窒息，忙撤身退后几步，这才发现，号食兽原是有身躯的，只不过头与嘴太过大，以致蹲踞时小小身躯蔽隐于头下，只露出脚爪，确似有头无身。再细看，此兽背两侧还生有一对灰黑多皱的无毛肉翅，随怒号声奋力扑打着以壮声色，看起来竟像是巨颅的双耳不住扑扇，反倒显出滑稽笨拙。它号道："某正自食风，与尔何干，却走来踢伤某心？还想赖账不成？"

"那么你想怎样？"子离暗自活动着依旧疼痛的脚踝，感觉还好，脑中盘

第十四章　浮光

算如何尽快脱身赶路，便问它。

号食兽听到这话显出高兴来，不再怒号。"饿！"它咧嘴流涎，说，"没听见吗？"

"什么？"子离有些摸不着头脑，问，"伤了不该疼吗？为何总喊饿？"

"饿，伤后更甚，尔须任某吞食以慰伤处。"号食兽说着话有些不耐烦，耸动着身子作势要跃起。

"等等！"子离此刻才觉出事态有些严重，这是被它讹上了，忙安抚道，"我可医你伤心，虚医段干且最擅治此伤！"

"勿用医！"号食兽声嘶力竭地号叫，越着急，声音却越显出无力，简直像个撒泼顽童，"伤了我的心，只须吞下你的心，便可不药自愈。"

"在吞我的心之前，你得回答我一个问题。"

"说，快说！"

"虚医段干且在哪里？"

"不知。"

"那么，浮光宫出逃的宫婢比妾，总听说过吧？"

"宫婢比妾？"号食兽迟疑着，终于道，"想问什么？"

"比妾在哪儿？"

"她已至浮光宫城，与她的随从一起。"号食兽喘着粗气号叫，"饿哟——"

随从？子离虽有些起疑，但终究是得到了确切消息，得想法子脱身。他问："饿是一种病，你可知晓？"抬头望向眼前硕大无朋的凶兽。

"饿，饿呀！"馋涎飞溅，号食兽呜咽起来，哀号道，"你为何不怕？话却忒多！"

子离心头一动，凶兽食人张口便可，哪用费这许多唇舌？这号食兽倒蹊跷甚，是怕人说话吗？当下又再上上下下、左左右右仔细将它打量一番。他终于笑起来，说："你吞噬的是自己的贪婪，吞食越多越生贪念，觉知多欲为苦，是以不能感知饱足，永觉饥饿难当。即如渴饮咸水，愈饮则愈增贪饮念想，令生贪恋欲心，而贪本无体，执境成迷。你确有伤心，但伤非因外力，而是来自你的贪执婪食欲望，食之愈饿，终日困执于饿念不能自拔，是以成伤！看你口大喉细身形瘦弱如斯，想来却是根本吃不进什么吧！怪道去食风吞土！贪欲炽焚，徒有吞天食地之心，却是吃得进吞不下，心有余而力不足，岂能不伤？现在，只怕将我的心掏出来放在你嘴边，也吞不进吧！你想吞食的只是贪生惧死的欲望而已。而遇到如我般无贪不怕者，你却是虚张声势，丝毫没有办法。似你这般顽兽，我只有怜悯，又怎么会怕呢？"

"你，你你你……"号食兽膨胀的巨颅突然间瘪了下去，最后缩成如拳头般大小，卧伏在子离脚下，可怜兮兮地仰头朝他咧开嘴嘶声低号，"饿哟！"

"饿，吃些土。"子离抓起地面沙土放在号食兽嘴边，看它张开大口欲吞，突然撤回手，说，"我将医你伤心的期盼注入此土，你且慢慢吃，莫再贪多。"

此时的号食兽变得颇为乖巧，果然频频点头并嘬尖了嘴巴。待到子离将掌心土放到它嘴边，那兽却猛地张开口，嘴巴陡然增大，想要连手带土吞掉。子离大惊，来不及收手，只好就势仆倒在地，头正顶中那兽的大嘴。却听见咔咔之声响过，号食兽痛苦地在地上翻滚，满口的尖牙利齿悉数掉落，转眼消融在尘土间。

"唉，孽畜冥顽！"子离无奈叹息，坐起身查看怀中古琴，丝弦琤琤而动，手抚之处曲声自流。号食兽停止哀号，瘪着嘴听得出神。曲终时，号食兽吸了吸凸鼻，瓮声瓮气道："吃土！"

子离复取土递过去，喝道："若再贪馋，绝不饶你！"号食兽经他一喝，登时将面孔缩皱在一处，哼哼唧唧告饶不迭。子离将土递过去，它伸出舌头来轻舔："哦，好香！"不由嘴再张大。子离缩回手，号食兽慌忙扑扇一对肉翅自打脸颊，说："吃，慢慢吃，不吞。"

子离看着它慢慢吃，轻轻咽，问："饱了吗？"

"饱？"号食兽停了吃，眼睛眨巴着想了片刻，突然哈哈大笑，而后竟笑着翻跃腾跳满地打滚。待到停住，喘息良久，他才看向子离道："饱了。"

"还伤心吗？"

"不觉饿便不伤心。"

"那好。"子离收琴起身，说，"我也该走了。"

号食兽骨碌碌跟在他脚边向前挪动。子离说："你不必跟着，只要往后细嚼慢咽，不生贪食吞噬之心，便不会总觉饿！"号食兽一声不吭，只不肯停步。子离只好蹲身将它捧起来，问："为何跟着我？"

第十四章　浮光

"受惠当报。"号食兽一双亮晶晶的大眼里闪现出真诚,"奚虚通路变幻莫测,一路之上多有歧岔,可知如何择路前行?再有,初入奚虚者,可知去往浮光城须经过几多部族疆界?可知须有各部族族首施以虚节方可通行?我吞进那些贪欲的同时,连同诸般识知也一并受用,是以无所不知。号食兽非只知吃,还可识途引路!"

"虚节?奚虚之地也用签发符节通行?可我并未持节,如何是好?"子离不由起急,心道此处看似怪异,与元虚大相径庭,所遇种种却又总令人想起与它的诸般类同。

"实非你说的那种蠢笨物什,只是族首大人首肯放过通行的一个念想而已。"号食兽咧开大嘴笑起来,随即收起笑正色道,"念想,莫要觉得可有可无,若无此念,便寻不着去往浮光的通路。"

子离当下点头表示相信它的说法,道:"收了你这头顽兽,以后就叫你'不吞'可好?亦是为着时时提醒勿得再起贪食欲念!"

"好哦!"号食兽发出声惊喜的欢呼,"不吞,不吞,不吞……"口中念念不迭,扑扇起肩背处双翅,跌跌撞撞翻滚着往头前去了。

"混沌既开,天地所分,虚居其间……其间……其间……"

"仰天共处,俯地羁存,构虚以执。"段干且毫不犹豫地回答浮光城门吏开明兽的询问,"东之苍穹,云气所载,六合尘外,四海离泮,有云渚虚洲。谓奚虚……奚虚……奚虚……虚……"

"日月以司照,星辰以归经,四时以之记,太阴以为要。执欲所生,阴阳不测,其物异形,或夭或寿,以智论之,以决断之,无在而无不在。唯净心者能通其道。"

朗朗答对之声在虚空云气间相互碰撞着长久回荡。化身比妾的段干且站在浮光城城门处,与开明兽斗智斗勇。

开明兽九头齐动,看向他身后背着药袋的惊夫。

"汝系何人?来此何为?"

"快答来此求见主君大人!"段干且提醒惊夫。谁知惊夫不慌不忙地向开明兽道:"某乃惊夫,浮光宫内卫官是也!此来为押送这出逃宫婢回宫复命。"

厚重的巨大山石城门豁然洞开。开明兽九首低垂，说："大人请进……请进……进……进……进……"

二人进入城门，沿着直通浮光宫城的长街慢行。此时已是黄昏时分，店铺纷纷燃起脂火，星星点点摇曳生辉。街边行人疏落，衣着粗简，时有担柴推车者从街中缓步穿过，亦可见到牛拉轺车隆隆而行。店铺前有人正行交易。云贝是奚虚的通行货币，当然无贝也不打紧，可以物易物换取所需。没有讲价执物的争声，买卖双方在轻声简短问价后默然完成交易。

"原来你是为押送我回宫才跟着我的！"段干且看了看走在身边的彪形大汉。

"不如此回答，如何顺利进得门来！"惊夫的大嗓门以及魁梧身形引得街边几个行人侧目。

段干且偏过头，问："那你到底为何跟着我？"

"是为保护你。"惊夫如实回答，收声压低音调说，"有人要我护你周全。"

"谁？"

"不可说。"

"不说我如何谢他？"

"不必谢。"

"向来惯于施惠于人，我却最不喜受惠欠债之类。"

"他们是何目的，我却并不知晓，是以大可不必觉得有甚亏欠。"

"他们？"段干且脑中立即出现两个人影，但还需要再确认一下，便道，"你的意思是说……"

"我可什么也没说，当然并没什么意思！"惊夫立即意识到失言，不由自主地飞快向左右看了看，似乎"他们"随时会出现。

段干且因而认定了"他们"。可令他不解的是，为什么是保护？"我并不需要保护，"他瞟了眼惊夫，自惊夫表情得到确切答案，便微微一笑，说，"是以你大可不必再跟着我。与他们说，别再鬼鬼祟祟躲在暗处，有什么招数尽管使出来吧，比妾奉陪。"

"哈，听到了吗，弗恭？"一个声音说。

第十四章　浮光

"听起来像是挑战，对吗，刁庐？"另一声音问，"希望我没听错。"

"没错，但咱们的好心被曲解了。"

"刁庐，想开些！好心未必会有好报。"

"幸而咱们并没许多好心。"

"可曾听说，二郎神君的哮天犬前些时日私逃闹事，路过的吕岩碰到了，出手将犬收降于画中。他因担心哮天犬困化为齑粉，便心生怜悯放其出来，结果反被咬了一口，差点儿失了性命。刁庐，似这般，你说这吕氏以后会收起他的好心吗？"

"我若是这吕岩，便去找那神君讨要说法，他豢犬不加管束，令其惹祸生事，自该承担因果，神君当不欺人。"

"我却在想，这吕氏多事，既有犬主，何须他来逞强？咬也白咬，神君自不理会。"

"那么，该怪这哮天恶犬，不好好听命于主人，却要偷逃出去惹是生非，实本该杀。"

"吕岩管束此犬并无错处，收而再放却是为何？既是出手，便该自担后果。"

"你是说，被咬也是活该，弗恭？"

"我只想劝你，施出的好心，别指望得甚回报，刁庐。"

"别以为我什么都不懂，弗恭。她若真是不知好歹，我……我……"

"别想，主上大人有严令……"两个声音渐渐远去。

段干且似乎觉察周围有什么动静，停下脚步侧耳细听。惊夫则跟紧他，面露委屈之色，说："沧泽救命之恩无以为报，惊夫甘做随从，与他们无干。"

"嘘！"段干且止住他说话，站定细听。惊夫愕然问："怎么？"

"没什么，只是风声！"他若无其事地继续走，在一家盐杂铺前停住，低头看店家陈置摊上的货品。突然不远处有嘈杂声传来，这种声音在静街上显得突兀，引得不少人聚上前去。段干且与惊夫便随着街上行人往那声音来处去。

菽饼摊前，一个身着素麻深衣的中年男子，手拿着一张炕饼，正与摊主争执推扯着。摊主是个黄焦皮色的精壮汉子，此刻用满是菽粉的手推男子递来的饼。可能是因为太着急，摊主梗着脖子张口结舌，只说出一串"不……不，不……"。那素麻深衣男子清瘦白皙，眼窝深陷，一双眼睛黑白分明，极富神采，口中喋喋不休地反复向摊主解释原委。

原来，男子昨夜里做了个梦，梦中他远途劳顿，腹饥难耐，正路过这家饼摊，摊头案上刚出炉的菽饼正冒着热气，香气袭人，可摊前并无主家，周围空无一人。男子喊了半晌无人应声，实是耐不住饿，便取了个饼吃，待到吃完，翻遍全身却找不出一个贝钱，便将脚上草鞋脱下权作换易。早上醒来后他却见草鞋仍在床前摆着，那刚才在梦里岂非白吃了人家一张饼？虽说是个梦，但他觉得内心深处自利自惠的私心没有根除。男子越想越觉惭愧，便找到菽饼摊，买下一个饼要还给摊主。

摊主认得他是当地隐居的廉士行季，听了赎梦的说辞，只当是个笑话，哪里肯受？两人争来争去没个结果。这行季索性将饼丢在摊案上，掉头便走。摊主抓起饼来追着跑了几步，终究恋着摊上买卖，只得住脚看着他走远，摇头嘟囔道："可……可……可不能……能……教他毁……毁了我修行！"原来这摊主是个结巴。

摊主回到泥炉前，将手里的那块饼用木钩钩了挑挂在摊前，又取麻布就着炉膛里的炭黑，写上"行季之饼"悬于饼下。自家看着很是满意，松开锁成疙瘩的眉头，脸上绽开笑纹，朝行季走的方向喊："看……看……看看你的饼！今……今……今夜梦里记得来取！"

摊前围观众人齐齐哄笑起来。

"季子廉洁啊，竟连梦境亦不忘律正己行。"人丛中有个声音赞叹。

"哼！"冷笑发自一个身着华服的佀傥士子，他看了眼站在旁边赞好的汉子，面露鄙夷之色，说，"欺世盗名罢了，比贼偷好不到哪里去。"

"此人竟是季子先生吗？"段干且喃喃叹道。"正是，虽具廉之盛名，此间知他识他的人却是不多。甚为可叹哪！"身边有人答话，随后也跟着发出一声叹息。

这位行季先生在元虚确是享有鼎鼎盛名的廉直名士。他出身于滑国行氏大族，饱学多才，极具贤名。后滑国被楚国吞并灭了国。楚国国君慕名请他出任大夫，行季坚辞不就，连夜出逃，在荒僻乡野自耕自食。楚君派人找到他，几

第十四章 浮光

番游说其入朝为官，季子却认为楚国国君心意不诚，邀他不过是图重贤求士的声名，便再逃进深山。乡人慕名拜在他门下受教，于是季子劳作之余讲学授徒，著书立说，声望空前。不过，如此清心寡欲、严苛自律的人，怎么会囿陷贪执奚虚呢？

段干且转头看那接口答问的人，只见是个身穿短褐的持杖老者，心道："此老看着是无识庶民的平常打扮，说出话来却是不俗！"便笑道："老丈请了，如此盛名，却还是有人说他欺世盗名。"

"唉，"老者摇头再叹，说，"盛名出自众人之口，正所谓众口难一，焉能有完人？有人赞，必有人鄙。有人欣赏他品行高洁，亦有人贬损他沽名钓誉；有人褒其廉直风骨，亦有人嗤他迂痴执固；有人对他不畏权贵避世隐居之举极为推崇，也有人以为空有满腹经纶却无益于国民，有损士之学问。"老者一捋苍白胡须，露出无可奈何的微笑。

旁边的惊夫这时候突然轻嗤一声，说："照我看来，这季子便是个蠢夫，简直迂腐至极！"他瞥了眼挂在食摊前的那块饼，语气带有愤愤之意，说，"早前，行季之兄曾是食禄万钟的滑国权贵，趋势攀附者甚众。行季见到有人上门送兄活禽，便皱起眉头说：'要这嘎嘎叫的东西做什么？'隔日，庖人杀了这只禽，他正吃着，季兄见到便嘲他：'那无用嘎嘎叫的肉好吃吗？'行季立即变了颜色，跑出去将吃下肚里的肉全吐了出来。"惊夫说到此，哈哈笑起来，也不看段干且与老者，自顾自地说道，"可笑，真是可笑！他以为兄之禄米不义而不肯食，兄之庭院屋舍是不义之室不愿居，便执意住去乡间。兄长的房屋不住，在乡野间就不住房屋吗？乡间禽肉吃得，而兄长家的禽肉吃了却要往外吐，还不是因为他自以为吃贿肉、住禄舍有损自家所谓廉洁声名？说到底是为自己的私心。这种人难道不是自欺且欺世吗？"

老者却摇摇头，看着惊夫正色道："他只是有重廉的洁癖，实乃可怜之人。"

惊夫指着那行季之饼，情绪依旧激动，道："如果想像季子那样坚守操行，恐怕只有变为食土的蚯蚓方可。他吃的黍不知何人所种，住的屋不知何人所建，若非良人种植、建造，难道就不吃不住吗？吃食与房屋本身有何不洁？禽只是禽而已，屋换到何地依旧是屋，有屋舍不住，吃进的禽肉却要吐掉，实乃是一种浪费。难道换了地方，吃住便廉洁了？"

"他亲织草鞋纺麻线易换而得，是可以安心享受的，而贿禽奢屋非他应得，是以不受。"老者答道。

"要我看，此人就是个实心葫芦，盛不得酒水，装不得齑末，却有何用？"惊夫说着话，脸上原有的讥诮神色竟然变得戚然，声音也低沉下去，喃喃自语般说道，"人活在世，难不成独他一个清流？孰是孰非，孰对孰错，终自会有个了断。"

段干且觉出惊夫异样，问："你这是怎么了？"惊夫像是被唤醒似的，恢复了常态，说道："哦哦，只是忆起位故交，与这季子太过相像，迂直顽固，简直无可救药！不提不提！"说罢，不容人继续探问，转过头来问那老者，"如行季这般清心寡欲，岂非来错了咱的奚虚？"

"季子也难免会有欲望吧！"段干且说，"只不过，以其见识，不该为妄欲所累才是。"

"欲，自思而有之，谁人能外？只要适度与节制，并无不妥。可惜季子讲求极致无欲、绝对廉洁，全不考虑身处之世的实情，进退失据便也不奇怪了。如此执拗贪净，是以不能脱离苦执。"老者摇着头又连叹两声，"可惜，可惜！"

段干且点点头，接口说："在元虚，因欲炽而生贪执，是以诸侯纷争，战乱不绝，黎庶穷窘不堪，无法安居乐业。而廉洁寡欲也并非为守着清贫穷酸，应是见得思义，非道义必不受，是以季子不食贿禽无甚错处。有智识才干而不肯为国为民入仕佐政，恐怕是他认为没遇到有德明君吧。因循道义则如舜受尧禅让天下，全不过分。当受而不受，大谬矣。此种非为廉洁，而是固执的酸腐。今日见季子退饼，便觉得，说他沽名钓誉亦无错处！"

"对，对！"惊夫大为赞同，又低声嘀咕道，"可惜我无此等见识，没法子说与那家伙听！"

"说与谁听？"老者听个正着，接口便问。

"一个兄弟。"惊夫语气一顿，又改口道，"道不同，不相为谋，还是称作故旧妥当些！"说罢，像是怕人再问，迈开大步走到头里去了。

前面已经能够见到浮光宫的高阔宫门。

浮光宫是浮光城中主君大人的宫殿区域。人们在奚虚之外说"浮光"，便

第十四章　浮光

代指整座城池；而在奚虚城中说"浮光"，那便是讲主君的宫室了。奚虚的浮光城近看时，与普通城池并无不同。金黄色的高大宫墙尽显威仪，暗绿色的殿顶屋瓦布满苍苔，只是连绵的宫殿群落闪烁着扑朔迷离的灿灿幽光，在无限苍凉清冷中透出神秘莫测的华贵之感。城墙中央大门紧闭，高大深邃的门洞外站着一排银装着甲的守卫门卒，手中的亮银斧钺显得庄重肃穆。见有人走近，为首一甲士沉声喝道："宫禁要地，来者何人？"

老者忙向甲士抱杖抬手行礼，又与段干且二人相揖告辞，惶惶地走远了。惊夫上前几步，向那守卫亮出一支黑色令箭，说："惊夫带比妾来向主上大人复命。"

甲士看了眼令箭便肃然退后，身侧守卒们轧轧推开厚重的宫城大门，两人便向宫门内走去。这时候，那个守门甲士回头向身后一年轻门卒略偏了偏头，那名年轻门卒垂首称喏，向宫门西侧偏院疾步走去。

浮光宫内殿舍巍峨，金碧辉煌。宽阔的正殿广场，地面皆铺着巨大的白玉方砖，两侧排列着九只象征君权的巨大金鼎，鼎耳上不时有嬉禽飞旋。鼎间大道的尽头，九级白玉台阶之上便是正殿，殿门大开，依稀可见殿中巨大的金色高座在金基朱身的殿柱的映衬下越发显出威仪赫赫。大殿东侧偏殿里时有器乐声传来。几株合抱大槐冠如茂盖，将月影星辉都遮蔽，殿门便掩在树影之中。

浮光宫偏殿正堂里间，是一座帷幔轻垂的精致狭长窄厅，木牍与竹简置于架阁四围，乌木剑架中立，六具沉重的青铜枝灯撑张着十二架枝形烛盏，将满厅照得通亮。中间隔着一道玄丝细纱，玄纱内烛影绰绰，并无一人，只一座华贵的描金雕浅草纹短榻斜向里放着，榻脚压着整张细纹兽皮。纱外正座案前，有两张对放的几案，上面摆着鼎爵酒肉，席前未坐一人，看起来是虚席等待着贵客。座案西侧下首，两个乐人正自调弄乐器。而简架前正背身立着一人，发佩墨冠，锦缎深衣，乌袍及地，身材清瘦羸弱。他仰头在架上寻找着什么，不时翻看简衣绳头的木简，终于，手在一卷处停住，抽出那卷书表仔细看了看，将书简取出凑近烛光，小心解开绳结，将内中书卷拿出来在案前榻席上摊开。他匍匐在榻，躬身静静看了片刻，突然啪地举掌拍在座席上，撇下竹简起身走到院中。他背着烛光立于廊下台阶上，面目模糊不清。只见他抬头看天，碧空如洗，残月将隐，硕大而孤独的启明星已经在鱼肚白色的天际闪烁其华。他抽出腰间剑正要练，却见内卫总管、他的近随寺人冒尤匆匆进入偏院月门，在门口处停下，高声禀道："主上大人，宫婢已然入城！"

"速去安置！"他说罢，收剑转身进入偏厅，就在烛光接触到他的瞬间，那张童颜骤然隐去，取而代之的是奚虚主君玄臾的苍老容貌。

垂首恭立的寺人冒尤此刻得着主君之令，应了声"喏"，急匆匆去了。

第十五章 大言

报时声响起，已是鸡鸣时分，玄弇又是一夜未眠。

奚虚一年只是元虚的一天而已，但奚虚的一昼夜竟同样为十二个时辰，计时与元虚分毫不差。子时起为夜半时分，鸡鸣为丑时，平旦为黎明寅时，朝阳初升为卯时，朝食为辰时，日上半天为巳时，日中午时，日偏西为未时，哺饭为申时，日落西山为酉时，初夜戌时，人定亥时。在此十二时辰之中，最重当在卯时。举凡宫室、官署、军营，一日劳作都自卯时开始。街间坊市亦自卯时首刻点查人头，谓之点卯。主君在黎明寅时便须起身，做好一切准备，然后上朝聚议政事，朝堂政事料理妥定，方得用朝食。玄弇自接掌奚虚任主君之职，宵衣旰食，勤政笃行，颁令宣称十二时辰中随时可以觐见，入睡亦可唤醒。仅凭这一点，便广受臣属子民称道爱戴。

奚虚弭空族众，系由元虚俗世之人的贪执妄念生化而成。初来者并不能马上被接纳为族人，故被称作"污蚀"，须经教化，消弭其私欲无餍的执贪妄念，再过是非瀑激流检验，方可分入各部，成为弭空族人，继续自我持修。教化无效不能顺利通过验身的是"浊束"，俱被发往是非瀑下接受是非流锤暴击，直至省。有些不能耐受的浊束，便自坠瀑底谎潭，被潭中魔怪吞噬。

按说，族民受到教化，消减欲执妄念，收敛六欲七情，崇尚极致简朴生活，本该清静无为，淡泊省修，力图明意、正心、立身、行己无所欠缺，提升操行，早日出离浮困。可弭空族众度日如年，在欲执妄念间苦苦挣扎，少有超脱之人。

弭空族人亦分等次阶层。族众之中，除去在职为官的公族根据所任享有年俸食禄，其他白身庶众都没有私产，所有族民共享资物财货。弭空族人分为内城人与外城人。内城人是居于浮光城的匠人、商贾及农人。在这些人中，以匠人地位为高，普通匠人被尊为"匠工"，仅可为公室权贵施技，技艺高超者拜为宫中匠师，备受尊崇。商人则分行商与坐贾，均为公业，所得须尽数上缴府库。农人有隶农与普通农人：隶农服务于城中公族，几与外城私奴无差；普通农人则种植共地，收粮缴库后再领取自吃口粮。外城人则是专指居于招摇山的各部族人口，都是地道族奴，只受命效忠于本族族首大人。

自奚虚太皋主君始，招摇山各部受封，统辖领地，形成大大小小二百三十个部族，各部自掌军政权力，虽然部族族首都宣称效忠服从于奚虚主君之命，定期向主君纳贡述职，并在需要时出军赋与兵役，但实际自成一体，独控一方。

第十五章 大言

玄奌主君已接掌奚虚百十个奚虚年。他一改之前奚虚旧制，不仅将各部族首领自定继任改由主君任命，就连在任首领也由往昔的在世在任，改为主君按众臣民之意选而任之。也就是说，有能力的族奴也有可能就任族首。这便与内城平庶族人同样享有各种权利。政令颁布，外城奚奴欢呼雀跃，奔走相告。

各部族首领自然是强烈不满，几番伙聚于浮光宫静坐抗议。玄奌则早有准备，当庭加封族首们爵位，扩展其领地，额外又赏赐大批奴役、贝金。与此同时，内城公族授意城邑族众举行声势浩大的支持新法的声援集会，令族首们开不得恢复旧制的口。危机得以平息。毕竟奚虚举境安定，寡欲不争早成定习。众族首自有打算，执掌部族劳心劳力，并无更多好处，难免会有懈怠。新制之下，族众隶奴个个成了督政的城民，族首日子想来不会好过，索性大度些，退而让权，不执掌地方便不必担责，更何况做不成族首，亦可享有公族邑俸，不出力也有大片私田奴役供养，乐得逍遥快活。

只有防风部族例外。防风部族向来并无等第之差，族中事务均由众掌事议定，族人同而待之，上自族首，下至白身族人，都分派劳役，按劳取需。族首由族众举定，和乐安宁。而主君改新制并未与各族首商议，以致防风族对主君越权干预部族内务极为不满。经族内掌事反复商议，最终做出艰难决定，率族众揭竿反抗。当然不是争战夺权，而是举族迁离招摇山封地，宁愿化身蝼蚁避居于黯匿，维系之前自给自足的简单生活。玄奌对于治下反骨行径甚为恼火，囿于奚虚历任主君无为教化之规，不得不由着防风族去。不过他派去的暗探行人随时会传回各种消息，他依旧把控着大局。

下一步，玄奌要将各部分封之地收归虚库，而部族首领们会有怎样的反应不言自明。他得精心策动，徐徐图之，稍有不慎便极有可能导致虚境产生巨大动荡。玄奌殚精竭虑计划着封地的变革，谁知天现蚀日恶象，令他深感不安。

元虚战乱纷争日益严重，诸侯间攻伐频仍，争战不休，因而带累奚虚举境不宁，乱象频出。清水、长舌、安邑及平、安二郡莫名其妙地发生了大小不同的内乱，一时间令主君玄奌无暇过问逃离的那个宫婢。派出追踪的两名得力拘手却屡屡出错，非但劳而无功，竟然还由她逃去了元虚。

元虚——与奚境隔绝所在！脱离掌控的感觉十分不妙，确实令人着恼。

玄奌忧心日甚，竟致郁郁成疾，卧病在榻一月未起。宫医虚医巫占屡诊无功，日御星师醮禳不效。臣属们更是如热锅蚂蚁一般，渐竟出现"主君时不久矣"这样的言论。虚治属所全沉浸在惶然落寞的气息之中。浮光城仿佛受到感染，少了往昔的热闹，透出些萧瑟落寞的气息。行人见面依旧客套招呼，但面上少了笑容，竟然连街巷间的隆隆车声也显出沉闷意味。诸多不顺，加之身弱体乏，玄臾不由联想到前不久的蚀日天象，暗自心惊，莫非真是上天不满，才会生出种种事端？要说，这心病还须得心药来医！接到比妾藏身黯匿的阴书，玄臾强撑病体，劳师动众亲寻宫婢，听到她亲口许诺回宫，玄臾方始宽心。说来也怪，回宫之后，他身上的各种症状见轻，不两日便已恢复如初，精神大振。

今夜，宫婢比妾守诺而返，回到了浮光城。玄臾主君非但不责罚她，反倒亲自关照安排酒宴迎接。一个出逃归来的宫婢，这太反常，确令人难揣上意。寺人冒尤犹豫权衡再三，将酒宴设于偏殿偏厅，且无宴乐，但主上大人听此安排后，眼中闪过一丝不悦。冒尤忙伏地告罪，重新安排，酌定乐人琴、瑟二声。越矩是必然的，但好在尚算不得僭礼。这个时辰，安排这样的怪异饮宴，他不能问主上大人，只好竭尽所能，将影响控制在极小范围。这恐怕是冒尤任内廷主管以来所遇到的最大考验。

"不吞，浮光城很远吗？"

"不远不远，只消顺着这招摇山一路向东，穿过几个部族辖域疆界便是！"

"前方是招摇山吗？"

"却是不能尽见！招摇山一脉有千峰百岭相连。奚虚二百三十个弭空部族，除去浮光城所居，余他皆散居于山间清修。"

"是吗？可为何走了许久，并未见半个人影？"

"未见并非无有，当见则见。"

"听说奚虚奇兽异禽足多，为何也没看到半只？"

"什么？不吞乃号食兽，难道不足为奇？"

"不吞神兽，自非一般奇兽可比……"

"哼，此处距大言族的地界还有段脚程，怎就染受阿风之香？不听不听。"不吞立即打断子离的话。

"大言是何地？"

第十五章 大言

"这大言部族居于招摇山言诘峰云兑谷地，族众间最擅相互恭维，谄谀之风盛行。不吞虽常爱吞其香，其声却是半句也入不得耳朵。"

"鄙人俗眼凡识，将人言之兽认作神兽，怎能算作阿谀？"

"此言差矣。禽兽与人同语，便被认作个神禽神兽。常听人言道'禽兽不如'，说的又是甚？"

"这……这怎好相提并论？"

"确是辱没了吾辈兽类！奚虚向无等类之别，只看本领。即如汝助不吞脱执，不吞便甘心跟从，凭汝驱使。"

"呃，咱们最好还是换个话题……"

子离与号食兽不吞行走于莽莽大山之间。一人一兽，一路拌嘴，倒也并不觉累。

这是一条自山脚蜿蜒而上的泥石山道，道路两旁奇峰嵯峨，青绿葱茏，山腰以上隐没在清晨浓白色的山霭之中。虽是寂山野径，却是平整舒畅，路面没有硌脚砾石，似是经过人为夯打整饬般平滑。道边山溪淙淙流淌，夹流的草花丛中，虫蜂飞舞起落，吸露采蜜。抬头是满目参天古树，透过枝隙可见到淡青色天空时隐时现。山风掠过广袤密林，飒飒林涛之声即刻充盈弥散，掩去了所有声响。风息瞬间便更显出一片幽深静好，兽啸鸟鸣复缭绕于耳畔，飞瀑流溅的声音起伏于周遭，不时洒下阵阵水丝，却寻不见瀑泉鸟兽所在。

子离感受到前所未有的明净清幽之美，不由喃喃道："实乃人间胜境，与此前黄沙漫天的荒滩戈壁真是天壤之别。"不料话音方落，天空隆隆雷响，远处半山腰的云气陡然浓密，接着漫天细雨沙沙而下。"哈，此间并非汝之元虚人间，眼见景致不过凭心境生灭更替而已！真乃好雨，好雨……"前面的不吞转过身来冲子离笑着说罢，便发出声欢呼，旋转着身子骨碌碌顺雨中山径扑翅疾驱，短小四肢支撑着肥硕浑圆的大脑袋，远远看去像极了滚动着的泥团石丸。

突然，滚动正欢的那团"泥石"停住了，一动不动地伏在被雨点击起的泥泞中。它仰头向天嗅嗅鼻头，发出声尖厉呼号："香哇，饿哟——"紧接着连翻了两下，转过山壁不见了。

"不吞，慢些！"子离连忙唤它，脚下也紧步疾走跟上去。待绕过一道突出陡壁，只觉眼前一亮，前方豁然开朗，雨息天青，已置身于一片开阔谷地。号食兽蹲坐在谷口，一双大眼痴痴盯向远方，听见子离已到，便忙回头抬爪指着山脚处，呵呵笑道："好浓的食香气，定有美食！"随着话出口，一挂流涎顺嘴滴落。"真香真香，不吞想吃！"说话间接连在原地几个腾空翻转，发出急不可待的连声号叫。

"食香气？"子离吸了吸鼻子，只有泥与草的青涩味道。他又想，这号食兽以贪执妄欲为食，如此想来，附近定是有人了！他顺着号食兽所指方向放眼望去，远远起伏的群峰苍莽无垠，太阳自东边连绵群山间的凹处升起，煦暖的微风依旧带着潮湿的晨露与泥草混杂的香气，不远处的几洼静泊在朝阳的映射下闪闪发光。子离终于发现，就在那片光影之中，依稀有高低错落的草泥屋顶掩映在浓荫密树间，细细看时，似有袅袅炊烟升起。

终于有人烟了！

不吞再也等不得，身子一缩，作势便要向前滚动。

"所来何人？"冷不防半空炸开一句震耳欲聋的问话。

不吞吓了一跳，猛地收翅，四爪齐出刹住翻动的硕颅，抬头看时却并不见任何人，一时间怔住，不晓得该不该向前滚动。再待回头看，子离已到了身后，他便神气起来，咧开大嘴号道："谁在问话？某乃不吞，来此讨些吃食！"随话音又洒下几挂馋涎。子离俯身将号食兽抱起来，轻声斥它："客气点，尚不知此为何处，此间民情民风如何，怎好张口便与人讨要吃食？如你所言，有本事自去寻食。"

"此言甚善！尔等来我大言部有何贵干？"那说话之人竟是已经听见他们的对话。

"阿谀之味于谷口便可闻见，听来甚是刺耳聒噪。"不吞咽着口水在子离耳边轻声说。"讲究礼仪乃人之常态，怎会刺耳？"子离忙向声音来处长揖见礼，高声道，"荔人子离，欲往浮光城去，途经贵地，多有叨扰！"

"元虚人，竟是个元虚人！"随着这声轻唤，子离和不吞周围蓦然显露出许多身着白袍的人。他们盯住子离毫不避讳地上下打量，指指点点。这群人老老少少皆头戴高冠，都是广袖长衫的士人装束。山野僻居，理当多见些山民猎户的劳夫，怎么尽是些读书人？子离心中疑惑，他环顾这些士人，见个个风度

第十五章 大言

绰然，仪态不凡。只是，每双眼睛里都是毫不掩饰的倨傲与不屑。白袍们正上下打量着他窃窃低语，不知说些什么。子离垂首自顾，他是麻襦褐裤的仆役衣着，确不该行揖礼，便忙交臂抱手，再次向一众人施礼。白袍们依旧不还礼，交头接耳，继续自顾自议论着。子离于众目睽睽之下颇觉难堪，他拍肩叫不吞，号食兽一声不吭地扑翅落在他怀里，一对大眼扫视周围，不知受到什么刺激，鼻头猛地抽动几下，打了个大大的喷嚏，涎水飞沫齐出。周围人声一沉，白袍们纷纷避让。这时，人丛中走出一位四十来岁、高冠纤朱、器宇轩昂的中年男子，袍履穿戴十足气派。他大踏步走向子离，口中朗声笑道："想你刚来此地，是以见怪。奚虚各部因才聚居，大言部族皆为饱学之士，无甚奇处！"

"得罪了！不知高士如何称呼？"子离心中的疑问被人一语道破，不觉脸上发热，急忙拱手告罪。

"大言部处父是也！"中年男子手捋下颔的三绺长须答道。人丛中有个肥硕士人探头朝子离咧开厚嘴唇昂然道："夫子乃我大言族新任族首大人！"说罢，欠起腰身，低眉向族首大人连连鞠了几个躬，白胖脸上开出几朵笑花。

人堆里传出一阵应和之声。

"是是是……"

"应称族首大人……"

"好是好，此乃元虚外族之人，莫若称呼大人先生……"

"对对对，抑或可直呼大人……"

"对对，大人既简且妙，大人……"

子离扫视这群白袍腐士，不由暗自发笑。看来此地绝少有外人前来，以至于要在人前商定族首之尊称。

他听说过处父其人，姬姓，食邑在阳地，在元虚时曾任晋国大夫，去岁殁于国乱刺杀。坊间盛传此人刚愎张扬，虽因能言善辩而受到晋国两任国君重用，但因恣意偏私干政、处事傲诞、咄咄逼人而屡树政敌，终致招来杀身之祸。有传闻说他曾于出使归国途中收下一位有识隐士作为随从，却不想没几天，隐士便弃他而去。这隐士因见其高谈阔论、举止不凡而心生敬慕，又得知其为晋国大夫，便辞别妻儿执意跟从。一路上处父口若悬河，滔滔不绝，而隐士却很快发现他说话浮夸，举止造作，虽是大张其词，所谈内容却空泛无经，且绝不容人置疑，态度倨傲。隐士觉得这样的人言行张扬，风头出尽，却缺乏稳重机变、胸有城府的内敛才智，而且如此骄横，徒有其表，只会树敌招祸，绝难善终，于是放弃跟从。果然，时隔不久处父便被斩杀于市。

这位阳子在元虚诸侯国间声名虽广，却并非美名。

奚虚既是静修己行、消除执妄之所在，却为何如此声名不佳之流，竟然能就任部族首领？子离心中困惑，不免多看面前之人几眼。但见他束发高冠，身着一袭绛赤袍服，腰封缀金绣银，缚鹿皮缟带悬剑佩玉，站在一丛白袍士人中间，尤为凸显其身姿挺拔潇洒，仪表气度不凡，确是本尊无疑。子离站定原处未动，挺直腰板，只抱手略略揖过，淡然道："子离何幸，竟然在此地得见上大夫！"

"噢？"族首挑起眉头仔细看了看子离，对他的冷淡态度并不介意，微笑着问，"汝何以识得本首？"

"上大夫之名，恐怕是无人不晓。"

"过奖了，大夫乃为元虚旧职，不提也罢。"族首竟丝毫不介意子离揶揄，颇为受用地纵声大笑。

围聚的白袍们也随之发出呵呵嘻嘻的谄笑声。处父心情不错，笑罢，抬手指了指子离怀中微眯起眼正打盹儿的号食兽，道："适才听你这……小友嚷嚷腹饥，便请移步鄙族府舍暂坐，简炊粗食，莫要见弃。"子离听他提及方才想起，自来奚虚，竟从未感觉到饿，而号食兽吞贪噬欲，并不需用寻常吃食，加之他对这个大言部的白袍士人们摧眉折腰的风习颇为不屑，只想加紧赶路，便转动心思欲托词婉拒。不料族首能洞悉他的想法，沉声说道："莫得推辞，正是有不吞小兽所需之食，去过便知！"

"在下尚有要事……"

"是去浮光城？须待辩战之后放汝等前行。"

"如此，在下只好恭敬不如从命！"

不吞早就不耐烦他们的啰唆，闭紧大嘴不时吞咽着乱涌的馋涎，此刻听说要招待吃食，顿时来了精神，当下转动眼珠扑扇肩头双翅，一个腾跃挣出子离怀抱，在地面欢脱翻滚，口中念念："不吞腹饥，腹饥，腹饥……不吞听话不吞，只吃不吞……"

第十五章 大言

众白袍全都笑起来。有族首大人相请,众人纷纷侧身礼让。子离左右推托不过,只得微欠半步,跟随族首向前走。他低头再去看弓食兽,却见它早已挥动无毛肉翅摇晃着大脑袋蹿出老远了。

"敢问族首,方才说到大言部举族皆士,饱学善读,那么平日里的洒扫生计又当何人操持?"

"怎么?"大言族首笑起来,说,"士人便只能读书著文吗?"

子离闻言一惊,心忖,难道士人还有其他事可做吗?但此话不便说出口,只好尴尬一笑,说:"子离以为,士者,劳心也,与寻常那些个不识字的蛮汉力夫自是不同。"

"然也。"族首说道,稍停顿,紧接着又说,"亦不尽然!以元虚之境而论,此言自是不差的。但在奚虚,不单我大言部,余他部族俗众来此只为静心修持,自正己行。此方士子,读书之余农猎渔工诸务皆修,全能自足。当然,也可去集上售卖交易,以全所需。"

二人说话间,突闻阵阵悠扬的歌声:

> 横枋当户,以安栖迟。溪之汤汤,以为乐饥。
> 食鱼在渔,其必河鲤?蓬鲜且作,其必丰醯?
> 食鱼在渔,其必河鲂?颂书尚声,其必德音?
> ……

就在前面不远处,有个临溪蓬户,柴门前,一个身着素白深衣、手持书简的读书人席地而坐,正面对家门前的湍湍溪流且吟且歌。在他身侧,一支长长的钓竿斜插在溪边淤泥里,在等鱼上钩,近旁草丛内有个竹篓,看起来尚未有渔获。

这素衣士人见族众们踱到近前,方才有些不情愿似的放下手中书简,起身向族首行揖礼,讷讷道:"族首大人能路过寒舍,实乃在下之幸。"

"欢呀,何必如此拘礼?听歌便知汝又思故,多思则劳,该当适止之!"

"是,欢资质鲁钝,久修不静,是以难有精进!"

"忘却精进,便得精进了!"

子离在旁听到这句话，竟如醍醐灌顶一般，脑中闪过安邑蚁族老寺人长乎所言忘却回元虚，便得回元虚，当下怔怔问道："却是如何才得忘却？"

"修持之忘，说来容易，实则难甚。忘物怡心，忘情怡性，忘境怡神，忘色怡精，忘我怡虚，无所不忘则无所不得！"族首喟然慨叹，头微仰起看向远处群山，像是说与二人听，更似说与自己听。身后则又响起随众的一片交口赞赏之声。

"谨聆师之教诲！可是，欢早已厌弃朝堂终日里的尔虞我诈党争派斗，还有那看似无穷无尽的争霸征战，目下终可远离纷争，学生甘愿守此粗食淡饭清贫度日。只一间柴门陋室可避雨栖身，更有一汪清浅溪流，每日里垂渔观景，虽腹饥，亦以为乐也！"

"自欺甚矣！不求闻达，何来上进之力？腹饥难耐，哪能生出观景闲情？甘守清贫，又何必苦读书简手不释卷？我大言部众士论辩争鸣，非为博获声名，更不为争辩高下，实为开智增识，精进修为。"

"方说忘却精进，却又为何要参论争声以求精进？"

"此言大谬矣！忘却精进，无非放下贪执精进之念，怎可不为精进之事？不为，何以精进？"

子离听这位叫作欢的士子尊处父为师，想阳子元虚生平，只晋襄公曾拜其为师，并尊其为太傅。莫非面前这素衣士人竟是"显显令德，宜民宜人，受禄于天"的晋国先君？可看他二人说话态度全不合君臣仪礼，不由又暗自疑惑不已。

远处，号食兽不吞因见他们又停下不走，急得嘶咻扑翅跳脚，不住声地号叫催促。子离慌忙示意它噤声。

"不吞莫急！"族首朝号食兽轻唤，又低头轻声嘱咐身边一个少年。那少年躬身应诺，领着不吞先去了。"好了，今日诘声殿，为师亲自候辩！"族首说罢，也不等士欢答应，便引众人向前去了。子离回头看欢，只见他若有所思地呆立在原处，一旁钓线频频颤动。有鱼上钩！欢却毫无反应。

"敢问族首，这位贤士，是否晋国故君……？"

"正是姬欢！"

"襄公素具圣名，善纳诤言，却为何会如此……？"

第十五章 大言

"寒碜？"族首接口道，"能够到得此间，终因有变。只不过有些在表，有些在里，有些在表不在里，有些在里不在表，有些则表里皆变。一切尽在其念念之间。"

元虚国君与奚虚寒士竟然是同一人，孑离心中暗自喟叹着不可思议。

段干且与惊夫被老寺人拦住时，一点也不惊讶，直到请他登上六尺车盖的华贵辂车，方始觉出有异。

他问那老寺人，老寺人只躬身施礼，不答一言。

没法子，段干且上车。老寺人又示意惊夫上车，惊夫满面狐疑地坐进车内，车身随即猛地一沉。

辂车驶驰，车厢内一团漆黑，内辅卷帷却是揭不动，被从厢板外扣死了。

二人心中不免狐疑，却都不说话，坐在车里随车摇晃。只觉七拐八弯，听到一阵轰隆隆吊桥声响过，辂车轧然驶过，又沙沙驶过一段沙石路面，终于停在一所殿院前。下车后，老寺人屏退驭人车马，向段干且揖礼，说："请在此候传！"便退了出去。

段干且与惊夫对视无言，既来之，则安之，唯有坐等。他已横下心将自己置身险境，做好迎接一切责难与处罚的准备，只为探知浮光宫城内的真相。

这是一所庭院，院子不大，植满开红花的奇异无叶矮树。院外高耸的围壁足有四尺，以玄石砌就，墙面满布雉堞掩缺，垛口并无旗号。墙洞下一对青铜门扇紧闭，越过墙头，依稀可见殿舍内的炬烛灯火。顺着廊桥走过一片柏树林，他们进入正殿。此处没有卫士，没有仆役宫人，寂静肃然。

奚虚浮光宫不断变幻，共有多少座殿舍没人说得清。饶是段干且自幼在宫内长大，也要借助罗盘指引方向才不致迷路。他掐指细辨所在方位，边走边四下打量着，终于在心中确定了身在何处，不由心头大颤。此处太过熟悉，只是方才进门庭院与花草不知自四虚间何处挪移而来，而内院中的殿舍大都差不多，无从辨别。待看到廊外后庭的那座黑塔，他觉得周身起了层鸡皮疙瘩，暗道："是息堡！他猛地转身，再看近门处，内外夹墙间两座巨大的铜顶在黑暗中泛着幽幽蓝光，那正是息堡阙楼的楼顶。

"息堡！"惊夫在旁低声慨叹。

段干且一动不动地仰头注视着塔顶的摇曳烛火，缓缓地说："没错，可主上大人为什么要把我们安置在息堡？"

身侧惊夫没搭腔。为了缓解几乎令人窒息的压抑气氛，他故作轻松地笑道："难道是想把小女子镇于黑塔之下？"

惊夫无声无息。

"惊夫？"

待段干且回头时，身后却空无一人，只留下药袋孤零零摊在地上。

有个粗声粗气的声音响起，夹杂着强压怒意的恼愤："惊夫说过服从咱们的安排，当着面唾手的定约。"慢条斯理的声音从另一侧传来："看来是咱们落伍了，刁庐。"

在伸手不见五指的黑暗中，刁庐继续着话题："他把那婢子直接带去见主上大人，越过你我二人，是什么意思，弗恭？"

"他的意思不重要，重要的是他没能依约行事，刁庐。"

"嗯，这是个充足的理由。咱们可以认定，是这个愚夫自食其言，弗恭。我想说，背信弃义之徒绝不会有好下场。干吗非得效法所谓君子，费力与他兜圈子？干脆利落了断不好吗，弗恭？"

"君子不器，刁庐。"

"鸟！管那许多，结果都一样，弗恭。"

惊夫跌撞着奔跑在黑暗之中，不知身在何处。他甚至没时间搞清楚自己为什么要跑，脚便下意识地开始狂奔。多年刺客生涯练就的敏锐直觉告诉他，周围有杀气，并且他越来越清晰地感受到杀气正如影随行。果然，刁庐的声音从头顶传来："说实话，在奚虚能要咱们亲自动手了结，他该认作这是一种荣幸。"

惊夫的步履渐渐沉重，庞大身躯令他愈显笨拙。四壁间的声声回响不断撞击耳鼓。他喘着粗气坚持，感到周围空间越来越狭小，肩背与手臂在跑动过程中不断剐蹭到坚硬的石壁。终于迎头碰撞到了光线，他眯起眼停住，双手哆哆嗦嗦勉强撑住膝盖不停咳嗽，几乎喘不上气来。他已置身于黑塔塔顶，近旁玄石壁上，一柄青铜长檠脂灯正燃着，烛火剧烈地抖动起来，撩动燃烟将侧壁与塔顶熏染得如涂墨油浓漆般黑亮。他猛然把手伸向腰间别着的石匕，警惕地四

第十五章　大言

下打量。

一声略显不屑的嗤笑声自他身后传来。惊夫没回头，手握利刃身子急旋，朝那笑声刺去。破风声响过，刁庐现身于光影中，只撇了撇嘴，未见动作，已将石匕握在手上。惊夫发出声惨叫，瞪大眼睛抽搐起来，口鼻眼耳渗出鲜红血丝。几乎同时，在他身体周围腾起一股不断暴闪的寒光，随即陡然加速旋转起来，越转越快，形成一个白亮亮的光罩将惊夫包裹住，声息全无。

"且住，刁庐！"弗恭喊声方落，寒光蓦地应声消失。刁庐将手中石匕正反翻看后，点点头插于自己的腰间革带。"悖逆宵小！"他朝地上吐了口唾沫骂道。弗恭则坐在不远处的石阶上轻轻掸了掸袖口。原处站着的惊夫此时无声无息地瘫软在地，巨猿般的身躯不断颤抖。

"啧啧。"弗恭走过去，凑近惊夫打量着他，面露同情之色，柔声细语地说，"惊夫，为何吃此苦头，想来你是心知肚明。"

"快说，为何背约？你这不义蛮夫！"刁庐咄咄逼人地将石匕抽出来，作势冲惊夫挥了两下。

"她……她在沧泽出手救了属下！"惊夫说话间又吐出一口鲜血，强撑着石壁站起来，说道，"我愿与她同去见主上大人，也好替她求个宽恕……"

"怎么，你以为我们是要杀那宫婢？"弗恭看向刁庐，正与对方目光相碰，二人同时无奈摇头。"蠢货，杀她未免太过容易，还轮得着你出力？"刁庐几乎咬牙切齿，恨声道，"你差点坏了大事！"

"不杀？"

"不杀！主上大人有令！"弗恭依旧笑容满面，话锋一转说，"不过，你，惊夫，背弃信约，其罪当诛！"刁庐在旁恨恨重复道："当诛！"

惊夫背靠石壁朝二人抱拳揖礼，竟粲然一笑，说："那么，属下情愿伏诛！"弗恭与刁庐面色凝重起来。弗恭收起脸上笑意，正色道："将你的定心丸交出来！"

"不劳二位动手！"惊夫毫不迟疑地朝自己胸口一记重拳。一团血肉应声自他口中喷出，滚落在地。那血肉兀自发生着剧烈反应，不消多时便随着一阵轻烟消融殆尽，只在地面留下颗鲜红如血的赤红色丹丸，发出阵阵烁光，微风吹过，烁光随风轻摇，在周围浮荡出一片血光。弗恭俯身捡起那粒丹丸，红光在与手接触瞬间失去光彩，丹体变为乌青色，与寻常所见的药丸无异。"成色不错！"他跷起兰花指拈着药丸在烛光下仔细欣赏，由衷赞叹。

"愚夫莽汉能修个甚来。"刁庐则面露鄙夷之色说。

弗恭已将药收入腰间挂着的一个棕黑色兽皮囊，微笑道："此本圣品，何况修持久矣，自会有用的时候。"

"你知道我不是那意思，弗恭。药是好药，不可多得！"

"当然，听说后羿射日时，正因服此丹药，才能抵挡住毒辣日头！"

"可不怎的，还听说，此药竟分雌雄，有情男女服之，彼此定心笃情，至死不渝……"

"这恐怕是无稽之谈！若需服药方可钟情，世间那么多生死相契的情爱岂非都成了病？"

"哼，难道不是一种病吗，弗恭？"

"未曾经历过还真不好妄下定断。我只知奚虚族众服此丹可生人心，有人心方能施行诸般神通，往来各虚。"

"对，以便奉命行事……"

二人说着话走远了。坐在地上的惊夫瞪大眼睛怔怔地看着他们，此时终于放声喊起来："二位大人，惊夫尚未领死！"

二人却头也不回地消失在夜色之中。

惊夫面露为难神色，略微迟疑后，慢慢转动脖颈向周围打望，的确空无一人，只有风不时扯动烛火轻摇，催动着燃烬烟线固执地向上延伸，很快融进四下的青色晨幕。终于，惊夫一个挺身弹跳而起，没有丝毫停顿，动作一气呵成。他撒腿便跑，边跑边发出不知是哭是笑的怪声，顺着塔阶一路下行，渐渐远去不见了。

"咱们这算是放过他了，是吗，刁庐？"弗恭的声音听起来似乎有些意犹未尽。

"这个家伙还算是条汉子，不是吗，弗恭？没有定心丸，他啥也不是。"

"嗯，只可惜少了个好刺客！"

"鸟！刺客还是越少越好！"

"好？乱世当道，如何是好？……"

第十六章　机辩

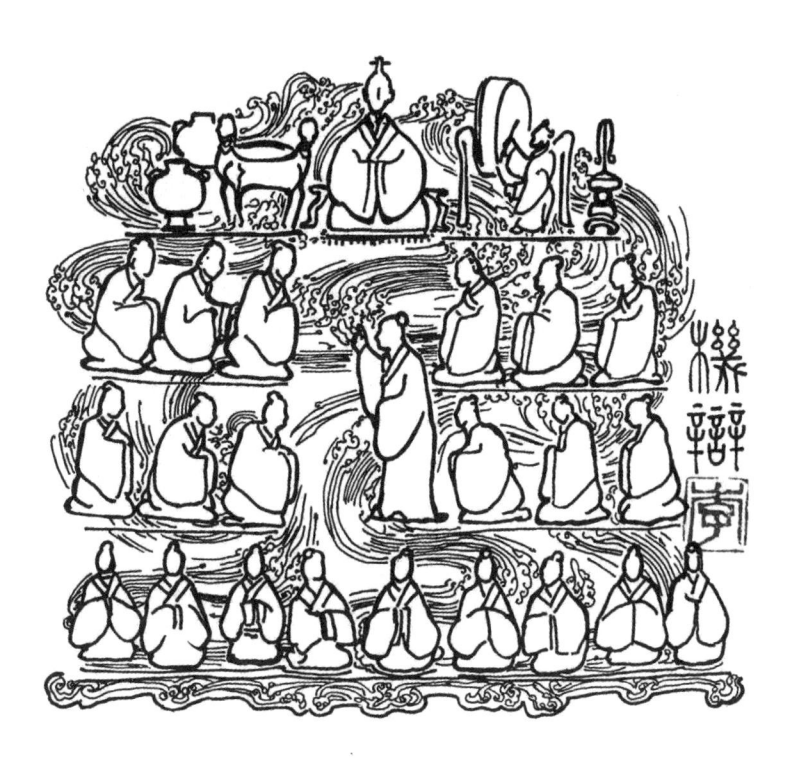

时已近晨，弯弯的蛾眉月在西边的浓云与树梢间忽隐忽现。听不见草虫鸣声，只有不甘的夜风不时徘徊着发出轻啸。一队巡更的步卒手持炬火自浮光城街面振振而过。随后，街边高大椿树的月阴处闪出一个黑影。此人身材壮硕，绾发帻巾，短衣劲装，颇显干练。他左右看过无人，迅疾蹿入长街斜角的一条巷子。人过处，树枝轻动，巷口石墙上镶嵌的"商工巷"铜牌陡然映出一闪而过的暗影。

这条商工巷靠近浮光城南瓮城的城墙。沿墙根有一片低矮的石屋群，间中的这条短巷与城南外街平行，东巷口紧靠宫城南门，不远处便是通往云渚鉴湖的大片石滩，巷尾的西口则直达淇沼，越过淇沼便是出入招摇山各部族辖界疆域的歧道。这片石屋区域与城外的招摇山各部族连通，进出宫城也颇为便利，是以聚居着以贸易为业的行商、以易卖为生的坐贾，以及擅长金石、骨角、木作、瓦陶、丝麻各类手艺的工匠。这条鱼龙混杂的巷子不繁华，但也绝不冷寂。白天虽不常见有人车频繁进出，夜间则人影幢幢，各处商舍摊铺的烛光，及铸造锻打、錾雕刻凿、摇织穿梭各种手作之声常常通宵达旦。

自从奚虚主君玄臾收回了各族族首的任免权，招摇山部族与浮光城的联络日渐频密起来，时常可见族首入宫觐见所乘的华盖辂车辚辚驶过瓮城驰道，直入商工巷前的南外街。于是，石屋区售卖山货猎擒、药草金石的铺面增加不少。商工巷的巡夜值更也由两个时辰单巡改为每个时辰两队交替往返双巡。近日，各族族首不约而同得到城中传来的"确凿"消息：主君有意将分封之地收归虚府重新颁封。族首们因有前番痛失权柄的教训，哪能再甘心受制？商工巷的夜晚变得不再单纯，树影街巷间时常出现各种殊形异状的暗影。

一座普通庭院隐于短巷西侧的竹林之中。院门与竹篱上爬满了葛藤，正值花期，一穗穗紫色蝶状葛花累累相缀于绿叶之间，茎花纠缠着露出门额上刻的"大手制简"四个大篆，字体恣放，填涂墨漆的刻痕圆润流畅，直有波折，曲有挑势，于粗细变化与点画顿挫间展现出雄浑而又悠然的意趣。院内三间瓦顶石屋，正屋居中，两侧竹廊互接的是厢室，分为东西两个隔间，由中间一道圆拱门相连，西边是成简存室，东边则是刻简牍的工舍。工舍内，粗木作案上削好的竹片成堆。案头放着记事木觚，七八个削面上密密麻麻写满墨字，一边摆的是个长铜盒，盒里放着削刀、刻刀、铜凿、刻针、牵钻、磨石一应作具。案

第十六章　机辩

旁地上，铜斧、铜锛、铜锯擦得锃亮，整齐地依墙摆放着，几堆杀过青的竹筒放在地灶旁。

看这些铜制作器便知，这里的匠工专为浮光宫从事宫简制务。

匠人大手是个干瘦且罗锅的小老头儿，此刻正埋头于两堆简片之中，用磨石进行最后的抛光，头面须发积了厚厚一层竹灰粉末。他不时停下，眯起眼用手拭那竹黄面的光滑度，随之换用不同细度的磨石。

"瓦豆，这些短简可以钻孔了。"大手将手中简片放到一旁完工那堆，又取过一片继续打磨，嘴里说着话，手头片刻不停，头也不抬地接着又说道，"这些活计今夜务必赶出来。对了，宫里要的拴简麻线可曾浸得？"

名唤瓦豆的徒儿，十三四岁年纪，粗眉大眼，黝黑敦实。瓦豆手持竹帚将满地竹屑扫拢成堆，而后装入地灶旁的大篓内压实，以作燃灶之用。听到师父问话，他仰头脆声答道："师父放心，都已浸透桐油晾晒捆扎足妥，摆在西室，只等交送。"

"明日送简入宫，可知该当如何？"

"瓦豆晓得！"瓦豆声音一沉，把竹篓放回原处，低着头来到案前盘膝而坐，熟稔地取过简片钻孔。

大手便不再问。师徒二人默然对坐着专注于手中活计。一会儿，瓦豆手中的简片突然被一滴眼泪打湿，他慌忙扯衣袖仔细擦净竹简，又飞快地抬起泪眼看向师父。不想大手正意味深长地盯着他。"怕吗？"大手问。

"不，只是……舍不得师父。"瓦豆抬起手抹了把眼泪，可鼻涕又不争气地流下来，便忙起身去灶膛里抓起灶灰揩净脸面。

"傻气！"大手皱紧眉头起急，抬高声量嗔责，"说那许多道理，都听去贼耳朵里。"

"师父，瓦豆愿替……"

"休再多言！"大手打断瓦豆的话，叱道，"快做活计！"

工舍内再次陷入沉寂，只有磨竹的沙沙声与牵钻拉动皮索的哗哗声此起彼伏，交错不息。

一条黑影越过小院竹篱，倏忽不见了踪迹。浮光宫戍卫统领丘若早已亲自候在篱墙边的阴影里。此刻终于等到有人来，他并不急于跟进，只侧身闪过一旁，守望在外，暂且不动。那黑影飞身跃上正房屋脊，伏身望向院内。庭院东厢工舍内烛火微微，窗棂麻布上映出一短须驼背匠人埋头制简的身影。突然，黑影纵身跃下，一柄短刃激射入窗。匠人身形未移，只手指轻动，传出一声清脆的金器交击碰撞之声，那柄短刃便飞出窗来射入地面青石中。黑影见一击不中，飞身跃返屋脊要逃。丘若此时方才纵跃而至，看似随意地双掌平推。黑影一声惊呼，翻身跌入院内。丘若即刻伏身隐回暗处，观察院中情形。

吱呀一声，工舍门开了，制简匠人大手腰背笔直地出现在廊前，看着院中央伏在地上的黑影，满面肃穆之色。瓦豆举了陶盏，手护着沿口的那点烛光跟出来。"嗯？"大手回头，眼中精光微闪。"哦！"瓦豆一吐舌头，即刻会意，忙转身回案边继续做他该做的活计。

"大手！该死……"院内黑影发出一声喊，撑挣着坐起来，似乎伤得不轻，只喊一句，便连声咳喘说不下去了。

大手很觉意外，方才自己出手并未伤他，不由面色一凛，向四下看了看，瞬间又变回背驼佝偻的小老头模样。他颤声向院门外道："何方高人？还请现身吧！"

丘若知道行踪已露，便轻纵入院，站定向大手抱拳道："某本不该插手，还望简匠见谅！"

大手则躬身回礼："不知将军大人在此，得罪了！"

"什么？！将军大人？"地上黑影已经站起身，听到这话吃惊地看向大手，继而猛地转身向外便跑，却被丘若伸腿使了个绊子，又重重跌倒在地，发出声短促哀号。

丘若叹了口气，凌厉的目光扫过大手。制简匠人额头上渗出汗珠来，慌忙又抱拳，低头喃喃道："将军大人，此乃小老儿私务，还望……"

"算了，教他去吧！这不是咱们要等的人。"丘若说罢，飞身跃出墙，隐去踪迹。

大手抬手擦了擦额上冷汗，回身便朝那黑影狠踢了一脚，压低声音喝道："来此作甚？还不快滚！"

黑影一声不吭，挣扎着腾身翻出院篱，消失在树影里。

大手愣愣地看着院中空地，良久方转身回工舍，舍门随即阖上。制简匠的劳作身影又出现在窗棂麻布之上。

小院恢复了平静。

晨光应和着制简声悄然降临。

一件大事即将发生，不得不打破此间的宁静。

子离随大言族首在一众白袍士人的簇拥下来到一座清幽的府邸前。族首大人的官廨，不见甲卫兵士护持，只一个粗服仆役听见人声，出门来恭顺地垂首躬立于阶下。

这是一处寻常的三进宅院。进大门两侧有轿厅与门房，跨过几级石阶便是个不大的庭院，四方的青石铺地，布置清雅，院门对角处各植有一棵高大楸木，绿荫如盖。树下，水木竹草间山石为屏，水流顺石屏潺潺而下，汇聚于草间一汪石窝水洼中，再溢出渗入石隙，隐没在几丛修竹之中。跨过青石庭院，便是正厅三间上房，两厢书房琴室，有连廊通往三进后院。进入后院，眼前顿时一亮，是比正屋大得多的一座藏书简的两层台阁，台阁门前花圃里立着一方青石大碑，石上刻有四个大字——知问渊博。转过石碑，一条幽深的林荫石道伸入远处浓绿。石道两边，开阔的草毯绿地连接着成片的竹林。草地上错落摆放着七八块巨大的玄乌条石，几乎每块石边都围聚着白袍士人，条石上或坐或站着的人正侃侃而谈。也有的盘膝坐于长石两端激烈争论，石下草毯上围坐的士人则专注地听着，不时发出喝彩赞好之声。竹林内长声吟诵隐约可闻，有士人在竹枝间读书清修。这真是片读书聚谈的佳地！子离内心由衷发出赞叹。

呜——有号角声传来。

草毯竹林间的大言族士人闻声而起，纷纷往北悠然踱去。

"到了！"族首转头向子离微笑，抬手指着前方。前方不远处，一个巨大的洁白圆穹屋顶掩映在大片大片的绿树浓荫之间。

等众人行至近处，只见一座洁白如玉的半圆形高大殿宇依山而建。高高的白玉阶台之上，数十根白石廊柱次第排列，柱体雕满金黄色祥云纹，在阳光的映照下烁烁生光。殿门通体铜质，如镜般光可鉴影。门楣处嵌着白玉石碑，刻有"诘声殿"三字。门扇两侧则各立有一方石碑，右刻"论战争辩究穷诘"，左刻"推陈出新在发声"。此刻大门已随着号角声徐徐洞开，可见到殿堂内人头攒动。

族首在门前停住,向子离微颔首道:"今日之辩由本首发起,当在席候教,少陪了。"转身似是想起什么,又回头笑道,"听汝言谈,应为学子,何妨参论驳辩!"说罢,也不等子离回答,便向身边那个寸步不离的肥硕士人轻声叮嘱几句。士人连连称喏。族首向子离一点头,道:"足下可先行更衣,参辩观听悉请自便!"说罢率众人往殿内去,场内士人们纷纷施礼让路。肥硕士人恭敬地目送族首大人走远,这才向子离一拂袍袖,说:"随我来吧!"便走到头前,顺着环形殿廊走过三扇拱形木门,在第四扇门前停下,轻叩门上挂着的青铜门环。门应声而开,一个白裳小童迎出来候在门阶处。二人入内,里头是间不大的耳室,殿顶极高,四壁堆叠着层层书牍竹简,间中壁面砌有透光晶石以作照读之用。隔着书壁是道狭窄步梯,巧妙地依壁旋转而上,拿取书卷极为便利。室内陈设简单,只一架半人来高的竹制隔屏,一张紫红色的斑竹几案,案头一盏陶豆,案侧几卷书。

"请更衣!"白裳小童手捧白袍,不知何时已经站在子离身边。子离称谢接过袍服,自去隔屏后换装。肥硕士人打发小童收取换下的脏衣服浆洗。子离在隔屏后听到,忙道"不必麻烦",生怕洗后不得干,又要在此地盘桓逗留,耽搁赶路。肥硕士人听后一乐,并不答话,只向那小童挑了挑眉。小童会意,取了脏衣裳下去了。

呜——呜呜——号角声又起。

子离换装转出隔屏。肥硕士人看着他竟愣在当处,不错眼地上下打量,良久叹道:"真真是人靠衣装,足下好风采,姿仪斐然!"说着话,躬身闪过一旁,请子离先行。子离搭了搭手以示谦让,不再过多客套,便跨出门口高槛。肥硕士人边走边说道:"三号一鼓方始起辩,还有半刻光景。我大言族众以博学修持,举凡有真知灼见,必入辩场以高论获众人彩声为耀,若屡有此等高论,便可成就声名,是为名士,进而为师,为贤,为圣人……"

"如此说来,贵部族首必定是圣人方能当得起!"

"族首之职,自当出自论辩,便似前任展老夫子那般……"肥硕士人突然住口,愣怔片刻方才回过神来,继续说道,"呃,当然,还得看主君大人。"就此闭口,不再作声。二人顺来时路到了居中的殿门处。廊下已挤满未能入殿

第十六章 机辩

就座的士人，都伸长脖颈等候聆听辩论。两个守门人看过肥硕士人递上的铜牌，闪身放二人入殿。

这是座半圆形穹顶殿室，矗立着一根根雕刻有蕨草暗纹的白玉础柱，四围是用玄石砌就的席阶，或坐或站，密密匝匝挤满了宽袖白袍士人。大殿正中高阶乃是主案上席，族首端身而坐，沐浴在柔白阳光之下。原来，这穹顶竟全用透光晶石砌成，整座大殿因此一片光明。

子离进殿便觉得此处颇为眼熟，似曾到过，却一时记不起出处，狐疑着随肥硕士人转到殿西边角落的末席坐下。前阶坐着的几个士人正自议论，见他们来，便忙起身与肥硕士人施礼客套。子离复又坐下，听见靠墙边有两人正交头热议，对身后情形全无察觉。

"听说没？今日之辩专为士欢而设！"黑壮士人道。

"不争之论，却不知为何再提论辩。"另一黄皮的中年士人面露疑色。

"唉——"黑壮士人拖着长音，向那人道，"族首亲辩究诘，必是有备立论。"

"今日不同寻常，赞与不赞，彩与不彩，可得当心！"黄皮士人点了点头，声音低下去。

"哧，这下可有好瞧的了！"黑壮士人以近乎幸灾乐祸的口吻说道。

二人说得正欢，冷不防在近旁刚坐下的肥硕士人一声重咳。二人猛地抬头，看到是他，慌忙起身拱手招呼。一番见礼坐下后，周围再无人声。

这时，号角之声三度响起，在阶席间相互交谈的士子们纷纷自回坐席。北阶下的竹架上立着一面包裹棕纹兽皮的大鼓，两支红漆鼓槌并悬于架旁。鼓架边一个青年士子守读着刻漏。时辰已到，鼓士抬头看向高阶，得到主辩首肯，便起身来到兽皮大鼓前，取槌击鼓，鼓点由疏骤密，戛然而止。殿内登时鸦雀无声。鼓士高宣："论辩开始！"

士人们个个正襟危坐，以恭顺崇敬的姿态，仰头望向北面高阶。

坐在高阶上的族首悠悠开口："诸位，今日之辩，乃本首专为姬欢而设，辩题系由主君大人亲定：人性论辩！"话音方落，座下起了一阵嗡声。

"竟是主君大人定的辩题？"

"人性善恶之本源，确是难断！"

"主君观辩否?"有几个士人左顾右盼。

"主君大人怎会来此?大人要的是结果。"

"此论怎会有结果!"

"却是不然!可知族首所持何论?"

"善?"

"善,善!"

"既有定论,何必设辩?"

"非也,非也,不辩又怎知族众想法?"

"此乃高见!"

"可得小心了!"

族首抬手压住众声,说:"大言部族向以士辩为修习之常法,旨在博采众论之声,修持固本、精进学问,以正德行。辩场之上,士无贵贱,在座诸位皆可向本首……"他说着话,眼睛看向阶下正中席位坐着的姬欢,接着说,"辩驳争诘,无分胜负对错,只为论证学问,提升修养学识。还望列位知悉遵从。"

场中众人全看向姬欢。

此时,主案前端坐的族首大人轻咳一声,环视会场,朗声开场:"天下动荡,争伐屠戮,皆系人之本性日渐丧失所致。"

族首大人一开口,场下士子们已是了然,一片响应:"善!"

族首微笑点头,说道:"不错,人性本善,是以人皆向善!人之为善,乃其本性使然,即如水流自下也。诚然,水受击打则会飞溅向上,激水断截也能使水上行于山,然则此非水之本性也,系因外力所迫也。人之不为善,是人性濡染以恶,致使人性变得残虐,此非人本性之恶也。恻隐之心、是非之心、羞惭之心、恭敬之心,人皆固有之,系出本心也。而之所以天下失道,礼乐崩塌,竞相争斗,系因人之本心本性为执心贪欲所控,人性迷失而致堕落,诸虚失矩。人尽心而知性,知性而知天,尽本心而行诸事便可知己之善,存善心而修身养性便可以安身立命。人生来皆性善,其性近,习使之远矣。修己行止以正身,推己而及人,己所欲必先欲人,己所不欲勿施于人,如此复归人性之善,是为仁。人仁则义立,义立则守礼。是故,人皆守礼,举世便可安泰矣。"

"彩!""正当若此!"殿内喝彩声浪阵阵。子离身边坐着的肥硕士人早离席而起，大声赞和。

"此言谬矣！"殿前正中首排中席间，姬欢霍然起身。座下众士人一片哗然，肥硕士人正欲坐回阶席，此刻又站起来喊道："直抒驳论，莫要无理空斥。"

"人性之恶甚矣！何以言善？"姬欢看了眼肥硕士人，又向周围喝彩的白袍们冷冷一笑，说道。场中立即安静下来，听他下文。"恶为人之本性，人生而有私，即若腹饥则食，体寒则衣，自然而然，性之所至。是以好利、疾恶、好声色之恶乃生而有之，本性使然。善，为后天人伦教化而得。遵人伦守教化者善，而受教不力者则不善，是以世间诸众有善有恶，时善时恶，善恶汇集于一身者众。守善从善全在教化法度。"

场中响起一片交头接耳的小声议论："以恶为根，善无所依，教化难为矣。""谁说不是？如此一来，善行岂非成了遮蔽恶念之举？""世间无真善矣！"孑离却暗暗道好，想天下动荡，莫不是因为私欲贪求过盛，扼制贪私，仅凭一己求善怎能施行？自然缺不得教化法度。

鼓士以两槌叩击数声，场内随之安静下来。

姬欢扫视众人，不疾不徐接着说道："私心者好利，是以争夺。私心生贪欲，是以求索无度，是以暴力杀戮，是以动荡不休。方今乱世，正是人性大恶、人欲横流所结恶果。如若从人之性，任由私欲泛滥，必将导致世间大乱，充满争夺与残暴。是故，必得以礼仪教化劝使人心向善，严苛规矩法度约束制衡人性之恶，如此方可救世。"

如此激言凿凿，听来似乎确有道理，但与族首大人开场立论相悖，座下士子一时愕然，无人应声，全屏息盯住高阶端坐的族首大人，看他如何应对学生的出言不逊。

"诸位，从善者众乎，抑或从恶者众乎？"族首并未直接回应辩驳，而是向座下诸众问道。

"自然是从善者众！"

"从善者众……"

"好，好好！"族首摆手，众人一时间都住了声。"那么，究竟何为善，何为恶？"

场中士人们争相七嘴八舌起来。有人说贪墨腐堕为恶，廉洁奉公是善；有人说打骂粗俗为恶，遵礼守矩为善；又有人罗列了诸多关于善恶的看法。族首捻须微笑，并不说话，直到场中无人再起身发言。

"欢，你以为如何？"他向姬欢发问。

姬欢恭敬地朝上揖礼，答道："学生也以为从善者众！不过，却不能因此定断人性本善。"

"欢啊！"族首笑起来，"人皆从善，不正是因识得本善之心、本善之性而从之为之？心性若非向善，又如何会从善？"

"心之向善非出自本心，系因后天恪遵教化约束而生。"

"为仁由己乎？"

"为仁以约之，方由己。"姬欢认为人心向善是被动的，因环境、形势等各种外力约束，而非发自本心的主动行为。这一点，子离虽觉得无法全然认同，却也一时想不出有何不对。

"若非出于本心，岂非作伪？如何能修得向善仁心？"族首看似轻描淡写随口一问，却是直指姬欢言善之伪。族首又说道："善者，凡益他皆称善，而利己便全为恶。真意为人，即便因不察而行恶，也可定为善举；而私欲之下，表面装作敬人爱人，也是蒙蔽世人之恶行。欢，你静修为利己，还是为利他呢？避朝堂而退居蓬庐，何以依旧不静？你以为之善恶，换作他人看时，未必是善恶，一如世人看你我之善恶！"

姬欢听后语塞，施礼坐下，只顾低头沉思。

座中众士人又激起了一阵纷纷攘攘的议论之声。

"夫子说得对！欢何居心？咱们静修难道非出本心？"

"自然会有那身不由己、言不由衷之人。"

"此话何意？"

"无非说句实话，老兄何必介意？"

子离尚未听完前座争论，身后又有声音也高起来。

"虽辩场无尊卑，却也不能不知天高地厚。"

"足下何知天有多高，地又有多厚？"

"说的姬欢，与尔何干？"

"干系重大，既为主君定论，奚虚诸众概莫能外！"

第十六章 机辩

"难不成,老弟竟是苛责主君挑此争端?"

"上意难测,莫要穷究!"

"唉,难测……"

肥硕士人不知何时已去了殿阶前,对着场中众人锐声高喝:"守礼从善,是为根本,列位怎可存疑!"喻声顿时止住。

"存疑!"声音发自殿顶处。场中所有人都仰头找那个胆大之人,却见是号食兽捧着鼓胀大嘴蹲坐在殿梁础头的石突上。见人们都仰头望它,它便又号叫起来:"饱了,饱了,人真可笑,争辩无稽!认作从善便了,本性争个甚来?"不吞看脚下众人瞪大眼一言不发,扑扇肉翅在梁柱上翻了个身,咧开大嘴打了串饱嗝,说:"不吞以为,人性生来无分善恶,后天见善习善,见恶习恶,汝等当辩论引世人向善之法,却为何要本末倒置?"

场中寂然无声,面面相觑的士人们忽地都望向高阶上的族首大人。姬欢则抬头盯着不吞兽,若有所思。

子离忍不住大声赞好,道:"守礼是为从善,教化法度亦为从善!"所有人的目光齐刷刷又转聚在子离身上。子离自阶席间站起身,环顾众士人,然后向上拱手,道:"不吞说法甚善!人性本初善恶不必争断,只消认定守礼与守法皆为善行便可!"全场愕然侧目,无人出声,再次将目光投向高阶主案前的族首大人。

"无名小卒!"肥硕士人轻蔑地朝子离冷笑一声,又指着础头石突上蹲坐着的不吞兽,向场中高喊道,"诸位,莫教畜兽之声玷污了修为!"喊罢侧过头望向族首。只需大人递来一个眼神,他便可招呼众人出手,将这两个口出狂言扰乱辩场的竖子孽畜又出去。

"诸位,此为元虚来的贵客子离!这位号食小友,唤作不吞是也!"族首向场中怔坐的众人介绍。场中议论声再起。"兽且不提,这个叫子离的是何方神圣?""不知,无尊号,亦无职衔!""师出何门?""元虚自身而已!"

子离听着周围议论声,环顾四周,猛然间记起,当日去尚善宫藏书阁面见展夫子的那座大殿,不正是这里?难怪觉得熟悉。当下轻笑一声,朗声朝场内众人道:"子离曾于此殿秉受展子禽老夫子教诲,获益良多。无门无名的元虚晚辈再次唐突冒昧,还望诸位高士前辈多多指教!"

"哦，前任族首展老夫子那日出脱执困！""对对对，记起来了！""吾等当时皆在场受教，可不正是这位先生！""好！""彩，彩彩……"有人率先叫好，紧跟着，几乎所有在座士人皆鼓掌喝彩赞许，场内情绪瞬时高涨，阵阵膜拜声浪充盈激荡。

突然，殿梁上的不吞却踢蹬着短小四足纵声大笑起来，以肩翅拍打大殿石壁噼啪作响。众人被它笑得不知所措，尽皆住口侧目。号食兽俯视众士子，喘着气忍住笑，大喊起来："大言族以驳争论辩、持修精进闻名，人人自诩博学多才的正直君子，却为何行事如此作伪？真真好笑！不以言辩论理为依凭，只为威望声名喝彩叫好。既不管它是非对错、有理无理，那么辩驳穷诘却有何益？圣贤说，学之要义在诚，诚之要领则在慎独。诸位一言一行苛求循礼，果真是为修身正行吗？也许是有点儿为了名声好听吧？开论辩驳振振有词果真仅只为阐明道理吗？怎么听起来是为贪图声名、争强好胜而诡辩呢？哈哈哈哈……"说罢捧住浑圆的大脑袋又笑起来。诘争殿内瞬间充满它天真无邪的蔑笑，声浪在圆穹形宫殿中回旋激荡。座中士人渐有受不住的，纷纷捂住了耳朵。

"唉！惭愧甚，吾辈族众自诩博学，竟不如此兽……"阶上族首缓缓自案席起身，抬起双臂挥动袍袖朝兀自笑个不停的号食兽揖礼。姬欢亦跟着站起身来朝它长揖，满面愧色。举座众人慌忙跟从，皆起身向梁柱上的不吞施礼。肥硕士人更是一揖到地，而后就势躬身退避躲去阴暗墙角。不吞倒被这突如其来的礼遇吓住，愣怔着止了笑，骨碌碌转动眼珠，而后突然以双翅包覆大脑袋缩成一团，避入殿柱间，竟不好意思起来。

族首率众士人转而又向孑离施礼，高声道："先生将赴浮光，劳烦将今日辩论情形代为禀告主君大人，大言部诸众此后自当谨修德行，从善如流！"

段干且背着药袋迈开大步，走在空寂的息堡中院内，地面铺设的碎石发出沙沙声响。他经过一扇洞开着的石门，走上门后的石阶，来到那座黑塔前。息堡中的黑塔看起来并不起眼，甚至有些破败老旧。只有进去看，才会发现，仰头不见塔顶，暗蓝色辉光冲向不可知的塔之彼端无尽之处。塔基用黑曜石雕筑，上面刻满了繁复的符咒。段干且念动咒言，基座中央豁然洞开，蓝光流泻中出现一座雪白石龛，龛内别无他物，只一尊拳头大小的火红陶钵，钵体光滑如鉴，

第十六章　机辩

似是长期摩挲所致。钵内放着粒赤色圆珠，通体浑圆光润，红光频涌，齐着钵体口缘浮动而不漫溢。

定心丸！段干且不动声色地拈起这粒小小的赤丸，就在定心丸接触手指的瞬间，红光消失，赤色的丹丸变为泛着幽光的暗青色。他凑近壁炬借着脂灯仔细看过，小心翼翼地把丸纳入胸袋。

塔内终日无光，只在每一层入口处点着一盏脂灯，从不熄灭。站在塔内，仿佛能感受到极远天际吹来的蚀骨寒意，肃杀之气噬骨锥心。

段干且未作停留，转过环形通道内的一个个厢舍，小心地绕开堆放在通道入口两侧的锈迹斑斑的几个铜鼎，沿着厚重石阶一路向上，终于在阶尽处的半掩石门前停下。门口右侧放着一只巨大的直耳铜水鼎，水鼎圆腹上的夔纹栩栩如生，却深深嵌着一只手掌印。段干且饶有兴味地伸手比画那个掌印，然后推开石门踱了进去。头顶扑棱棱一阵响动，几只飞鼠挥动黑翼在梁柱间穿梭划过。段干且朝它们发出"嘘"声，表示需要安静，梁间果然没有了动静。室内漆黑一片，没有脂火，他紧眨几下眼睛适应了黑暗，打量着室内。

这里像是个货仓，一排排木架沿墙而立，架上堆放着丝麻绢葛绸各类布匹。木架一侧有一具蛛网密结的木榻和一只灰尘满布的铜熏，灰扑扑的帷幔将窗外光线挡得严实。他向内走到一张雕满云纹的老旧木案前，掸去席上的灰尘，盘膝坐下，闭目养神。

终于，室门被推开，一高一矮两个身影跨过门口高槛走了进来。

段干且睁开眼，伸展双臂伸了个懒腰，案上陶豆随之噗地点燃。他冲弗恭和刁庐微微一笑。"二位，一向可好？"段干且说，"咱们也该开诚布公地谈谈了。"

弗恭和刁庐对望一眼，面露惊惧之色，齐上前深揖施礼道："属下不知少主驾临，尚乞恕罪！"

少主？公子亘！段干且终于在心中证实了早前的猜测，一抹笑意在脸上漾开。"非也！"他显露自己的原声，笑道，"吾乃段干且也！"

第十七章　何疑

不吞自经一场大言部论战，估摸着是吃了太多场内饱学之士的诸般欲执妄念，突然变得好学多问，且言谈举止间竟透出些许文雅风度。子离不由感慨，兽亦懂得求进向善，听闻些事理便能立即摒弃、抑制凶暴蛮横的兽性，显出赤诚可爱来。人类向来以万物灵长自居，却不能自正于天地，行不言之教，随缘辅助万物，反倒常常想着为万物做主行事。可见自以为是的自大之人甚矣！虽说人有千品万类，事有千变万化，不可一概而论，但弄机巧争功利、言行不一、居心叵测之辈实不少见。如若人能时时存有自警而好学向善的态度，世间又哪会有那许多钩心斗角、争战戕杀？

兽尚且晓得自省自纠，实当教人羞惭。

子离想到此，越发觉得号食兽可爱甚而可敬起来。虽则它一路上喋喋不休地问天问地、问东问西，但子离丝毫未嫌它聒噪，不厌其烦，知无不言。

"请教先生，天为何物？"不吞学大言士人尊称子离，态度谦卑而诚恳。

"天者，在上之清者也。"

"清者又是何物？"

"天之清者，太虚是也。"

"太虚之上，又是何物？"

"太虚之上，如清之清者也。"

"之上又是何物？"

"清之清者之上，更为清清之清者也。"

"清者穷尽处为何？"

此种刨根究底的问法实教子离有些脑袋发胀，搜肠刮肚也没能找出答案，只好说："先贤未曾传授，古籍亦无所载，实不敢妄言。"

不吞吧唧着大嘴意犹未尽，呼扇拍打几下肥翅仰头观天，口中恨恨道："可惜不能飞上去看个究竟……"天上日头正盛，刺得它眼痛，它便眯起眼做苦思状，口中不住地嘟嘟囔囔。片刻，不吞转过头来又起了新疑惑，问子离道："人们向所说六合之内有天地人物存之，这六合岂非比天还大？六合又是何物？"

"六合为空空者也，乃是上、下、东、西、南、北，总六处方位。是以说，六合之间有天地人物存焉。"

"既说六合为空，却怎的又能有天地人物？岂非悖言？"

第十七章 何疑

"非也，唯其空，所以能包容万物。"

"亦包容奚虚吗？"

"自然，六合之内无不包罗。"

"不吞好奇，奚虚与元虚统处于六合之间，先生曾居处于二地，可曾觉出有何不同之处？"

"唔——说起来，实无相异之处。天有天道，地有地理，人有人伦，物有物性，无论哪个虚处，概莫能外。日月星辰依天道而行，而山川江海得成于地理，又以人伦论定尊卑长幼，以物性区别长短坚柔。"

"如此说来，这天道、地理、人伦、物性又是由何人推而行之？"

"据经史所载，皆神所为。神有变化之能、造物之功，故可为也。"

"噢，那么主君大人岂非神乎？"

"玄奂主君？却未曾见过。至于神，更是只见于载而未睹其实，不敢妄言。"

"主君身居浮光宫中，族众之中得见其真容的却极少。宫殿屋宇时常会幻化生变，至于如何变、变作何状却无从料断，而这些毫不相类的宫室殿舍来自何处，也无从得知。岂非主君大人变化造物之神能乎？不吞幸甚，曾于黯匿之地得见老主君，风骨确有别于一般俗众！"

"怎么，当日你竟在场？可曾见到一个身负药袋的……女子？"子离出乎意料地听到不吞提及安邑，不由心头大喜，险些忘记段干且乔扮之事，差点说漏嘴。

"当然见到，主君大人不正是为此婢举兵？说来也怪，奚虚千百万年未曾动过兵甲，此番竟为一个小小宫婢大动干戈！"

"她可是去了浮光宫？"

"正是，当场与主君大人定的诺！"

"如此甚好，不枉长途跋涉来此一遭！"

突然，号食兽住口停步，仰头向天不住抽动着鼻头，说："已是泉丰族地界，此处的族众尽皆崇商重利，铜臭味甚是浓厚！"不吞边说边看向子离，双眼放光，连咽几口涎水。子离看到前方山坡下不远处的山坳间有依山屋宇隐现于大片绿树浓荫之间，心知这地界必又是贪囤习修之地，便笑着揶揄它道："臭？

是香吧！汝之口福盛矣！"不吞咧开大嘴频频点头，激动地原地翻转腾跃，倒把刚习得的一点士人风雅抛诸脑后。不等子离再开口，它便夹紧肩头肉翅，收起那一对无用累赘，四只短足几番伸缩点地，硕大头颅成个球状，就势顺着半山坡道一路滚动起来。

子离无可奈何地笑着摇头，耳根总算得了清净，于是便由它自去，自己则背起手慢慢踱着步子下山。

随着渐近山脚，周围的景物发生着奇异变化。先是身侧高处的山体陡然出现一块金赤色巨幡，幡上"泉丰"两个黑色大篆在风中猎猎震动，发出呜呜的轻声啸音。紧接着，山路两边许多店铺旗招随着他行进的脚步次第显现，接踵而至的是唱卖吆喝、响器市声，一派市井喧嚣热闹场面出其不意地将他包裹住。子离不知何时已经身处闹市之中。

"小心了！"一个声音在子离耳边响起。

"敢问……"子离旋转脚跟向四周找那讲话的人，可周遭是或急或徐与他擦肩而过的市人，并没有谁的目光与之交汇，甚而都没有人的目光在他身上稍作停留。远处市楼上悬挂的小鼓旁插着根木挑，上书"泉丰集虚"四字，有个褐服司鼓人倚着鼓槌四下瞭望。算了吧！子离索性打消了寻那讲话人的念头。这样热闹祥和光景，又该小心些什么呢？心里想着，目光早被市集吸引。

子离以为，市集应该不会再有何处能超过秦都雍城四市的繁华，不想这奚虚泉丰街市令他大为惊讶。越向前走，越是热闹。街面密密匝匝连绵无际的店铺麻篷、肆坊望竿，摩肩接踵讨价还价的商贸市人，堆积如山的褐帛麻丝、铜陶瓦器、脡脯白鲞、柘桑艾草，琳琅满目的各色货品，还有些说不出名头的异货，是他在任何市面都未曾见过的。

和煦的山间微风带着新鲜的花草香气扑面而来，全无一般货摊商铺间的腥膻浊气。子离倘徉其间，被一种醺醺然难以言表的满足感拱簇拥动着向前走。

"奇兽，奇兽！路过诸君莫要错过，快来捡个便宜，只需二十云贝！易换就便！"

身边传来一阵高声叫卖，吸引了子离的目光。只见那人是个身形彪悍、短髯杂髭的汉子，汉子边喊边拎起脚边一头小兽，身边很快围聚起不少人。被擒的兽嘴上拢着个藤条口笼，小小的身子被捆得结实，只一对肉乎乎的翅尖支棱

第十七章 何疑

在藤束外，正被汉子攥着向围观者展示。它全然不知挣扎，大脑袋耷拉着，随汉子手中动作不住晃荡。"列位看一看，凡食此奇兽，除能增益修为，更能脱得执困，出离苦厄！"看周围聚了不少观者，汉子自腰间抽出把短匕比画起来，咧开嘴向众人喊道，"谁易？谁易？免酬代杀啦！"

"竟是不吞！"孖离心中暗道不好，忙拨开人群挤到汉子面前。

那汉子一愣，将手中不吞向身后稍撤了撤，上下打量孖离，而后便伸出另一只手，说："客若想要，须先付二十云贝。"孖离看号食兽二目微闭，似是昏沉，又见汉子的一对笑眼隐隐透露凶光，心头不由一凛，想它不过离开自己眼前半刻便遭横祸，自己可得打起十二分精神，小心谨慎行事，当下便顺水推舟，扮作购客与之周旋。孖离向那汉子抱手一拱，问："此为何兽？捆缚若此，看不出个究竟。"

汉子见等来了感兴趣的买家主顾，脸上复又堆起殷勤笑意，把手中拎的兽递到孖离面前，说："客人请上眼，此奇兽曰号食，断非寻常山兽可比，只在淇沼禁地繁衍生息，甚是难得。"汉子见孖离听着频频点头，更来了精神，将手扬了又扬，说道，"食此奇兽，可助客早日脱离执困苦厄。宰杀、剥皮与剁切，均不劳客操心，亦不必另付酬资。"

二人正说着，不吞突然挣动了一下双翅，大嘴紧跟着翕张几下，却被藤笼拢住发不出声来。孖离看在眼里，心疼不已，忙向那汉子摆手道："如此难得，怎可擅食！"

汉子听罢连忙改口："即或不吃，养着也好。此兽食贪欲吞妄执，是以能够悉人意、擅人言，虽说不上聪明绝顶，也颇能宽心解闷……"

见孖离听得认真，似乎动心，汉子将嘴凑到近前来，躬身小声道："若客喜欢，您便出个价，但讲无妨！"

"既说此兽擅人言，却为何给它上了口笼？看起来也气息奄奄。"孖离说着话，伸手想去拍醒不吞，口中道，"这副模样，只怕是头将死病畜，买下岂不亏甚？"

"怎么会！"汉子狡黠一乐，看似不经意地略微转身教孖离扑了个空，分辩道，"它只是困了，这小家伙吃饱就会犯困。这便放开嘴来让它讲话与客听。"汉子说着，解开不吞嘴上的藤笼，又自衣袋中撮出些白色灰末朝它吹去。

- 239 -

正此时，解脱口笼的不吞张开大嘴打了个喷嚏，白色灰末和着涎水尽数喷回汉子脸上。汉子被药眯了眼，慌忙撩起衣襟来擦，还不忘回头朝子离笑道："客人看它，多么精明。"

"不吞醒醒！"子离趁那汉子分心，忙凑近不吞低声唤它。

不吞瞪大一对圆眼直直盯住子离，并不回应。子离断定它被那汉子下了药，暗自心焦，正自盘算解困脱身之法，号食兽突然发出一声号叫，头颅瞬间鼓胀数倍，张开大嘴将子离一口吞下。捆缚在它身上的藤条犹如枯败衰草般断裂脱落。

一旁的汉子猛地抬头，突然看见面前矗立的小山似的号食兽，惧骇之下踉跄后退，一跤跌倒在地，竟晕厥过去。围聚的人群惊呼着四散奔逃，附近的铺摊麻篷登时坍塌大片，货物撒落满地。市北的望楼上骤然响起一阵雨点般的急鼓，街面上行人担摊纷纷避至街道两旁。

不吞受到鼓声惊吓，掉转身子连滚带翻地想逃，身子却像泄气的皮球，磕磕绊绊没跑出多远，便不得不吐出子离，头身随之缩回拳头大小模样，双翅抱头瑟瑟发抖。

随着马蹄和响鞭开道声近，闻急鼓出动的两个巡骑已疾驰而至。首骑之上是束弁褐服的市吏，他远远望见当街躺着的子离，便迅即低头伏身，随着啵的一声轻响，自他身背后弹射出一张乌丝密网。市吏抬手收束网口，干净利落地擒住子离与不吞，他身后的另一骑卒随即上来，将手中铜戈直指网中的人与兽。

"误会！"子离抱住不吞高喊，"该当法办那盗卖扰市之人！"

"收！"市吏挥手下令，铜戈应声而收。"尔为何人，竟敢街头滋事？"市吏沉声喝问。不等子离开口，不吞唾沫横飞地指着那不远处昏厥未醒的汉子一通控诉。它不明不白被那汉子麻翻售卖，险些被剥皮食肉，实是恼恨。"无须多言，且拘去治所，自有公断！"市吏没耐心细听因由，下令手下骑卒将涉事的两人一兽全押去治所。昏厥的汉子此刻醒转过来，听见要连他一同拘走，慌忙爬起来，满脸堆笑，上前攀住马缰与市吏嗫嗫低语。市吏面色顿时和缓，翻身下马，随汉子转去街边一棵树后。俄顷，他自树后大踏步走出来，汉子却不见了踪迹。突然，市楼上又传来一阵急鼓声。市吏抬头看楼上那司鼓人手持黄

第十七章 何疑

白两色小旗打的旗语，回头向骑卒喝令："市南，将人犯押到后作速前来会合！"说着话，扬起手中皮鞭当空甩出声脆响，街上行人纷纷避让，市吏一路疾驰向南去了。

"吾等无辜而受网缚，却为何放走那盗卖之徒？"子离问负责押送的骑卒。

骑卒隔着捕网用麻绳绑子离的双手，蔑然叱道："没个表示，不捉你捉谁去？"不吞又待要嘶咻龇牙，子离怕它坏事，忙捂了不吞的大嘴，一把把不吞揣进怀里，向那骑卒沉声道："与你走便是，不必如此绑缚。"

"不绑？放汝自去都行，就看汝……识不识趣……"骑卒说着话，将手摊在子离眼前。子离到这时方才明白过来，这家伙是在索要贿赂，不由气血翻腾，梗着脖颈大声喝道："要走便走，还怕没个讲理的地方！"

"呸，倒霉！"骑卒啐了口，气咻咻收网上马，回头瞥了眼刚站起身的子离，恨恨道，"走？咱走着瞧！"突然猛地拽紧绑子离的绳头，随后一掌打在马屁股上。马儿撒开四蹄奔起来。子离瞬间被拖倒在地，不由大喊"救命"。围观人丛竟发出哄笑，只听有人边笑边喊："活该这舍命不舍财的悭吝鬼啊……"

子离绝望地闭紧双眼，在离地腾空的瞬间勉力翻转身体，将背负的古琴护住。琴主虽将它弃了，子离却是受人之托，不能使琴有任何闪失。突然，他觉得身下一轻，睁开眼看时，却是不吞正以大脑袋抵住他扑腾双翅，四足齐动，竟一点也不落后那疾马脚力。

"不吞！"子离笑起来，"你方才还兽性大发要吃我，此刻又为何想起救我？"

"冤枉甚！"不吞速度丝毫不减，大喊，"只为与先生脱身，何曾伤了半根毫毛？"

"果真如此，该当谢你才是！"子离笑起来。

不吞也吭吭哧哧笑："提点别人小心，自己却着了道！"

"原来是你……"

不多时，骑卒勒缰驻马。不吞哪料他会停步，与子离齐齐撞进骑卒怀里，一时间人仰马翻。

这是一座高而阔的公署宅院，门前石阶上站着两名持戟的轻甲门卒，其中一人沉声呵斥："族首大人正在理案，不得喧哗！"

骑卒爬起身，顾不得别的，先拴好马缰验看坐骑无伤，方才哎哟一声，揉腰瘸腿地向那门卒抱拳招呼："擒了个不识趣的，这便押来受审！"

"今日不太平，又有不识趣的刁民！"门卒嘟囔着闪过一旁，放骑卒与子离进门，看着二人背影消失在门后萧墙，又向另一门卒撇嘴笑道，"看这也是个素服穷酸，想来大人该当穷忙！"二人相视一乐。

一阵微风拂过，帷幔轻摆，蛛网震颤。弗恭与刁庐已然以戒备状态分别站在段干且的身前与身后。"段干且？"段干且身前的弗恭，眼中满是狐疑，却突然咧嘴露出令人目眩的笑脸来，俯身逼视面前的不速之客，鼻头几乎顶住他的额头，说，"段干大人之名，小的们仰慕久矣，不知大人今日突然造访，所为何事？"

"还扮成这副鸟样！"刁庐的口气中透着不屑，抱臂自段干且身后探过脑袋打量他，突然笑起来，口中啧啧有声，说，"还别说，果然名不虚传，扮来甚是传神，可见得了主君真传。你说呢，弗恭？"弗恭脸上依旧堆着笑，自鼻孔深处发出一声轻哼，算作表示认同刁庐的说法，如刀锋般凌厉的目光直刺段干且眼眸。

"不足为奇，就似二位将元虚祀库原封不动地搬来奚虚。就算是无法欣赏雷鸣游夔，也难有鸟雀复立于鼎耳——"段干且挑动双眉与眼前那对迫人瞳仁对视，毫不退缩。他将双手一摊，反问道："那么先说说看，你们掳走我的随从，又意欲何为？"

"随从？"刁庐表情夸张地大笑，"惊夫？段干大人的所谓随从可是惊夫吗？"说着冲弗恭做了个夸张的表情，接着笑道，"哈，弗恭！惊夫那样的人，何时成了随从？笑话，笑话！"

"惊夫之事，暂且搁下！"弗恭直起腰来一本正经地说，"先说说，尊驾这副模样是何居心？"

"莫不是主君……"刁庐晃动脑袋还待要讲，却被弗恭的一个眼神切断了后半截话，当即闭口，不再多言。

"既是如此相疑，何不就来场对等的交换？"段干且狡黠一笑，目光自面前人脸上滑过，又说道，"谍探这样的行当，向来更看重实察内在因由，何曾会被浮面的表象蒙蔽？算起来，二位当尊我声前辈。"

"那么便尊大人一声前辈！"弗恭果真向段干且揖手施礼，继而却面色陡变，纵声大笑道，"前辈端的好记性，想是待在元虚那腌臜地太久，早混淆了自家身份。无论如何，在下还是得提醒大人，好好认清目下情势，务必先保有适当的自知之明！"他抬起手来在眼前一挥，说，"至于交换，在下以为不必如此麻烦。"

"一句话，干脆些，"刁庐站回段干且身后，"你把那宫婢藏到了哪里？又为何要扮作少主模样？"

段干且掸了掸袖口蹭上的灰尘，斜过身子看向刁庐："这是两句话，刁庐。"

刁庐恶狠狠地瞪他，说："鸟！关个甚事！快说！"

段干且打了个哈欠，神态慵懒。"少主，公子亘！"他伸手揉了揉肩头，说，"宫婢，比妾！"他把胳膊撑在木案上，旋过身看着刁庐一笑，转而猛然回头盯住弗恭，慢悠悠地又说，"还有，主君大人！"

弗恭与刁庐相互对视，脸上挂着相同的错愕神色。

"当然，还有二位！其实所有人都知道，事情发生了就有迹可循。"段干且适时住口，不再说话，摆出个妖娆姿态，跷起兰花指捋了捋额前垂下的发丝。弗恭与刁庐都没笑，只露出等着听他下文的期待眼神。

段干且抛出个引子，并不着急继续，而是微笑着离席起身。刁庐十分警醒，动作迅速地弹开半步，同时手已伸向腰后，随时准备发动必要的攻击。段干且笑起来："放松些，没必要如此紧张！"转头又朝弗恭道，"既是说到自知之明这样的话题，必得向二位展示敝人有相当的底气。"他说着话便将手探入怀中，随即取出一粒小药丸高高举起来，说，"还有，诚意！"

"定心丸！"弗恭情不自禁地惊呼，劈手便要去夺。段干且立即缩回胳膊将那丸握在掌心。"等等，"段干且说，"纠正一下，是主君大人的定心丸，想必亦是二位性命所系！"

"汝这贼子！"刁庐勃然大怒，背手自腰间将两柄铜殳各抽出一半，眼睛瞟向弗恭，希望得到一个许可的眼神，却被弗恭以几乎难以察觉的表情制止。

"段干大人，"弗恭说，"在这里，恐怕你没法阻止我们取回想要的任何东西，把擅闯息堡盗窃的贼人就地正法亦系职责所在。"

刁庐接口道："着，着着，正该立即法办了这贼人！真让人激动，我都等不得了，弗恭！"

段干且高举起握有定心丸的那只拳头，作势要发力。"哈，二位也该有些自知之明，"他说，"别只顾着逞口舌之快。敝人也满怀善意地提醒二位，设若主君大人的定心丸碎为齑粉，而后化作一阵轻烟，此后会发生什么，想来不必他人多嘴提醒！现在，二位何不找个地方坐下？也好让咱们都能稍稍放松些。"

弗恭与刁庐当即不约而同地决定放弃用强。风过处，二人已经表情严肃地盘膝坐在木案对面。"段干大人既掌握拿取此丸的机密，自是有了交易的筹资。"弗恭挺直腰背，说，"开个价吧！"

"开价？我若说此宝无价，想来二位不会反对，那么后头便没的谈咯！"段干且面无表情地摇了摇头，目光在对面二人阴郁的脸上扫过，接着缓缓说道，"既为环人，还是按老辈传下的规矩，谍情相易，各取所需，如何？"

弗恭的薄嘴唇抿成一条线。他抬眼看了看段干且，又垂下眼帘，随后深吸口气，抬起头下定决心，说道："那便说说看吧！"段干且长出口气，自心底发出一声只有自己听得见的笑声。毕竟，他终于有可能在疑云重重、扑朔迷离的真相面前拨开条小小缝隙，这真是个良好的开端。"很简单，疑问有三，还望二位据实相告。"他说。

弗恭点头："如此，咱们亦会有三疑得解，是吗，刁庐？"

刁庐一咧嘴答道："那是自然！"

"甚是公平。"段干且点点头，又说，"此外，还得放了惊夫。二位也算是奚虚数一数二的知名捕卫，想来断不会食言。"

弗恭显然是对突然从天而降的高帽有些不适应。他眨眨眼，将目光自段干且紧握定心丸的那只拳头上暂时移开，收起笑脸，表情严肃地说："惊夫却是不劳费心，在大人来此之前已离开。"

看见段干且露出意外与狐疑的神色，弗恭朝刁庐一努嘴。刁庐便自腰后抽出两柄铜殳，锵的一声相互对叩。一面透明薄幕应声陡然出现在段干且面前，薄幕上清晰地映出惊夫一路跑出黑塔，磕磕绊绊消失在红花盛放的矮树林之中。"他，怎么……"段干且觉出惊夫行为的异样。"无碍，只不过一时失心

第十七章 何疑

难以自适，用不了多久，他便可恢复如普通弭空俗民般……自在！"弗恭说罢呵呵笑起来，催促道，"目下，即请段干大人先行发问，吾二人定当据实相告，断不欺瞒！"

"那么，请问二位受谁差遣？"

"哦，简直没想到，真是多此一问！"弗恭心说，口中答道："咱们向来受命行事，自是听命于上峰。"

刁庐在旁咧开嘴笑道："反正都一样！"

"为何要追杀宫婢比妾？"

"上头的命令！"这时，弗恭挺直的腰背松弛下来，脸上浮起预见到胜利的微笑。

"看来，二位还是少了些达成交易的诚意！"段干且抬了抬紧握的拳头，说，"惊夫接到的却是保护比妾的命令！这些便是二位的实告？"

"谁说过要杀她？咱们一直以来都是要保护她的，可惜无人肯信！被误会的滋味着实不好受，生出多少大可不必的枝节，是吧，刁庐？"

刁庐接口答道："谁说不是，护可比杀要麻烦得多，皆因主上大人必得要她活着，她掠去了少主的部分罔影……"

弗恭适时打断刁庐，瞪了搭档一眼，嗔怪道："多嘴多舌，莫不是要将所有秘密和盘托出？你倒是图个痛快！"

"他嫌咱们没诚意。"刁庐嘟囔道。

"好了，"弗恭说，"无论如何，大人已得到了想要的。来而不往非礼也，该咱们问了。第一，既然出现在黯匿的宫婢是尊驾所扮，那么真正的比妾到底藏在哪里？"

"比妾无须再藏，她已脱执出离。"段干且据实而答，说话间，他闭紧双目，从脑海中调取曾经的记忆，猛然张开眼，边将比妾出离执困的画面影像投射在弗恭与刁庐面前，边说道，"主上大人既然要她活着，这个结果他老人家应当十分满意！"

"高兴才怪！我有个问题。"刁庐说。

"刁庐，你的问题尽管问我便可。"弗恭语无间歇地提出第二个问题，"那个叫孑离的元虚人为何总追着你不放？"他指着投影中的孑离问道。

"他想回元虚，而我，没能让他相信，我也没办法让他做回元虚人！"段干且说。他说这话时，心中暗想此话是否完全属实。那个元虚人如此大费周章，冒着随时可能丢掉小命的危险，难道仅仅是为做回元虚的俗夫？或许是……真有什么其他目的。

"轮到我了，"刁庐迫不及待地问段干且，"我出手几枚穗镖？"他在说话的同时扬手，有道亮光带着划破空气的轻微啸音，在三人眼前一闪而过。

"呃，确定是你想问的？"

"怎么，答不出？"刁庐重复道，"方才那一下，发出了几枚？"他扬扬得意，再次挥手重复刚才的动作，加重语气。

"五支。"段干且说。

"说实话，一时着急，还真是不确定发了几支……"刁庐搔着脑袋数罢腰间革囊中插的余镖，很郑重地向弗恭点点头，说，"竟是蒙对了，算作通过。"

弗恭又问："大人到此……"

段干且摇了摇头说："弗恭，修习这许多年，如何还是压制不住你贪心的坏毛病？"

室内暂时陷入一片沉寂。弗恭与刁庐恨恨地盯着段干且紧握的拳头，随时准备伺机而动。段干且缓缓摊开手，说："那么，就此告辞，二位尚请自处。"话音刚落，他将手中的定心丸尽力朝上一抛，人已弹向门口。

"自然。"弗恭语气平缓地回答。刁庐则腾空而起截获猎物，用双手小心翼翼地捧住那粒跌落于掌心的小小药丸，表情就像觐见主上大人般虔诚。

弗恭自刁庐手心拈起那粒定心丸细细端详，又举起来对着烛火凑近观瞧，生怕错漏什么细节。而后，他将那丸放在鼻头下嗅了又嗅，脸上终于现出确凿无疑的微笑。"哦，太好了，失而复得的兴奋感觉，"他低声说，"成色、润度、气味真是无与伦比……"他高高举起定心丸欣赏着，欲望悄然爬上眉梢眼角，似梦呓般喃喃道，"历代主君传承而来，非比寻常。"

"弗恭，咱们赶紧将它放回原处，唯望主上大人不曾察觉到。"刁庐催促道，"看护不力，少不得又要被罚去是非瀑下遭罪！"

"刁庐，你说咱们为何于虚间往来奔忙？"弗恭表情沉醉地继续欣赏，突然提高音量问道。

第十七章 何疑

"为何……"刁庐被问住，将头凑近弗恭，试图以相同视角自这粒至高无上的定心丸上找寻答案，终究没看出个所以然来，便问，"为何？"

"为奚虚族众，还是为浮光宫与息堡的主人？"弗恭又问，不等刁庐有所反应，他便接着道，"或许，终究得为咱们自己……"弗恭的声音低下去。突然他像被烫着似的，将药丸猛地丢给刁庐，喊起来："祸端，祸端，险些毁我修为！"

刁庐莫名其妙，说："听令便了，烦个甚来！"他朝门口扬了扬下巴，提醒道，"那位不男不女的段干大人可真要远走高飞了，弗恭。"

门外传来异响，弗恭与刁庐瞬间消失。

子离随骑卒进入泉丰治所庭院，抬头便见到乌壁黛瓦的治所正厅。厅堂坐北朝南，依山而建，甚为端肃，以序墙分隔并列三室，居中为理事公堂，东房西室则牖户紧闭。公堂间有东西两根朱漆木楹，各悬有一块狭长的乌木木表。东楹木表上刻"听狱重察，本其事而原其志"，西楹木表上刻"疑罪轻惟，失不经乃绝不辜"，间中主理木案之上的堂顶横梁上高悬一块"正刑明辟"的蓝底素字大匾。匾下，一位玄冠博带、青袍冕服的治所官吏正襟危坐于案前。下首两侧分坐着两人，从衣着穿戴来看，右边的应是个官员，而左侧下首的是记录案情的书吏。

骑卒押着子离径绕过前庭步入一旁回廊，来到西室，只见门额上刻有个"拘"字。骑卒推开门，室内空无一人，便又顺廊退至前庭的厅堂口，朝站班的一个役卒招呼过，用手指了指子离，那役卒点头。骑卒于是拖着长腔向子离道："等着——"而后便赳赳然向外去了。

不吞可不愿等，自子离怀中跳出来，几下翻腾，顺西室墙角的内檐柱蹿上檐梁不见了。子离想制止已来不及，又不能喊，只得由它去，自己等在廊下瞧热闹。

治堂上，东边站的是衣着光鲜的中年人，腰佩士族珧绦，身旁躬身而立的是个粗服仆役；西边站的是手握竹杖的素服瞎眼老汉，正由短衣褐裤的年轻人扶着。东西两下里不知为何事正相互指斥，吵作一团。案边分列的六名役卒"威"声齐震，一时间吓得堂下人皆缩脖耸肩，不敢再大声闹嚷。

- 247 -

主案上的官员说话慢条斯理，道："尔等若要一味争执，何必来此讼断？"又问道，"还有何言申诉？一个一个讲来！不得再行插话搅扰，否则以藐视治堂论罪！"

"族首大人明鉴！金行乃涉举族公利，本为惨淡经营，只求索回在押的金货并重判抢金狂徒！"中年人向上揖礼。身旁的粗服仆役随主家连连屈膝点头。

这审案官竟是泉丰族的族首！子离不由多看几眼，只见此公四十上下年纪，颏下蓄着短须，与唇上两撇修剪整齐的髭须十分相宜，锐眉凤目，面色和悦，看起来蔼然而不失精明。

族首转而问老汉与年轻人，说："瞽叟，你可还有话要讲？"瞽叟抖抖擞擞朝公案处打躬，拉着哭腔道："贱民只求断回辛苦酬劳，不敢再作他想，只是……"说到此，瞽叟突然跪伏在地连连叩头道，"邻忌取那金货本为好心助人，绝非盗抢，万望族首大人明察！"

"起来吧。"族首抬了抬手，说，"待本首问明情由，自有公断！"

叫忌的年轻人忙将瞽叟搀起来，小声埋怨："忌本无罪，老汉求个甚来！"

"忌，你还有何话，但说无妨！"族首问忌。

"小民无辜，不服拘羁！还望族首大人明察，开释了小民与瞽叟！"忌听见族首问话，一挺胸膛，大声回话。

族首左下案坐着的理事怒了，一对小眼睛瞪得通红，站起身来指着忌呵斥："贼人可恼，当市抢夺财货，证据确凿，竟敢翻供狡赖！"又忙避席向族首揖礼道，"大人万不可轻信诡辩！瞽叟与邻人忌勾连串谋，盖因私怨而行盗抢，人赃俱获。庭审讼诉供词俱结签印，属下断不敢徇私。"

"赃物何在？呈上来！"理事一声令下，有役卒捧着木盘上来，放在主审案上，盘内是一支赤金笄。族首拿起来看了片刻，问那理事："这金，庶奴人等可取用否？"

"回大人，虚律明示，黄（金）、白（银）、赤（铜）金，凡金者，非亲贵不可用。忌系隶人，断不可用！"

"不可用，或可私入市铺行售易物否？"

"回大人话，更是万万不可！庶隶者私藏金货罪同窃盗；私行交易者，双方均罪；有见之匿而不报者，亦等罪。"

第十七章　何疑

"那本首问你，不可用，更不敢入市出售易换，这个忌莫非是犯了痴傻病，抢获罪之物作甚？"

"这个……属下……"理事低头擦汗，偷眼看录事的书吏。书吏只顾记简，并不抬头。族首道："行了，你且坐，待本首细细问过便知！"理事施礼称喏退回席案前坐下，不时擦汗。

"先生，先生，"不吞悄然纵上孑离臂弯，一对大眼骨碌着四下打望，兴奋地笑道，"先生可知这堂上审案因由？"

原来不吞进出厅堂间，已将事情的来龙去脉打探清楚。

第十八章　穷究

泉丰疆界盛产金、银、铜，称作黄金、白金与赤金。族众多以采矿铸锻与加工诸业谋生。北街的文口坊是泉丰族最大的工坊贸易区，专制各类兵械、祭祀彝器，以及贵族日用的鼎、釜、鬲、盘、盏、熏、豆、灯，还有冠、笄、钗、饰等诸类金货。金类罕有，采产加工费力费时，仅供权贵专用。金在泉丰族的管控极严格，各类原金料由坊匠自公库签押领出，制出成品再交回公府入库，出与入的属类重量不可有差，否则便有获罪甚而丧命之虞。这些制成品金货，除去岁岁纳贡所需，兵甲类则悉数运往浮光城府库。库余的日用器便可与外族贸易，获取举族所需的财货。

文口坊内有专事金货易卖的官办金行，一向只与外族进行大宗交易，获利不菲。可就在不久前，泉丰族首秉布突然接到奚虚主君玄臾的急令，暂停金行经营，修缮整饬。玄臾主君亲笔书就"贝来今复"匾额，朱漆描金，悬于金行门额之上，取现货快付之意。秉布行伍出身，识字不多，难揣上意，便携重金去往博学多才的大言部讨教，方才得知，这匾上写的竟是斥责之词。

主君玄臾接二连三换任招摇山几个部族的族首，搞得各部人人自危，不免想尽法子多存私金，以便上下打点，布置暗桩行人防备不测。秉布在浮光城中颇费了些心思，因此各种消息源源不断。目下看来，担心的事情终究是要发生了！既是已然知晓，他便不能不有所动作，钱货资财当然少不得。秉布的私获仰赖金行，主君所为已直戳其心，他索性催逼重压金行主事，要加抽三成利头。盈干欲哭无泪，族首大人拿捏着他贪墨的把柄，他又怎么能够不唯命是从？只有想尽一切办法搜刮压榨，交钱保命。

金行重新开业，盈干请来乐人謦叟弹琴唱曲招徕客人。双方谈妥，每日计酬云贝一枚，连唱三日。待到唱罢，謦叟向盈干讨要唱酬，盈干举起装贝钱的布袋摇得哗哗响，问謦叟道："此为三日唱酬，可听见否？"謦叟喜得连连点头笑答："听见了，听见了！"盈干哈哈笑过后，自做其他事去了。口干舌燥的謦叟站定原处等着，等到焦渴难耐也无人理睬，便喊道："主事先生可在？何时付小老儿的唱酬？"盈干却说："你唱我听，现付听钱与你，你不是答已听见？是以酬金自是付过结清了。"说罢命伙计将謦叟撵出金铺。謦叟坐在铺门口独自歪着脑袋想了许久，竟默然起身，抹着眼泪抖抖擞擞走了。

次日清早，金行刚刚开门迎客，伙计忙着布货掸尘、擦柜洒扫。这时一个

第十八章 穷究

年轻人进得铺来,也不理会满脸堆笑迎上前招呼的伙计,更不看自柜后起身打躬的主事盈干,径直走到货柜前,伸手抓起铺面上摆着的一支金笄转身便走。盈干一时怔住,想不到大清早遇上这样匪夷所思的事情,张口结舌地愣了半晌方才想起让伙计去追,自己慌忙闭铺跟去。盈干没跑出多远,见金行伙计正与那抢金笄的人撕扯争执,忙上前一把揪住,与伙计合力将他押去治所告讼。见到治所理事,盈干将事情原委禀明,理事问那抢金者道:"为何敢大白天当众行抢?你不知盗抢是重罪吗?"

抢金的年轻人叫作忌,他理直气壮地答道:"小的拿取那金货时,眼睛里未曾见到半个人,只看到金货,取物而已,怎好说抢?此不正与这金行主事听唱付听酬是同样的道理吗?"盈干知道躲不过,只得将瞽叟的事如实禀告。

治所理事派人拘传那弹唱的瞽叟到堂问话。原来瞽叟与抢金人是邻居,当日瞽叟哭哭啼啼回到居处,正遇见邻忌,便将在金行的遭遇说与他听。忌为瞽叟抱不平,方才有了第二日清晨的抢金案。

治所鼓声引来不少围观看热闹的人,大家伙嗡嗡议论着,都以为理事大人肯定会判抢金者归还金货,金铺掌柜付瞽叟唱酬。却不想,这位治所理事不知吃错了什么药,竟然说忌与瞽叟为盗抢同伙,将二人收监羁押,还以涉赃为由扣下了被抢金货,又判金行主事盈干贪财吝啬听唱不酬,当庭杖责二十,赶出结案了事。

街头巷尾,倒教众人又好一番议论争执。

盈干此番损失金货不说,还吃了顿好打,哪肯罢休?他连市铺都没回,便让伙计搀扶着直去族首公府诉告。秉布一听便知,分明是理事想私吞赃金,顺带收些赎拘开释的保钱。"这些贪悭鬼,哪个是省油的灯!"族首近来烦心事不断,正不痛快,于是亲赴治所提出犯人来重审。

"忌,你且说说,抢这金笄意欲何为?"堂上的秉布把玩着手中的赃证问道。

"这东西使也使不得,又不能换易吃喝应用之物,自是过个一日半日的再送回金行去!"忌说的是大实话,又指着盈干说道,"不过教他吃些教训,好帮老汉讨回应得的唱酬。"

跪伏一旁的瞽叟歪头听着,连连叹气,道:"哪个要你多管闲事?白惹这许多龃龉。"

"盈干，为何不按约定支付酬资？"秉布皱起眉头，心中嗔怪盈干，竟为些些小钱横生事端。但想到金行刚刚恢复营业，他便将恼恨压了又压。得以大局为重，金行可以算作他的私人小金库。

"回禀大人，实是付不出唱酬，方才出此下策！"盈干愁眉苦脸地搓着手，偷眼看了看族首，又讷讷说道，"开业三日，并未做成一桩买卖！"

"什么！"秉布几乎当堂失态，他绝不相信，毕竟之前金行生意颇为不差，喝道，"何至付不出几个贝钱来！"

"账面向来只有亏空，大人不信，可命人取账简来查！"盈干说着话，暗地里用脚踢了下身旁伙计。伙计立即"对对对"地附和。

秉布看着金笋，觉得手上的东西越发沉重起来。主君想来是听见了什么风声，那么……秉布把笋丢回木盘，又看向理事，却见他双目微张，坐在案前一动不动，事不关己的神态着实刺眼，此刻听到查账，眯缝着的小眼立即睁大了。秉布不觉心中一动，立即拿定主意要教训这不识趣的家伙。

"咳，咳……"秉布清了清嗓子，高声宣判，"经本首查问，已厘清抢金案之情由。泉丰族族民忌，强抢金行财货，事实清楚，证据确凿，虑其所为确系事出有因，现酌情从轻发落，罚入铸锻坊行苦力一月；瞽叟唱酬本当金行支付，不过……金行主事盈干此前已遭杖责，现由治所公账代为开发；治所理事审讼不明，办案不力，罚一月黍俸充公！"堂下人相觑着不敢出声，理事则脸色铁青地躬身答喏。秉布不看他，只一挥手，道："尔等退下吧！"

不想此时，嘭的一声巨响突然在众人头顶炸开。西边的廊架随声坍塌，露出不吞巨大膨胀的头颅，随即凭空刮起阵飓风，将厅堂案几及一众人等吹得东倒西歪。风柱卷过堂前呼呼向门外去了。醒过神来的众役卒，将惊魂未定的族首与理事自地上扶起来。理事上前帮族首大人掸着身上尘土，秉布却一拂袖向后堂去了。理事正要关照书吏别记这一笔，那书吏却满面惊色地指着案上木盘喊起来："赃证不见了！"

托盘里的金笋不翼而飞！

子离心知不吞受不得此处贪悭风习，定是它使了坏，便忙上前施礼，还不曾开口说话，理事便喊道："哪来的胡闯竖子？叉出去！"站班中役卒此刻方

第十八章 穷究

才想起子离,向上回道:"是骑巡捕回的街市滋事者!"

"来啊,恒书多记一笔,将此滋事人犯与那忌犯一道押去铸锻坊!"

不问缘由,更不容抗辩,子离被两个虚役拖拽推搡着向外去。

"等等!"族首整罢衣冠自后堂转出,指着子离问理事,"此人所犯何罪?"理事忙摒怒堆笑,躬了躬身子,道:"街头滋事的小案,不敢劳动大人费神,卑职已判他同那忌一道去铸锻坊行苦力,正可省却一番腿脚。"

"滋事!本首一转身的工夫便已审结?"秉布说着话瞥了他一眼,转身在案前坐下。理事只得也坐回下首侧席,脸上凝结着尴尬笑容。"此犯甚人?居所何在?在哪条街哪个坊滋事?所滋又是何事?"理事并没问过,哪里知道?支吾着答不上来,一张青紫面孔瞬间煞白。

"哼!"秉布沉下脸,转而向役卒吩咐给子离松绑。秉布道:"人犯报上名来!"

"荔人子离,欲往浮光城拜谒主君大人,途经泉丰贵地,正欲求族首大人施个虚节过境!"

"元虚人?"秉布恼意写在脸上,转头问治所理事,道,"这是怎么回事?"理事指着那个役卒喝道:"没听见族首大人问话?怎么回事?"役卒自列班中跨出两步,低头缩颈回道:"骑巡押送来此,小的不过据实传禀!"

子离当下把事情原委细述过,而后话锋一转,表示不再追究,只要族首肯放行便好。族首却微笑不答,只上下打量子离,最后将目光落在他身后背负的琴囊上,说:"自元虚来此,却无接引,必是不请自来的……客,为何要去见主君大人?"

"受大言部族首所托,向主君大人禀告一场论辩!"

"论辩!"秉布不感兴趣,干脆指着琴囊问,"汝之所负,是将欲献给主君的宝物吗?"

子离心道糟糕,却不得不解下背着的古琴,这族首看起来不像识琴懂琴之人,但愿他不识货,当下故作随意地说道:"这张破琴?不过是解闷玩物,拿出来怕污了族首大人慧眼。"

"破琴!"秉布失望,这个元虚人没啥油水。他的确不懂琴,也不想懂。理事在旁咳嗽两次,秉布恼意未消,狠狠瞪他一眼。理事诚惶诚恐,立即打消插话想法，垂下眼皮盯着身前案台暗自叹气。

"吾泉丰族人向有贸易之规，汝想要过境，以何相贸？"秉布将双手向前一摊，笑着看向孑离。

"孑离身无长物……"正说话间，不吞裹着风落在庭院中，张嘴吐出一堆兵械，向族首呛声喝道："这些够吗？！"秉布登时面色大变，指着不吞喝令左右："何处来的野畜？速速捕杀！"

役卒围住不吞，却相觑着无人上前。不吞怒号一声，役卒们立即就势躺倒在地。不吞笑起来："族首大人好手段！某乃不吞，护此元虚人去往浮光城！还望作速放行，便将这些兵械还与尔等。铸锻坊土堆甚细，或许某再吸些来与尔相贸？"

"圣兽莫怪，本首即刻放行便是！"秉布离席施礼不迭。号食兽又自口中吐出那金笄，喝道："方才为何不提此物？该当还归金行！"

"是是是，本首的疏忽！"秉布让盈干当众办了销案，领回金笄，又派自乘的辂车将孑离直送出泉丰域界。

"不吞，你是如何得知秉布私屯兵械的机密？"直到走出泉丰地界，孑离方才开口问不吞。

"何密之有？全显于那位族首大人的颜色之间。他越是存着怕人知晓的念头，恐惧便越是罩头盖脸地萦绕不散，自是一望而知咯！"

"只是不知他为何要如此，囤而不用，岂非可惜！"

"想必贪欲作祟！"不吞摇头晃脑，又问，"先生，铸造兵器时，如若在铜浆中掺杂细土，会如何？"

"泥土是用来烧制陶范的，而非加入铜浆。"

"唉，要说起来，世人谁不想衣食富足、财货丰裕？存有此念实无不妥。获财在道，舍财在义，如此方可体会财货给人带来的真正乐趣。只是切莫让那无休止的贪财之欲迷心障目，不辨是非。纵使财货再丰，分毫不舍，守财何益？终究不过是个财货的奴仆。"

"这位大人恐怕远不止贪吝财货之虞……"不吞说着，一个翻腾滚远了。

孑离想了想，摇着头自言自语，道："这个不吞，什么不好学，竟学会说话兜圈子。"

第十八章　穷究

段干且走出息堡，抬头看天，残月已沉入不远处的金色殿脊。

得抓紧时间了！他抬脚刚跨出那厚重的黑曜石门阶，便挨了重重一击，跌倒在地。他感到胸口传来撕裂般的剧痛，攀住近旁一棵异花矮树撑起身子，低头看见自己左胸深深扎入一支乌羽箭，箭尾上羽毛还在微微颤动着。"哼！来了！"段干且发出声冷哼，一手按压住痛处，一手自腰间快速取药纳入口中，而后靠着庭院石壁坐下，喘息着凝视前方空寂无人的院落，表情却出奇地平静。突然，他冲前方树丛微微一笑。树丛后闪出个手持长弓的身影，此人身形高大壮硕，一身黑衣短装，脸上蒙着黑麻巾，只露出两只精光四射的眼睛。

"丘若！"段干且立即自身形认出来人，挺坐而起朝他大喊，随即又瘫软下去，呼吸愈显促迫。

丘若转瞬出现在段干且身边，大惊失色地蹲下身看他，问："你？是……"

"是我，没错，是我！"

"怎么会是你？你……你怎会在此？"丘若勃然变了颜色，抽出短刀割断箭尾，用手压住段干且伤处。

"怎么会是你？"段干且也问了同样的问题，他因伤无法敛形，已恢复自身形貌。

"你为何会扮作少主模样？"丘若将段干且架起来，沉声说道，"算了，还是先别说话，治伤要紧！"段干且却已说不出话来，双膝一软，歪倒在丘若怀里。

丘若眉头深锁，背起段干且，顿足一跃，隐入晨暮消失不见了。

周遭云气景物陡然一震。

弗恭与刁庐出现在息堡庭院，四下沉寂无声，只有满院娇艳欲滴的矮树红花在轻风中摇曳。"逃得这样快！有两下子！"刁庐咧嘴笑着与弗恭交换过不可思议的眼神，十分默契地分头查看。等到再度会合，对碰过毫无收获的目光之后，二人转身向黑塔走去。突然，弗恭朝空中嗅了嗅，抬手止住嘀嘀咕咕的刁庐。"血腥气！"他说，"竟没闻见吗，刁庐？！"

刁庐也有了发现，他俯下身子去看沾着血迹的壁角，说："在这儿！哼，看来他的人缘着实不怎么样，不劳咱们出手！"弗恭走到近前蹲下身细看，说：

"伤得不轻，这可与咱无关！"

"没人比得上你的精明，弗恭……"刁庐说，"若还能逃，便是并未伤到要害处！"

"恐怕没那么简单。"弗恭自地上捡起断箭看着，又靠近使劲耸动鼻头嗅了嗅，皱起眉头说，"这箭上淬有剧毒，怕是没治了！"他仔细审视手中的箭，猛然间抬头四下巡睃，道，"丘若！"

"将军？他与那段干氏交情匪浅……"刁庐突然瞪圆眼睛，露出不可置信的夸张表情，问，"怎么，可是宫中出了甚事？"

"刁庐，我是担心息堡，咱们的麻烦来了。"

"鸟，怕他甚来！"

号食兽不吞扑翅翻滚前行，直到迎头碰上坡底一面蓦然凸立的巨大青石石壁方才停住。

这块巨大石壁足有八九尺高、丈把宽。石顶嵌有铸雕精美的铜牌，上书"飞户"二字。铜牌下揳入几枚木杵，居中挂着一张木皮文告。这是一面部族界石，同时作为告壁，凡有族中大事便在此张告族众。告壁下栽有一圈以老藤皮捆束的圆木桩，一截巨大条石横卧在告壁根处，条石上坐着一粗壮一细瘦两个红衣褐裤、发束帻巾的守告小吏。看到周围聚拢的人渐多起来，粗壮小吏站起身大声念诵木皮上墨字的内容。

"飞户族众听着：现奉族首大人之命发告，一年一度的赛食会，由原定明日巳时改为今日午时，地点不变，依旧在无厘校场举行。届时商户闭市，农人歇耕，举凡族人悉数到场观赛。饱食而外，还可免除观赛当日的公赋税币。看好了，这是公文！"读告的粗壮小吏说着一指条石上坐着的同伴。坐在一旁的细瘦小吏忙站起身，自怀中掏出片木牍，边向众人展示，边大声说道："这便是族首大人亲自签署的免赋公文！"说话间将手里装公文的兽皮书套向周围挥了挥。聚拢在周围的人群发出一阵哄笑。细瘦小吏也咧开嘴随众人笑，被一旁的粗壮小吏一扯衣襟，意识到自己的身份，忙正了正颜色，坐回条石上。

不吞听到吃，兴奋得不能自已，待到孑离近前来，便扑上去扯住衣襟一迭声嚷道："赛食赛食，不吞要去！"孑离拎起它的后颈放入臂弯，嗔怪道："你不食人间烟火，何必凑此热闹？咱们赶路要紧！"

"赛食场乃是婪欲贪食者齐聚之处，想来甚美！"不吞咽了口馋涎，一对大眼灼灼放光。

"不吞饿否？"子离举起不吞盯着它的眼睛问。不吞骨碌碌转动着大眼珠想了好一会儿，终于泄气，轻声答道："并不曾饿！"

"那么便赶路要紧！"子离拍了拍不吞的圆脑袋，说，"马上去请见飞户族首签押过境，可好？"

不吞大嘴几番开合，终于委屈巴巴地答应一声，径自跳下，向前去了。

子离向身边围观的一个乌衣汉子问道："借问一句，何处可寻贵部族首？"

"小哥要寻漆成大人？"乌衣汉子上下打量子离，说，"大人忙着赛食会，必不得空见你。"

"实是有急务求见。"子离着急。"若如此，莫若报名赛食，马上便有人引往见之。"乌衣汉子朝条石上坐着的两名小吏努嘴笑道。

"莫听他的，要签那生死文书，奉劝小哥想清楚！"另一体庞身硕的白头白须老汉插话，"食爆肚肠，你便如烟般消散了！"

"什么？！玩乐而已，竟要以命搏食？"

"玩乐？小哥必非本族。"老汉叹道，"飞户部族以食修持，只为恢复品味识味之能。"说罢摇着头叹息。

"怎么，难道此地族众竟不知吃食滋味？"

"食之皆如嚼蜡吞土，无滋无味。偶有历经修炼恢复的族人，均已脱困出离了。"

"举族尽皆失味，为何不请医家诊治？"

"非病，何以治？"乌衣汉子颤着一脸肥肉凑上来说道，突然紧眨几下小眼睛问子离，"小哥可是识得滋味？"

"呃……"子离看着他，无可奈何地说，"当然！"

不想那乌衣汉子一把扯住子离双臂喊起来："快来人哪，识味者在此……"

三声悠长的号角声响起，穿过告壁后的一方水面，在山野间回荡。

实话实说，云和除了清丽脱俗的气质，并没有那种令人惊艳且一见倾心的美貌。正因如此，她方持之以恒地坚持修习诗画、琴乐、歌舞等诸般才艺，试图修才智以增颜色。她最爱琴，每每念及在黯匿所弃之琴，心口还会隐隐作痛，但依旧坚定地打消再探黯匿寻琴的想法。她在歧山飞瀑岩与飞鼠乌蝠为伍，诵诗为歌，低吟浅唱，于流瀑绝壁间且旋且舞，且笑且哭，独自逍遥。飞鼠们早已习惯她的存在，甚或是早已将她视作族群之主，对她的召唤总是呼之即至。它们甚至会将回应云和排遣她的烦闷当作一种荣幸。

"阿泥。"云和伸出手，对倒悬于洞口的一只小飞鼠唤道。阿泥展翼而至，落在云和掌心，一对火红如豆的小眼睛盯着她。"我唱首新歌，你作为领舞带领大家可好？"阿泥兴奋地翻飞而起舞，在空中画出应答符相，招来一众飞鼠环绕在云和身边。众鼠悬停在半空做好准备。

"注意，开始咯！"云和清了清嗓子唱起来。

　　　　蜜符于窟，振振其翼。我之念矣，自诒伊漓……

一只个头很大的乌背飞鼠探出蝠群，停在云和面前嘶嘶振翼。云和停住唱，歪着头想了一下："老歌？之前唱过吗？倒也无妨，心境不同，歌亦不同，大伙儿一齐来听听看吧！"她接着唱道：

　　　　蜜符于窟，颔颔其空。展矣是人，悲劳我心。瞻彼赤流，匪劳我思。崖深云远，曷尔何来？百之是人，不知德行？悖乎伎求，何诒其臧？
　　　　……

乌压压的蝠群跟随她的歌唱，和着韵律节拍起伏飞舞，时聚时散，洞口飞瀑的水势劲流竟也随之忽急忽滞，场面蔚为壮观。待到云和唱罢收声时，小飞鼠阿泥亦敛翼落于她肩头。

"听起来与之前唱的可有不同？虽说我不记得之前唱过。"

阿泥用头亲昵地蹭着云和耳际，表示歌与舞皆无可挑剔。云和咯咯笑起来。倒悬在岩洞顶端的群蝠则齐齐将头歪过一边，振翼赞好。接着那只大个乌背飞鼠一个俯冲在云和面前扑扇几个动作，又有几只加入进来，接着群蝠飞聚悬停，

第十八章 穷究

拉开架势。阿泥便也飞回族群加入。"还唱？哦，当歌则歌，你们懂吗？我还得有唱的心境……"云和道。

崖洞深处突然传出一阵有节奏的低沉律动，仿佛自遥远天际发送而至的心跳之声。云和眉目间闪现阴霾，腾身入洞，声音是从岩洞深处的壁龛内传出来的，里面藏着云和最珍爱的东西。她拉开皮线编制的小龛帘，律动声变得越发响亮。那个原本乌沉沉的小陶罐就放在石隔最上层，她伸出手拿起陶罐。一片红光透过罐体频繁闪烁，似心之所向，想要穿过陶壁挣脱束缚，赤红光线陡然变为刺眼强光，已迫不及待地钻出罐口木塞缝隙射出来。"他有麻烦了。"云和紧锁眉头说。

阿泥在云和面前绕飞出一个奇异符号，提出疑问。"不，不是陶罐要跳舞。是那虚医段干且，"云和说，"他有大麻烦了。"

云和将陶罐小心放入前襟，身体随即激射出洞。阿泥一个俯冲跟过去，接着一阵飞鼠扑翼声响过，崖洞内瞬间空空如也。

丝帐轻垂，周遭景况陷于昏昧的暗影之中，空气里弥漫着浓重的血腥与药石混合的气味。

"在闭眼前，我想知道一件事。"段干且面色苍白，说话有些吃力，却依旧翘起唇上髭须，露出狡黠笑容，说，"你是晓得的，且可往来于奚虚与元虚，即便马上在你面前咽气消融，只要心底疑惑不解，便依旧得回奚虚。不过，到那时，胜负可就难料了，丘若。"

丘若坐在榻旁为他包扎伤口，脸上表情复杂，说："谁与你争胜负？陈年旧事，提来作甚？往来奚元虚境，竟敢不服定心丸，难怪使不得神通，躲不过偷袭。"

"你该懂的，为何不可服它。"

"防人之心未免过重。乔扮之事何不知会与我？你本不该遭此命厄……"丘若喃喃说着，突然一顿，盯住段干且的眼睛，说，"难道，竟是为避过……师尊？"

"嘘。"段干且皱了皱眉头，原来失血的苍白面色泛出紫黑之气，他说，"在猜疑未解之前，最好别再提'师尊'二字，还是称他主君为好。时辰无多，但请知无不言，且便了然无憾了。"

"自然，虽说你坏了我的大事。"丘若叹了口气，答道，"谁能拒绝将逝之人最后的要求？你还想知道什么？"

"息堡，公子亘早夭，总角小童尚无执妄之欲，那他是如何到的奚虚？即或是主君以身念相携，如何得以长留息堡？怎么做到的？"段干且深吸了口气，平缓着伤处带来的痛楚，接着说，"毕竟奚虚不存在世间一切之'情'，喜、怒、爱、憎、哀、惧，诸般情感都被摒弃。珥空族众尽皆封闭五蕴六识，清静持修，不会因外力激起一丝一毫的波澜。那么，主君却怎会为父子亲情所困，将亘留在奚虚，囚于息堡？"

"主上大人不喜欢别人提及亘少主！"丘若看了眼段干且，见他面紫唇乌，呼吸越发急促，伸出手去搭他脉门。脉象沉厄无力，已是命悬一线，殒于烟尘只在旦夕之间。他收回手，稍作沉吟，将包扎伤处的麻布打个结，终是在说与不说间作出决断。丘若俯下身靠近段干且，压低声说："是的，这是个保守得极好的秘密，采用了各种手段……"

"秘密，又何必要隐藏呢？"段干且问，"隐瞒奚虚主君有过一个早夭的少子？这是人人皆知的……"

"比妾。"丘若脱口而出。"几年前，在接收一批新到奚虚的秦人时，"他说，"这个叫比妾的女子，作为元虚秦国国君生殉的少使姬妾，来到这里……啊，可她清心寡欲毫无贪念，只有一股令人……令人难以捉摸的……"

"什么？"

"呃，是不甘，强烈的不甘，然而却并无丝毫怨念，按说不该到此。"

"是以没法子按贪欲执妄处置！"段干且突然吸了吸鼻子，说，"就像曾经的……少主亘一般！"

"是的。"丘若很认真地回答段干且，说，"只能请主上大人亲自裁夺。"

"留下了，没有封闭五蕴六识的比妾被留在浮光宫内苑，成了宫婢！只有比妾能解主君与少主之困！"

"其实……你有时的确挺机灵，可说是在我之上！"丘若深深地看了眼躺在榻上生机渐失的段干且，又说，"可有时也傻得离谱！此事与你何干？"

可能是听出丘若话中的真诚，段干且没像往日反唇相讥，只把眼光穿过他

第十八章 穷究

和垂幔，投至对面墙壁。壁上斑驳暗影突然惊恐地活动起来，转眼间逃得一干二净。

"嗯，现在说吧！"段干且挣扎着笑道，"当时没人想到会出现意外！"段干且依旧疑惑，问，"比妾出逃时见到的，到底是主君……还是少主？"

"是亘，少主公子亘！"丘若重重地叹了口气，说，"囚镇于息堡，他空有一副童稚模样，却早已不复当年的纯善……是啊，想来这样不见天日的永生，任谁也消受不起！可惜主上大人并不这么想。他由着少主亘依附于身，直至想要侵夺权柄。主君已无力再控制他了……他的怨念日益炽烈！"

"那么，主君还是主君吗？"

"是，但恐怕越来越多的时候并不是。"

难怪就连近随也难以得见主君，难怪主君行事作风时有荒诞不经。疑问终于有了答案。段干且咧嘴艰难地笑了笑，说："想必……少主离不开心药吧？"

"正是！一粒定心丸终究没法保全二心，又不能同服两丸，便只能索性不服以保全少主，因而主上大人日渐衰弱……"

"放过亘，让他自去，不好吗？就算当年在元虚，主君曾有过无意之失，也不必如此执着放不下。毕竟亘是因病而逝……"

"自去？若肯自去，又何至于此？"丘若摇头打断他，说，"亘早已不甘依附，他企图占夺操控主君久矣。主上大人若肯早作决断，也不会有今日乱局，目下若强行分离，恐怕……俱毁！"

"你是说，"段干且终于明白，道，"除非二者同时脱离执困！"

"断无此种可能。"丘若咬牙恨声道，"唯有除去他，以保全师尊！"

"唉……傻呀，丘若……"段干且留下一声叹息。他那失去生机的躯体如朽木败叶，急速衰萎坍缩，最终化为一缕几乎难以察觉的轻烟消散了。

榻角的药箱药袋倒似是被突然注入灵力，活物一般自如地跃上殿顶横梁，在柱间几番穿梭腾挪，转眼不见踪迹。

丘若呆呆地坐在原处不动，望着段干且消融的最后一缕残迹说："傻？谁傻！"

第十九章　取舍

大手与瓦豆终于赶在黎明前完成了所有制简任务。

"师父，咱到底是为个甚？"瓦豆问大手。他们将简库里的成品逐一搬上牛车，举手投足谨慎小心。晨露湿重，大手将桐油葛布铺在整齐堆放于车厢里的简堆上，又用麻绳将货物捆缚牢靠。瓦豆敬畏地注视着师父的每一个动作。他没有上前帮忙，知道今日与以往任何一日都不同，他插不上手。

"为个甚来？"大手边干活边重复瓦豆的问话，看起来有些心不在焉。

"嗯。瓦豆只不过想与从前一般简单过活，不必再担惊受怕。师父安心手艺活计，大家伙都勤谨修持，早日脱离此地。可为何会至如今地步？"大手将牛车置妥，默默听着，始终没吭声。院墙上的葛花朝开暮闭，此刻纷纷张开花蕾重新绽放艳丽紫红，迎接清晨第一缕朝晖。"想不明白，或许本就不该想太多，活一日是一日罢了。"瓦豆嘟囔道。他不敢指望师父能温言软语答疑解惑。

大手说话了，他声音低沉，控制着暗藏的汹涌激情，凝视着满院盛放的野葛花："想当年在元虚时，我跟随师父制了二十余年竹简，却并不曾识得一字，过着朝不保夕、穷困潦倒的日子。只因刻错木表上一个字，便被活活打杀……"

大手提及往事，眼神空洞，表情木然，像是在讲述别人的故事。紧接着，他目光炯炯泛起神采，说道："来到奚虚，有幸得丘若将军照拂安置，能够依旧从事制简，由着我学会读写。又蒙将军引荐，成为内宫匠师，方有主上大人赏赐此院落安居，还派你个小瓦豆来习制简之技。主君允准庶众认字读书识理，可以按心之所向怡然修持，自正己行，自修己身。想我当年若是识字，又怎会枉失性命？高高在上的大人们从未将我等庶众当作人，不曾查问致错因由，只要出错，便厉罚酷刑苛责咎杀。丘若将军说，奚虚的主上大人从不滥用刑罚，不施苛政以治下，教化也就水到渠成了。好似咱们制简取竹，善用其长而不废其短。只是，若不经打磨，再好的竹片也不能称为'简'。有句话叫作'士为知己者死'，即如这葛花，只为向阳绽放。我不过是去打磨一片拉手的竹简呀！"

"可是，瓦豆还是不懂，所有的过去已然过去，不该好好修持当下吗？"

"在奚虚，看起来变幻莫测的景致人物，其实只是在循环往复而已。许多将来正在某个空间区域发生着，而过去……对某些人来说，过去从未过去。许

第十九章 取舍

多云气间包裹着往日辰光,其间的事情、地界、景况以及相关人等都不会变,保持静止的平衡,可一旦这种平衡被打破,哪怕只是一丝不易觉察的微风拂动,就会生出变数来!"大手将最后一根粗重的麻绳捆妥扎牢,又用手使劲拖了拖,满意地点点头,继续说道,"奚虚暗藏诸多元虚往昔,这些岁月总存在于某时某处,只要不被遗忘,或者说不被放下,便永不会消失,会对当下、对将来不断造成影响。总有人为此付出代价,也总有人得去禀正纠偏,为着奚虚所有族众……要说为甚,便是为此吧!"

瓦豆似懂非懂,但觉得师父所讲学问高深,很有道理,便果断地点头表示赞同,而后与师父一道看着墙头那片花海,若有所思。突然,胸口处发烫,眼睛便猝不及防地湿了,两行热泪顺着脸颊滚落。

"傻气。"大手嗔怪道,伸手把徒儿不争气的眼泪擦去,布满刀刻般皱纹的脸上露出些许笑意来,低声安慰瓦豆,说,"是时候出发了!若朝食前便得回来,咱师徒二人还如从前一般,在此间安静做活……如若不回,你要连根挖去这些葛藤烧毁,莫得停留,速速去寻将军。记住否?"

瓦豆使劲擤了擤红鼻头,咧嘴挤出个比哭还难看的笑来,回道:"师父放心,瓦豆全记下了。"

黑牛拉着货车缓缓驶出"大手制简"的院门。

大手坐在车前,扭头回望熟悉的小院和满墙葛花,还有……花前站着的那个叫作瓦豆的小小少年。他将所有技艺倾囊相授,瓦豆聪明好学,堪可为继,当真令人欣慰。

飞户部族的族首大人漆成知晓今日会有来自遥远西方的客人到访,消息自观星而知,又经由他的夜梦确准。好奇与期待犹如食之无味的感觉一般,始终环绕在他脑际。因此这天变成了等待中的一天,当然,他知道这是种浪费。光阴应当用于体悟,对即将到来的辰光和正被忽视的时间来说,等待都是一种别样的浪费与虚度。然而他还是在等。

漆成为此发布紧急告令,将赛食会的日子临时改为今日,并且坚信期待必不会落空。无论是在属下来禀报事务时,还是在视察即将举办的盛大赛食会时,漆成始终留心倾听,等待着号角声如期而至,等待着搞清究竟是何人前来,又到底所为何事。

他满心盼望着今日能有场与往昔不同的决断,别再黏黏糊糊,也不用味如嚼蜡地苦挨下去。

赛食会的举办在飞户部族由来已久,只为寻找知味者。漆成认为失味对于婪食之人既不是诅咒,也不是惩罚,只是遵守一种约定俗成的规矩。即便如此,他还是希望能寻到知味识味者,向他与他的族众描述味道,以找回些曾经拥有过的珍贵记忆,聊慰苦修。

适才,期待中的号角声响了三声。漆成当时正肃坐于案前,手持龟甲占卜,他需要得到更多信息,可龟甲并未满足他。漆成抛开龟甲瘫靠在凭几上,过分丰腴导致他常常感到疲累,需要时常坐下歇歇,以调整因累生乱的思绪,当然如果能躺下自是更好。但他迅即站起来,快步走到屋舍外的廊下,在那里驻足等待。

"族首?"贴身随人涉跟上前来候立在他身侧。

"谁在告壁处当值?"族首问道。相对如此肥大硕壮的身躯来说,他的声音出人意料地尖锐纤细。

"原只吏申一人,已临时加派了吏丙。"涉垂首恭敬答话。漆成觉得站久有些累,伸出一只手,随人涉忙上前搀扶着他颤颤然走过族首官舍长廊。

这里既非之前想象中的清潭水面,亦非坚实的土石路面。

孑离蹚过类似淖沼的黑绿色泥泞,四周浮泛着青黄雾气。淤积腐洇日久的刺鼻气味顺水汽蒸腾而上,直冲眼鼻诸窍。不吞将头埋进孑离衣襟嚷道:"什么味儿?大倒胃口!"孑离则不停眨动着火辣辣的眼睛,抵抗刺激,隐约看见周围的密林中有瓦屋及绰绰人影。泥水渗入鞋壳,脚趾间异常黏腻。孑离屏住呼吸,试图挣脱身边申与丙两个文吏的挟持,可任一人松手,他便脚底打滑,站都站不稳,更别提向前走。他只好伸出手臂,依旧由二吏架着艰难前行。

"此处如此难行,又臭不可闻,就没有别的路可走吗?"孑离皱紧眉头问。

两个文吏虽不知味,但也经不得辣眼冲脑的刺激。二人早有准备,口鼻缠缚着麻巾,只露出眼睛,此刻相互眯着眼对视摇头。其中的粗壮文吏申道:"这并不是路,知味者便得经此一遭!"

"却是为何?"

第十九章 取舍

"为何?"细瘦文吏丙一扭他的细长脖颈,说,"就为只有你知味,而大家伙都不知!"说罢笑起来。吏申也跟着呵呵有声。

孑离听罢心头发凉。他垂下头不去看二吏,却分明能见到无数"凶眼"在周围浮现,心中不由深悔之前答人问话时太过草率。这世间存有诸般恶意,心怀染污的嫉人最该远离,更何况面对整个不善部族。可目下他已然深陷混浊之地,亦不知该如何自保。

一座阙门,他们前方有一座高大的玄石阙门,在浓重雾气的笼罩下在泥沼中耸然孤立。单阙已是少见,此处看不见城墙垛楼,亦无廊芜连壁,令人望而生疑。一个青衣褐甲的兵士持铜戈立于紧闭的石门之下,皮肤像脚下的泥般黑中透青。他身量不高,体形瘦小,因而显得手中的戈过于笨重。"站住!"他喝道,"何人擅闯,来此何为?"

孑离左右扭动脖颈找申与丙,竟空无一人,两个文吏不知何时已悄然无声地消失无踪。孑离没法,只得苦笑着拱手施礼,说:"荔人孑离,去往浮光城,途经贵地,欲请见贵部族首签告通行。"

"汝想通行?"

孑离上前一步:"不错,还请通融放行!"

那青衣甲士突然朝他虚推出掌,大喝道:"那得看汝有何本领!"而后举起铜戈在身前一横,表示绝不通融。孑离在一股不可名状的力量的撞击之下狼狈跌倒在泥水中。青衣甲士则躬身抬手摆出架势,眼含戒备地静候着对方还击。

孑离盯着甲士没动,怀中不吞发出声尖厉号叫动了。

孑离自臭气熏天的泥沼中站起身来,惊讶地看着青衣甲士与膨胀如山丘般的号食兽缠结着滚作一团。旋起疾风的号食兽张开大嘴欲吞下甲士,而那甲士却是异常机敏,围绕着不吞庞大的身躯顺风势打旋,不时寻隙刺戈出掌偷袭,倒教号食兽一时难以下嘴。双方激战中卷起飓风,将泥淖拔起数丈之高,湿沼半空的青黄之气急剧翻涌,很快变为浓绿色湿雾,绵密如幕般罩缚住他们。

"放行!"一个尖锐纤细的声音刺破浓雾,紧闭的石门随之轰然洞开,光亮也趁机钻了出来。孑离终于看清阙门后稍远处的树影与坡地,坡地连接着成片低矮泥屋,一座乌顶的白色石堡突兀地矗立其间。

正自扭结缠斗的甲士与号食兽迅即分开。

不吞在泥沼中几个翻滚，缩小身形，跃回子离臂弯。甲士自泥沼中爬起来，耸身一抖，污秽尽除。他向坡地方向揖礼唱喏，而后立回门旁，以铜戈顿击门侧，向子离做了个请的手势。子离朝他稍一点头，向门内走去。

"得想法子脱身。"不吞低声说，"飞户部举族婪食，却皆不能识得滋味，是以遍寻在虚的知味者，令其不停进食，描述滋味，直至知味者食爆肚肠以献祭婪神，据说如此便能寻回丢失的味觉。"

"怪道说要立生死契。逃走容易，可若无此地族首施节通行，如何进得了浮光城？"

"噤声！"不吞突然轻叱，说，"族首到了，一会儿见机行事！"

雾霭中出现漆成的圆肥硕躯，由仆人扶持着缓慢来到子离近前。"族首？"子离由他的面相实难猜度出年纪几何，看其蹒跚龙钟，已颇显老态，而圆盘般的饱满面孔光滑红润，颏下未蓄须，弯眉细眼始终饱含笑意，那阔鼻厚唇倒与不吞有几分神似。子离不由心下略略放松些。

"客自西面来！"漆成微笑着看向子离说，压低的声调听起来依旧尖锐。

"正是，子离冒昧打扰，请求族首大人放行！"

"哦，子离。"族首的眼中笑意更浓，说，"好说好说，只消参与赛食会，并告知所食滋味，本首便可放汝通行！"

"不可！"怀中的不吞低声提醒。

"族首盛情，子离感念之至，实是着急赶路，不敢叨扰。"子离说罢，向上拱手施礼。

"是吗？"漆成眼神直逼子离，不吞跳起来挡了回去，他收回目光，说，"可惜，如此说来足下愿以另一种方式通行！其实，这也是个不错的出路，取舍而已，仅需自过己关。"说罢哈哈笑起来，浑身赘肉随之乱颤。身旁站着的随人涉忙上前搀扶，帮族首大人稳住身形。

"虽说之前还无人能自此通行……或者，子离，你会是个例外！"漆成说罢，与随人隐入浓雾。

大手驾着牛车在晨幕中缓行，刚刚自夜梦中苏醒的南外街空荡荡没有行人

第十九章 取舍

车马,一如往日般平静安怡。朝阳初升,光线轻揭起薄雾,自道旁高树的枝丫间穿过,投射在街面青灰石板上,洒下片片浅淡的金影,模糊了大手的视线。他抬起头仰天打了个喷嚏,突然觉得心头莫名一凛。

"大手,咱们又见面了!"惊夫不知何时出现在牛车前,伸手揽住牛嘴边的縻绳。牛车停住了,大手却没有昨夜那般好耐性。他一言不发,只提起手中牛鞭朝惊夫挥去,同时整个人腾身跃离牛车,扑向惊夫。

惊夫闪身错步避过牛鞭,喊道:"你我兄弟多年不见,何不叙谈叙谈,再打不迟!"

大手并不作答,手上加快了攻击速度,看起来想与之来个最后的了断,可这不在他的计划当中,不能过多纠缠。他有更重要的事情要办。

果然,惊夫气喘连连,已招架不住,终于被大手一记锁喉扼住脖颈。惊夫笑起来,喝道:"老子认输还不行吗?"

"咦?"大手有些狐疑,松开手问,"你这是怎么了?怎会如此⋯⋯"

"不堪一击!"惊夫苦笑着接口自嘲,他抬手轻抚胸口处,微喘着说,"咳,谁教老子失了心。说正事,我得随你的车进趟浮光宫,昨夜那人是丘⋯⋯"

"嘘。"大手瞪眼止住惊夫,四下看过后,压低声音道,"三言两语说不清原委,还有大事急等着办,没工夫瞎掰扯!你且上来,咱路上细说。"说罢,一顿足飘返牛车驭座,待到车身猛地一沉,他抖动撇绳。牛车向浮光宫方向悠然前行。

惊夫坐在车厢中翻动着雨布,问道:"你这老家伙,送简而已,急个甚?"大手佝偻着背一声长叹,回他:"听句劝吧,此刻下车回转去,还来得及。"

"看着你一人去送死不成?"惊夫反唇相讥,而后低下头喃喃道,"再说我也有事未了,苟活不义!"

"你?你怎么⋯⋯"大手紧皱起眉头,手上却不由松了牛绳,问,"说吧,到底知晓多少?"

"哈,经昨夜事方始明白!咱毕竟干了多年刺探勾当,"惊夫狡笑起来,说,"我知道个不算秘密的秘密。说它是秘密,乃因浮光宫外无人知晓;而说它不算秘密,毕竟连你我都已是知情者!"惊夫口中卖着关子,眼睛紧盯大手驾车的背影,背影岿然不动。他继续说:"公子亘书写简牍时有舔笔积习!这个习惯本无伤大雅，谁人还能没有些许小小私嗜？"他说到此处突然停下。

大手佝偻着的脊背猛然间挺得笔直，不过并没有回头，也不说话。

二人沉默好一会儿，惊夫终于悠悠说道："简舍门前的葛藤，花似乎开得过于耀眼。"

"如此说来，你已是尽知机窍。只可惜，宫简入库查验极其严苛。"

"那么，今日送的这批竹简，恐怕格外不俗！"惊夫说话间自车厢跪立而起，朝大手背影一字一顿地低声说道，"是、送、息、堡、的。"

"罢罢，活该你来蹚此浑水！"

正自悠然慢行的青牛突然背臀处吃疼，哞的一声，撒开四蹄向前奔去。

呼吸不畅，空气也变得黏稠如汁。

子离不声不响地瘫倒在污淖浊水之中。

黑暗操弄着湿腻冰冷的触手毫不留情地蹂躏他已然疲乏困倦的身心，某种幽昧晦涩的气息在周遭弥散着。憋闷窒息濒临晕厥之际，强烈的求生欲望被激发。子离强迫自己在厚重深沉的晦暗里睁大双眼，却什么也看不见。他置身于浓得化不开的漆黑中。离他不远的地方，有些许微光忽隐忽现，光点丛丛簇簇、断断续续延伸暗淡下去，像瘴疠之气聚集处生出的发光毒菌子，映照着周围那点草石相间的地面，堪堪能够引人前行。在寂然无声中，阵阵阴郁冷风捉摸不定地打着旋子自不同方位扑来，夹带着些许清冽腥甜之气，并发出奇怪而有节奏的呼呼律动。

子离走了几步，想不出自己为何而来，又将往何处而去。他停下使劲晃了晃脑袋，跌坐在地，很意外地感觉到整个地面竟然随他动作起伏，滑软且有弹性。子离伸手试探着去抚触，却是又湿又硬如常无异。想是太累，以致生出幻觉！子离背靠布满苔藓的石壁呆坐着，百无聊赖地发愣。

四周寂寥无声。

子离拍打一片空白的脑袋，脑际发出空空回响。他确信有些重要内容就在某个触手可及的地方，但总在似是而非间滑过，摸不着也抓不住。一阵脚步声响过，他惊喜地抬头，只见三两个黑甲兵卒说着话自他身旁匆匆走过，看也没看他一眼。子离心中凄然，似曾相识的孤独感自心底升起，攫取本就不多的清

第十九章 取舍

明神志。有人在身边紧挨着他坐下。子离没有抬头,动都懒得动一下。

"噫,"风将一个熟悉又陌生的声音送入耳鼓,那个声音问道,"大子殿下这是怎么了?为何独坐于此?"

子离猛地抬起头。他能感受到久违的心跳加速的激动和惊喜。

"几扶?"他小心翼翼地问了一声,"你能看得见我?"

几扶咧嘴笑了笑。"大子殿下还是这般爱促狭玩笑,真是积习难改。"

几扶身着礼服,佩剑垂绦,仪态雍容,气度不凡。子离低头看自身一袭麻袍满布泥泞,哪里弄的这一身泥浆?他摇晃脑袋,依旧空空如也。"几扶,我……我想应该向你好好解释一下整件事的来龙去脉。"他张了张嘴,想说,竟不知该说些什么,"确难解释,实是无从说起。"

"无妨,"几扶安慰道,他的变化看起来很大,又说不清到底是哪里变了,"真是难以说清原委。有些不着边际,难以接受。"他顿了顿,说,"听着,我其实不在此地。"

"是,完全明白,正是如此,太好了!"子离完全能够了解他所讲,说,"咱们乃是感同身受。"

几扶摇着头定定地看着他,露出怜悯神色:"不,想来你还没明白。你我毫无不同之处,我即为你,你正与自己说话。"

子离料定几扶又在使一贯的法子想要耍弄他,笑着频频点头,露出了洞悉一切的得意神色。"莫若如此吧!"几扶直视着他,抬手轻挥,脸便以肉眼可见的速度变化起来。"现下觉得如何?"刚刚还是几扶的人,用异常熟悉的腔调问道。子离不得不承认面前这张脸与自己的毫无二致。"你衣衫不整地坐在此处,还喃喃自语,"另一个子离说,"合乎礼仪否?合乎身份否?你可知无仪失礼,其行近乎耻。"

落魄无措的子离盯着意气风发的子离,说:"自然比不得尊驾,高冠华服,尊贵无两,真乃好气度。不过,无论尊驾是谁,所为何事,我当确信,你我绝非同一人。"

他的另一个自我露出鼓励的微笑,坚持道:"我就是你,子离。我是你所剩无几的本我真心……"

另一个子离凑到近前,说:"集中精神,看看你的周围……看清所有人,看清真相，你完全能够解开谜团。目下便是你最为真实的模样……"

"别再说了。"子离无法再故作镇定。他几近绝望地在心底承认另一个自己所说非虚。周围？四下里漆黑一片，什么也看不见。子离自地上爬起来，摇着头，试图驱赶如临深渊的恐惧与孤寂感觉。另一个子离站起身来，以同样的方式摇着头……这不正是蓬头垢面、呆滞委顿的自己？

子离跌坐在地，空荡荡的黑暗立即将他包裹起来。另一个子离发出声叹息消失了。

"子离。"多么熟悉的声音，子离抬头看见比妾正微笑地看着他，说，"咱们总该做些什么，而非在此坐等！"

"比妾？"子离喊起来，随即又疑惑地试探，问，"段干先生？"

比妾摇头，拍了拍他的肩头。"都不是。"她说，"我是你，目下最为真实的你……"

"何为真实？你，你们，还是我？"子离打断她，他不想再继续这种匪夷所思的状况。等等，脑中突然冒出个问题，他问："这难道是漆成所说的取舍？"

"取舍？"比妾问。她面露忧色。

"我得为自己的取舍付出代价。"话方出口，所有过往因由立即出现在脑海中，且异常清晰，"对，是代价，真实的代价，就像目下这种状况，便是一种真实……的代价。"

"在奚虚，付出真实的代价？"比妾问，"你为何而来？想清楚，一定要想清楚。"

"是的，本为回到过去而来，现下想清楚了，实只为放下过往而来！"

"一切都将过去，而你，终会得偿所愿！"比妾点头微笑，随着耀眼光芒在他眼前一闪而逝。

子离再度陷入黑暗之中。

不吞正咧嘴看着他笑，身边坐着喜气洋溢的族首漆成。"好了，子离，你可以前往想去之处了！"族首挪动着肥硕身躯，抬手指着号食兽，说，"你既已放下过往，它便得留下！"

不吞在一旁频频点头。"为何？"子离捧起它问。"号食兽可助飞户族众出离婪食之困！"不吞骨碌着大眼说，"亦能助先生去到想去之处，很划算的交

第十九章　取舍

易。"它回头看漆成。漆成举起肥白手掌冲子离再次点头，掌心赫然一个黢黑的"定"字。

"好吧，既然不否决定留下。"子离放开号食兽，站直身子朝飞户族首说，"我要去找段干且！"就在子离说出话的同时，族首漆成掌心的墨字蓦地发出烁光，光流在半空形成了巨大的半透明薄光幕，瞬间笼罩住子离。

一群飞鼠蝙蝠掠过浮光城上空，几乎遮蔽了云渚之鉴。云气与水雾齐震，宫间街坊间笼罩着的那层如星非星、似云非云的烁芒，也因受到扰动而频泛光影，发出阵阵气流微波。云和手握小陶罐，随光指引，正沿着宫墙缓慢搜寻，如瀑长发与青色衣袂迎风飞散，一如她此时焦急纷乱的心境。突然，她站住不动了，歪着头仔细倾听。小飞鼠阿泥急速冲破气流，猛地在云和面前舞出几个大大的符号，而后停在她伸出的手掌上，歪着乌溜溜的小脑袋与云和对视，等待她的下文。

"别着急，没看清楚。"云和说。

阿泥扑翼而起，重复了一遍，这次舞动得慢而轻盈。"天，你怎么不早说？"云和腾身向半空跃起，消失在一片平地乍起的雾气之中。

阿泥还悬停在原处，怔了好一会儿，方才嗖地钻进雾气追上去。

几乎同时，聚集在浮光宫上空的蝠群随之消失。

一挂瀑布就在子离的身侧，清水沿高处石壁跌落深潭，再缓缓注入卵石浅流。另一侧有几根金质殿柱，其间是一扇高阔的对开石门，门框及四围俱为银质，发出岁月悠远的乌金烁芒。

推开石门的瞬间，光芒自门后倾泻而出，照亮整座殿舍。子离被突如其来的光亮刺激得闭上眼睛，但随即试探着缓缓睁开，期待洞悉实情。满目令人敬畏的闪耀银辉，虽然略显清冷，但依旧光明通透。

进入流溢光海，黑暗却随之笼罩而来。他眨了眨眼，那片银光残影映在眼底挥之不去。混乱的光斑逐渐消退，他的双眼得以适应周遭迷离暗影。

他处于一座气势恢宏的石殿的中央。众多乌金殿柱自岩石础座向殿顶伸展开，如枝丫般交错支撑着殿顶巨石，向远方暗处延伸而去，隐没于目光尽处。

子离听得见水流声，一时无法断定是门外瀑布潭水流入门里，还是这石殿内自有泉源溪流。他向前走了几步，惊觉整座石殿亦在随他而动，眼前景观一如之前，没有因为他的走近而改变分毫。一点微弱火光在远处亮起，摇曳不定，接着又一点，再一点，缓缓向他移来。火光渐多渐近，有个羸弱身影，穿着玄裳宽袖袍服，手握竹简与笔，自光影中走来。

"段干先生！"子离发出声惊喜的呼声，但随即发现此人并非乔扮比妾的段干且。眼前的这个人面色苍白，口唇发乌，眼中的深重忧郁与其稚嫩容貌极不相称，于是他问："请问尊驾如何称呼？"

"吾乃息堡之主，亘。"声音冰冷，"汝自去，莫扰我清修！"亘说罢，似是突然想到了什么，抬起手中笔放在唇间舔了舔笔尖，边就简疾书，边喃喃而诵。

"翼翼飞蝠，其披若乌，照之敛魇，匪劳同谋。振振飞蝠，不鸣唉音，嗣之君子，匪与过此……"念写至此，亘停住笔看向子离，若有所思。

子离忙道："啊，我是子离，劢国人。咱们几乎可以说相熟，但你肯定并不曾见过我……呃，听起来委实有些乱，但事实如此。"

亘像是没听见，他的目光自子离头顶越过，看向深远处。俄顷，他将笔在唇间一点，继续边写边念："于乎小子，言犹未知，诲尔谆告，匪用为教……"他停笔，又向子离看过来。子离不再多话，只将目光迎上去与之对视……亘冰冷的脸上泛起些许笑意，突然大声诵道："于乎小子，听用旧止，视尔凄藐，匪彼伎求。"

"彩！"子离鼓掌赞好，"好诗，好诗，公子大才！"

"来此有何贵干？"息堡主人问道。他口气生硬，目光停留在刚刚写就的简上，欣赏着自己的佳作，显然并不欢迎陌生人突然到访。

"我……也不知如何来到此地，实非有意冒犯。我……我只是想寻段干且先生。"

"段干氏！"亘的嘴角抽动了一下，说，"那便不必再费气力，他已死，灰飞烟灭！"亘说完，径自转身朝来路走去，融入那点点火光不见了。

子离张着口看亘远去，想喊，终是没发出任何声音。

突然，头顶处传来频密的噗噗声响。

第二十章　大白

飞鼠蝠群在殿顶形成一张舞动着的巨网。

角落里有点点赤红色微光不停闪烁，似是在应和蝠舞。光晕下，一个体长盈尺的矮肥小人儿频频跳脚，双手齐摇着在向蝠群招手。这小人儿身上穿着脏兮兮的褐麻短襦短裤，腰间绑缚若干麻条，面目黢黑，额凸嘴瘪，满脸疙疙瘩瘩，样貌着实怪异。他瞪着一对圆溜溜的眼睛，黑瞳乌亮，却几乎不见眼白。脑顶上由红绳扎着个乱蓬蓬的短鬏，绾发的红绳正不断闪烁着红光。

孓离细看之下，不由得又惊又喜。这不正是虚医的药宝蓼根？段干且必定就在附近了！他三两步跨到小人儿身边，朝他挥手。仰头正自跳脚招呼飞鼠的矮肥小人儿扭过头来，冲他咧嘴，露出满口黑牙，而后一个转身撒腿便跑。孓离早有经验，便不慌不忙地跟定他头顶闪烁的红光。没走几步，身后琴囊突突颤动起来，内中古琴发出琤琤的自吟琴音。半空陡然翼声大振，群蝠尽皆向上飞至殿顶，倒悬于梁芜石隙间，一对对赤红圆眼齐看向孓离。

云和跃然而至，挡在矮肥小人儿身前，在她身侧翻飞的阿泥则几番上下盘旋舞动，阻止左突右撞想要闪避的药宝，待他停住不动，便振翼飞回蝠群。矮肥小人儿似是被吓得不轻，愣怔片刻，猛地跳起来往下便扎。云和眼疾手快，上前一把薅住小人儿头顶短鬏提起来，将他扎的红绳扯去。挣扎着的矮肥小人儿立时僵住不动，眨眼间变作块乌黑的首乌蓼根。

怪道定琴频动，原是遇到了旧主。孓离解下背负的琴囊抱在怀中，向云和笑道："云和姑娘，好久不见！"

"嘘！"云和面色凝重地示意他噤声。孓离不明所以，只好暂且退过一旁，不再多话。

云和小心翼翼地托着那块蓼根，将它平放在近旁石柱下的一大块青石上，又扯下幔帐覆于其上。她从怀中掏出陶罐注视着，态度恭肃而又虔诚。终于，她握住陶罐罐体，猛地拔去罐口木塞。

磅礴红光自罐而出直冲殿顶，霎时间照亮了整座巨大殿宇。

殿顶蝠群起了一阵不安的骚动。

云和将那块首乌蓼根的芦头轻轻探入陶罐口，红色光流陡然注满蓼根，使它变成个通透几近透明的火红人形光体。云和抿紧嘴唇，突然以指疾弹陶罐。

只听啪的一声脆响。

第二十章 大白

周遭陷入黑暗，一片死寂，似乎所有生机在此时皆被中止。

俄顷，青石旁自水流处升腾起丝丝缕缕的浓密云气，缓缓自行转动着，水流与浓云混合，渐形成一股白色疾劲旋涡。平躺在青石上的火红的透明人形光体突然凭空而起穿入涡流中心，光与流在碰撞的瞬间发出激烈光爆。

白晃晃的刺激过后，黑暗如期而至。一切恢复如常，就像什么也没发生过。倒悬于殿顶的蝠群偶尔扇动翼翅发出噗噗声，汩汩水流亦平复。自岩石础座向上伸展如枝丫般交错的众多乌金殿柱，依然支撑着殿顶巨石，并向远方暗处延伸而去，直至目光尽处。孑离迷惑地看着四周，感觉发生过什么，又好像什么也没发生。

不，的确有事发生过！

青石上多了个人！

云和正俯身于青石边轻唤："喂，嘿，快快醒来！"

段干且躺着一动不动，双目紧闭。

"奇怪。"云和凑到近前掀开他的眼睑查看，自言自语，"按说应该醒转才是，怎会如此？"

"不过是想再歇会儿，如此而已！"段干且突然睁开一只眼，看着云和，随即便因剧烈疼痛而皱紧眉头，"周身的骨节似是碎裂一般，你们就不能让我多睡片刻！"说着龇牙咧嘴地抬胳膊伸腿活动手脚。

"谁有那许多闲工夫陪你？既是醒了，就此告辞！"云和冷着脸起身要走。

孑离忙捧着琴送到她面前，说："受人之托奉还此琴，还请收好，别再弄丢才是。"

"谁让你多事？丢便丢了！"云和毫不领情，扭过头，看都不愿看一眼。

"你……这又是何苦？呃……何必与琴置气？"段干且翻身坐起来，疼痛令他行动迟缓。他裹紧幔帐喘息着，汗珠顺着脸颊滚落。好一会儿，他方缓缓再度开口说道："虽乃订情之琴，毕竟是件物什，琴非人，何有情？人生在世，有情有智。有情，故人伦谐和而相温暖；有智，故明理通达而理事不乱。情者，智之附也；智者，情之主也。以情统智，则人聪慧而事合度。有情难断，人之常情也。难断而不以智统，则乱矣，故悲而不欲生。以智统情，情得以制，事得以理，人得以宁。"

"哼，知理何易，行事却难。"云和面色黯然，说，"如我般愚痴，智何以统情？"

"情过则疾，世间无药石可医，非无治也，唯自医耳！无相识相亲之时，无此情也；有情人互生情愫，始有爱慕之情；一方相弃，遗人神伤，是因一己无情而留情者独有其情也；待到遗人之情放下时，则此情无也。人情未有之时与人情返无之后不亦无别乎？无别而沉溺于情，悲不欲生，不亦痴乎？故情爱之情难断矣，人皆如此，合于情也；难断而不制，则悖自然之理也。悖自然之理则疾矣！人之生，皆由无而至有也；由无至有，必由有而返无也。如此思之，是为智。"段干且说罢捂住胸口，气喘连连，却翘起髭须笑着向云和道，"醒来，醒来，当醒之人实乃云和也！"

"屁话，尽是些酸臭不可闻的屁话！"云和突然怒了，阿泥迅疾飞扑而至，紧张地悬翼于二人之间。云和朝它挥挥手说："没事，阿泥，别担心！"阿泥依旧不放心，停在她肩头，歪过脑袋，一对赤目盯着云和。

"他竟不如一只蝠鼠……当年为其舍命，可算不智，却也至今不悔……"

"防风实有苦衷，举族族民与你，取舍两难……"

"何必多言？"她表情复杂地看了眼段干且，恢复清冷模样，说，"我若不知，如何肯还你这不必要的人情？罢了，你的命已寻回，你我就此清账！"云和说罢，自子离怀中捧过琴来，三弦齐鸣，发出悦耳琴啸。殿顶蝠群纷纷振翅而起，等着应和琴歌。"琴有何错！"云和无比怜爱地将琴抱于怀中，又向众蝠微笑道，"想听曲？"群蝠振翼，阿泥亦飞至半空画出个符律。"好好，答应便是！"

云和脸上露出微笑，柔指弄弦，琴歌悠扬："情何为，情何为，与君惜别，在水在殇。情予绝，情予绝，与君诀别，勿念勿藏……"

"唉，"段干且叹道，"医者，循望色、闻声、写影和切脉之术，无外用汤液、按触、砭刺、针灸、热熨之法诊疗人之体疾身痛。却是不能治那心病神伤，唯其自医耳！"

"刚刚说的是……防风？"子离怔怔地目送云和与蝠群相伴远去，问段干且。

"是，很久以前的事。"

"安邑的邑君？"

第二十章 大白

"何奇之有？谁还不曾年轻过？……"

二人说着话走向甬道深处。

大手赶着牛车一路顺畅，穿过息堡双阙来到玄石大门前，惊夫早已缩回雨布下藏妥。守门吏认得大手，例行公事地看过腰牌，边与他亲热招呼，边围着牛车拍打雨布循规查验，布盖下的竹简发出脆响："怎不见瓦豆，劳动您老亲自送简？"

"咳，这批急工专制，昨夜赶得一夜工，孩子贪睡，不似咱老家伙，想睡都睡不着！"

守门吏打着哈哈，示意门卒放牛车入堡。

"阿嚏——"惊夫在这关键时刻鼻咽发痒，打了个大大的喷嚏。

"且住！"守门吏叫停牛车，以怀疑的眼光再次打量大手，问，"车上只是竹简吗？"四个门卒亦握紧银戈上前，将大手与牛车围在中间。

"何事围堵宫门？"丘若骑马率一队骑军过来，喝问道。

守门吏见是将军大人，忙哈腰来到马前施礼，刚张口要回禀，不想丘若道："闪开，正是奉主君大人之命来迎押此批特简，作速放行！"

门吏求之不得，忙一迭声吩咐手下放行。

西侧堡门洞开，主君大人的坐骑白泽兽正自驰道悠然行来。拉车的青牛见到异兽猛然刹蹄，再不肯挪动半步。大手暗道不妙，挥鞭连连抽打牛背催促。青牛吃疼，吭吭地喘着粗气踏蹄刨地，竟犯起了牛脾气，突然掉转头往来路狂奔而去。

丘若勒马望着发生的一切，唯在心中叹息："此计休矣！"

他拨转马头，朝身后随骑大声道："你们且去追上简车，别让简——损毁了！"那属下骑士心领神会，抱拳应声，领众骑卒去了。

丘若单骑驰入息堡石门。

浮光宫内殿。一切都静默着，主君玄臾端坐于乌木案前，揭去案上一具小巧铜鉴上所覆盖的薄绢，轻拂鉴中水面，绽放着幽蓝之光的氤氲水汽散去，铜鉴中的水面显现的正是息堡发生着的事。他看到了水云旋涡、赤流灌注，看到了段干且的回归，以及青牛逆驰、丘若入堡。

玄叏抬头凝视着虚无，起身来回踱着步子。他穿过殿内巨大铜枝灯台上的点点摇曳烛火，发出长长的叹息——他早已洞彻生死、了悟轮回，但他只能做个旁观者，目睹着有关奚虚、有关他、有关亘以及其他人的所有事，而不能试图参与或改变。他所能做的，只是应宿因之道而行，守望奚虚，并且挑选继任者传承下去。这包括对于少子亘加之于他的任何作为——多么残酷，又多么无奈。他眼看着所有事情发生，却不能以主君之无上神通干预任何事。

玄叏俯身准备覆上洞悉一切的铜鉴，却自幽暗的水波深处发现了一双眼瞳！在鉴的另一端与他对视，眸中含有难以言表的由衷笑意。玄叏与他四目相对，嘴角也泛起笑意。心念甫动，那双眼睛的主人随念而至。

孑离与主君玄叏隔着乌木案对坐。在读到孑离心头的疑惑源流时，玄叏笑了，他说："二十八宿周天百七万一千里，距宇宙四游之极，上下东西各有万五千里。地与星辰四游，升降于三万里之中，凡四海之内，东西二万八千里，南北二万六千里。过此而往者，未之或知。或知者，或疑其可知，或疑其难知，此言上对不学而知之。是谓知地者智，知天者圣。却未尝言，知虚者净。孑离，汝可知四虚何在？"

"太虚乃神识畅游之境，奚虚则为意动执妄之境，元虚系累世俗众之境，冥虚便是幽蛰心癔暗鬼之境。"

"嗯。"玄叏微笑点头表示嘉许，说，"正是此四虚，在念，在识，在知，在意，终究归于人。"

"请教主君，既说四虚皆归于人，那些神仙鬼魅精怪之属难道亦皆出于人？"

"自然，有人方有诸如此类。"玄叏说，"奚虚之山皆无基，水皆无源，地皆无根，是以此境之城垣殿宇无固，兽禽树草无出，云风雨露不形，声色味触不明。寻常人眼见为幻，而居间者自清，乃是在觉不觉、明空不明空之别。"

玄叏看孑离面露懵懂之色，又说："那便说说元虚。大国最初的形成，靠的不是征伐杀戮，而是造福共存。上古圣者黄帝、尧、舜禅让理国，众部族服而从之，天下非无争，乃存义之争。自禹子启贪权欲，生杀心，有扈氏为义而死，天下因贪执之欲而失义。此后，天下就非天下人之天下了。"

第二十章 大白

"乃是帝王的私有天下。"

"对,贪欲生,争伐起,所祸何止苍黎?"玄臾望向远方,喃喃道,"想那上古时候,人人皆有神通,可飞升在天,俯视大地山河,额目随意翕张隔物视远,心念动则身已至,身心轻盈了无挂碍。只可惜,人的贪念私心愈来愈重,以致体沉意浊,再也无法随心而动。却还不知自省修持,抛却欲望枷锁,终究堕落成贪欲妄执的傀儡。可惜,不过百千万年,人之神通自毁尽矣——沦为愚鲁无知、痴浊蒙昧之众。"

"既说奚虚族众皆贪,何以能具心念神通?看起来要比元虚俗人强过百倍,却为何人人想要脱离此处?"

"奚虚族众并无实身,是以毫无自重可恃,不过凭风而动,须经修持,方具神通。初来奚虚的贪执之辈,必先封五蕴六识,使其不得闻尝嗅色之享,而后尽依其妄念,令他享有所贪恋之一切。贪财者得财货,贪色者拥美色,贪食者享精脍蜜馔,贪权者获至高权柄。贪欲足,惰怠生,沉迷于享受而精神委顿。求而不得方生贪执,在奚虚,无须争进便得偿所愿,自然不生争心,贪享念头遂灭。不生争心亦无执念,是心可初归于净。诚然此法不能泯灭执妄,须得时时处处勤谨修持,以求彻底挣脱执心妄念的摆布,方得渐具神通,直至出离奚虚羁绊,得获真正解脱。"

"哦,"子离说,"偌大奚虚,竟是皆为人心所出!主君执掌此处,想来甚是辛劳。毕竟人心极难揣测,何况毫无本真的贪执妄欲!"

玄臾笑着微微点头说:"主君又与常人何异?亦会生贪嗔执迷诸般妄执。"他停下,眼瞳蓦然收缩,脸上浮现出一丝痛苦表情,转瞬即逝,"事过如烟,不追不念,唯念当下与往后,如是而已。"

"当下,亦是难甚。"子离叹了口气,说,"既如我目下情境,不能留居奚虚,却又无法回去元虚,正不知该如何是好。"

"不难,汝作何想,去留在汝。"玄臾说。

"哦,是啊。"子离有些心不在焉。

"汝之内心充满怀疑,子离。"玄臾说。

子离抬头与他四目相对。一双绽放微光的眼瞳,如古迹般苍老。这双眼睛曾见证太多太多世间悲欢、希望的生成与幻灭。玄臾笑了笑,看着子离一字一句地说:"脚下所迈出的每一步都很艰难,但艰难,绝非无望。"

他站起身,走向一块岩壁,挥手间岩壁打开一道裂隙。幽幽的暖白光流涌动着,蓦然穿过裂隙投射至对面石壁,形成一面光幕。光流频动,出现孑离熟悉的屋宇房舍、市井街巷,茘宫、雍城,还有,那正抱柴的,是庖囿……鷖肆门前,甲满脸堆笑地迎客……光流汹涌,官道上逶迤前行的车马,茘国旌节随风飘摇……

"几扶!"孑离见到几扶,喊出声来。几扶自车牖处抬头向天上看了看,似乎听到,却又像什么都没听见。

"孑离!"光幕应声消失,玄臾道,"汝之所见,是虚,还是实?"

孑离无法回答。

玄臾当空挥手连续画过,自他指尖画出曲曲折折、高高低低的绵白线条,在他收手的刹那间,那缥缈如丝的线条突然凝结,变作实物。

六汇宫住处的案几草席、地灶瓦釜、地台卧榻,以及板壁上密密麻麻的累日刻痕……所有旧物凭空出现在孑离面前,就连挂于壁间的尖锥也丝毫不差。孑离兴奋地发出声低呼,扑上去抚摸这些久违而又熟悉的器物,案几榻席触感坚实,带着木草特有的青涩香气,甚至边角处日常难以触及的积尘都赫然入目。他取下尖锥想刻画新痕,可一时恍惚起来,元虚已过去了几日?

孑离眼中盈满泪水,语无伦次地问道:"这……这是我在元虚雍城的居所,如何能……能在此……?简直太过神奇!"

"此为幻相,不过是依汝心中所想,搬移至此处!"

"不,所见所触所闻,都真实不虚……"

"是吗?"玄臾挥动手臂,幻景瞬间变得轻浅,随之消失。孑离双手空自握着,来不及有所反应,转眼右掌灼热难当。待他低头看时,掌心与段干且所黥的"定"字陡然凸起,所有笔画像是活物般拧扭挣撑,居然立起来。只见它将头顶的小段墨辫猛力一甩,那墨辫画出条长长墨迹脱手而出,绕着旁边殿柱缠了几圈,竟钻入乌木柱体。殿柱发出咔咔声响,墨点自柱础缝隙间探出来,竟成了一棵嫩芽!

娇嫩绿芽顺着那道墨迹伸展出细弱枝条,以极快速度攀回孑离手掌。

掌中"定"字托举起那棵幼芽,其下笔画似根茎般扎入掌心,汲取血肉养分，枝叶唰唰有声地迅疾如风般伸展开去，相互牵连攀附，茁壮生长，终在枝端处长出一枚饱满花苞。花儿迅速绽放，猩红如血，只瞬间花便萎了，结出颗乌黑发亮的小小果实，散发出阵阵诱人甜香。果实既熟，叶与茎极速枯腐败落，乌溜溜的果实随之掉落在子离掌心，滚了两滚，停住。

子离甚至没来得及眨一下眼睛，定定地注视转瞬间飞逝的荣枯。手中果实告知他沉甸甸的真实，果肉紧实弹韧，果皮下的经络竟也清晰分明。他眼神涣散，无法断定眼前所见的所谓真实。

"食否？汝之因，种汝专属之果！"玄奜的声音传入耳中。子离不由自主地将果子放进嘴里咬了一口，血腥味直贯脑际——子离猛醒，哇地吐了出来。他看到自己吐出的，正是那颗于掌心的墨字——定。转瞬之间，"定"字便化为点点发光墨烬，消散无踪，了无痕迹。

子离目瞪口呆，惊诧到说不出话来，摊开手看时，掌心中的"定"字并无任何变化。

玄奜笑了，说："虚实不过在于两可之间。若坚信，眼耳鼻口诸般感触便告知为真，汝即认定其实；不信，则不蕴不识，一切便不过是子虚乌有！"

见子离沉默不语，玄奜加重语气，说："所有贪执妄念，即如此幻，攫取再多，最终都会如幻影般消散！"

"我……"子离声音很低，如自语般说道，"我不过是想回去劝阻朋友，不能让他因我而以身犯险。"

"嗯，事事皆有因果。"玄奜说，"取舍在你！心之所向，身之所往，终至所归！"

正此时，自远方传来断断续续的诵诗雅乐之声，且吟且歌：

虚处，欲与执争度，永无绝衰。日无光，水竭山崩。风云渺渺，出无望。息已矣，乃决何恃死……

玄奜突然面色一凛，皱起眉头向殿门处高声道："藏这许久，何不堂堂正正走进来听？！"

身着素服白袍的公子亘自殿门外缓步入殿，身后跟着惶惶然的弗恭与刁庐。三人齐向主君施礼。子离忙离案起身避到一旁。

主君玄奘大声惊呼："亘，汝怎出得此塔？！"转而喝问弗恭与刁庐，"为何听他胡闹？"弗恭躬身回话："少主……少主他趁解咒存放定心丸之机，卑职又怎敢……？"刁庐也忙向上施礼，接口禀道："主上大人的定心丸亦被少主夺去，是以能够出塔无恙！"

"何其糊涂！"玄奘越发变了颜色，怒斥道。

"君父。"亘打断他们，苍白的脸上毫无表情，问，"亘有何罪？"

"吾儿，何出此言？"玄奘面上充满慈爱怜意，又有着无可奈何的怅然。

亘猛然自怀中掏出粒赤光闪烁的丹丸，这丹丸在亘手中却不敛光，依旧光耀阵阵。亘握着定心丸的手，如冰魄遇火般随着缕缕白烟快速消融。

"定心丸！"弗恭与刁庐同时惊呼出声，尚未及有所动作，亘已将丹丸放入口中。

所有人都愣怔住。却见公子亘的身体突然战栗不已，丹丸所发出的灼人红光穿透亘的身体清晰可见，红光自他喉管入肚腹径直向下，最终骨碌碌滚落在他脚边。"为何会如此？这是为何？"亘痛苦不堪地挣扎着跌坐在地，喃喃自语，继而呻吟不已。

玄奘身形微晃已到亘的身前，他俯身探查少子变得模糊不清的瘦小身躯，喟然长叹："唉——痴儿，痴儿！"说话间已泪洒苍髯，"他人之精进灵药却乃汝之夺命毒物！到此时，竟还不知醒悟吗？你只是附于为父身影中的罔阆之影，怎能妄图吞服丹丸而定心魄得神通？既为影中之影，又如何能取代父身？将你安置于息堡黑塔，并非为父束缚你，而是你一旦出离，必将幻灭！"

"不，亘有何罪，要遭此困厄？！"公子亘嘶声道，他低头打量自己消融殆尽的身体，怔了怔，终于竭尽全力喊道，"无此一试，又怎肯甘心？亘无憾矣……"

玄奘伸出手，地上的定心丸已自回到主人掌中。"此为历任虚君修持灵丹，尔有何修为，竟敢觊觎！"玄奘既恼且怜地看着少子叹息道。一时间殿内诸人无不感慨惋叹。子离不由想到逝去的君父，更是暗自唏嘘，不由自心底亦生出些难以言说的情绪来。

突然，玄奘双目微张，自体内迸发出迫人白光，须发苍髯与衣袂袍襟无风自舞，随光流向四周飞散开。他反手将掌中定心丸弹入案角上的青铜卮灯之中，卮灯立即如点燃烛火般大放光明。他单手抱紧亘几近透明的身体，另一掌迅疾向脚下推出。一股旋风自二人间陡然而起，裹挟起不知从何而来的浓云厚雾，径将玄臾与亘全然包覆起来。

"主上大人！"弗恭与刁庐大惊失色，呼喊着想阻止，却已来不及。二人的眼神相互交碰，不约而同扑入那股兀自激旋不止的气流。风旋并未因他们的加入而发生任何改变，依旧急速旋转，且云气愈浓。

旁观的孑离不明因由，却也不能袖手。他冲上前去跃身而起，闭紧双眼撞向那股急速转动的涡流，一声闷响过后，他发觉自己非但没能进入涡流，还被反弹回来，摔得头晕目眩。他刚爬起来，只听耳中有人喝道："避过一旁！"只觉眼前光影微闪，一道湛明光焰似刀斧般自涡流上方劈头斩下。瞬间云气与风旋尽息，殿内归于平静。

地面躺着主君玄臾与弗恭、刁庐，唯独不见公子亘。

丘若在息堡黑塔前下马。他卸下坐骑身上的全部束缚，对它轻声说道："走吧，还汝自由。"而后一掌拍在马臀上。马儿"咴——"地长嘶一声，纵跃疾驰而去。

他精心谋划，与招摇山十一部族定下盟约，举事之期就在今日。无论如何，为了奚虚，为了骅空族众，也为了师尊，他只能孤注一掷。如若不能顺利除去蛰伏于黑塔的公子亘，部族联盟便会在约定时间举兵来犯，逼迫主君交出公子亘。他当然不想看到后一种极易引发变故的状况，是以暗自调动八成兵力加强部署城防，余下两成机动应对不时之需。

他刚踏入黑塔，段干且便笑吟吟地出现在他面前。

"你？你不是已经……"丘若语气中的惊异多于戒备，他问，"没有定心丸，本该形骸俱散，怎会复活？"

"要事未了，何敢独个儿去享那无忧之福！"段干且身披玄帷，发包帻巾，说话间依旧翘起髭须，眼光狡黠，但头颈手脚以奇怪而夸张的角度不时抽搐扭动一下，看起来还不太习惯新生的躯体。

"要事？"丘若眼中的疑虑在加深，但仍然耐着性子语重心长地说，"为何不听劝？你本可置身事外。"手已悄然探向腰间革带，随时准备一言不合便先发而制。

"事关奚虚及主君，"段干且向前逼近丘若说，"部族有异动，可与你有关？！"说着手向前端伸出，一羽额睛狂鸟扑翅落于他臂端。狂鸟三目俱张，仰头发出嘶鸣，空中传来音流回应之声。段干且背上的药袋同时扑腾几下，撒出阵阵晶莹剔透、闪动着五彩光毫的药石粉末，空中云气之间登时显现众狂鸟展翅而飞的空灵身姿。

"你不必捣鼓些药石兽禽虚张声势，何妨有话直说？"丘若撇了撇嘴，做出个似笑非笑的表情，说，"咱们彼此早已是知根知底。"

"好吧。"段干且原地旋转脚跟，帮助身子找到个舒适的角度斜靠在石壁上，不紧不慢地继续说，"只是想告知你，狂鸟信使发出十一封阴书，我擅自做主动用了老兄的印信……"

"什么？！你——"丘若腰间佩剑铮然出鞘，指向段干且，因气急语结，只呼呼喘着粗气。好一会儿他才问："那白泽兽，亦是你干的好事？！"

"不错！"段干且抚摸着额睛狂鸟背羽，向它低语几句，那狂鸟方闭了额目长鸣一声，振羽而飞，周围气流翻涌不息，片刻便恢复了应有的萧寂肃寥。段干且抱臂站定不动，看着丘若。

"我乃为着主君不再被亘牵绊束缚，乃为着奚虚举族之兴，"丘若弃剑在地，发出哐当脆响，回声久久不散，伴着他的凄声，"你为何就是不明白！"

"尝闻月满则亏，物极必反。善与恶转换不过是在倏忽一念间耳。若善念不能循道依规，便非真善，甚而成恶。"

丘若抬起头来，双眼满布血丝，他一字一顿地说："难不成，听之任之？迁就退让方才是种假善！待到小错铸成大恶，其悔恐迟矣——"

"说到倏忽，便想起个旧典，姑且听之，消消老兄的火气。"段干且与丘若对视着，不待对方答话，便自顾自说起来，"倏与忽乃混沌国之肱股重臣。臣倏与臣忽很得混沌国君信赖重用。倏、忽二臣心中感念主君知遇，欲报答厚待之恩，便相议说：'人人都有眼耳口鼻七个孔窍用来视听食息，独主君无有七窍，何不帮其凿出七窍，以观天察地，享味知音？'于是每日帮混沌国君凿一孔窍，待到七日凿成，混沌国君却因受不得七窍贯通而枉送了性命。"

第二十章 大白

"何意?"丘若愣怔片刻,忽起了怒意,大声道,"拿倏、忽作比,我不与你计较,主君师尊何等英明,怎会似这糊涂混沌!"

段干且听罢大笑起来,说:"寓典说笑而已,何必当真?说来这倏、忽太过多事,虽出于善念,终究办了恶事。"

半空中突然响起主君玄臾的声音:"盖因奚虚当遭此一劫,方可历度蒙昧,得证清明。吾观之甚久,只由得汝等自醒。刻下事急,速速前来。"段干且与丘若肃然抬头四顾,而后齐齐低头施礼,道:"段干且、丘若见过主君师尊!"待到二人再抬起头来,已身处浮光宫内殿之中。

主君玄臾端坐案席,看起来并无不妥,只是面孔阴晴不定,不时在老人与童颜间转换。弗恭与刁庐勉强挣扎着起身,静立一旁,沉默不语,看起来伤得不轻,二人都含胸气促,口角泛着殷红血迹。寺人冒尤入殿来向玄臾施礼,正欲开口禀告,看众人在殿,便犹豫着看向主君,玄臾微一点头。冒尤高声奏道:"禅位大典仪礼俱妥,奚虚众臣属与各部族首已至前殿,正午时分当行禅位之礼。"奏罢退至主君身侧肃立。

"禅位?"众人皆露出惊异之色。玄臾却朝案阶下摆了摆手,大伙儿方始相觑着垂首,静候主君开言。

"召汝等前来,是为禅位!"玄臾话未说完,便被一阵突然袭来的剧烈咳喘打断。寺人冒尤忙上前躬身奉汤,玄臾却摆手,道:"辰光无多。"他看向段干且和丘若说,"你二人乃本君嫡传,又察考百余奚虚年……"

"主君……"丘若和段干且忙向上拱手相劝。

"休得宽慰!虚君不德,天命示禅,此乃定数!"玄臾以手抚胸喘息着,目光在丘若与段干且脸上来回扫视,眼瞳中忽现激越亮色,他说,"定心丸可定乾坤,由它自选嗣君吧!"

话方落,案角处的青铜卮灯猝然间爆出声脆响。原满盈于灯盏的赤红光雾蓦地升腾而起,所泛光芒把整座殿室照得像日光投射般明亮。耀眼光团的中央有个小小的紫赤光核,光核周围形成数尺由深入浅、渐至渺然透明的光晕。这个赤红光团缓缓移动,依次划过弗恭与刁庐,而后绕开殿柱,在殿室内忽高忽低、不疾不徐地飘荡,及至子离面前,却陡然折转,快速退至丘若与段干且身后,悬停在半空不动了。

丘若偷眼观瞧，见那光团悬于自己脑后，几乎能感受到赤芒的炽热。他猛然转身，疾速伸手向那团灼灼光影中央探去。紫赤光核蓦然失色，跌落在丘若掌心，光晕随即消失。

丘若似乎所料不及，有些无措地低头看手中平平无奇的青黑色灵丸，又抬头看主君玄臾，口中一时讷讷起来："这……这这——"丘若看向段干且，段干且也正在看着他。他不由将手中的灵丸握紧。

段干且大笑起来，说道："元虚之阳有卜乌之鸟，非梧桐不栖，非竹果不食，非醴泉不饮。而赤鸟得虺蛇，卜乌自它面前飞过，赤鸟护食，向卜乌发出'吓'的怒斥声。现下，丘若兄难道是想来'吓'且不成？"

"丘若将军未免有些性急，灵丸当自择之……"冒尤在玄臾耳边低语，却被主君抬手止住。

"世事无常，得失难料，凡所发生都有来意！"玄臾身子微颤，极力控制语调，缓缓说道，"得与失、福与祸本就相伴相生，失之东隅，收之桑榆。定心丸已择定新君！"玄臾嘱随侍冒尤传令拟撰禅位告书。冒尤领命匆匆向殿外去了。

玄臾看向段干且，说："眼见风云千樯而得遇真相，且，何为修持？"

"回禀师尊，修身持道以正己行。接纳一切发生，在失与得之间获取智养，并让其为己所用，以增进修为。心境旷达、胸怀广博，心性可臻于静矣。"

玄臾点头微笑道："能作此想，甚好。"他变幻的面容忽而欣慰，忽而伤感，与自己搏斗抗争。突然，他的脸孔恢复了平静，但鹤发苍颜陡然老态尽显，眼眸中的光彩亦随之散去。

他终究没能留住少子亘——

一滴浊泪自玄臾的眼角滴落。他并不去擦拭，任由泪水顺着布满沟壑的脸颊滑过苍白长髯，而后悄无声息地滴落在衣襟上，留下块小小湿痕。亘的离去，了无痕迹。从某种意义上来说，也可以认作他从未来过。

"且，为师有一言相赠，望汝记下。世间无常方为恒常，允纳乃为智。"玄臾看向段干且，沉声说道。段干且向玄臾施长揖大礼，道："且不才，虽不能全然悟透其中深意，亦有大彻之感！"

玄臾点头微笑，又向丘若道："丘若，汝一向所为，本君早已尽数知晓。

第二十章　大白

汝实心为奚虚，为族众，起心动念皆为他人计较，是以能够得灵丹垂青。今后虚境诸务，但凭此公心，当无患矣！"丘若大礼称喏。

段干且暗自反省，难道我是存有何私心？转而又暗笑自家量小，当下向丘若拱手施礼。二人客套话还未出口，却见坐于案后的主君玄臾身体摇晃，似是极力在忍耐着身体的痛楚。众人皆失色。弗恭上前扶住玄臾，急道："主上大人以己之身阻止少主消散，怕是要——"刁庐则在旁连连跺脚搓手干着急。此时寺人冒尤自殿外入内，看到此情急奔上来，凑到玄臾近前道："回禀主君，诸务俱已安排妥帖！"

玄臾听到冒尤的话，长嘘一声，跽坐的身子在颤抖中如败絮般开始消散，但他的神情看起来宁静而又肃穆，说话的声音沉稳而和缓："好！所有人听着，本君将去，禅主君之位于丘若，诸臣属当尽心辅之，以保我虚境安定，族众祥和。"

寺人冒尤在玄臾面前伏身稽首，其他人皆跪地行叩拜大礼，口中颂道："恭贺主君脱离执困！"可几乎每个人心里都在疑惑着：主君是否脱离了执困？

ns/b/p
第二十一章　终远

回元虚的路途竟是全然陷于黑暗中的。却是一种全然不同的感觉，寂静而又平和，偶有清风云气拂过面颊，带来些许湿润氤氲之感。

孑离背着药袋紧跟在段干且身后。有一阵子，他完全不知自己是谁。这是一种彻底解脱的感觉，似乎可以随心而动，在天，在地，在奚虚，在元虚；也能够成为任何人、各种身份，是男人或者女人，是黄鸟或者蝎虎，抑或是飞鼠仙蝠，或者神仙精怪、魑魅魍魉。

玄臾的话犹在耳畔："人者，同生于天地之间，自然之物也。贵己贱物则背自然，贵人贱己则违本性。等物齐观，物我一体，顺势而行，借势而止，言行自然，则合于道矣！"

"段干先生，何为道？"他问默然前行的段干且。

"道！"段干且猛然回头，一对鼓凸如蛙的眼眸闪烁着幽幽蓝光，他挥手在面前黑暗的空无中画出道光弧，说，"道乃本原，不生不灭，无始无终，无上无下，无前无后，无形无相。道乃天地万物之母，无所不包，其大无外，其小无内，过而变之，亘古不易。无所有尽皆来源于道。"他说着举起双手，感受周遭云气环绕所带来的安慰，又缓缓说道，"日月无人燃而自明，星辰无人列而自序，禽兽无人造而自生。风无人掀而自动，水无人导而自流，草木无人植而自长。不可尽言皆自如此，便为道！万物归于道，周行而不殆！"

"如此说来，知有道，而当如何？"

"道当思之，思而生生不息；道当感之，感而人相合、万物宁。道当人人奉之。天下有道，走马亦粪；天下无道，戎马生于郊。持道，则天下和平安定；弃道，则必将陷于兵戎战乱当中。同于道者，道亦乐得之。是以，天之道，利而不害；人之道，为而不争。"

"好了。"段干且抬头看天，虽然漆黑一片，什么也看不见。孑离也抬头看了看，的确什么也看不见。"咱们就此别过。"他大声说道，"孑离，不管此去做什么，记住，依道而行，道自会成全你。"他将药袋接过来背在自己肩头。

"先生是说，顺其自然，"孑离说，"不过我还是不太明白。"

说话间，黑色天幕突然裂开条缝隙，将一线阳光投在他们身前。

"你就在这里去往想去之处吧。"段干且说。

"这里？"孑离不解，问道，"该如何去？"

第二十一章 终远

段干且伸出手来与子离交握，说："你已得到定心丸，却还浑然不觉！"举起子离的右掌，仔细看他的掌心，说，"不错，随想而至，你今后可于奚、元二虚通行无阻了。"

子离狐疑，收回手来看，却什么也没见，只掌心那个"定"字依旧深黩在皮肉深处。他正待开口发问，却突然发现墨字活动起来，进而挣脱皮肉，在他掌中滴溜溜打起旋子，竟成一粒黝黑乌亮的小小丹丸。他用另一只手拈起丹丸细看，捏着丹丸的二指暗暗自用力，手指头清晰不疑地告诉他：硬而弹韧，此物不虚！子离不由大张了口转头去看段干且，问："这？这……这？"

"是定心丸，汝虽蛮莽，运气倒甚好。"段干且交抱着双臂向子离点头，见他犹自疑惑，又说，"莫要触碰，再去看它。"

子离依言而行，将手中乌黑的丹丸放在衣襟上，那小小丸粒在脱手的瞬间变作赤红色，丸体通透，周围浮现一圈微弱赤毫，竟似明珠般莹莹而动。子离伸手触碰，红光立敛，复作乌黑模样。他立即记起玄臾那句"汝之因，种汝专属之果"来，当时不懂，目下已豁然明了，这便是自己的"果"啊！

他转头看向段干且，喃喃道："段干先生，我竟真的有了定心丸？"低头再看右掌，原黩的那个墨黑"定"字已了无踪迹。

段干且微笑着点头，说："亦是你的修为，吞入腹去，便具神通。"话音方落，子离已吞下定心丸，霎时间，只觉胸中涌动、激荡起一团热流，额头上的汗便自流了下来。子离捂住胸口大喘不迭。段干且摇头叹气，道："如此性急，何不等人将话说完？"说着话，手已探入药袋，飞快地在几个袋口间穿梭拈掇，然后递给子离一颗亮晶晶的棕黄色药丸，加重语气道："记住，奚虚所获神通，在元虚无法施展，此去必得保全好自己才是。"

子离忙不迭地点头，毫不犹豫地接过药丸放入口中，一股清冽凉意直冲喉头。就在将要咽下药丸时，他不忘含糊问道："还是只能含于舌下吗？"

"凭汝自便！"段干且大笑起来，拍拍子离后背，伸手指向那道璀璨明光。子离走出一步，心下不舍，回头问："段干先生，咱们还能再见面吗？"

段干且翘起唇上髭须狡黠一笑，道："缘来则聚，缘去则散，自然而然矣！"

子离点头还以微笑，转头挺直腰背，迈步跨过那条耀目明光。

陡然间天地换了颜色，子离已经站在一处坚实的夯土地面之上。他回头再看来时路，却是一马平川的苍莽荒原。此处是道高阔的山顶袤塬，周围被连绵松林围护，密密匝匝望不到尽头，一条斜长陡坡连接着坡底城池，那石筑厚墙上的城楼，一面棕黄色劦国大旗正自随风猎猎而动。

他竟是站在劦都城外的西塬之上。西塬是劦都西城外的一道高阔山顶平地，是劦国境外黄水以北的第一道高坎，与之相连的斜长陡坡被称作"松塬大坡"，坡底连接的笔直道路，正是通往都城西门的官道，顺官道向前不过三五里，便是劦都城。劦都不大，方正规整，每一方边仅只四里多，典型的"三里之城，五里之廓"。进入石筑厚墙下的西门城道，约莫走一炷香光景便是劦君宫室。孑离站在高塬上向东望去，依稀看得见劦都宫殿的那片乌瓦殿脊。只是宫舍如故，其人不存，童年欢愉难追忆，故亲离别去决绝。孑离心头微漾过一阵悸颤，而后复归于平静。过往所历令他的想法与前大有不同，此时站在高处远望，方始惊觉，原来在他心中，劦国与其他列国早已无异。

突然，阵阵嬉笑马嘶的嘈杂之声传入耳鼓，孑离立即转身循声而去。

秦、劦护兵抵西塬停驻休整。三丈高的"秦"字大纛矗立在主帐不远处，旗下五百革车黑压压列成一片，在夕阳之下闪烁着凛凛青光。紧靠秦主帐左右的，是几扶及二劦使的大帐，七仞旆旗与鹿饰门旗高悬。旌旌飘摇的营帐依着松林形成半围之势的弧形，墨篷乌帐连绵数十丈，使得高阔塬顶色彩鲜明、气派非凡。

战马都卸下了辔头，兵卒们就地取材，伐松为园，任由马儿在园囿内悠闲地啃食脚边青草。接连两日的劳乏行程终告结束，疲乏的将士们终于能够得到休憩。大伙儿心里都清楚，这是趟美差。将劦国嗣君平安护送抵达劦国国境，只待对方来迎，而后入得劦都城中，必有一顿盛大宴席款待。秦国四千黑甲军士与劦使带领的二百黄衣褐甲护卒，此刻全松解了甲衣，成群聚坐各处，窃窃谈论着劦都城内都有哪些好吃、好喝、好玩乐的，又畅想宫廷女乐的妖娆娇俏，越发觉得心荡神驰。营地间不时传出阵阵调笑声浪，随着埋锅造饭升起的炊烟，悠悠荡荡，穿林过坎，感染了由军帐、战车、幡旗、矛戈所结成的威威行营。笑闹之声伴着此起彼伏的萧萧马嘶在营地飘扬。

一时间，松弛而畅快的气氛弥漫整座大塬。就连悠扬而沉稳的休驻号角听来都轻盈欢快不少。

荔都城的长街上，一辆轺车随着人流驶出了荔都城西门，一路沿官道驶上城外大坡，直入西塬松林。片刻之后，一骑乌骓疾驰出密林，拐下塬顶直向西去。

日入时分，荔国国相孟申接报，秦国护送荔国大子的人马已经驻扎在荔都城的西门外。

孟申长叹一声，怕来的终究是来了。

荔国正值政权更迭的敏感时期，若想步上正轨，是万难千险的，些微的罅漏都可能摧毁国家根基。都说以文乱法、以武犯禁乃治理之两大害，而靠机谋权术获取高位并辅翼当世君主的人，功绩与声名都被著录在史书之中。孟申向来认为，成大事当不拘小节，有些行为虽与正典法纪相偏离，但只要秉持诚心办事，又何惧诟言？再看各诸侯官贵，哪家没有倾轧的黑幕？势力大于法度，崇尚阴谋与暴力，以致偷盗者被刑诛，而窃国者却被分封高爵。说起来此为迷乱败象，可是，拼尽全力护持国本，于危局中拨乱反正，不正是立国定君的一种方式吗？孟申向来认为自己绝非品行端方的正人君子，但赤胆为国之心天地可鉴。

现如今，大局既定，不管有什么样的结果，他也只能鼓足精神全然接受。孟申稳了稳心神，沉声下令急召群臣政事厅议事！

"诸位同僚，"孟申端坐于政事厅高阶左首，向众卿士大夫们道，"秦国大军无故犯我国境，现已在城外西塬驻营。秦君无德，趁我新君初立，国基不稳之时率兵抵进，孰能忍乎！吾欲亲率大军迎敌，不知诸位有何高见？"

众臣面面相觑。谁人不知，停驻西塬的兵马是秦国护送荔大子的仪仗，当然是示好之意，却为何会被叱作进犯？

"失信于秦，乃过也！"案席间终于有人开口提出异议，是老上卿荀句，他向孟申道，"国相是否有甚误会？秦军乃是护送大子殿下归国的，非为犯境。我荔国既是新君已立，自当派使臣去与秦使告谢，方合乎邦交之仪礼！"

"荀老此言差矣！"孟申胸有成算，说话间，冷峻眼光扫视座下众臣，看还有谁胆敢进言。他说："目下我荔国罹厄，新君初立，民心未稳，急待安抚朝野。秦人素来狡诈，此时前来意欲定君是何居心？荔国虽秦之属国，却也不能任由其随意摆布。嗣君这样的事乃疠之内务，怎容他国干预！"

"只是，这……这师出无名，非礼也；乘人不备，非仁也……"

"呃——"孟申不由皱了皱眉头，心下嫌憎老家伙迂腐，但随即将微笑堆在脸上，振振说道，"秦国送归大子，若疠国能接受并立为国君，那秦军自然是客；若无法接受，秦军便是来犯之敌！目下疠国新君已立，绝无可能再迎立大子，在如此情势之下，又怎么能坐视敌军逼伺而不攻击自卫呢？若派使臣前往致歉，岂不正被其抓住进犯之口实？秦强疠弱，难握胜券，是以必得先行下手，智驱劲敌。如此方可彰吾国威，振吾军心，安吾国体！"

孟申说罢，不让苟句再有反驳机会，便大声喝问道："星师何在？"

星师日官昂应声急趋入殿禀报："臣于观星台夙察诸星，观得岁星在鹑首，秦分野也。而又有将星坠于砦陆，砦陆，分野矿州也。矿州，乃我疠国属地。将既吉疠，岁已祸秦，当可出战。"

"好，好好！"孟申连声道好，随即高声宣布，"请兵符——"

殿内乐声大起，已升任总管宗伯的卑缶领四名竖人抬着一张青铜大案，徐徐步至大殿中央的玉阶之下。孟申面色肃穆地走下台阶，向青铜案深深一躬。这是早有准备！殿内众臣神色惶惶，纷纷离案而起，揖礼跟从。孟申自任中军将，统率三军，从卑缶手中一一接过案上摆着的青玉帅印、赤铜虎符，以及全副甲胄和一领绣有金线饕纹的丝绸斗篷。穿戴就绪，持重威猛的孟申更显伟岸，他挥手发令——出发！诸臣工对此种已经预先定下结果的所谓聚议，难免心中有微词，却无人敢出言相抗，只好悻悻而退。

孟申为此次突袭颇费了番踌躇。为了确保一击取胜，几乎是举国兵力尽出，只留下宫廷内卫值守疠都，连城防军都悉数开往秦军驻扎的西塬。

西塬这片方圆近百里的高地，南接连绵大山，北面鸟瞰黄水平原，位于两条东西向的入城要道之间。孟申派出小股快骑疾驰，截断了这两条去往秦国的通道，在路中央深掘陷坑，以草蓐掩盖坑口，撒上浮土，再以松枝扫平。时至黄昏，光昧云重，果真难辨虚实。

"疠军大队人马集结，已出西门！"

"必是疠军出城迎接归国的大子殿下！"弘接到斥候禀报时，全无戒备，满心欢喜。

荔国隗末、由居二位使臣接到讯报，急去几扶帐中报喜，并请示欲先行去往荔军，好安排接洽迎立事宜。几扶胸口突突大跳几下，捂住揉了好一会儿方始平静，准二人去办，又特嘱不必太过铺排。隗末与由居答应着退去。

几扶则着忙命人净面更衣，准备入荔的一应事务。

隗末、由居兴冲冲地见到国相孟申，惊闻荔国新君已立。隗末怒目斥问："当初赴秦迎立大子系受君命，现竟违逆上意，废长而立幼，汝将吾等使臣置于何地？"说罢也不理孟申，拉着由居拂袖便走。

孟申命人拦住隗末与由居，问："二位乃荔国之臣，为何不留下？此去是为叛国投秦不成？"

由居昂然回他道："吾等受命前往秦都迎大子，那么大子殿下便为吾等之主上，秦军便是辅军，岂可自背前言，舍弃信义？"说罢头也不回，与隗末登上辂车回秦营去了。

孟申眼看着二人离开，方想起紧急召属下众将，说："隗末与由居不肯留荔，他们回去后，秦军必然会发兵。为今之计，只能作速趁夜先行出击，出其不意，方可取胜。"于是下令秣谷饲马，军士提早吃罢饭食，然后穿过山间野径，加快行军速度，亥时初刻便已到达预定地点。孟申令军队稍事休整，趁夜部署兵马埋伏，将西塬团团围住，静待夜半时分发起突袭。

子离为混入营帐，不得不动手打晕一个荔使护兵，将之拖入松林深处，脱下他的一身衣裳穿好，然后撕衣堵嘴，绑了个结实。待到子离转出松林时，俨然已经成了荔国步卒。他正自四下搜寻几扶，却看到隗末与由居两位使臣自一间营帐内急匆匆走出来，登上辂车疾驰而去。于是，子离径直走入那顶营帐，果见几扶正与两个护卒张罗着入城进宫诸务，兴奋之情溢于言表。

"几扶！"子离喊道。一时不敢肯定他是否能够听得见自己说话，他径走到几扶面前，一字一顿轻声说道："荔国新君已然即位！"

几扶见到子离，惊得目瞪口呆，脸上表情僵滞，愣怔许久，才自喉管深处发出声"呃——"，极快速地扫视帐中卫兵，挥手屏退二卒。然后，他眼看着子离一步步走到自己近前，方始相信眼前发生的事实。他用一言难尽的声音颤抖着问："怎会是你……孑……离……兄？"说到最后，声音几近于无。孑离却全未在意这些，他惊喜地发现，几扶终于能看得见自己，并能与自己对话。自己经历了多少艰辛，方始恢复了如此稀松平常而又无比珍贵的凡俗自由。

"几扶，你听我说，事态紧急，速速离开此地！"孑离又向前一步逼近几扶，急切劝阻他。不想几扶却连连后退，直到脚下绊住跌坐在案前："离开？此刻要我离开，是为驱逐冒替之奴，好腾出空来让大子殿下入主荔宫吗？"

"胡说！你要怎样才能懂？！"孑离扑到他面前，几乎喊起来，"荔国已立公子儌为新君，你再入城，岂非送死！"

"哼哼，荔国的迎接仪仗已至西门，你却说什么新君已立的昏话。"

"那么，我与你一同离开，如此可能信我？"

"离开？秦国回不去了，该如何活下去？"

"活？不外自耕而食，自织而衣。只是先得保身全生！"

"呵呵，"几扶正身踞坐，直视孑离，发出声冷哼。孑离亦挺直身体，正色道："巨兽张口可以吞车，其势可谓强矣，然独步山林之外，则难免网罗之祸；巨鱼张口可以吞舟，其力可谓大矣，然跃于海滩之上，则众蚁可以食之。故鸟不厌天高，兽不避林密，皆为保其身而全其生也。保身全生之人，宜敛形而藏影也，故不厌卑贱平庸。穷苦隶奴与清贫城民，虽不能改变命运，但依旧安守本分，怡然自处，是谓清贫自守之德。岂知其名，无足自行。男耕有黍可食，女织有衣可穿，各尽其能，童叟无欺，黎庶和睦，世间太平……"

"可笑！"几扶打断孑离，说，"想来身份尊贵的大子殿下从未尝过馁饿将死的感觉，说出此番话来实在是滑稽。贱民何苦，隶奴何咀，困饿将死之人又如何能够清贫自守，保身全生？况且，难道来此世间一遭，只为苟活而已？"

几扶前倾身体逼视着孑离的眼睛，说道："看天下世间，谁人无有功业之心？农人以稼穑麻桑广田硕野丰衣足食为功业，商贾以贸易兴盛财货富足累积广蓄为功业，军士兵卒以胜战攻城为功业，士人以入仕资政学问报效为功业，臣子以治世安民匡正国本为功业，国君以定邦拓土争霸天下为功业……凡此之人，无不以光耀门庭、繁荣部族为进取初心。邛国风氏一脉几近断绝，我有心挽之，难道错了？荔国已临覆国乱政之危，我有心助之，难道亦是错了？"他眼中泛起湿润亮光，在摇曳不定的烛火映照下显出难以言表的凄楚。他闭上双眼，任

第二十一章 终远

由两行热泪滑落，声音也哽咽了："几扶本不过想成为未来荔国国君的辅弼臣工，奈何造化弄人，阴差阳错，造成此番李代桃僵的局面。既是上天垂降机缘，何不抓住！我只是听从了本心召唤，想成就一番光耀千古之功业，难道有错？"

"不，此非光耀功业，乃断头舍命之不归路……"

"以当日在秦宫情形，除了义无反顾地走下去，请问大子殿下，几扶有其他出路否？"

"没错，这全都怪我……可目下情形，只求你退而求独善！"

"独善？皮之不存，毛将焉附！大业于前，几扶愿为此一搏！无怨！亦绝不悔！"

一阵尖厉号角声撕破广袤山塬间的沉夜宁静。

几扶与子离都大惊而起。几扶一把将子离推出营帐，口中大喊："兄且速去，愚弟这便整队迎敌！"

秦军随行司马卫以急慌慌地跑进公子弘的军帐。弘其实也无睡意，正琢磨着天亮率队入荔城的诸般细节。此刻猛然听到急号，他已弹身坐起来，看见卫以惊惶如土的面色，知道是指靠不上，便只好强自镇定，起身向帐外近随道："击鼓聚议！"

秦营大鼓轰隆隆响起，各帐军灯炬火已经随号角声骤然点亮，军营通明。在沉睡中被惊醒的士卒跃出各自军帐，有的甚至来不及披甲操戈，一时间战马嘶鸣，人影乱窜。孟申当然不会给公子弘聚议应对的时间，不远处又是一阵鼓角齐鸣，转眼自松林中冲出几股荔骑马队，挥刀劈锐，径杀入秦部行营。

西塬大坡下，黑压压的步卒与荒原密林融为一体，在静默中潜伏着，旷野中鸦雀无声，唯闻护城河潺潺水流。步军主将身着轻甲，手持长剑向上一挥，只听一声呼哨响彻夜空，霎时间甲声震天，塬下塬上、黄水两岸，趁夜偷袭的荔军步、骑、战车各部同时发动袭击。

无边甲林自草莽苍林间霍然拔起，唰唰向松林行营疾速而有序地移去，渐融入沉沉夜色中。这支精锐步军抛弃了重甲长矛与硬弩长箭，每人手中一支短剑，在山石草丛密树间攀缘疾进，行速惊人。秦兵驻地背后的松林之中，三支疾驰马队自野径直冲入行营军帐，如飓风般卷过，马上骑卒个个手持长戈，挑刺践踏。战车紧接而至，轰隆隆滚动，冲击乱阵。一时间人喊马嘶，冲天烟尘平地而起，夹杂着弩矢箭雨铺天盖地地砸向秦国军士与小股刕吏护军。毫无准备的秦军顿时陷入被动。刕国护军眼见打着自家旗号的军兵冲来，一时间都不敢妄动。二使臣外出未归，护军左领请示大子殿下："是否出战？"

几扶面色镇定，将铜盔戴妥，一尺长的盔矛在烛光下熠熠生辉。他身着精铜甲胄，行走间甲叶摩擦发出清亮之音，与长剑碰撞出一派威严少年将军的非凡气派。几扶跳上战车，霍地拔出长剑大喊："杀！"命车驭冲锋，自己则左右劈砍，异常勇猛。刕护军精神大振，跟随在战车左右，奋力冲杀。

子离呆呆地站在帐外，想到与段干先生分别时说的话，方始知其深意。他于恍惚中竟觉眼前情景似曾相识，怔怔地看着刕国军士操戈相戮的血腥搏杀场面，蓦地记起，梦魇景象不正是如此？他已尽力相劝，奈何几扶心意决绝。子离长叹一声，转身便走，正见一匹失辔脱缰战马乱蹄狂嘶，便上前一把薅住马鬃翻身上马，一路冲下松塬大坡，驰上官道。跑不多远，只见当道一个巨大土坑，坑底陷着数十秦军兵卒，正自大喊救命。子离捡起被丢弃于道旁的长戈，与坑中兵卒的矛戈相咬持，打马拖拽被陷兵卒，此后便急急打马奔驰，只想早些离开战祸之地。梦中情景不断在他眼前闪现，猛然间，他一个激灵勒住马缰：梦中亲见自己毙命，那个人——几扶！

子离拨转马头往回奔，却不想遭遇了一股刕国骑军。为首的骑士见到身穿刕甲兵服的子离喝道："瞎跑个甚？敌首已然伏诛，还不快与我追击溃敌！"

"几扶！"子离知道一切都已经发生，悲恸不已。他还未及开口，便被马队裹挟着掉头向前驰去。一路上，见到零散溃逃的黑甲秦国兵卒，刕骑军便上前击杀，毫不手软。待到最后一个逃卒被挑毙戈下，骑行队伍松缰放缓了行速。

东方已经破晓，轻浅的粉色朝霞悄然铺满天际。这时，隗末与由居的辂车相向而来。

见到刕兵，隗末喝令停车，与由居下车立于路边。为首的骑士认得二人，勒缰下马向二位大夫施礼说："二位大人还请速速返回都城，前方酣战已毕，正在清肃战场，去欲何为？"

隗末叹道："刕相背我，我不可背秦！"说罢回头看由居。由居摇头叹息："吾

第二十一章　终远

与大夫同事，大夫既往秦，吾不可以独归也！"二人转身上车。

辂车往西塬方向一路而去。

骑士摇了摇头，反身上马，喝令继续追击。子离却趁此下马机会，一个翻滚跌进半人高的草丛，伏身不动。等到杂沓声音渐渐平息，周围恢复了宁静，他这才敢冒出头来。

殷红的霞光使河两岸的战场血气更甚，前方的路也布满诡谲血色。那匹马早不知跑去了哪里，子离只能步行。刚走不远，却又与一支荔军步卒队伍相遇，子离不得已跟着荔军回了荔都城，直入荔宫。这队人马原是宫中禁军。袭战胜局已定，禁军奉命回撤，以加强空虚的宫城防卫。

子离落在队伍最后，进宫沿宫墙向北，他终于找到机会，一闪身拐进甬道夹墙，几个翻滚，颇狼狈地避入一扇半掩木门，而后纵身跃上几级石阶，向殿后跑去。身后传来追赶斥叱之声。他无须辨识方向，只凭借少时对荔宫的记忆，轻车熟路地穿过几进角门便甩掉追兵，一路向后花园奔逃。后园中的鹿苑已荒废，想来应是没有守卫的，鹿苑北墙外便连接着大山，进山便算是安全了。

"大子殿下！"

一个沙哑而苍老的声音传来。

精疲力竭的子离停下，剧烈地喘着粗气，偏过头去寻那声音。

就在左近的树影下，兀突突立着只大鸟。那鸟头缩在青黑色的羽毛里，看不清模样，只两道精光自暗处射向他。现在的子离，对于鸟禽兽畜开口说话全然不觉吃惊，便向那只大鸟道："是在叫我吗？"

树影里的大鸟突然唰啦啦一抖全身羽毛，站在子离面前。这是个披散着花白长发的老人，颏下长须纠结成绺，之所以像只大鸟，是因为他身披一件枭羽斗篷。

"是你？"子离立即想起七年前离开荔国的那夜，大风，凄冷，夜空昏昧无光，一个麻衣老头儿对他说"大子殿下当然还得回来"。

"是我。"老人的眼睛依旧精芒毕露，他上下打量子离，呵呵笑起来，说，"老身看得不错，确是大子殿下！如今已是一表人才，险些不敢相认！"

老人说着话，低头将枭羽斗篷上的扎带解开，比姜亲手绣的那只鸟儿依旧色彩艳丽，浅黄、明黄、金黄色丝线，勾勒出奋而欲飞的鸟儿。

老人将手一挥，随着扑棱棱振翅声响，带襻上的鸟儿竟自飞去了。子离不以为奇，只是向老人揖了揖，便欲转身离开。"且住，老身受人之托，现已放出了消息。大子殿下请随我来吧！"

霞光漫天。一只黄鸟带着劲急啁鸣，飞过春芽初绿的河谷平原，飞过远山，飞进沟壑纵横的绿色苍茫之中。山水逶迤向后疾退，黄鸟不曾停憩，向着西北穿林而去。

黄鸟飞过的这片密林，东接黄水，西连远山。越过林谷，便是秦国雍城的南市。段干且走出悬着葫芦的药铺大门，肩背之上依旧负着他的药箱药袋。他出门反身上锁，想了想，翘起髭须一乐，将锁头取下轻放在门边。他抬头朝天打了个呼哨，黄鸟便扑棱棱飞落下来，停在他肩上啾啾轻鸣。段干且抬手轻抚黄鸟的背羽，说："莫急，莫急，已知汝来。"说着在门口的一块条石上坐下，在药袋中拈撮几下，将药屑撒在条石上。条石一侧尽头凿了孔洞，孔内清水经风轻轻漾过，在斜阳映射下皱起片片碎金。

黄鸟飞去条石上啄食撒布的药屑，频率极快，看起来是饿坏了。待到蹦跳着饮罢石孔中的清水，鸟儿突然抖夌起羽毛，噗地钻入石孔水中不见了。

游医笑着自条石彼端站起身来，左右看过无人，自石孔中提起块帛带，迎着风抖了两抖，帛带上一截墨迹甫现。待到段干且看罢，帛上已然干透，墨迹全无。他小心叠好帛带放入胸襟，朝屋内打了个响指，药宝小人儿欢快蹦跳着应声而出，在他脚边仰面嬉笑。段干且口唇微启，朝它轻语几句，而后又在它头顶处拍了两拍。那药宝呵呵乐着往地上一扎，径自去了。

段干且出现在茘宫荒芜的鹿苑时，已是日暮时分。矮肥小人儿突然自地面破土而出，在段干且脚边欢跳。游医笑着捧起它，摘下芦头红绳，道："晓得了，晓得了，我的药宝！"小心翼翼地将首乌蓼根收入药匣，而后掏出帛带向空中抛去，一只黄鸟啁然飞入树丛不见了。

段干且顺着林间野径悠然而行，且行且歌。

    黄鸟黄鸟，其色煌煌，其衣烁金。何虚之所，乃见分明。隐之归之，无入焦渚。

黄鸟黄鸟，其声啾啾，其噪为休。何虚之处，乃闻与音。隐之归之，无入云谷。

　　黄鸟黄鸟，其翅振振，其翼奋鼓。何虚之居，乃问苍隅。隐之归之，无入茂树。

"好诗，好诗！"子离大声赞好，交抱双臂背靠树干，看着向他走来的段干且。段干且则颇为受用地咧嘴翘须，毫不谦逊地点头微笑，将背上的药箱药袋一股脑儿交给子离，而后自背起双手径向前走去。

"好个游医，真真会寻清闲！"子离笑着嗔怪，背起药箱药袋紧走几步跟上段干且。

二人消失在密林深处。

在大古西塬的那场夜袭中，秦公子弘与护军悉数就戮。荔国大子亦于混战中遭屠，其状惨甚。隗末与由居装殓荔国大子及公子弘，赴秦投效。

二年春，秦君茔亲率大军伐荔，直取其都城。

荔国亡。

荔人自此与秦融。

（完）